JORGE
VOLPI

DER
WÜRGEENGEL

Roman

Aus dem Spanischen
von Susanne Lange

KLETT-COTTA

FÜR BLANCA

INHALTSVERZEICHNIS

La Melencolia, songeant à ce mystère,
Qui fait que tout ici s'en retourne au néant,
Et qu'il n'est nulle part de ferme monument,
Et que partout nos pieds heurtent un cimetière,
Se dit: Oh! puisque tout se doit anéantir,
Que sert donc de créer sans fin et de bâtir?

HENRI CAZALIS

Ich meine, das „Ich" des Schauspielers
löst sich auf, verschmilzt mit dem seiner Figur.
Vielleicht hatte ich keine Lust … mich
aufzulösen, vermute ich.
Darin lag etwas, das mir wie Sünde vorkam.
Etwas Feminines in dieser Verwandlung,
etwas Apathisches.

ANDREJ TARKOWSKIJ

ERSTES BUCH

DIE SCHULD

Wozu braucht man die Strafe, wenn es die Schuld gibt? Die Schuld ist eine Strafe, die uns das eigene Gewissen auferlegt, eine Mischung aus Groll und Bitterkeit, aus Furcht und Frustration, ein stillschweigender, unwiderleglicher Beweis unserer Erbärmlichkeit. Sie ist bei weitem schlimmer als jede Strafe, die von außen kommt. Sie ist eine Reue, die um die Unmöglichkeit der Vergebung weiß. Vielleicht werden am Jüngsten Tag, wenn Leiber und Seelen gerichtet werden, die Verurteilten nichts als das erhalten: eine ewige Schuld, unergründbar, wohlverdient.

So schärfte es die Großmutter meiner Schwester und mir ein, als wir klein waren und sie abends auf uns aufpaßte. Sie sprach mit trockener, monotoner Stimme, die vielleicht vom vielen Beten kam, wie sie es seit frühester Kindheit praktizierte, und hielt uns fest am Arm gepackt, wenn wir etwas zerbrochen hatten oder sie uns beim Streiten erwischte. Nie schlug sie uns oder schrie, wie die Eltern meiner Freundinnen. Großmutter beschränkte sich darauf, uns eine Furcht einzuimpfen – heute würden wir Gewissen dazu sagen –, die uns selbst dazu trieb, unseren Ungehorsam zu bestrafen. Die Methode erwies sich als höchst wirksam, und noch immer bin ich ihr nicht entkommen, sondern habe sie mir nach unzähligen Sitzungen bei der Psychoanalytikerin gerade erst erklären können.

Ich liebte meine Großmutter sehr. Sie war die einzige Respektsperson im Haus und nahm ihre Aufgabe äußerst ernst. Da meine Mutter sich nicht um Anstand und Gottesfurcht ihrer Töchter kümmerte, mußte sie eingreifen. Ihr Tadel kam jedoch aus einer Welt, die uns nicht nur sonderbar, sondern unbegreiflich schien, voll von Gebeten, Kniefällen und einer Reihe von Lehren aus Bibel und Katechismus, die wir nirgendwo sonst zu hören bekamen. Vor dem Essen und Schlafen mußten wir uns dreimal bekreuzigen – nur einmal galt nicht –, und sie ließ keine Gelegenheit aus, von Gott, seiner unendlichen Barmherzigkeit und seiner unerbittlichen Gerechtigkeit zu sprechen, die wie ein riesiger Schwamm eines Tages unsere Sünden wegwischen und unser irdisches Elend mit himmlischer Seligkeit belohnen würde.

Wie viele jener unglaublichen Bilder bewahre ich noch immer in einem Winkel meines Kopfes auf? Wie sehr sind sie mir in Fleisch und Blut übergegangen, trotz der Zeit, die verstrichen ist, trotz meiner Skepsis, meines verlorenen Glaubens? Manchmal scheint es mir unmöglich, die Geschichten hinter sich zu lassen, die man uns in der Kindheit erzählt; ohne es zu merken, hält man immer weiter an ihnen fest, vielleicht getrieben vom Bedürfnis, in der Welt etwas von diesen ursprünglichen Überzeugungen wiederzufinden, von der vollkommenen, unerreichbaren Klarheit der Erinnerungen. Ich weiß nicht, aber ich vermisse die Großmutter und ihre absurde Weltanschauung, auch wenn ich darin gerade das erkenne, was ich an meinem eigenen Leben am meisten verabscheue und worüber ich mich am meisten schäme. Wo ich gehe und stehe, stoße ich auf absolute Größen, auf die einzige, unwiderrufliche Wahrheit, auf das Gute und Schöne an sich; so sehr ich auch relativieren, so sehr ich mich öffnen will, so vielfältig meine Vorlieben inzwischen auch sein mögen, auf Schritt und Tritt lauert die Unzufriedenheit auf mich, wenn ich merke, daß ich niemals vollkommen sein kann. Wer hat uns, meine Großmutter, mich und überhaupt alle Menschen, mit diesem Verlangen ausgestattet, in Engelssphären vorzudringen, die Grenzen der Wirklichkeit zu überschreiten, einmalig zu werden?

Meine arme Großmutter wußte nicht, was sie anrichtete. Ihre Mission war es, mich zu einem folgsamen Wesen zu formen, zu einer Maschine, die reibungslos einem bestehenden Plan und den unzweifelhaften Befehlen gehorchte, die von meinem Gehirn kamen. Kein Platz für unüberlegte Impulse, für Sentimentalitäten, für Irrtümer. So sahen die Postulate ihrer Moral hinter dem Schutzschild der kirchlichen Gesetze und der guten Bräuche aus. Rechtschaffen und gerecht zu sein bedeutete, einen Aufseher in seinem Inneren zu haben – das Herz als Richter und Henker – und einem einzigen Weg zu folgen, der für alle galt und eindeutig war: der Tugend. Für sie war das Leben ein klares Gefüge von Begebenheiten, eine erklärte und erklärbare Ordnung, in der das Unvorhergesehene nur mit dem Bösen gleichgesetzt werden konnte, ein Werk des Teufels. Jeder hatte die Pflicht in sich zu tragen, und gestand man ihr keine unbedingte Priorität zu, überantwortete man sich der Verirrung, der Selbstsucht, der Lüge und dem Tod.

„Und wo ist diese Pflicht?" wagte ich einmal, die Großmutter bockig zu fragen, und sie erwiderte in ihrem gedämpften Predigerton, die Pflicht ist uns in die Brust geschrieben, und sie legte ihre Spinnenfinger an die ihre, restlos überzeugt von ihren Worten. Was in ihrem Universum ebensowenig vorkam: Zweifel oder Unbestimmtheit, die für sie beide dem Heidentum gleichkamen. Sie glaubte so fest an ihre Worte wie an die des Herrn, als hätte Er sie ihr ins Ohr geflüstert wie den Evangelisten und den Propheten. So war sie beschaffen: eine unverstandene Sibylle, gefangen in einem feindlichen Umfeld, das sich weigerte, das Offensichtliche zu erkennen.

Durch die Kraft der ewigen Wiederholung wurde das Universum der Großmutter schließlich zu meinem. Alles andere versank in einem Raum, der mir fremd war: dem des Bösen. Weder meine Mutter noch ihre Freunde, weder meine Schulkameraden noch meine Lehrer, so viel Respekt oder Vertrauen ich ihnen auch entgegenbrachte, konnten mir als Vorbild dienen. Bis zum Alter von vier Jahren war ausschließlich die Großmutter für meine Erziehung zuständig gewesen, und es war mir unmöglich, sie zu verraten. Auch wenn mich die Anschauungen anderer reizten und ich manchmal sogar versuchte, ihnen nachzueifern, so war mir doch in jedem Augenblick bewußt, daß sich mein Glaube ganz auf die Lehren der Großmutter stützte. Mein Ungehorsam, mein Aufbegehren, meine Launen waren nur Schauspiele, die ich vor Fremden aufführte, reine Ketzerei gegenüber der anerkannten Wahrheit. Die Sünderin, wie meine

Großmutter erkannte, war eine Rolle, die nicht meine war und die mich dazu trieb, mich vor den anderen aus Trotz, Unsicherheit oder Feigheit anders zu verhalten, obwohl ich es in Wirklichkeit *besser wußte*. In dieser Hinsicht hatte die Großmutter auf ganzer Linie triumphiert: Die Bürde, zwischen Gut und Böse zu unterscheiden, zwischen dem, was man tun und was man nicht tun soll, konnte ich nicht mehr abschütteln; nur höchst mühsam gelang es mir ab und zu, mich für das Böse zu entscheiden, für das Verbotene, aber immer steckte mir dabei das unterdrückte Mißfallen tief in der Seele.

Manche behaupten, nur wer eine ausgeprägte Neigung zur multiplen oder gespaltenen Persönlichkeit hat, wird ein großer Schauspieler. Bei mir liegt der Fall, glaube ich, anders: daß ich Schauspielerin wurde, war der logische Endpunkt eines natürlichen Entwicklungsprozesses. Für mich war es sehr einfach, mich hinter einer Maskierung zu verstecken, hinter ein paar Gesten und Worten, die nicht die meinen waren; letzten Endes tat ich die ganze Zeit über unbewußt nichts anderes. Wann immer ich mit Leuten zusammentraf, war ich eine andere, ohne daß mich je das Bewußtsein verließ, später zu meiner authentischen Persönlichkeit zurückkehren zu können. Schizophrene spielen dagegen viele Rollen, ohne je zu ihrem ursprünglichen Charakter zurückzufinden; vielleicht haben sie das Gefühl dafür verloren, daß ein Gesicht, der Zeit und Bedeutung nach, Vorrang vor dem anderen hat. Wir Schauspieler aber, so sehr wir auch in eine Rolle eintauchen, so sehr sie uns begeistern und in Bann ziehen mag, wir werden stets in der Lage sein, zu uns selbst zurückzukehren, uns selbst als Urheber dieses Netzwerks von Figuren zu erkennen, das uns umspinnt und uns dem Augenschein nach auslöscht.

Die Schuld ist das einzige Gefühl, die einzige menschliche Empfindung, die sich unmöglich spielen läßt. Denn sie soll uns gerade daran erinnern, daß wir nicht sind, was wir zu sein vorgeben. Shakespeare wußte das genau und mußte deshalb Macbeths schreckliche Schuld im Traum darstellen, sonst hätte sie der Zuschauer nicht sehen, sich nicht vorstellen können. Die

Schuld ist nicht nachzuahmen, und wird sie dargestellt, wirkt sie unweigerlich falsch. Über einen guten Schauspieler, eine gute Schauspielerin sagt man nicht mehr, das ist Soundso, der den Othello spielt, denn für einen magischen Augenblick glaubt man tatsächlich, daß das Othello *ist*, der einzige und wirkliche Othello, der durch die Kraft und Intelligenz eines Menschen Gestalt angenommen hat. Doch hört oder sieht man jemanden die Schuld darstellen, ist man niemals von der Vorführung, der Farce, der Täuschung überzeugt, die einem der Schauspieler oder die Schauspielerin darbieten. Ich habe oftmals versucht, die Schuld zu erfinden, ihre Last zu spüren und sie in Gesten, Sätze, Mimik umzuwandeln, sie denen zu schenken, die mir zuschauten, aber nie, nicht einmal annähernd, kam dieser Schatten zum Vorschein, den mir meine Großmutter eingepflanzt hatte und den ich auf der Bühne hatte einsetzen wollen. Trauer und Freude, Schmerz und Furcht, sogar Liebe und Lust verweisen in der Darstellung auf ihr wirkliches Pendant; die Schuld niemals.

Dennoch verblüfft diese merkwürdige Verbindung, die aus den Abgründen meiner Kindheit hervorgegangen ist: Schuld und Schauspielerei untrennbar miteinander verbunden, als sei es die große Herausforderung meines Lebens, sie zusammenzuführen, in eins zu verwandeln. Das ist das Bravourstück, das sich jeder Schauspieler, jede Schauspielerin erträumt, vor allem ich: die Darstellung der Schuld – aufgrund der eigenen Erfahrung – glaubhaft zu machen und sich dadurch von ihr zu befreien, sie auszutreiben, indem man auf die Bühne tritt.

Meine Mutter hat meinen Wunsch, Schauspielerin zu werden, niemals gebilligt; vielleicht weil sie keine Zeit gehabt hatte, mich richtig kennenzulernen – und das soll kein Vorwurf sein –, war es unvorstellbar für sie, daß ich mich für etwas entschied ohne die ausdrückliche Absicht, ihr wehzutun. Sie hätte sich niemals träumen lassen, daß in großem Maße meine Großmutter – ihre eigene Mutter – für meine Entscheidung verantwortlich gewesen war. Mir selbst ist es erst sehr viel später bewußt geworden, als ich bereits professionell auf dem Theater spielte.

Das ist eine der Überraschungen, die das Leben mit sich bringt: Vor nicht einmal fünf Jahren war ich angesichts des Erfolgs am Anfang meiner Laufbahn noch überzeugt davon gewesen, es sei mir endlich gelungen, der Familientradition zu entkommen, der eisernen Moral meiner Großmutter und der zweideutigen Moral meiner Mutter – die um so strenger mit mir war, weil sie ihre Moral selbst nicht wirklich umsetzte –, obwohl doch gerade das Gegenteil der Fall war. Mein Geist hatte die traditionelle Erziehung gewissermaßen verdrängt, so daß ich nun Dinge tun und sagen konnte, die ich mir vorher nicht hätte träumen lassen, doch in Wirklichkeit hatten die beiden mich noch immer fest im Griff. Ich war mir sicher, die Ideen und Anschauungen meiner Mutter und meiner Großmutter abgeschüttelt zu haben, und es verschaffte mir maßlose Erleichterung, ihnen zu widersprechen oder dem zuwiderzuhandeln, was sie sich für mich vorstellten. Ich genoß plötzlich eine absolute, unverdiente Freiheit, aber im Grunde – das wird mir erst heute deutlich – hing diese Befreiung ebenso von den Vorurteilen ab, mit denen ich hatte brechen wollen. Es war eine bedingte Freiheit, eine trügerische Flucht, und nicht das Ergebnis einer Entscheidung oder eines natürlichen Verlangens.

Ich erinnere mich noch an die Anfänge meiner Auflehnung. Als ich fünfzehn wurde, hatten sich meine Mutter und meine Großmutter überraschend geeinigt, mich in den Ferien zwei Monate zu Onkel und Tante zu schicken, die seit einigen Jahren in Kalifornien lebten. Für mich war das eine völlig neue Erfahrung, ich hatte noch nie mein Land verlassen, erinnerte mich kaum an meine Verwandten und war tatsächlich noch nie so lange von zu Hause fort gewesen. Ich weiß nicht, ob sie wirklich die Gefahren des amerikanischen Lebens vor Augen hatten oder ob sie sich einfach blind auf meinen nach Amerika geflüchteten Onkel, seine kolumbianische Frau und ihre Kinder verließen oder ob sie im Gegenteil darauf bauten, daß in der Ferne wenigstens vertraute Menschen meine Erziehung in die Hand nehmen würden.

Ich kam in ein fremdes Land, ohne auch nur ein Wort Englisch zu sprechen, und stieß mit einer Lebensart zusammen, die sich nicht nur von meiner unterschied, sondern allem entgegengesetzt war, was man mir beigebracht hatte. Bald schon kümmerten sich Onkel und Tante nicht mehr um mich und überließen mich meinen Cousins – drei Jungen im Alter von zwanzig, vierzehn und zwölf Jahren –, ohne die geringste Aufsicht. Nach zwei Wochen ließen sie uns zu viert allein in ein Zeltlager fahren und ermahnten die drei nur, sie sollten „gut auf das Mädchen aufpassen".

Von Anfang an hatte mir Mickey, der Älteste, gefallen, und vielleicht war ich ihm deshalb so zuwider. Er machte sich über mich lustig, behandelte mich wie eine Vierjährige, äffte mich nach und sagte Dinge auf englisch, die die anderen zum Lachen brachten und die ich nicht verstand. Doch in dem Zeltlager änderte sich seine Haltung mir gegenüber völlig. Während John und Tomás gemeinsam umherzogen und im Wald Fangen spielten, blieb Mickey zurück und unterhielt sich mit mir, bis er es eines Tages endlich wagte, mich zu küssen. Und ohne daß ich wußte, wie mir geschah, und ohne daß er an die Folgen gedacht hätte, als sei es einer seiner üblichen Scherze, ging er mit mir zu einem Bach, zog mich aus, und wir liebten uns. Alles geschah wie in Trance, es war ein Wirrwarr von allzu starken Emotionen, die ich nicht analysieren konnte. Zum erstenmal war die Stimme der Großmutter in meinem Kopf – tu's nicht – verstummt, wenn auch nur für ein paar Stunden. Ich erinnere mich nicht, ob es mir gefiel oder wehtat oder wie es sonst war, wir kehrten zu den Zelten zurück, als wäre nichts geschehen, unterhielten uns weiter und warteten, bis sich die anderen uns wieder anschlossen.

Nachts vor dem Einschlafen – ich war so müde wie noch nie – wurde mir klarer, was geschehen war. Meine Großmutter und meine Mutter hatten oft, wenn auch nur in vagen Andeutungen, davon gesprochen, als schlimmste aller Gefahren für eine Frau, als einen Schandfleck, der sich nie wieder fortwaschen ließ. Ich glaube sogar, ihre Mahnungen hatten sich ganz auf die Schande beschränkt, die nun auf mich gefallen war, wie in einem Traum.

Ich war keine Jungfrau mehr, und der Schaden – befürchtete und wußte ich – war nicht wiedergutzumachen. Am meisten bestürzte mich jedoch, daß ich mich nicht schlecht dabei fühlte, die Schuld war ganz in den Hintergrund gerückt, hatte sich verschanzt, versteckt, und als einziges trat nur ein widerstreitendes Gefühl zutage, ein unreifer Stolz und eine unerbittliche Furcht (am schlimmsten war vielleicht, daß ich nicht einmal verliebt war, mich nun nicht enger an den Grünschnabel gebunden fühlte, der mein Cousin im Grunde war). Was war mit mir geschehen? War ich immer noch dieselbe, obwohl mein Handeln und Denken meine Vergangenheit, meine Lebensweise, meine Werte verraten hatten? Ich war immer noch ein kleines Mädchen, trotz allem unschuldig, und fühlte mich glücklich und traurig zugleich.

Wo beginnt die Schuld? War dieses erste Mal, wie es Hunderte von Mädchen erleben, ihr Urgrund? Eine zu einfache Erklärung; wichtig ist der Mechanismus, der die Schuld ins Leben ruft, der Widerspruch zwischen dem, was man tut, und dem, was man denkt. Die Großmutter hatte mir einmal gesagt, wenn du mit ganzer Seele glaubst, es sei eine Sünde, auf die Kreuze zwischen den Pflastersteinen zu treten, weil sie dem Kreuz unseres Herrn gleichen, und doch absichtlich darauf trittst, dann begehst du tatsächlich eine große Sünde, gleichgültig ob dein Verhalten allen anderen unschuldig erscheinen mag.

Das ist der Anfang der Schauspielerei: Wer mutwillig auf die Pflasterkreuze tritt und damit seinen Grundsätzen zuwiderhandelt, spielt eine Rolle; er bietet seinen Überzeugungen die Stirn, macht sich eine fremde Handlungsweise zu eigen, spaltet sich auf. Und danach kommt die Schuld hoch wie eine Erinnerung und weist uns darauf hin, wie falsch unser Verhalten war, unvereinbar mit uns selbst. Deshalb erschien es mir harmlos, mit Mickey zu schlafen, wie etwas, das nicht mir selbst zustieß, und deshalb dauerte es so lange, bis sich mein Gewissen meldete. Ich spielte eine Rolle, mein Körper und ein Teil meines Geistes waren dort mit ihm zusammen, aber meine Seele nicht, nicht mein Gewissen. Ich lag nackt da, voll von seinem Körper, war selbst aber abwesend, in Sicherheit, als würde ich mir von oben aus zuschauen. Die Schuld ließ mich die Lüge begreifen. Ich konnte Verbote ignorieren, aber niemals so sehr, daß ich sie vergaß, niemals so sehr, daß ich den Ungehorsam zu einem Teil meines Wesens machte.

Es fiel mir äußerst schwer, mich wieder an das Leben in Mexiko-Stadt zu gewöhnen. Zunächst schien alles beim alten zu bleiben, als wären die Ferien bei Onkel und Tante in Kalifornien nur ein belangloses Intermezzo gewesen. Doch als ich mich auf die Universität vorbereitete, holte mich eine Bewußtseinskrise ein, die mich gegen die Konventionen bei mir zu Hause aufbegehren ließ. Ich mußte jegliche Tradition herausfordern, mußte meine Rolle in der Welt finden, fern von meinem Ich, mußte mich in eine andere verwandeln, mit anderen Vorlieben, anderen Manien, mit Träumen und Wünschen, die denen entgegengesetzt waren, die man mir bisher eingeimpft hatte. Ich würde mich nicht in eine Sekretärin verwandeln, wie meine Großmutter annahm, auch in keine Fachkraft, wie es meine Mutter vorgezogen hätte, sondern in eine andere, in viele andere, unterschiedliche, immer wechselnde Ichs, weit weg von meinem Selbst: in eine Schauspielerin.

Ich gab meine Studien im dritten Semester auf und schrieb mich an einer Schauspielschule ein. Das war mein Leben. Ich sah meine Familie kaum mehr, kam spätnachts nach Hause, übernachtete auswärts. Ich war in eine Welt der Partys und Drogen, des beliebigen Sex und der Kunst abgetaucht. Kunst. Zum erstenmal wurde mir bewußt, daß Schauspiel Kunst war. Damit hatten die ursprünglichen Gründe meiner Entscheidung nichts zu tun gehabt, doch auf einmal bot sie sich als Rechtfertigung für meine Auflehnung an. So erfand ich mir eine neue Persönlichkeit, deren größter Triumph es war, die vorhergehenden zu verdrängen: eine vollkommene Maske, die so fest an meiner Haut haftete, daß es unmöglich war, sie vom Gesicht dahinter zu lösen.

Ich wurde eine gute Schauspielerin, zumindest glaubte ich das in jener Zeit, als sich die verschiedensten Rollen wie neue, bereichernde Verkleidungen vor mir aufreihten. Die Worte, die ich auf der Bühne sprach, drangen ganz natürlich aus meiner Kehle, als wären sie mir selbst eingefallen, als eine spontane Reaktion auf reale Konflikte, die für einige Augenblicke meinem Körper eingepflanzt worden waren. Ich wünschte mir nichts anderes mehr. Zu spielen war mein einziger Wille. Verschiedene Namen, verschiedene Gestalten darzustellen, mich mit fiktiver Liebe oder fiktivem Haß zu füllen, bis sie wirklich wurden, mich dutzendweise mit fremden, falschen, notwendigen Emotionen vollzustopfen. Mein Leben war buchstäblich ein einziges Spiel, ein mimisches Entfalten, das alle Facetten meines Verhaltens, jeden Winkel meines Charakters erfaßte. Ich wechselte nicht etwa zwischen Erfindung und Wirklichkeit, die Fiktion war meine einzige Wirklichkeit geworden. Was bestand schon für ein Unterschied zwischen meinen Leidenschaften auf der Bühne und im Leben; zwischen dem Schmerz über den Tod meiner Großmutter oder dem Hinscheiden eines fiktiven Geliebten, zwischen der Furcht vor der Einsamkeit und Ophelias Verlassenheit? Das Gefühl, im Irrtum zu sein, im Unwahren zu leben, vor einer Mitte zu fliehen, war damals hinter dem dicken Vorhang meiner Figuren verschwunden; jeden Augenblick war ich eine andere oder mehr als das, ich konnte sogar meinen Gemütszustand, meine Vorlieben und meine Abneigungen ganz nach Belieben verändern.

Mein Debüt, nach Dutzenden von Studentenaufführungen, in Strindbergs *Gespenstersonate* war zumindest so erfolgreich, daß es mir zwei Jahre lang sichere Engagements einbrachte. Doch bald schon begann die Routine an mir zu nagen; ich spürte allmählich, daß mir etwas fehlte, daß etwas in meiner Darstellung verlorenging und ich unfähig war, das Publikum vollständig zu überzeugen. Meine Frustration wurde von Mal zu Mal stärker. Ich konnte eine Vielzahl von Gefühlen darstellen, aber es gelang mir nicht, mich selbst wirklich mitreißen zu lassen. Auch im Privatleben erlitt ich Schiffbruch. Ich fühlte mich erdrückt, als hätte sich plötzlich alles gegen mich verschworen. Das war zu dem Zeitpunkt, als Carlos den Verstand verlor und ich es nicht länger mit ihm aushielt. Meine Mutter wollte mir nicht helfen. Das Theater war keine Zuflucht mehr, sondern zu einem Kerker geworden. Ich hatte es satt, war müde, wie betäubt.

Dann hörte ich, daß eine Casting-Agentur Theaterschauspieler für dreimonatige Dreharbeiten suchte. Wie hätte ich vermuten können, was sich dahinter verbarg? Wie hätte ich wissen können, daß mein Leben dadurch eine völlig andere Richtung nehmen würde? Wie hätte ich das ahnen können? Schon vorher spürte ich jedoch das Unheil, das in der Luft lag, spürte es in jedem Augenblick, konnte es beinahe riechen. Ich versuchte, es meiner Psychoanalytikerin zu erklären, bevor ich mich entschied, aber sie sah darin nur ein weiteres Symptom meiner Unsicherheit. Das Unheil zirkulierte in meinen Adern, und dennoch versuchte ich, es zu verdrängen, wollte der Therapie folgen und – wieder ganz im Sinne meiner Großmutter – jedes Anzeichen fehlender Stabilität auslöschen. Stumpfsinnig identifizierte ich mich mit der Rolle der Patientin und nahm zwanghaft alle Ratschläge an, als seien sie Beruhigungsmittel. Ich mußte mein Umfeld hinter mir lassen, mußte der Hölle entkommen, die ich mir in den letzten Jahren so fleißig selbst geschaffen hatte. Ich mußte mir eine neue Chance geben.

Jetzt ist die Schuld wieder auf den Plan getreten, unerträglich. Sie hat mich erneut meinen Ängsten ausgeliefert, hat mich unerbittlich auf mein eigenes, vergessenes Gesicht zurückgeworfen. Es ist die Schuld des jüngsten Tages, die schlimmste aller Strafen, das Bewußtsein, daß ich nie Vergebung finden werde. Himmel, ja, eine ewige Schuld, unergründbar, wohlverdient.

DAS WELTGERICHT (I)

Das Ende der Ideologien, das Ende des real existierenden Sozialismus, das Ende des kalten Krieges, das Ende der Geschichte. Und wo bleiben wir nun? Ist unsere Zeit abgelaufen, oder stehen wir vor einem Neuanfang? Derlei Betrachtungen kann niemand verarbeiten, und so stürzen wir uns in eine Vorstellungswelt, die sich, wie Gonzalo in dem verfluchten Film feststellt, kaum von der vor der ersten Jahrtausendwende unterscheidet, als die Eschatologie für dieses magische Datum die Rückkehr des Erlösers, die Errichtung des Reiches Gottes auf Erden und das Jüngste Gericht angekündigt hatte. Natürlich sind wir inzwischen Rationalisten geworden, Physik und Ökonomie beherrschen unsere Zukunftsmodelle, alles ist nachweisbar – oder es wird zumindest behauptet –, jede Wirkung läßt sich exakt ihrer Ursache zuordnen, und die Prämissen einer jeden Schlußfolgerung lassen sich im Rahmen eines bestimmten Systems falsifizieren. Alles ganz kohärent und einfach; wir sind zivilisierte Menschen und stützen uns auf die Vernunft, wenn wir Behauptungen aufstellen. Aber ist das die Wahrheit? Wer kann das glauben? Menschen und Erde existieren weiter, ohne daß sich allem Anschein nach grundlegend etwas an ihren Beziehungen im Zeichen von Gewalt, Schrecken und Hoffnung geändert hätte. Wir Spielverderber werden den Verdacht nicht los, daß das Ende der Ideologien nur ein weiteres Instrument ist – wenn vielleicht auch das letzte –, um die anderen zu beherrschen. Wieder sind es Worte und Konzepte – die andere verdrängen –, die nicht nur die Wirklichkeit erklären, sondern sie ändern wollen, und die zum Handeln antreiben. Wieder ein Gewaltakt, den wir gegen andere und gegen uns selbst begehen.

Vielleicht gibt es wirklich keine Geschichte mehr. Dann bliebe uns nichts weiter übrig, als uns an die vergangene zu erinnern, eine Bilanz von Haß und Sympathie zu ziehen: uns zu richten. Aber nicht einmal als Kollektiv – auch diese Idee ist dem Untergang geweiht –, sondern jedes Individuum für sich. Denn wenn wir etwas im Auf und Ab all der Jahre gelernt haben, dann, daß ein Mensch niemals *ein anderer* sein kann. Alle Konflikte lassen sich auf diesen einzigen verzweifelten Kampf reduzieren: zu erreichen, daß die anderen so denken und handeln wie wir, daß sie lieben und leiden wie wir, daß sie *sind* wie wir. Die Schranke zwischen den Menschen hat sich, leider, als unüberwindlich erwiesen, sogar im gemeinsamen Tod. Das hat auch Gruber festgestellt, so ungern ich es wiederhole: Die Menschen können nicht allein leben, aber ebensowenig können sie zusammenleben. Amen.

Was für ein Ausweg bleibt? Keiner, man kann jetzt nur die Last der vergangenen Jahrhunderte auf sich nehmen und Rechenschaft ablegen, als müßten wir ein Unternehmen auflösen (auch wenn das Unternehmen *ad infinitum* in Auflösung befindlich ist). Zu glauben, wir stünden am Ende der Geschichte, ist tragisch genug, um darüber zu debattieren, ob es der Wahrheit entspricht oder nicht. Allein die Vorstellung, die sich dank wer weiß was für Medien in unserem Geist festgesetzt hat, reicht schon aus, um uns in Verzweiflung und Wahnsinn zu stürzen. Vor uns liegt nichts mehr. Die Zukunft als Terrain des Wandels existiert nicht mehr. Wir werden nur sein, was wir jetzt sind und was wir vorher gewesen waren, ohne die Möglichkeit einer Erlösung. Es ist ein Ende der Geschichte ohne Erlöser, ohne das Reich Gottes auf Erden. Ein ewiges Gericht, mehr nicht. Man wird sich daran erinnern, was wir getan und was wir unterlassen haben, was wir gedacht und was wir vergessen haben, an jeden einzelnen unserer Fehler, unser Elend wird zum Schicksal erhoben werden. Der Film unseres Lebens, der ohne Unterbrechung vor unseren Augen abläuft, die uns gewaltsam offengehalten werden wie bei Alex, dem Protagonisten von *Uhrwerk Orange*. Das ist das große Werk, der große Film, den Gruber im Sinn hatte: die Kunst, die das Leben verdrängt hat. Die endlose Projektion unseres Schuldgefühls.

DAS VORSTELLUNGSGESPRÄCH

Für mich war es nur ein Casting unter vielen anderen. Ich fand mich bei der angegebenen Adresse ein, in Erwartung der ewig gleichen Schlangen, der ewig gleichen ausdruckslosen Gesichter von Kollegen, die einem bereits vertraut vorkamen, ohne daß man sie wirklich gekannt hätte, die ewig gleichen ermüdenden Fragen, das Zurschaustellen, all die hübschen, frischen Gesichter angesichts der versteckten Geilheit in den vertrockneten Visagen der Agenten. Als ich eintraf, erwartete mich jedoch eine Überraschung. Es schien eine leere Wohnung zu sein. Nichts als ein kleines Büro, fast ohne Möbel oder sonstige Ausstattung, im Gegensatz zu den meisten Probestudios, die ich bisher gesehen hatte; eine Sekretärin saß an einem Eßtisch – nicht mal einen Schreibtisch hatte sie –, allerdings war sie zurechtgemacht, so um die vierzig, und wirkte wie all die anderen, die sich von ganzer Seele wünschen, die Fragen zu beantworten, anstatt sie stellen zu müssen. Sie drehte sich bei meinem Eintreten kaum um, reichte mir nur grußlos ein Formular und forderte mich auf, es auszufüllen.

Name: Renata Guillén
Adresse: Oaxaca 6, Wohnung 402. Colonia Condesa, 04020, México, D.F. *Telephon:* 533 13 25
Geburtsdatum: 26. März 1967. Alter: 25 Jahre, 11 Monate.
Personenstand: Ledig. (Ich habe mich nie daran gewöhnen können, verheiratet hinzuschreiben; außerdem, bis wann werde ich das noch sein?)
Kinder: Nein. (Seltsame Frage, aber letzten Endes notwendig.)
Größe: 1,68. *Gewicht:* 56 kg. *Haarfarbe:* Schwarz. *Hautfarbe:* Weiß. *Augen:* Braun. *Besondere Merkmale:* Der kleine Zeh meines linken Fußes schiebt sich über den Nachbarzeh. Ah, und ein Fleck auf der rechten Hüfte, etwas dunkler als die restliche Haut.
Filmerfahrung: Keine. (Ich glaube, meine Statistenrollen und Auftritte in der Fernsehwerbung tun nichts zur Sache.)

Ich las den Fragebogen noch einmal durch und gab ihn, etwas ernüchtert, der Sekretärin zurück. Schon oft hatte ich erlebt, daß in Annoncen nur dem Schein nach Schauspielerinnen gefragt sind, während in Wirklichkeit hübsche Frauen gesucht werden, um für Parfums, Damenbinden oder Unterwäsche zu werben.

„Hier."

„Ihre Photos, bitte."

Ich zog sie aus der Tasche und reichte sie ihr, überzeugt, daß es eine Verschwendung war, und verärgert, daß diese Frau sie anschauen würde.

„Ah, und noch etwas", sagte sie, als ich schon gehen wollte. „Schreiben Sie doch bitte außer Ihren persönlichen Angaben noch etwas über sich selbst."

„Was?"

„Erzähl etwas über dich", herablassend hatte sie das „Sie" aufgegeben, „eine kurze Schilderung deines Lebens, warum du Schauspielerin geworden bist, etwas in dieser Art, was dir gerade einfällt", und sie wandte sich wieder ihren Papieren zu.

Ich wollte es schon bleibenlassen, wollte gehen, aber in solchen Fällen hält man sich immer seine Professionalität vor und daß man sich nicht von plötzlichen Impulsen leiten lassen soll. Ich setzte mich in eine Ecke auf den Boden, so weit weg wie möglich von ihr, und versuchte, mich zu konzentrieren. Seit wann hatte ich nichts mehr geschrieben? Schlimmer noch, seit wann hatte ich nicht mehr über mich selbst gesprochen, hatte mich bemüht, nicht über mich nachzudenken? Und nun war ich gezwungen, mich an mein Leben zu erinnern, es zu ordnen, zu werten, mir und anderen zu erklären, Unbekannten, die mich nie zuvor gesehen hatten und die es bestimmt nicht kümmerte, was ich sagte oder wieviel Mühe es mich kostete. Es war wie ein erneuter obligatorischer Termin bei der Psychoanalytikerin, gerade als ich nicht mehr hatte hingehen wollen, weil ich die nutzlose Anstrengung satt hatte, vor anderen mein Herz auszuschütten.

Es schien so absurd. Und wie sollte ich mein Leben auf einer Seite zusammenfassen? Wie sollte ich es auf ein paar DIN A4-Blättern unterbringen? Ich war nicht dazu aufgelegt, mich mit meinen Erinnerungen zu konfrontieren; die jüngsten Ereignisse lasteten noch zu sehr auf mir, als würde man beim Filmen ein nahes Objekt anvisieren, während alles dahinter verschwimmt.

Ich konnte nur an Carlos denken, stellte mir sein Gesicht vor, seine Augen, die mich anstarrten, seinen nackten Körper, seine Hände. Das war das einzige, was mir von ihm geblieben war. Alles übrige, sein Charakter, seine Meinungen, seine Worte, waren mir ein Rätsel geworden. Ich wußte nicht, wie ich sie interpretieren sollte, bei welchen Erklärungen ich Zuflucht suchen und an welche Zeit ich mich dabei halten konnte. Denn für mich bestand kein Zweifel, daß es zwei Carlos gab, zwei verschiedene Männer in einem, einander entgegengesetzt, einer das Negativ des anderen: der erste, den ich vor acht Jahren kennengelernt und geliebt hatte und noch immer mit aller Kraft liebe, und der zweite, den ich so sehr hasse, wie ich den ersten Carlos liebe. Es ist mir unbegreiflich, wie sich jemand so urplötzlich verwandeln kann, bloß aufgrund von ein paar belanglosen Sätzen, aufgrund eines absurden Papiers, und nicht mehr wie früher ist. Oder hatte er alles von Anfang an geplant? Dieser Gedanke ist noch schmerzhafter für mich: daß er den Wandel schon immer beabsichtigt, sich von Beginn an mit all seinen Aufmerksamkeiten, seiner Zuneigung darauf vorbereitet hatte, um sich schließlich zurückzuholen, was er mir – so reichlich – gegeben hatte, sobald er in der Lage war, es einzufordern und von mir zu verlangen, was immer ihm beliebte.

Manchmal scheint es mir undenkbar, jemanden wirklich zu kennen; selbst wenn man mit ihm zusammengelebt, jahrelang sein Leben geteilt hat, unzählige Tage und Nächte, gelangt man letzten Endes zu dem Schluß, daß man nicht die geringste Vorstellung davon hat, wer er ist, und daß so etwas wie Liebe oder Zuneigung nur ein Deckmantel für die Unmöglichkeit ist, miteinander zu kommunizieren. Wir sind unvollkommene Wesen, die ihre Reaktionen nicht im Griff haben, und womöglich werden wir niemals wissen, was wir mit denen anstellen, die wir lieben. Die Schranken zwischen den Menschen sind unüberwindlich, selbst wenn man miteinander schläft, immer bleibt ein

Fleck, ein Zwischenraum, den wir nicht füllen können und der uns daran hindert, einander nahezukommen.

Ich lernte Carlos zufällig vor gut sieben Jahren kennen; ich befand mich noch in der Ausbildung, und er war ein junger Kritiker, der sich überraschend eines der Stücke ansah, das wir in der Schauspielschule aufführten. Nach der Vorstellung unterhielten wir uns kurz, ich gab ihm meine Telephonnummer, aber er meldete sich nie. Ein Jahr später begegneten wir uns wieder auf einem Fest, und von da an sahen wir uns regelmäßig. Er ist fast zehn Jahre älter als ich, wurde jedoch gleich zu meinem besten Freund, zu einer Art großem Bruder, zu dem ich mit meinen Zweifeln ging und Rat suchte in Sachen Theater, Schauspielerei und auch bei meinen Romanzen. Er hörte mir geduldig zu, empfahl mir das Beste – wie ich oftmals hatte feststellen können –, ohne eine Spur von Egoismus, von dieser Warte des Weisen aus, die ich ihm aus Unerfahrenheit zugestand. Damals wechselte ich von einem Mann zum nächsten, nur er blieb eine unabhängige Konstante, ein Orientierungspunkt, nach dem ich mich im Notfall richten konnte. Ich bewunderte ihn. Vielleicht war er das einzig Beständige in meinem Leben damals. Wahrscheinlich wußte ich im Grunde, daß ich ihm gefiel, aber ich hatte diesen Gedanken in einen Winkel meines Bewußtseins verdrängt, weil ich ihn auf keinen Fall als Freund und Lehrmeister verlieren wollte. Nie machte er mir einen Vorwurf, wir sahen uns nur, wenn ich es wollte, und taten, was mir gefiel; er war immer bereit, mir zu helfen, und zögerte nicht, mich sogar vor meinen eigenen Verrücktheiten zu beschützen.

Ja, inzwischen habe ich genau studiert – nach zwei Jahren Psychoanalyse –, daß Carlos die Rolle des Vaters übernahm, den ich nie gehabt hatte, auch wenn mir das heute bedeutungslos vorkommt. Er war der wunderbarste Mann, den ich je kennengelernt hatte, der treuste, aufrichtigste. Als ich mir endlich meiner Gefühle bewußt wurde, war ich bereits hoffnungslos in ihn verliebt, und nach kurzer Zeit schon entwickelte sich unsere Beziehung von Freundschaft zu Liebe (jetzt bereitet es mir Mühe, noch an dieses Wort zu glauben). Die Küsse und Umarmungen, die wir uns zum Abschied gaben, wurden bald zu Liebkosungen, bis wir uns auf einmal im Bett wiederfanden. Er war nicht nur ein großer Freund, sondern erwies sich auch als großer Liebhaber (zumindest ließ er mich in diesem Glauben), und ich war hingerissen. Die Verwirrung über den Wandel unserer Beziehung schwand schnell, ich fühlte mich in seinen Armen voll Vertrauen und glücklich, ihm gegenüber hatte ich keine Vorbehalte wie gegen meine anderen Freunde. Wir unterhielten uns so ausgiebig wie zuvor, er umsorgte und beriet mich weiterhin, ja, er ließ unser Verhältnis sogar offen, und ebenso wie früher zögerte er nicht, mich über die Männer auszufragen, die mir über den Weg gelaufen waren.

Eines Nachts lud ich ihn selbst spontan dazu ein, bei mir zu übernachten. Ich wollte neben ihm aufwachen, am Morgen in seine schwarzen Augen blicken, mit ihm baden und frühstücken. Nach und nach wurden es immer mehr Nächte, und eines schönen Tages schlug ich ihm vor – in Wirklichkeit bat ich ihn sogar darum –, endgültig bei mir einzuziehen. Er führte einige Nachteile an, wies mich auf seine Tics hin, wiederholte den Ausspruch von ich weiß nicht wem, es sei einfacher, einen Roman zu schreiben, als mit jemandem zusammenzuleben, und willigte am Ende mit einem breiten Lächeln ein. War ich damals blind gewesen? Begriff ich denn nicht, daß zwar ich ihn dazu aufgefordert hatte, in Wirklichkeit aber er alle meine Entscheidungen bestimmte? Oder ist das Gegenteil der Fall, und ich phantasiere mir jetzt eine Intrige zusammen, um meinen damaligen Beschlüssen die Bedeutung zu nehmen?

Nach und nach füllten seine Sachen meine Wohnung. Ich sah sie als ein Symbol unserer Verbindung, als einen Beweis mehr für seine Gefühle. Unsere Beziehung wandelte sich jedoch kaum. Es kam mir wie ein Traum vor, ich genoß weiterhin meine Freiheit, er schränkte mich in keiner Hinsicht ein, ließ mich in all meinen Angelegenheiten allein entscheiden, ohne sich einzumischen. Denke ich heute an diese Zeit zurück, will es mir unglaublich scheinen, daß ich keine Spur, keine Warnung, kein Vorzeichen des Kommenden entdecken kann. Was hätte ich ihm in all diesen Monaten vorwerfen können? Er war extrem ordentlich, blieb abends stets zu Hause, ging nur auf Partys, wenn ich ihn dazu nötigte, rauchte und trank nicht. Vielleicht beunruhigte mich ein wenig sein Desinteresse an allem, was nichts mit meinen Vorlieben zu tun hatte, als wäre ich der einzige Teil des Universums, der ihn beschäftigte, aber das konnte ich ihm letztendlich nicht zum Vorwurf machen, und so erwähnte ich es ihm gegenüber niemals. Vielleicht war sein Verhalten seltsamer, als ich es mir eingestehen wollte. Ein Mann von über dreißig Jahren, ohne Freunde, ohne gesellschaftliche Verpflichtungen, ohne Familie. Als hätte er keine Vergangenheit, als wäre ich, seine Gegenwart, der einzige Stoff, aus dem er bestand. Wenn ich jetzt darüber nachdenke, sticht das Anomale daran klar hervor, aber damals war ich so eingenommen von ihm, daß mir nie auffiel, daß alle unsere Gespräche sich um meine Probleme drehten, um meine Sorgen, mein Berufsleben, meine Ängste und Sehnsüchte, niemals um seine. Ich hatte mich auch nicht nach ihm erkundigt, hatte nie etwas von seinen früheren Liebschaften, von seinen Enttäuschungen, von seiner Jugend erfahren. Wenn ich ihn bei seltenen Gelegenheiten danach fragte, antwortete er stets ausweichend und sagte, es lohnt sich nicht, davon zu erzählen, nur du bist bisher wichtig für mich gewesen, und als großes Zugeständnis zeigte er mir seine Artikel und ein paar Zeitungsausschnitte, in denen er erwähnt wurde. Wie hätte ich vermuten können, daß das Symptome für eine unterdrückte Wut, für einen geheimen Zorn waren? Für mich waren es nur erneute Beweise für eine tiefe, reine Liebe.

Was ging damals in Carlos' Kopf vor? Was fühlte er? Diese Fragen lassen mir keine Ruhe; sie quälen mich weiterhin, denn sie werfen ein deutliches Licht auf meinen Egoismus. Vielleicht liefen alle seine Handlungen darauf hinaus, mich zu erobern, im buchstäblichsten Sinn des Wortes: sich meiner ganz und gar zu bemächtigen. Nichts konnte ich ihm vorhalten, alles, was er tat und sagte, war nur zu meinem Guten, wie hätte ich ihm nicht glauben sollen, wie hätte ich nicht – gänzlich überzeugt – all seine Meinungen, all seine Ideen gutheißen sollen? Da er ein

Muster an Vollkommenheit war, gab es keinerlei Grund, ihm nicht zu folgen, und ich tat es herzlich gern, ohne zu begreifen, daß ich wie eine Sklavin jedem einzelnen seiner Worte entsprach. Er beherrschte mich auf seine schweigsame Art, voll versteckter Verehrung. Ja, genau da lagen die Anzeichen für seine Verstörung, doch ich weigerte mich, sie zu erkennen, und niemand sonst hätte sie an meiner Stelle erkannt.

Als er mir dann sagte, warum heiraten wir nicht, Renata, überraschte er mich damit zwar zum erstenmal seit langer Zeit, aber ich zögerte dennoch nicht, ja zu sagen. Ich war bewegt. Seit jungen Jahren schon war ich gegen das Heiraten gewesen, ich wollte nicht, daß es mir so erging wie meiner Mutter, wie Tausenden von Frauen; der Gedanke war mir zuwider, ewige Liebe schwören zu müssen, wenn ich doch wußte, daß alle Liebe zu Ende geht; es kam mir unwürdig vor, mich wie eine Handelsware auszuliefern und Treue und Gehorsam zu schwören und was sonst noch zu dem absurden Ritual gehört. Und doch willigte ich ein, ohne auch nur zu zögern. Carlos hatte mich niemals direkt um etwas gebeten, es war meine erste Gelegenheit, einen Vorschlag von ihm anzunehmen. Ich tat es mit Freuden. Es war nicht schwer, die früheren Überzeugungen über Bord zu werfen, die eher mit meinem Groll zu tun hatten als mit Erfahrung. Einverstanden, heiraten wir, ja. Zwischen uns konnte sich sowieso nichts mehr ändern. Seit zwei Jahren lebten wir zusammen, ohne den geringsten Konflikt, glücklich – war das kein ausreichender Beweis dafür, daß es mit uns klappte?

Wir suchten uns eine kleine Kirche in San Ángel aus, zu der nur ein paar meiner Freunde kamen und, was nicht zu vermeiden war, meine Mutter. Und du, lädtst du denn niemanden ein, fragte ich ihn naiv, ohne zu ahnen, daß die Einsamkeit gerade ein Zeichen für die Abgründe seines Charakters war. Nein, vielleicht einen Kollegen oder meinen Chef, aber ich lege keinen Wert darauf, erwiderte er, die Ehe geht nur zwei Personen an, dich und mich, niemand sonst hat sich da einzumischen. Eine Privatsache von zwei Menschen, die Welt reduziert auf das Paar. Erst einige Tage später sollte ich seine Antwort verstehen, aber damals erschien sie mir noch ein romantischer Beweis seiner bedingungslosen Liebe.

Wir fuhren nicht auf Hochzeitsreise, er erklärte mir, er habe viel Arbeit und könne Mexiko-Stadt augenblicklich nicht verlassen, später hätten wir mehr Zeit für gemeinsame Reisen – den Rest unseres Lebens, sagte er. Es machte mir nicht viel aus. Vor einem knappen Jahr war ich erst von einer Tournee durch den Norden des Landes und den Süden der Vereinigten Staaten zurückgekehrt; und doch ärgerte es mich ein wenig, denn er selbst hatte den Hochzeitstermin festgelegt, hatte mich zur Heirat überredet, er hätte Urlaub beantragen können.

Aber der Haken an dem Ganzen offenbarte sich noch wie von Zauberhand – und ich übertreibe nicht – am Tag der Hochzeit, als wir allein zu zweit zurückblieben.

„Also gut", sagte er mir in der Nacht, als wir uns geliebt hatten, in den Augenblicken, die dem Schlaf vorausgehen, „ich glaube, es ist nicht mehr nötig, daß du arbeitest, jetzt sorge ich dafür, diesen Haushalt zu finanzieren."

Ich traute meinen Ohren nicht, hielt es für ein Mißverständnis, für eine Verwirrung, die auf den Alkohol und die frühe Morgenstunde zurückzuführen war. Ich verstehe nicht, antwortete ich verärgert, und brach abrupt mit dem gedämpften Ton, der zwischen seiner letzten Zigarette und dem Schlaf schwebte; ich arbeite nicht um des Geldes willen, sondern weil es mir gefällt, weil ich es tun *will*. Er schlief ein, ohne etwas zu erwidern, auch wenn aus seiner Haltung nicht das übliche Einverständnis sprach; er drückte die Zigarette aus, drehte sich um und löschte das Licht.

Am nächsten Morgen hatte ich den Vorfall bereits vergessen, aber er wachte schlechtgelaunt auf, fuhr abrupt aus dem Bett hoch und ging ins Bad. Nur selten hatte ich ihn so erlebt. Er wollte sanft sein, ohne daß es ihm gelang, die Spuren des Ärgers waren nicht aus seinem Gesicht zu wischen. Ich wollte ihn aufmuntern, streichelte und küßte ihn, ohne Erfolg. Da wurde auch ich ärgerlich und beschloß, gleich nach dem Waschen und Ankleiden ohne ein Wort die Wohnung zu verlassen. Wann bist du zurück?, kam er mir an der Tür zuvor. Nie hatte er mich das in diesem kalten, neutralen, herausfordernden Ton gefragt. Nach der Probe am Abend, sagte ich; und erwarte mich auch nicht zum Mittagessen, ich werde keine Zeit haben, zwischendurch nach Hause zu kommen. Wütend ging ich fort.

Den ganzen Tag über war ich nervös. Ich kehrte gegen zehn Uhr nachts zurück, überzeugt, daß wir miteinander reden mußten. Wir diskutierten eine Weile, ohne zu einem Einverständnis zu gelangen, und liebten uns schließlich, als könnten unsere Körper wiederherstellen, was wir im Streit zerbrochen hatten. Der nächste Tag verlief ebenso. Ich kehrte gegen elf Uhr nachts zurück, und als ich die Wohnung betrat, empfing mich Carlos laut brüllend. Wo bist du gewesen, es ist dir wohl völlig egal, ob ich mir Sorgen mache? Mit wem warst du zusammen? Diese Worte waren ihm bisher noch nie über die Lippen gekommen. Ich schilderte ihm detailliert meinen Tag und fühlte mich fast schuldig, ohne ihn besänftigen zu können. Ich mag es nicht, wenn du spät nach Hause kommst, wiederholte er ein ums andere Mal, so gefährlich wie diese Stadt ist. Jahrelang bin ich Tag für Tag so spät nach Hause gekommen, und nie hat es dich gestört. Ja, aber damals warst du noch nicht meine Frau.

Das war es also. Jetzt, da ich deine Frau bin, kannst du wohl über mich verfügen, was? Wir stritten noch eine ganze Weile weiter, bis ich schließlich in Tränen ausbrach; ich war überrascht, erschreckt und traurig, unendlich traurig. Er versuchte, mich zu trösten, flüsterte mir ins Ohr, ich hätte ihn falsch verstanden, er habe das nicht sagen wollen, es sei nicht seine Absicht gewesen, mich einzuengen oder zu kränken, er wolle mich nur beschützen, auch ich müsse versuchen, ihn zu verstehen, denn er sei nun verantwortlich für mein Wohlergehen. Er versprach mir, daß alles wieder so wie früher werden würde, mach dir keine Sorgen, du weißt doch, wie sehr ich dich liebe. Ja, das wußte ich … leider. Ich erwiderte nichts darauf, ich hatte keine Kraft mehr, mein Vertrauen zu ihm geriet immer mehr ins Wanken. Meine Albträume, mein Vater, die Schlaflosigkeit: alle meine alten Ängste schienen zurückzukehren.

Das Verhältnis wurde nicht besser, und die Umstände brachten die Lawine noch weiter ins Rollen. Das Stück, in dem ich auftrat, lief aus, und kein neues Projekt war in Sicht. Carlos beruhigte sich ein wenig, einige Tage verbrachte ich fast die ganze Zeit über zu Hause, erschreckt und verärgert, ohne daß seine Haltung sich änderte. Auf Schritt und Tritt mißtraute er mir, fand immer einen Vorwand, als würde ich ihn tausendmal hintergehen. Ich begann, ihn anzulügen – äußerst schlecht allerdings –, erzählte ihm, ich würde zu Freunden gehen, wenn ich in Wirklichkeit an Castings teilnahm; ich suchte verzweifelt nach Arbeit, um nicht zu Hause sein zu müssen, in *meinem* Zuhause.

Von einem Augenblick auf den nächsten wußte ich nicht mehr, mit wem ich zusammenlebte und warum. Ich wollte fliehen, weit weg sein. Erst da wurde mir klar, wie er sich in mein Leben geschlichen und sich meiner Gedanken und Taten bemächtigt hatte, wie ich selbst unbewußt seine Gesten und Urteile imitierte. Und doch hatte ich das Gefühl, ihn zu enttäuschen, nach all dem, was er für mich getan hatte. Es war einfach zu lächerlich, denn auch wenn es den Anschein gehabt hatte, daß ich nach eigenem Willen gehandelt und getan hatte, was mir beliebte, während er all meinen Launen nachgab, war es in Wirklichkeit doch genau umgekehrt gewesen, denn er hatte mich dazu gebracht, mich genau so zu verhalten, wie es ihm paßte, und mit einer Folgsamkeit, die mir nicht bewußt gewesen war. Zugleich fühlte ich mich schuldig – wieder die Last der Schuld auf meinen Schultern – und beschämt. Letzten Endes hatte *ich* ihn in meine Wohnung geholt, *ich* hatte sie zu seiner gemacht, *ich* hatte mich auf ihn eingelassen, mich verliebt und ihn geheiratet: freiwillig. Wenn jemand einen Fehler gemacht hatte, dann ich. Wie war er zu beheben? Wie konnte ich mich damit abfinden, den schlimmsten aller Irrtümer begangen zu haben, den ich so gefürchtet hatte? Das Schicksal bestätigte nur meine tiefsten Ängste, ganz wie in der griechischen Tragödie, in der sich die Menschen noch so abmühen und doch nicht ihrem Verhängnis entgehen können, das mächtiger ist als sie. Von klein auf hatte ich beschlossen, nicht zu heiraten, und hatte mich doch vor Liebe verblendet dazu bereit erklärt, nur um sogleich feststellen zu müssen, wie verantwortungslos ich im Namen der Liebe gehandelt hatte. Darin schien mir fast eine bösartige Gerechtigkeit zu liegen; ich hatte meine Grundsätze verraten und verdiente die entsprechende Strafe.

Aber mein Masochismus ging nicht so weit. Eines Nachts kam ich gegen ein Uhr nach Hause und traf Carlos betrunken an – obwohl er doch nie trank – und außer sich vor Wut. Er beschimpfte mich, warf mir meine Lieblosigkeit vor, ich sei nicht in der Lage, auch nur eine Sekunde an ihn zu denken, und nach einer kurzen Auseinandersetzung schlug er mir ins Gesicht. Das war zu viel für mich. Ich forderte ihn auf, meine Wohnung zu verlassen, ich wollte ihn nicht wiedersehen. Er entschuldigte sich, weinte ein wenig und ging, ohne zu widersprechen. Seine Reaktion gab mir das Gefühl, ungerecht gewesen zu sein, und letzten Endes fehlte er mir auch, mir fehlte der frühere Carlos, mein Freund, mein Liebhaber – nicht mein Mann. Aber ich gab nicht nach.

Am nächsten Morgen erhielt ich einen Anruf für ein weiteres Casting und zögerte nicht, zuzusagen. Carlos kam am Nachmittag zu mir, wir redeten, ohne uns überzeugen zu können, und ich hatte nicht den Mut, ihn wieder fortzuschicken. Die Vorstellung erschien mir unerträglich, daß er wie ein Flüchtling draußen im Wohnzimmer schlief, während ich allein in meinem Zimmer lag, ohne daß wir auch nur ein Wort wechselten.

Aber jetzt hatte ich diesen dummen Antrag auszufüllen, mußte all das, was mir auf der Seele lag, auf einer Seite erzählen, und vielleicht hing meine Zukunft davon ab.

Ich tat es ohne Überzeugung, allzu aufgewühlt, um auf den Sinn meiner Worte zu achten. Ich erinnere mich nicht genau, was schließlich genau von mir auf der Rückseite des Antrags zu lesen stand. Als ich das kleine Büro verließ, überfiel mich wieder dieses manische Vorgefühl des Unheils, die Überzeugung, daß mir das Schlimmste noch bevorstand.

Am nächsten Tag erhielt ich einen Anruf von der Sekretärin,

die mir mitteilte, ich sei für ein persönliches Gespräch mit einem der Produzenten des Films ausgewählt worden und solle noch am selben Nachmittag um fünf vorbeikommen. Carlos fragte mich aus, wer mich angerufen habe und wen ich zu dieser Uhrzeit sehen müsse; er konnte nicht anders, die Eifersucht brannte in ihm, und – das merkte ich – auch er litt. Ich erklärte ihm so ruhig wie möglich, worum es sich handelte; mit der vorgetäuschten Vertrauensseligkeit früherer Zeiten erzählte ich ihm von dem Antrag und wie nervös ich beim Ausfüllen gewesen war. Aber anstatt sich zu beruhigen, wurde er noch cholerischer.

„Warum hast du mir nichts davon gesagt?" schrie er mich an. „Und du wagst es auch noch, Unbekannten von uns beiden zu erzählen, dich über unsere Beziehung auszulassen, als würde sie allein dir gehören, als beträfe sie nur dich."

Seine Unvernunft behielt die Oberhand, er kam nicht gegen sie an. Wie er mir früher nie hatte widersprechen können, konnte er mir nun einfach nicht recht geben.

„Ich verbiete dir, hinzugehen."

„Was?"

„Du hast mich gehört, tu ein einziges Mal etwas für mich. Bitte, geh nicht hin."

„Du hast kein Recht, dich in meine Arbeit zu mischen", die Tränen schossen mir aus den Augen, „du hast kein Recht …"

Ich ließ nicht zu, daß er mich anfaßte, und er versuchte nicht einmal, mich zurückzuhalten.

„Wenn ich wiederkomme, will ich dich hier nicht mehr sehen", sagte ich ihm, „Himmel, ich will dich nicht mehr wiedersehen."

Und wieder die fürchterliche Sekretärin. Es würde schiefgehen, da war ich mir sicher. Wie sollte ich mich aufraffen, auf Fragen zu antworten, die mir einerlei waren? Aber da war ich nun mit meinem geschwollenen Gesicht, mit der Wut im Körper und der Enttäuschung in meiner Stimme.

„Wie geht es dir?" fragte sie mich überraschend liebenswürdig. „Gleich wird dich Herr Braunstein empfangen."

Wie beim letzten Mal setzte ich mich zum Warten auf den Boden; die plötzliche Höflichkeit der Frau hatte mich ein wenig aufgemuntert, ich fixierte die rissigen Wände und die bläuliche Decke und strengte mich an, diese als einzige Bilder in meinem Kopf zu behalten.

„Hier entlang bitte", sagte sie auf einmal und ging mit mir zur geschlossenen Tür hinter ihrem Tisch. Sie öffnete sie, ließ mich eintreten und schloß sie wieder von außen.

Im Gegensatz zum Vorzimmer trat ich ein großzügiges, makelloses Büro mit weißen Wänden voll von Bildern, einem Mahagonischreibtisch hinten, mehreren Sesseln und einem Diwan, alles geschmackvoll über den Raum verteilt. Niemand schien dort zu sein. In den Rahmen an den Wänden waren ausschließlich Photos von Gruppen oder Paaren zu sehen, und unweigerlich tauchte darauf als Leitmotiv – immer in Schwarzweiß und meist hinter, seitlich oder vor einer Filmkamera – ein Mann auf, der Herr Braunstein sein mußte. Ein merkwürdiger Schauer lief durch meinen Körper, vielleicht kam es von diesem Künstlerambiente, mit dem ich mich identifizierte und das mich zumindest für einige Augenblicke der Routine und den Problemen entriß.

„Setz dich, Renata", sagte Braunstein, der aus einem Badezimmer trat und sich die Hände mit einem grünen Handtuch abtrocknete.

Er nahm hinter dem Schreibtisch Platz und begann, mit einem Gummiball zu spielen, der auf seinen Papieren lag. Er war ein korpulenter Mann von circa sechzig Jahren, kräftig und derb, mit weißem Haar und tiefblauen Augen. Sein Körper schien Energie zu versprühen, als wollte er mit jeder Geste die anderen davon überzeugen, daß seine Jugend nicht vorbei und er immer noch in der Lage war, ein Holzscheit – oder mehrere Geister – mit einem Schlag in Stücke zu hauen.

„Eine gute Therapie, weißt du. Ideal für alle, die wir nervös sind. Warum versuchst du es nicht auch?" Er warf mir den Gummiball zu. „Denn du bist genauso nervös wie ich, stimmt's?"

„Wenn Sie das sagen."

„Siehst du?" Er stand auf und begann, im Zimmer umherzugehen, ohne in seiner Rede innezuhalten oder mir zu gestatten, ebenfalls aufzustehen. „Es stört dich doch nicht, wenn ich dich duze, oder?"

Erst jetzt fiel mir der etwas forcierte Tonfall seiner rauhen, metallischen Stimme auf. Ein perfektes Spanisch, aber zweifellos einstudiert.

„Sind Sie Deutscher?"

„Bist *du* Deutscher", korrigierte er mich. „Ja, ich bin Deutscher, oder war ich, um genau zu sein. Ich bin in Deutschland geboren, aber im Alter von zehn Jahren zogen meine Eltern, Juden, wie du dir denken kannst, mit mir in die Vereinigten Staaten. Ja, ich fühle mich eher als Deutscher denn als *Gringo* und, auch wenn du es nicht glauben willst, mehr als Mexikaner denn als Deutscher."

„Ich glaube Ihnen, glaube dir."

„Gut, also zur Sache. Warum bist du hier?"

„Ein Freund hat mich angerufen, um mir zu sagen, daß Schauspieler gesucht werden, und ich habe beschlossen, mich vorzustellen." Der Gummiball wechselte von einer in die andere Hand.

„Und er hat dir gesagt, daß es sich um einen Film handelt."

„Ja", erwiderte ich unsicher.

Er kehrte zu seinem Schreibtisch zurück, blätterte in ein paar Unterlagen und zog schließlich den Antrag heraus, den ich am Vortag ausgefüllt hatte.

„Hier schreibst du, du hättest keinerlei Filmerfahrung."

„Habe ich auch nicht", verteidigte ich mich, „aber ich glaube, ich bin eine gute Schauspielerin …"

„Gut, sehr gut, das ist der Ton, der mir gefällt. Du weißt aber nicht, was für eine Art von Film wir drehen werden. Nein, keine Angst, es ist kein Porno. Im Gegenteil. Aber apropos, würdest du dich weigern, in einem Porno mitzuspielen?"

„Vergiß es."

„Wenn eine dramatische Rolle es von dir verlangen würde, dann hättest du doch nichts dagegen, dich auszuziehen, oder?"

41

„Wenn du die Frage so drehst, damit ich annehme ..."

„Nun sei nicht so mißtrauisch. Ich frage bloß, nichts weiter. Ein Pornofilm will nur das Publikum aufgeilen, weißt du, ich spreche von etwas ganz anderem. Nein, wenn eine Rolle aufgrund von Handlung und künstlerischer Anlage eine Nacktszene erforderte, wärst du dazu bereit?"

„Selbstverständlich."

„Gut, nun zu etwas anderem. Hat dein Freund dir auch gesagt, wer der Regisseur des Films ist?"

„Nein."

„Natürlich nicht! Nur eine Handvoll Personen weiß darüber Bescheid, und du wirst nun dazugehören."

Ich nickte.

„Bist du dir sicher? Wissen bedeutet Verantwortung. Womöglich nehmen wir dich nicht, aber du weißt bereits, wer der Regisseur ist, und wirst es niemandem erzählen können." Er machte eine Pause. „In Ordnung, hör gut zu: Carl Gustav Gruber. Kein Geringerer als Carl Gustav Gruber."

Ich hatte diesen Namen schon einmal gehört, in irgendeiner Vorlesung über Filmgeschichte, wo er in einem Atemzug mit Fassbinder, Bergman, Wajda, Herzog und Wenders genannt worden war. Soweit ich wußte, war er einer der großen lebenden Filmregisseure, obwohl ich mich nicht erinnerte, je einen Film von ihm gesehen zu haben (nun gut, auch von Bergman hatte ich kaum welche gesehen – *Fanny und Alexander* hatte mich ungemein gelangweilt – und ebensowenig von Herzog – *Fitzcarraldo* hatte mich allerdings begeistert –, und die anderen kannte ich nur vom Hörensagen).

„Wie du sicher weißt", fuhr er fort, „hat Gruber seit über zwanzig Jahren keinen Film mehr gedreht; sein letzter, *Die Orchidee*, stammt aus dem Jahr 1969. Nun will er nach all der Zeit wieder drehen. Seit zehn Jahren lebt er hier in Mexiko und fühlt sich ganz als Mexikaner, ebenso wie ich, und auch alle Schauspieler werden Mexikaner sein. Ist dir klar, was ich da sage? Ein Gruber nach drei Jahrzehnten Schweigen. Als hätte Rulfo, unser Rulfo, vor seinem Tod noch einen Roman veröffentlicht."

„Ich verstehe", sagte ich, vielleicht ohne seinen Enthusiasmus wirklich begreifen zu können. Zwar fesselte mich der Gedanke, mit einem berühmten Regisseur zusammenzuarbeiten, doch noch war es mir unmöglich, mich mit Braunsteins plötzlich schwärmerischem Ton zu identifizieren.

„Du hast noch nicht begriffen, wovon ich rede." Er hatte meine Gedanken gelesen. „Das macht nichts, vielleicht ist es sogar besser so. Erzähl mir lieber, weshalb du geweint hast."

„Geweint?"

„Man sieht es an deinen Augen, an deinem Blick. Was ist passiert? Wieder Carlos?"

Ich brauchte einige Augenblicke, um zu antworten. Natürlich, ich selbst hatte ja meine Geschichte niedergeschrieben, damit er sie lesen konnte.

„Wir haben gerade Schluß gemacht. Endgültig. Ich will ihn nie mehr wiedersehen."

„Wirst du das auch wirklich tun? Wirst du diesmal durchhalten?" Seine herablassende Art war unerträglich.

„Das hoffe ich."

„Du klingst nicht allzu überzeugt."

„Bin ich aber."

„Im Grunde weißt du, daß es so einfach nicht ist."

„Manchmal glaube ich, daß ich kämpfen und etwas tun müßte, um unsere Beziehung zu retten und um herauszubekommen, was mit ihm los ist, aber inzwischen weiß ich, daß es Zeitverschwendung wäre …"

Er drehte ein paar Runden mehr im Zimmer und ging dann zu einem Schrank in der Ecke. Er bot mir etwas zum Trinken an, ich lehnte ab, aber er goß mir trotzdem einen Amaretto ein – der wird dir guttun – und forderte mich auf, in einem der Sessel weitab vom Schreibtisch Platz zu nehmen. Er schenkte sich selbst einen Whisky ein und machte es sich mir gegenüber bequem.

„Ich will dir einen Rat geben, das ist zwar nicht meine Stärke, aber wie man bei euch sagt, das Alter macht den Teufel weise … *Verlaß ihn.* Streich Carlos aus deinem Gedächtnis, tu so, als gäbe es ihn nicht. Ich weiß, es klingt hart, aber es ist die Wahrheit: So verzweifelt wir uns bemühen, einen Menschen nicht zu verlieren und daran zu glauben, daß die Liebe ewig währt, so ist die einzige Wahrheit doch, daß alles zu Ende geht. So einfach ist das. Da sehen wir jemanden Tag für Tag, und auf einmal ist er nicht mehr da. Da kann man nichts machen. So sehr du dich an ihn erinnerst, so weh es dir tut und so oft du dich fragst, was eure gemeinsamen Erlebnisse wert gewesen sind, es gibt keine Antwort darauf, Mädchen, so ist es nun mal."

„Danke, ich werde es mir zu Herzen nehmen."

„Nicht so ungeduldig", wies er mich zurecht. „Also gut, dann zu etwas anderem. Du hast gerade gesagt, wenn ein Drehbuch es von dir verlangte, würdest du dich in einem Film ausziehen. Nun sag mir, würdest du mit jemandem ins Bett gehen, würdest du dich wirklich mit einem anderen Schauspieler lieben, wenn ein Film es erforderte?"

„Ich weiß nicht", wich ich aus. „Wir sind Schauspieler, wir müssen Beziehungen so spielen, als seien es unsere eigenen, aber doch bleiben sie immer fiktiv, immer Kunst, eine Welt außerhalb der Wirklichkeit, die das reale Leben nicht zu berühren hat."

„Meinst du nicht, daß das Betrug ist? Schauspieler und Regisseure, die unbedingt bestimmte Gesten, Worte und Bewegungen wirklich erscheinen lassen wollen, wenn sie es doch nicht sind. Eine zur Lüge gewordene Kunst, die kaum mehr tut, als die Gefühle des Publikums zu manipulieren und es dazu zu bringen, sich mit einer falschen Welt zu identifizieren. Im Grunde eine recht triviale Tätigkeit, fast unwürdig. Wäre es nicht besser oder zumindest authentischer, echte Gefühle zu filmen?"

„Solche Diskussionen langweilen mich etwas", erwiderte ich. „Wenn du so denkst, dann dreh doch lieber Dokumentarfilme."

„Du begreifst nichts", gab er verärgert zurück. „Das wäre eine Einschränkung unserer Kunst. Wir sind Gaukler, im engsten Sinn des Wortes. Wir leben davon, Illusionen vorzugaukeln. Und gerade deshalb ist es notwendig, sie zu leben, sie wieder zu leben … Ich spreche nicht von den Techniken, mit denen ein Schauspieler sich selbst von dem überzeugen soll, was er darstellt, damit er eine gewisse Natürlichkeit erlangt, sondern er soll darüber hinausgehen und erreichen, daß er sich wahrhaftig in die Figur verwandelt."

„Der ewige Traum der Regisseure. Nur wir Schauspieler wissen, daß so etwas unmöglich ist … Ein Schauspieler ist kein Kurzzeitschizophrener, sondern ein Künstler."

„Kurzzeitschizophrener. Das gefällt mir. Es ist besser als das Vortäuschen. Wenn du spielst, daß du mit jemandem schläfst, würdest du es da nicht lieber genießen? In solchen Augenblicken ergibt man sich vor der Fiktion. Vorzugeben, du würdest Lust empfinden, wenn du sie doch nicht empfindest. Das ist das Unwürdige. Man müßte ebensolche Lust empfinden wie die Figur, die du darstellst, und ebenso leiden wie sie …"

„Unmöglich, dabei würde man seine eigene Persönlichkeit verlieren."

„Genau darum geht es", rief er aus. „Sich in dieser Welt verlieren, die man den anderen, dem Publikum bieten will. Nur so ist die Kunst nicht nur schön, sondern auch wahr. Schluß mit der keimfreien Trennung zwischen Bühne und Leben. Die Professionalität ist eine Schranke, die dem Schauspieler den Zugang zu seinen wahren Gefühlen versperrt. Die Regisseure begreifen das nur selten, denn sie versuchen nie, die Glasglocke zu zertrümmern, die sie von euch trennt. Ein guter Regisseur nimmt als Rohstoff nicht Körper und Geist seiner Schauspieler, sondern ihre Reaktionen, Ängste, Wünsche."

Auch wenn seine Ideen mein Interesse geweckt hatten, wünschte ich mir doch verzweifelt, gehen zu können; denn Braunstein hatte richtig vermutet, ich konnte Carlos nicht vergessen. Ich wollte nach Hause.

„Hör dir meinen Vorschlag an", fuhr er fort. „Der Film wird in *Los Colorines* gedreht werden, Grubers Hazienda in Hidalgo. Wenn du zusagst und Gruber einverstanden mit dir ist, mußt du einen Vertrag unterzeichnen, der dich erstens dazu verpflichtet, uns exklusiv zur Verfügung zu stehen, und zweitens, während der ganzen Drehzeit dort zu leben. Endlich wird Gruber eine Idee in die Tat umsetzen, mit der er schon lange geliebäugelt hat: intensiv mit seinen Schauspielern zusammenzuarbeiten, ohne jegliche Unterbrechung, in einer Art Gemeinschaft. Es werden höchstens drei Monate sein, ein willkommener Urlaub von der Zivilisation … und von Carlos. Außerdem sehr gut bezahlt. Wir würden spätestens in einem Monat mit dem Drehen beginnen."

„Ich muß es mir noch überlegen."

„In Ordnung, auch ich muß Grubers Meinung einholen."

„Und sonst willst du keine Probe von mir sehen?"

„Nein, du hast bereits alles Nötige getan. Gruber wird nur mit dir reden, wenn er beschlossen hat, dich unter Vertrag zu nehmen. Und dafür sind nur mein Eindruck und deine Photos entscheidend."

„Dann ist das also alles?" schloß ich und warf ihm den Gummiball zu.

„Ja", antwortete er. „Wir melden uns bei dir. Überleg es dir nicht zu lange, das ist eine Chance, die du dir nicht entgehen lassen solltest. Der Ausweg, den du gesucht hast."

Der Ausweg, den ich gesucht hatte. Wie konnte er es wagen, so mit mir zu reden, mir unverhohlen, fast schroff, so etwas auf den Kopf zuzusagen, auch wenn es noch so wahr sein mochte? Die perfekte Lösung: Tut mir leid, Carlos, ich habe ein Engagement bei Carl Gustav Gruber. Du weißt doch, wer das ist, nicht wahr? Ich fahre zu dreimonatigen Filmarbeiten nach Hidalgo, das ist für uns beide eine willkommene Ruhepause, während der wir ohne Druck nachdenken können. Ich habe mich bereits entschieden, es gibt nichts mehr zu bereden. Es ist das beste so, mach's gut.

Die ideale Taktik. Doch vielleicht weil alles so einleuchtend wirkte, so geplant, regte sich etwas Widerstand in mir. Nicht mein eigener Wille, sondern ein Zusammenspiel externer Faktoren hatte mich zu dieser Entscheidung getrieben. Ich fühlte mich nicht minder eingeengt als durch Carlos' Vorschriften, nur daß sie nun von einem Unbekannten kamen, der für mich argumentierte und anordnete, wie ich zu reagieren hatte. Eine Rolle, immer spielte ich eine Rolle unter dem Blick eines Regis-

seurs, vieler Regisseure, die mir ihre eigenen Maßstäbe auf-
zwangen, ihre Manien und Vorurteile, als wären wir Schauspieler und Schauspielerinnen nichts als Instrumente, Maschinen,
die sich je nach dem Geschick anderer programmieren ließen.
Doch damals war ich mir dieser Mechanismen nicht wirklich
bewußt, ich maskierte sie als freie, autonome Entscheidungen,
obwohl ich tatsächlich zwischen zwei Mauern gefangen war. Ich
mußte einfach annehmen. Gruber, der große Künstler, und die
Notwendigkeit, mich von Carlos zu entfernen, ließen mir keine
Wahl. Letztes Endes – und so gönnte ich meinem Selbstbewußtsein etwas Ruhe – mußten Braunstein und Gruber mich
erst einmal wirklich unter Vertrag nehmen. Mein Leben, meine
Zukunft und auch Leben und Zukunft von Carlos standen auf
dem Spiel. Noch konnte ich nicht ahnen, auf welche Weise diese
Entscheidung uns beeinflussen sollte, wie sie unsere Beziehung
vollends zerstören, uns für immer zermürben und trennen
würde. Ich konnte nichts tun, als warten.

Wer ist Gruber?

Gruber, Carl Gustav (*Leipzig, 1932). Er gilt als einer der
größten deutschen Filmemacher des Jahrhunderts und zählt zu
den Gründervätern des sogenannten Neuen Deutschen Films.
Gruber absolvierte Grundschule und Gymnasium in Leipzig und
zog dann nach Berlin, um dort seine Ausbildung zu beenden.
An der Universität schrieb er sich zwar zunächst für ein Inge-
nieurstudium ein, gab jedoch bald die Naturwissenschaften auf
und nahm an einem der Filmlehrgänge teil, die damals langsam
populär wurden.

1958 konnte er im Alter von sechsundzwanzig Jahren, da ein
Lehrer von ihm wegen Krankheit ausfiel, seinen ersten Spielfilm
drehen, auch wenn er dabei nur sehr beschränkte Handlungs-
freiheit hatte. Im Jahr darauf gelang es ihm, von staatlichen Stel-

len ein Budget zu bekommen, mit dem er seinen ersten eigenen Film drehen konnte: *Die Begegnung.* Obwohl im engen Rahmen des sozialistischen Realismus entstanden, gelang Gruber damit ein Werk von ungewöhnlicher Ausdruckskraft, das bereits einige seiner Eigenheiten und Leitmotive verrät: das Poetische der Bilder, die Brutalität der Menschen, die Unmöglichkeit von Rettung oder Erlösung und das Unglück, das Liebe und menschliches Zusammensein heraufbeschwören.

Entgegen seinen eigenen Voraussagen wurde der Film ein Erfolg, und Gruber verwandelte sich in eine Art *enfant terrible*, das vom kommunistischen Regime nicht etwa entmutigt, sondern sogar als Alibi für die Meinungsfreiheit der Künstler vorgezeigt wurde. Diese Anfangszeit handelte Gruber später eine Reihe von Konflikten mit seinen Landsleuten ein, ebenso wie mit den fortschrittlichen Regisseuren der Bundesrepublik, die ihn argwöhnisch beäugten wie einen Neuankömmling, der nicht einmal eine saubere Akte vorzuweisen hat.

Gruber drehte noch drei weitere Filme in der DDR: *Der Bahnhof* von 1960, der als Meisterwerk angesehen wird, *Die Freundschaften von Loulou* von 1961, der auf dem Leben von Lou Andreas-Salomé basiert und bei dem die Passagen zensiert wurden, in denen von Marx die Rede ist, sowie *Der Abgrund,* ebenfalls aus dem Jahr 1961, der als ein Versuch Grubers angesehen wird, sich mit seinen Förderern zu versöhnen, ein empfindlicher Rückschritt in seiner Entwicklung.

In diesen Jugendwerken lassen sich jedoch bereits Leitmotive von Grubers Filmschaffen erkennen: Alle sind sie Kammerstücke mit wenigen Personen – abgesehen von *Die Freundschaften* – und wenigen Außenaufnahmen sowie mit schwer zugänglichen Themen und doppeldeutigem Ende. Von *Der Abgrund* an ist bei Gruber Thomas Braunstein für die Kamera verantwortlich und wird sein treuster Mitarbeiter in allen folgenden Filmen, sieht man von Grubers Experiment in Hollywood ab: *Als ich im Sterben lag* (1968).

1962 erhält Gruber schließlich die Erlaubnis, in die Bundesrepublik überzusiedeln, begleitet von argwöhnischen Blicken einiger westlicher Kollegen und der bedingungslosen Unterstützung anderer. Angesichts der ökonomischen Zwänge, die ihn bisher nicht betroffen hatten, reduziert er seine technischen Hilfsmittel bei den nächsten Filmen auf ein Minimum. Ebenso wie viele andere Begründer des Neuen Deutschen Films – zu dem sich Gruber im übrigen nicht zugehörig sieht – wie Fassbinder, Straub, Syberberg, Schlöndorff, Herzog oder Wenders sammelt Gruber eine Gruppe von Schauspielern um sich, mit denen er kontinuierlich zusammenarbeitet, auch wenn er nicht dreht, sondern z. B. Theaterstücke inszeniert, und die Schauspieler assistieren ihm sogar bei der Produktion, der Filmmusik und dem Schneiden.

Zwischen 1963 und 1966 dreht Gruber fünf Spielfilme: *Die Strafe, Dein Blut ist mein Blut, Mabuse, Die schleichende, schweigende Macht des Vergessens* und *Leben und Tod meines Vaters, Oberst Friedrich Johann Gruber, von Hand der Erinnerung.*

1967 nimmt sich seine erste Frau Sophie, die er 1954 geheiratet hatte, in einem Sanatorium in Lugano das Leben. Es ist ein schrecklicher Schlag für Gruber, und dies ist das erste Jahr seit langem, in dem kein neuer Film von ihm zu sehen ist. 1968 dreht er jedoch zwei: einen in Deutschland, von deutlich autobiographischem Charakter, *Die Hunde werden meine Knochen begraben,* und seinen zuvor erwähnten Abstecher auf den amerikanischen Markt mit internationaler Besetzung, angeführt von Hanna Schygulla, *Als ich im Sterben lag,* nach dem gleichnamigen Roman von William Faulkner. 1969 kommt sein bisher letzter Film heraus, *Die Orchidee,* eine deutsch-italienische Koproduktion, in der er sich zugleich mit der Revolte von '68 und dem Tod seiner Frau auseinandersetzt.

1974 heiratet er Magda von Totten, Mitglied seiner Schauspielertruppe seit *Dein Blut ist mein Blut,* und läßt sich in Genf nieder. Seitdem ist er nicht mehr in der Öffentlichkeit erschienen. Seit 1982 lebt er in Mexiko.

(Neue Enzyklopädie des deutschen Films, 1987)

Zwei Wochen vergingen, bevor sich Braunstein meldete. Wie er prophezeit hatte, konnte ich nicht der Versuchung widerstehen, erneut mit Carlos zu reden. Vielleicht konnten wir Freunde werden, vielleicht würden wir statt zu einer abrupten, schmerzhaften Trennung zu einer friedlichen Übereinkunft finden. Ich konnte ihn doch nicht von einem Tag auf den nächsten einfach auf die Straße setzen; die zivilisierteste Lösung war, ihm eine maximale Frist zu gewähren, um sich eine Bleibe zu suchen; bis dahin sollte er bei mir wohnen, allerdings ohne sich in meine Angelegenheiten zu mischen. Vielleicht würde so wieder Ruhe zwischen uns einkehren.

Zunächst ließ Carlos sich darauf ein, er zeigte sich reuig, und die tatsächliche Gefahr, mich zu verlieren, schien ihn zu erschrecken. Während dieser Tage sah ich wieder den gleichen Carlos wie vor der Hochzeit; er bemühte sich, mir nicht seinen Willen aufzudrängen, beschwerte sich nicht über meine – ohnehin sehr geringe – Abwesenheit, bemängelte nicht meine Ansichten, er war versöhnlich und ein wenig niedergeschlagen. In der ersten Woche respektierte er auch meine Entscheidung und versuchte nicht, mich anzufassen; er schlief in einem der Wohnzimmersessel, ohne sich zu beklagen, und vertraute darauf, daß ich ihn bald schon zu mir holen würde. Er kannte mich gut. Für mich war es schrecklich, die Nächte allein im Bett zu verbringen, im Wissen, daß er vor meiner Tür schlief, nur ein paar Schritte entfernt. Wieder stellte sich meine Schlaflosigkeit ein, und die Einsamkeit lastete noch schwerer auf mir, als wenn er endgültig fort gewesen wäre. Mein Körper sehnte sich nach ihm, obwohl mein Geist angestrengt versuchte, ihn zu vergessen.

Im Grunde wußte ich, daß es nur eine Illusion, ein vorübergehender Waffenstillstand war und daß sich seine Besitzansprüche und meine Qual bald von neuem einstellen würden, und doch klammerte ich mich an den Glauben, daß seine Entschuldigungen aufrichtig waren. Braunstein rief nicht an, und ich hatte mich sogar schon damit abgefunden, daß er sich nicht mehr melden würde. Das Schicksal hatte beschlossen, mich erneut an Carlos zu binden. Ich fühlte mich immer mehr verängstigt und in die Enge getrieben. Die augenscheinliche Ausgeglichenheit, die Ruhe nach dem Sturm war noch unerträglicher als die vorherige Gewalt. Ungewißheit und Furcht wurden zu meinen schlimmsten Verbündeten und verließen mich nicht einmal in seinen Armen, wenn ich seine Haut an meinen Lippen spürte. Es war eine grausame Tortur, ihn in diesen Augenblicken zu besitzen, in denen ich doch genau wußte, daß ich ihn bald wieder verlieren, daß er sich unweigerlich von mir trennen würde.

Braunsteins Anruf war das entscheidende Signal. Nun gab es kein Zurück mehr. Er bestellte mich in sein Büro, um die letzten Einzelheiten für mein Mitwirken an dem Film zu klären; ich wäre bereit gewesen, wenn nötig noch am selben Tag anzufangen, mein einziger Wunsch war nur, fortzugehen und nicht mehr nachdenken, keine Bilanz mehr ziehen zu müssen, keine Zeit mehr für Sentimentalitäten zu haben. Ich mußte fliehen, wie mir Braunstein eingeflüstert hatte.

„Herr Braunstein ist noch nicht da", teilte mir die Sekretärin mit, als ich eintraf. „Warte bitte in seinem Büro auf ihn."

Sie ließ mich eintreten. Zumindest würde ich mich nicht wie letztes Mal auf den Boden hocken müssen. Im Büro befand sich noch jemand, ein junger Mann von circa dreißig Jahren, schlank und mit düsterem Blick, saß in einem von Braunsteins Sesseln. Er tat so, als hätte er mich nicht gesehen, und blätterte weiter in einer Zeitschrift. Ich setzte mich ihm gegenüber und fixierte in, bis ihm nichts anderes übrigblieb als aufzuschauen.

„Hallo", sagte er trocken und wollte sich nach einer schnell hingeworfenen Entschuldigung gleich wieder in seine Lektüre vertiefen.

„Hallo." Ich stand auf, um ihm die Hand zu geben, wodurch ich ihn zwang, aus dem Sessel hochzukommen und wider Willen eines der stereotypen Gespräche zu beginnen, wie sie zwei Leute in einem Vorzimmer führen. „Renata Guillén."

„Wie?" fragte er zerstreut.

„Ich bin Renata Guillén, und du?"

„Javier Quezada."

Er machte nicht die geringste Anstrengung, seinen Verdruß zu verbergen.

„Wartest du auch auf Braunstein?"

„Sonst säße ich wohl nicht in seinem Büro", gab er zurück und bereute sogleich die unwirsche Antwort. „Seit vier Uhr bin ich schon hier, und jetzt haben wir halb sechs."

„Ich verstehe."

„Um wieviel Uhr hat er dich bestellt?"

„Um fünf. Ich war eine Viertelstunde zu spät dran, wie immer. Nur gut, daß hierzulande niemand pünktlich ist."

„Fast niemand."

„Wenn du weißt, wie es hier läuft, warum kommst du dann weiterhin pünktlich?"

„Die Pünktlichkeit ist eine Tugend. Man hat sie oder hat sie nicht, wie mit der Begabung."

„Und du bist überzeugt, daß du sie hast?"

„Begabung? Nicht unbedingt, aber um ein guter Schauspieler zu sein, braucht man mehr als das."

„Meinst du nicht, daß du ein wenig arrogant bist?"

„Wie bei dem Witz", sagte er; hinter seiner Egozentrik verbarg sich eine Spur von Angst und Unsicherheit. „Mein einziger Fehler ist meine große Bescheidenheit …"

Inzwischen konnte er den Blick nicht mehr von mir wenden. Er hatte ein fein geschnittenes Gesicht, schwarze Haare und Augen und eine schneeweiße Haut. Sein Gesichtsausdruck änderte sich ständig, und zum Ausgleich versuchte er, besonders selbstbewußt und sicher zu wirken.

„Du bist also auch Schauspielerin." Das war mehr Feststellung als Frage.

„Weißt du, worum es hier genau geht?"

„Um einen Gruber-Film." Er machte eine Pause. „Du weißt doch, wer das ist, oder?"

„Nein", log ich, um zu sehen, was er mir antworten würde.

„Du gehst zu einem Casting, ohne zu wissen, daß es für einen Carl-Gustav-Gruber-Film ist? Das ist einer der wichtigsten Regisseure der Welt. Hast du nicht *Als ich im Sterben lag* oder *Die Strafe* gesehen?"

„Ehrlich gesagt, nein."

„Ist ja toll. Wie willst du in einem Gruber-Film mitspielen, wenn du seine Arbeit nicht kennst? Du mußt dir nur mal seine Schauspielerführung ansehen, er ist ein Genie. Genau das ist der Kern seiner Filme."

„Danke für die Auskunft, in dieser Stadt zeigt man solche Filme nicht oder nimmt sie nach einer Woche vom Spielplan."

„Ich glaube, ich habe einen auf Video. Ich kann ihn dir leihen, wenn du willst."

„Oder wir können ihn zusammen anschauen", gab ich zurück.

„Ja, wenn dir das lieber ist", erwiderte er vorsichtig.

„Was machst du nachher?"

„Ich habe mich mit Freunden verabredet", sagte er zögernd, „es tut mir leid."

„Dann ein andermal."

„Morgen?"

„Bei dir?" fragte ich.

„Oder bei dir."

„Bei dir ist es in Ordnung. Um acht?"

„Einverstanden." Einige Sekunden lang herrschte Schweigen. „Verdammt", er schaute auf die Uhr, „gleich ist es sechs. Ich sitze hier schon gut zwei Stunden."

„Es wird wohl der Mühe wert sein, oder? Gruber ist Gruber … Sag, hast du schon viel für den Film gearbeitet?"

„Ich hatte kleine Rollen in bisher sieben Filmen. Mein Ding ist das Theater. Und du?"

„Für mich ist es das erste Mal."

„Wie komisch, dein erstes Mal, als wärst du Jungfrau. Eine Filmjungfrau. Nun gut, ich hoffe nur, was den Film angeht …"

„Auch das Fernsehen … Aber im Ernst, wie bist du hergekommen?"

„Ein Freund hat mich angerufen und mir vom Casting erzählt,

und ich dachte, ich könnte vielleicht etwas Geld verdienen. Selbstverständlich wußte ich nicht, daß es sich um einen Gruber-Film handelt. Es war so etwas wie das große Los."

„Dein Freund heißt Marcos Asencio?"

„Dann kennst du ihn also auch. Vom Bellas Artes?"

„Nein, ich habe an der Uni mit ihm gearbeitet."

„Der Marcos ... Hat er nie versucht, dich zu verführen? Seit er Produzent ist, behauptet er, alle seine Schauspielerinnen seien erst mit ihm ins Bett gegangen." Er wollte unverklemmt wirken, ohne daß es ihm gelang.

„Nun, ich nicht, er hat mir eine miserable Rolle angeboten."

In diesem Augenblick kam Braunstein mit einem Paket Bücher herein, das er sofort auf den Schreibtisch warf. Er wirkte älter und schwitzte.

„Verzeiht die Verspätung", rief er, ohne daß es nach einer Entschuldigung klang. „Ich nehme an, ihr habt euch bereits vorgestellt." Er warf sich in den freien Sessel. „Was, hat man euch etwa nichts zu trinken angeboten? Alma, einen Whisky und zwei Limos."

Er zog ein Taschentuch hervor und wischte sich über die Stirn, dann faltete er es sorgfältig zusammen und steckte es zurück.

„Ihr habt lange gewartet, aber ich versichere euch, es hat sich gelohnt."

Er stand auf, als könne er beim Sprechen nicht stillsitzen, und ging zu einer der Photographien an der Wand.

„Schaut her", rief er und winkte uns zu sich. „Das ist bei den Dreharbeiten von *Dein Blut ist mein Blut*. Und hier seht ihr Hanna Schygulla, Fassbinder und mich. Und da, kommt her, das ist eine historische Aufnahme, da sind wir alle, die wir das Oberhausener Manifest unterzeichnet haben."

„Die Geburtsstunde des Neuen Deutschen Films", bemerkte Javier, glücklich, mit seinen Kenntnissen in Sachen Film glänzen zu können, „Anfang der Sechziger."

„Zweiundsechzig", präzisierte Braunstein hocherfreut. „Was wir damals für Energie hatten, was für Hoffnungen. Wir hatten erklärt, daß eine neue Art von deutschem Film gebraucht wird."

Sein R klang nun eindeutig deutsch, als hätte die Erinnerung diese Rückstände aus seiner Vergangenheit an die Oberfläche gespült. „Jetzt befinden wir uns dagegen auf unserer letzten Etappe, kurz vor dem Ende … Wie dem auch sei, jetzt wollen wir all das zu seinem Gipfel führen, zum Gipfel nicht nur des deutschen Films, sondern des Kinos überhaupt. Ich übertreibe nicht, ihr werdet sehen. Gruber kehrt auf die Leinwand zurück, um einen Schlußpunkt unter die Geschichte des Films zu setzen."

Bei all dieser Großspurigkeit konnte ich ein Lächeln kaum unterdrücken, aber der Ernst, mit dem Javier Braunsteins Worten folgte, hielt mich zurück.

„Es wird eines der größten Werke des Jahrhunderts, ihr mögt mich jetzt für verrückt halten und nicht die wahre Tragweite meiner Worte begreifen, aber auch ihr werdet daran teilhaben."

Er hatte zu uns gesprochen, als würde er das Ende der Welt verkünden, in der Erwartung, daß es uns bis ins Mark erschütterte. Während ich wirklich nicht verstand, was so großartig an dem Projekt sein sollte, zeigte sich Javier dagegen zutiefst ergriffen.

„Ich habe mit Gruber gesprochen, ihm eure Photos und eure Anträge gezeigt, und er war begeistert. Ihm gefällt nicht so leicht jemand, doch bei euch hat er keinerlei Einwände gehabt", fuhr Braunstein in neutralem Ton fort, wieder beim Geschäftlichen.

„Wann würden wir denn aufbrechen?" erkundigte ich mich.

„Nächste Woche, Dienstag, den elften. Ihr werdet circa dreihundert Dollar pro Tag während des gesamten Drehs bekommen, so an die dreißigtausend Dollar für die drei Monate, die wir insgesamt dafür veranschlagt haben. Was meint ihr?"

„Wunderbar", antwortete ich überrascht.

„Den Vertrag unterzeichnen wir dort, in Anwesenheit von Gruber." Er überreichte uns einige Papiere. „Hier sind noch andere Angaben. Am Dienstag erwarten wir euch um drei Uhr nachmittags im Stadtzentrum von Pachuca, dort holt euch ein Bus ab, der euch nach *Los Colorines* fährt."

Wer ist Braunstein?

Braunstein, Thomas (*Bonn, 1919). Amerikanischer Kameramann deutschen Ursprungs, der sich als wichtige Triebkraft
des Neuen Deutschen Films hat profilieren können, einer der
herausragendsten Repräsentanten seines Fachs in der zweiten
Hälfte des 20. Jahrhunderts.

Sohn jüdischer Eltern, mit denen er 1936 zuerst nach Frankreich und 1939, kurz vor Kriegsausbruch, nach Kalifornien aus-
wandert. Er wird amerikanischer Staatsbürger und beginnt seine
Laufbahn in Hollywood als Kameraassistent bei Billy Wilder,
steigt jedoch in der amerikanischen Filmindustrie nicht weiter
auf. 1947 kehrt er nach Europa zurück und läßt sich in München
nieder, wo er Dokumentarfilme über den Holocaust und den
Wiederaufbau von Westdeutschland dreht. In der Adenauerzeit
arbeitet er ebenso als Maler und gestaltet Titelseiten für einige
der wichtigsten Zeitschriften im Land.

Seine erste selbständige Arbeit als Kameramann wird ihm
1954 ermöglicht, und von da an arbeitet er mit einigen der
führenden Regisseure des deutschen Nachkriegsfilms zusammen. 1955 engagiert ihn Gunnar Fischer als Kameraassistent für
Das Lächeln einer Sommernacht von Ingmar Bergman, und im
Jahr darauf arbeitet er wieder in Schweden und wirkt in derselben Funktion an *Das siebte Siegel* mit.

In den sechziger Jahren wird seine Tätigkeit noch bedeutender.
1962 lernt er Carl Gustav Gruber kennen, den herausragenden
jungen Regisseur aus der DDR, der ihn für *Der Abgrund* engagiert, die erste Zusammenarbeit dieser beiden Filmleute aus beiden Teilen Deutschlands. Von da an wirkt Braunstein an allen Filmen von Gruber mit, so daß beide Namen in einem Atemzug
genannt werden, ähnlich wie bei Nykvist und Bergman. Trotz der
Bedeutsamkeit dieser Beziehung arbeitet Braunstein jedoch auch
mit anderen Regisseuren zusammen. So war er etwa Kameramann oder Assistent bei Rainer Werner Fassbinder, Alexander
Kluge, Klaus Lenke, Volker Schlöndorff und Rosa von Praunheim.

Braunsteins Stil zeichnet sich durch matte Farben aus, die zu Sepia oder Schwarzweiß neigen. Wie viele Regisseure ist auch Braunstein der Ansicht, daß leuchtende Farben einen Film irreal erscheinen lassen; Sepia und Schwarzweiß sind dem Traum, der grundlegenden Inspirationsquelle des Films, dagegen sehr viel näher. Die Atmosphäre wirkt bei ihm stets dicht und eng, seine langen Einstellungen und Zooms verwischen die Einzelheiten, als wäre das Heranholen durch den Zoom nicht ausreichend, um der Wirklichkeit im Detail auf die Spur zu kommen.

Als sich Gruber 1969 von der Leinwand zurückzieht, tut es ihm Braunstein nach, wenn auch nicht ganz so abrupt. Seit diesem Zeitpunkt hat er nur noch an ein oder zwei experimentellen Produktionen mitgewirkt, vielleicht vom Schweigen seines Freundes und Kollegen angesteckt, wenn auch nicht völlig überzeugt. Braunstein ist außerdem Autor des Romans *Das Ende der Welt* (1977).

(Neue Enzyklopädie des deutschen Films, 1987)

BEGEGNUNGEN UND ABSCHIEDE

„Willkommen."

„Danke für die Einladung", erwiderte ich. „Bald sind wir Gruber-Schauspieler und haben teil am Film, mit dem der Gipfel der Filmgeschichte erreicht werden wird, es ist also wichtig, daß wir uns vorher kennenlernen …"

Er hatte mich ins Wohnzimmer geführt, ein kleiner Raum, in dem sich nur zwei Stühle und ein Tisch befanden. Die Wände waren voll von Plakaten berühmter Schauspielerinnen, Sarah Bernhardt, Marlene Dietrich und andere, die ich nicht kannte.

„Es gefällt mir, daß du es nicht so ernst nimmst," antwortete er verbindlich.

„Lebst du allein?"

„Ja."

„Hast du denn keine Freundin?" hakte ich bewußt naiv nach.

„Nein. Und du?"

„Ich? Einen Freund?" Ich lachte. „Wenn ich dir erzählen würde …"

„Dann erzähl doch."

„Ein andermal, sehen wir uns lieber den Film an."

„Der Fernseher ist im Schlafzimmer, macht es dir etwas aus, wenn wir rübergehen?" Pause. „Hör mal, du lebst doch mit jemandem zusammen, oder?"

„Woher weißt du das?" Ich folgte ihm ins Schlafzimmer.

„Man merkt, wenn Frauen nur sporadisch mit einem Mann ins Bett gehen", sagte er, als hätte er damit einen Pluspunkt in unserem Gespräch gewonnen.

„Und mir merkt man an …"

„Ja, und auch, daß du nicht sehr glücklich mit deinem Freund bist."

„Woher kommt es bloß, daß mir seit einiger Zeit alle Welt Ratschläge erteilen will?" Ich setzte mich auf das Bett, während er den Fernseher anmachte.

„Ich wollte dich nicht kränken", entschuldigte er sich.

„Ist das deine Art, jemanden anzumachen? Ich habe dir bereits gesagt, daß ich keinen Freund habe, das Problem ist mein Mann, aber darüber will ich nicht reden. Besser, wir schauen uns den Film an."

„Verheiratet?" Auf der Mattscheibe war inzwischen der Vorspann zu sehen. „Ist gut, ich will nicht weiter bohren. Willst du etwas essen?"

„Nein. Setz dich, es fängt an."

Ich schlüpfte aus den Schuhen, streckte mich auf dem Bett aus und schob mir ein Kopfkissen in den Nacken. Er setzte sich in sicherer Entfernung neben mich.

„Mach es dir bequem", provozierte ich ihn, „tu so, als sei ich nicht da."

Die Bilder flimmerten vor unseren Augen, aber ich achtete kaum darauf. Der Film hatte etwas bewußt Trostloses, Trauriges, mehr durch die Perspektive und die Bildausschnitte als durch die Handlung oder die Dialoge; er spiegelte ein tiefes Elend wider, eine vollkommene Einsamkeit, die mich nur deprimierte und einschläferte.

Um nicht losweinen zu müssen, schmiegte ich mich unwillkürlich an Javier; er blieb aufrecht sitzen, an das Kopfende gelehnt, die Beine auf der Bettdecke ausgestreckt; ich legte den Kopf auf seinen Bauch, als wäre er mein Bruder. Er rührte sich nicht, tat so, als sei es ganz natürlich, bis er schließlich begann, mein Haar und meinen Nacken zu streicheln. Ich fühlte mich wohl dabei, wollte das Ganze aber nicht zu weit gehen lassen. Ich ließ ihn über meinen Hals, Schultern und Rücken fahren. Langsam, als geschähe es ganz unwillkürlich, führte er die Hand unter meine Bluse und fuhr fort, über meine Haut zu streichen, über die Rippen, den Bauch und um die Brüste herum. Ich ließ ihn eine ganze Weile gewähren und richtete mich schließlich etwas auf, als wäre mir die Position auf einmal unbequem geworden, ohne irgendeinen Kommentar.

Als der Film zu Ende war, versuchte Javier noch, seine Beine mit meinen zu verschränken. Ich rückte sofort ab, ohne ihm weitere Erklärungen zu geben. Dann wollte er mich zum Abendessen einladen, ohne Erfolg; das Ende des Abends war, daß wir uns für Dienstag, den 11., verabredeten, um gemeinsam nach Pachuca zu fahren.

Das Wochenende über war ich mehrmals versucht, ihn anzurufen, verwarf jedoch den Gedanken immer wieder. Nicht etwa aus Rücksicht auf Carlos, wie man vielleicht hätte annehmen können, es war nicht der Wunsch, daß unsere letzten gemeinsamen Tage ungetrübt verliefen, sondern ich scheute einfach den Kontakt mit allen anderen. Ich wollte weder mit Carlos noch mit Javier oder sonst jemandem zusammen sein. Ich wollte allein bleiben, so allein wie die Figur aus *Als ich im Sterben lag*, die mich so abgestoßen hatte. Nun, da ich gerade erst im Begriff war, den Abgrund der Unsicherheit zu überwinden, den mein Mann für mich darstellte, würde ich mich nicht mit einem Unbekannten einlassen, so sehr er mir auch gefallen und so unbefangen ich mich auch bei ihm fühlen mochte.

Ich weiß nicht, ob sich Carlos der Situation bewußt war, des drohenden Endes. Vielleicht hatte ich ihm nicht ausreichend deutliche Zeichen gegeben, denn ich war mir nicht völlig sicher, daß unsere Trennung zu etwas Endgültigem werden würde. Ich bemäntelte meine Angst mit dem Gedanken, meine Abwesenheit würde uns beiden guttun und ich würde mich im Grunde um unserer Beziehung willen opfern, um der Liebe, Freundschaft oder Achtung willen, die wir später füreinander empfinden würden, nach meiner Rückkehr. Ich wußte auch nicht, wie ich ihm sagen sollte, was ich vorhatte. Manchmal schien es mir besser, direkt mit ihm zu reden, was den zusätzlichen Vorteil gehabt hätte – wie entsetzlich, so zu denken –, daß er aus meiner Wohnung ausziehen würde. Doch dann war es mir wieder lieber, ohne weitere Erklärungen fortzugehen. Wieder war ich nicht in der Lage, eine Entscheidung zu treffen, bis mir schließlich Carlos selbst ungewollt zur Hilfe kam.

Nachdem er sich so lange bemüht hatte, nicht ärgerlich zu werden, wenn ich ausging, explodierte er schließlich, als ich nach dem Gruber-Film bei Javier gegen Mitternacht nach Hause kam. Carlos und ich hatten verabredet, gemeinsam zu Abend zu essen, und es fiel mir erst wieder ein, als mich sein eisiges Schweigen empfing. Zuerst sagte er nichts, aber als er merkte, daß ich mich nicht entschuldigte, wurde er von Mal zu Mal aggressiver. Er fragte mich nicht, wo und bei wem ich gewesen war; er beschränkte sich darauf, sich über lächerliche Lappalien zu beschweren. Der Hausputz, das Abendessen oder die Farbe meiner Kleider war Grund genug, ihn in Wut zu bringen. Verletzende Kommentare, versteckte Ironie und eine Gewalttätigkeit, die zwar unterschwellig, darum aber um so zerstörerischer war.

Heute glaube ich, daß ich seinen Ärger geradezu herausfordern wollte, um die Ereignisse zu beschleunigen und ihn loszuwerden. Wir fingen zu streiten an, und bald schon kamen frühere Auseinandersetzungen, Gewissensbisse, der angestaute Haß und die Angst hoch. Seine geballte Wut nach wochenlangem Schweigen war nicht mehr zu bändigen; es genügten ein paar Scherze, und er verlor die Beherrschung. So wütend war er, daß ich fast gar nichts von ihm verlangen mußte: Er selbst packte seine Sachen und drohte mir, nie mehr zurückzukommen. Er ahnte nicht, daß seine Worte mich nicht bedrückten, sondern erleichterten. Ich machte keinerlei Versuch, Einspruch zu erheben. Ich mußte ihm nicht einmal sagen, daß ich schon bald die Stadt verlassen würde. Ich sparte mir die Rechtfertigungen; ich schuldete ihm keinerlei Rücksicht mehr. Jetzt schäme ich mich wegen meiner Feigheit, wegen der Art, wie ich mit einer jahrelangen Liebe Schluß gemacht habe: Ich war den einfachsten Weg gegangen.

Ich ließ ihn ziehen, ohne irgendeine Erklärung. Er schleifte seine Koffer die Treppen hinunter und wartete an der Straßenecke auf ein Taxi. Ich beschränkte mich darauf, ihm vom Fenster aus zuzuschauen. Nach ein paar Minuten machte er sich verzweifelt zu Fuß auf. Seine Gestalt verlor sich in der Ferne, wie es bei so vielen anderen belanglosen Geschichten der Fall ist, die sich tagtäglich unbemerkt vor unseren Augen abspielen. Das war das Ende. Lange hatte ich mich davor gefürchtet, hatte mit allen Mitteln versucht, es aufzuhalten, und hatte es nun doch selbst in die Wege geleitet. Und es machte mir nichts aus.

Tage später fand Carlos eine einfache Nachricht vor – kurz, trocken, unerbittlich –, die ihn um den Verstand brachte. Ich begnügte mich damit, ihm mitzuteilen, daß ich mich entschlossen hatte, in einem Film mitzuspielen, und deshalb ein paar Wochen außerhalb der Stadt verbringen würde. Nichts weiter, keinerlei genauere Angaben, damit er mich auf keinen Fall ausfindig machen konnte. Unauffindbar – sogar für mich selbst – machte ich mich auf zu meiner Rolle, der von Renate Guillén, einer jungen Schauspielerin, deren Mann mit Namen Carlos mit einemmal eifersüchtig und besitzergreifend geworden ist und die zwar noch nicht weiß, ob sie ihn verlassen soll, von den Umständen jedoch dazu getrieben wird. Gruber hatte seine erste Schlacht gewonnen.

Ein Film, der zum Gipfel der Filmgeschichte werden wird, hatte Braunstein in seiner großspurigen Art gesagt. Kein Werk, das etwa durch Aufbau oder Technik die gesamte Filmgeschichte in sich fassen und dessen Großartigkeit es zum Muster für alle kommenden Filme machen sollte, sondern ein Film, der ganz einfach das Ende der Filmgeschichte sein würde, Epilog und Höhepunkt zugleich. Ihr *nec plus ultra.*

So oft Braunstein oder Gruber diesen Satz auch wiederholten, zu Anfang vermochte keiner von uns die ganze Tragweite ihrer Worte zu erkennen. Mit Ausnahme von Javier hielten es zuerst alle für eine der typischen Übertreibungen des Filmemacher-Duos, doch dann waren sie, Javier allen voran, überzeugt, daß sie es wahrhaftig mit einer der wichtigsten Produktionen der Filmgeschichte zu tun hatten.

Aber worauf stützte sich eine solche Überzeugung? In Wirklichkeit handelte es sich um einen Low-Budget-Film, die Mittel waren minimal, die Darsteller unerfahren, und es gab fast keine Außenaufnahmen. Was sollte daran grandios sein? Manchmal wollte es mir scheinen, daß die herausragende Bedeutung des Films nur der Angelhaken gewesen war, mit dem Gruber und sein Team uns an Bord ihres Projekts gezogen hatten. Die Techniker wurden es nicht müde, uns bei den seltenen Kontakten mit ihnen immer wieder einzuschärfen, wieviel Glück wir hatten, mit Gruber zusammenarbeiten zu dürfen. Ihrer Ansicht nach waren wir im Begriff, die Leiter des Ruhms zu erklimmen. Und wer hört so etwas nicht gerne? Das Ego der Schauspieler, an sich schon überdimensional, blies sich auf, bis es alle bekannten Dimensionen hinter sich ließ.

So wurden wir unweigerlich zu Stars und gleichzeitig zu Protagonisten unzähliger Zwistigkeiten, die auf den Konkurrenzkampf zurückzuführen waren, auf unseren Wunsch nach Bedeutung und auf das Ringen um Kamerapräsenz, obwohl uns Braunstein immer wieder sagte, daß es keinerlei Hierarchie und keine Hauptrollen geben werde. Mit Nüchternheit betrachtet – eine Tugend, die uns damals abging – nehmen sich diese Auseinandersetzungen noch vor Drehbeginn recht lächerlich aus. Natürlich, da waren Gruber und sein gewichtiger Name, genug, um die Gemüter zu erregen; doch nichts war von dieser Großartigkeit zu sehen, von der so viel die Rede war. Es war ein Mythos, eine der vielen Legenden, von denen wir während unsere Zeit in *Los Colorines* zehrten.

Doch als Braunstein uns sagte, wir seien im Begriff, die Filmgeschichte zu ihrem Gipfel zu führen, war das weder Lüge noch Übertreibung: Er glaubte wahrhaftig daran. Mit ganzem Herzen glaubte er an das Projekt – und an das Talent seines Freundes –, überzeugt von der Unsterblichkeit, die wir erlangen würden. In keinerlei Hinsicht kann man ihm Naivität vorwerfen, und er versuchte auch nicht, uns allein aus egoistischen Beweggründen zu überzeugen, wie später behauptet wurde. Hatte Gruber etwa auch ihn getäuscht, seinen alten Gefährten und Kameramann? Hatte er es fertiggebracht, ihn zu benutzen, um seine Ziele zu erreichen? Er wäre ohne weiteres dazu fähig gewesen, aber ich will doch lieber annehmen, daß er selbst am meisten an seine eigene Größe glaubte.

Wenn wir also davon ausgehen, daß uns der Regisseur nicht täuschte, weshalb war Gruber dann so fest von der überragenden Bedeutung seines Films überzeugt? Arrogant war er allemal, aber seine Eitelkeit oder sein Stolz beeinträchtigte niemals seine Vernunft. Weshalb kündigte er also „den Gipfel der Filmgeschichte" an? Grubers Antwort war einfach: weil man beim Film nicht weiter gehen konnte, als er es sich vorgenommen hatte. Darin lag kein Deut Großspurigkeit, es war nur eine annähernde Beschreibung der Wahrheit. Der Film über das Ende der Geschichte sollte wahrhaftig das Ende der Filmgeschichte sein und vielleicht auch, auf tragischere Weise, das Ende der Geschichte all derer, die wir daran mitwirkten.

Denn dieses Ende war für Gruber keine Katastrophe. Im Gegenteil, er wollte eine neue Ordnung schaffen, eine neue Blickweise, eine neue Art, Kino zu machen: eine neue künst-

lerische Form ohne Grenzen, ohne Entwicklung, ohne Rückschritt. Das Ende der Filmgeschichte als ein Seelenzustand.
Diesem Ziel widmete Gruber seine letzten Tage, und um es zu
erreichen, war er bereit, alles zu opfern: seine Kraft, seine Erinnerungen, seine Energie; seine Intelligenz, seine Kenntnisse
und seine Ambitionen; seine Familienbande, seine Frau und
seine Geliebten; seine Freunde, seine Mitarbeiter und Anhänger; die Liebe, den Haß und das Glück; und natürlich auch
unser aller Schicksal, das seiner Schauspieler, seiner Kreaturen,
seiner Kinder.

DER AUFBRUCH

Ich bat die Nachbarin, wie ich mir vorher zurechtgelegt hatte,
Carlos einfach einen Brief von mir zu überreichen, wenn er nach
mir fragen würde. Javier holte mich um zehn Uhr morgens ab.
Wir nahmen ein Taxi und fuhren zum Busbahnhof.

Ich ließ mich teilnahmslos über die Landstraße fahren, in
einen Zustand der Benommenheit und Lethargie versunken, der
die unwiderruflichen Konsequenzen meines Tuns im Nebel verschwinden ließ. Javier neben mir versuchte mich aufzumuntern,
denn er sah die verborgene Verzweiflung hinter meinen Augenringen und der Blässe in meinem übermüdeten Gesicht, aber ich
hatte keine Kraft, mit ihm zu reden. Er erzählte mir von seinen
Sorgen, wie aufgeregt er vor den Dreharbeiten war, von dem
Glück, mich getroffen zu haben … Ich versuchte zwar, ihm mit
Worten und Gesten entgegenzukommen, doch in Wirklichkeit
nahm ich ihn kaum wahr. Nichts davon kümmerte mich. Mir
war, als würde ich in einen Abgrund fallen, im Bann einer großen Leere. Es war nicht mein eigener Wille, sondern eine seltsame, süße, dumpfe Trägheit, die mich zu Gruber und seinem
extravaganten Film führte.

„Es will mir einfach nicht in den Kopf", sagte ich schließlich zu ihm. „Man engagiert uns für einen Film, und wir wissen noch nicht einmal, welche Rollen wir zu spielen haben, geschweige denn, wovon er handelt, außerdem zwingt man uns dazu, drei Monate an einem Ort zusammenzuleben, den wir ebenfalls nicht kennen, ohne Kontakt zur Außenwelt aufnehmen zu dürfen, und wir erklären uns begeistert dazu bereit."

„Die bist einfach zu mißtrauisch", erwiderte er. „Wir werden einen Film mit Carl Gustav Gruber drehen!"

„Ich will nicht meckern, ich sage nur, daß es mir irgendwie komisch vorkommt. Warum läßt man uns nicht das Drehbuch lesen?"

Die Bussitze schienen aus Stein zu sein; ich lehnte den Kopf gegen die Fensterscheibe, aber das Rütteln störte mich.

„Vielleicht wollen sie nicht, daß jetzt schon etwas nach außen dringt. Du hast ja Braunstein gehört: Gruber will ohne Druck arbeiten, fern von allen Journalisten und Zaungästen."

„Und ich weiß auch nicht, warum er mich ausgewählt hat. Ich habe keinerlei Filmerfahrung und mußte keine Proben machen, niemand hat mich empfohlen. Woher wollen sie wissen, daß ich die Richtige für die Rolle bin? Wenn es sich wirklich um einen wichtigen Film handelt, weshalb überlassen sie so etwas dem Zufall? Was, wenn ich mich als Niete herausstelle?"

„Du bist eine attraktive, intelligente Frau. Braunstein wird das sofort gemerkt haben."

„Schmier mir nicht Honig um den Mund."

„Ich vermute, Gruber arbeitet gerne mit Schauspielern ohne Erfahrung, ohne schlechte Angewohnheiten. Wie de Sica."

„Ich werde das Gefühl nicht los, man hat mich zufällig ausgewählt oder, schlimmer noch, ohne daß es auf mich ankommen würde, ohne daß ihnen etwas an meiner Arbeit oder meinem Talent läge."

„Dann sag mir doch, warum du dich entschieden hast, mitzukommen? Willst du immer noch nicht darüber reden?"

Das „darüber" bezog sich natürlich auf Carlos. Und nein, ich wollte nicht darüber reden. Aber ich konnte mich auch nicht weiter weigern, es war besser, ihm die ganze Geschichte zu erzählen, das Ende inbegriffen, mit dem ich gerade Ernst machte. Mit geschlossenen Augen, fast im Schlaf, ähnlich wie bei meinen Therapiesitzungen, erzählte ich Javier mein Leben, betäubt und ohne Schmerz lud ich die ganze Bilanz meiner Ehe auf ihn ab.

Kurz nach drei Uhr nachmittags gelangten wir ins Stadtzentrum von Pachuca. Dort erwartete uns ein Bus, um uns nach *Los Colorines* zu fahren. Javier und ich trafen als letzte ein – später erfuhren wir, daß die anderen schon am Tag zuvor in die Stadt gekommen waren –, doch auch so wurden wir herzlich von Eufemio empfangen, einem dunkelhäutigen, unattraktiven jungen Mann, der, wie er uns sagte, eine Art Sekretär von Gruber war und den Auftrag hatte, uns zur Hazienda zu bringen.

Ebenso wie Javier und ich hatten auch die anderen Schauspieler keine genaue Vorstellung von der Natur des Projekts, doch waren alle guten Willens. Es herrschte eine Art kollektives Vertrauen, das unsere Eitelkeit hervorkehrte: wir fühlten uns als Mitverschwörer des großen Ereignisses. Ohne es zu wissen, waren wir im Begriff, uns in Grubers Spielzeug zu verwandeln, in die Zahnräder seiner Maschinerie, in die von ihm entfesselten Leidenschaften, als hätte er die Büchse der Pandora geöffnet. Wir waren die Opfer seines Künstlerwahns, waren die konstruierte, unglückselige, schreckliche Familie, die er mit uns erfinden würde; waren die Figuren seines letzten Films, seines Meisterwerks, seines Testaments, seiner Strafe: die gestörten, unglücklichen Wesen aus *Das Weltgericht*. Wir waren wir selbst.

ZWEITES BUCH

GESPRÄCH MIT CARL GUSTAV GRUBER (1969)
VON CLAUDE CHABROL

Im Dezember 1969, nach der Pariser Premiere seines neusten Werks *Die Orchidee*, hatte ich Gelegenheit zu einem Gespräch mit dem deutschen Regisseur Carl Gustav Gruber. Die Begegnung fand in einem Landhaus statt, das einem seiner Freunde gehört, und ohne daß ich es damals hätte ahnen können, wurde daraus ein unschätzbares Zeugnis, ein Porträt dieses umstrittenen Regisseurs, um so mehr, als es sich um das letzte Interview handeln sollte, zu dem er sich bereit erklärte. Inzwischen sind fünfzehn Jahre seit seinem Erscheinen in *Cahiers du cinéma* vergangen, und es hat sich herausgestellt, daß es nicht nur sein letztes Gespräch, sondern auch sein letzter Auftritt in der Öffentlichkeit war. Seitdem hat Gruber keinen Film mehr gedreht und sich geweigert, die Gründe für sein Schweigen zu offenbaren. Die Bedeutsamkeit dieser Worte – die sein zukünftiges Verhalten nicht ohne weiteres erraten lassen – ausgerechnet in einer seiner fruchtbarsten Schaffensphasen ergibt sich nun von selbst. Zumindest bis zum heutigen Tag ist es das schriftliche Testament eines der wichtigsten Künstler, nicht nur Deutschlands, sondern der ganzen Welt. In diesem Gespräch können wir den subtilen Polemiker heraushören, den unerbittlichen Kritiker, das ironische Genie, das Gruber seit je war. Ich weiß, es wird angesichts der späteren Ereignisse nicht leicht sein, diese Seiten unvoreingenommen zu lesen, aber das nimmt ihnen weder ihren Wert noch ihre Bedeutung. Außerdem bezieht sich Gruber hier zum ersten und letzten Mal auf Themen, über die er früher jegliche Auskunft verweigert hatte: auf den Freitod seiner Frau vor kurzer Zeit, auf die Beziehung zwischen seinem Privatleben und seinen Filmen und auf seine Vorstellung von der Kunst als einzig möglicher Erlösung.

Claude Chabrol: Ich möchte gerne mit dem Ende beginnen. Gerade ist in Frankreich Ihr Film *Die Orchidee* uraufgeführt worden, und das Echo war zwiespältig: Das Publikum hat er nicht begeistert, während die Kritik sich in zwei Lager aufspaltete; die einen meinten, er sei ein Beweis für das Versiegen Ihrer Kreativität, und die anderen, es handele sich um eines Ihrer besten Werke, vergleichbar mit Ihren ersten Filmen. Wie wichtig ist für Sie diese Reaktion? Welchen Wert messen Sie den Kritikern bei?

Carl Gustav Gruber: Die Meinung dieser Leute, deren Beruf es ist, Filme anzusehen, um sie danach auf dem Papier zu zerstückeln, bedeutet mir ebensoviel wie die Meinung von jedem anderen, der sich meine Werke ansieht: absolut nichts. Ich bin überzeugt davon, daß die Filmarbeit sich einzig und allein zwischen den Schauspielern, den Technikern und dem Regisseur abspielt. Niemand sonst hat das Recht, sich in die Ästhetik des Werks einzumischen.

C. Ch.: Wenn das so ist, warum filmen Sie dann und vertreiben Ihre Arbeit? Wäre es nicht konsequenter, Theaterstücke ohne Publikum zu inszenieren? Auf diese Weise könnten Sie Ihre Energien auf wenige Personen konzentrieren, ohne sich fremdem Urteil aussetzen zu müssen.

C. G. G.: Ich filme für die Leute, die meine Filme sehen wollen. Hier ebenso wie in Deutschland und in den Vereinigten Staaten habe ich ein ganz bestimmtes Publikum, das auf sie wartet. Wenn nicht, wozu wäre es sonst gut? Aber das will nicht heißen, daß ich Erfolg oder Mißerfolg meiner Filme danach bemesse, wie sie bei den Zuschauern – oder den illustren Kritikern – ankommen. Ich will es anders formulieren: Das ästhetische Wagnis findet immer statt, bevor der Film auf die Leinwand kommt, sogar bevor ich selbst die endgültige Fassung sehe.

C. Ch.: Sie haben oft davon gesprochen, daß die wahre Herausforderung für Ihr Team die intensive Erfahrung der Dreharbeiten darstellt, und ebenfalls wurde häufig kommentiert, daß die Beziehung zu Ihren Mitarbeitern immer etwas Gnadenloses an sich hat. Unweigerlich kam es, zumindest in den letzten Jahren, bei Ihren Dreharbeiten zu irgendeinem Skandal. Stimmt es, daß Sie Ihre Schauspieler einem Druck aussetzen, der zu groß für sie ist?

C. G. G.: Der Druck, dem ich sie aussetze, kann für mich nie hoch genug sein. Im Grunde, und das ist eine meiner größten Enttäuschungen, hätte ich gerne, daß mir ihr Wille ganz und gar gehört. Leider Gottes ist das unmöglich.

C. Ch.: Bleiben wir bei diesem Punkt. Wie gehen Ihre Proben mit den Schauspielern vor sich? Was erwarten Sie von ihnen?

C. G. G.: Ich erwarte absolute Unterwerfung. Nein, schauen Sie nicht so. Ich bin kein Diktator, wenn Sie das denken. Mit Unterwerfung meine ich nicht, ihnen gewaltsam meinen Willen aufzwingen, sondern daß die Schauspieler bereit sind, ihre individuellen Wünsche einer gemeinsamen Sache unterzuordnen. Die Unterwerfung unter diese Sache, unter meinen Film und die Kunst, das verlange ich von ihnen.

C. Ch.: Stimmen Sie also der These zu, daß man mit Schauspielern ohne große Eigeninitiative und mit schwachem Charakter die besten Resultate erzielt?

C. G. G.: Das ist eine sehr gewagte These, die unzählige Stars verärgert hat, Mastroianni allen voran. Nein, ich bin nicht einverstanden damit. Die besten Ergebnisse erzielt man mit begabten Schauspielern, deren Intelligenz vom Regisseur gebeugt wurde.

C. Ch.: Verzeihen Sie, wenn ich noch einmal nachhake, aber wird der Schauspieler dadurch nicht zu einem bloßen Instrument?

C. G. G.: Unbedingt. Allerdings zu einem Instrument der Kunst, wohlgemerkt. So läßt der Schauspieler die Vorurteile, den Egoismus, die Leidenschaften und Ängste seines Alltags hinter sich, um sich in ein Kunstwerk zu verwandeln. Das ist der Grundgedanke, das macht die Größe eines *metteur en scène* aus: Er muß den Schauspieler, und nicht nur seinen Körper, sondern auch seine Seele, in ein Kunstwerk verwandeln.

C. Ch.: Was verstehen Sie unter Kunst?

C. G. G.: Was für eine Frage! Als würden Sie wissen wollen, was ich unter Gott oder dem Kino verstehe. Ich will sie Ihnen so beantworten. Die Kunst ist für mich das Leben selbst, auch wenn ich damit nicht den üblichen faden Fraß meine, den man uns tagtäglich vorsetzt. Die Kunst ist ein geschaffenes, nicht naturgegebenes Leben, das verändert wurde, um schön zu sein. Ein wahrer Künstler, ob Maler oder Komponist, Schriftsteller oder Regisseur, muß versuchen, die banale, nichtswürdige, ewig fliehende Zeit in die einzige, unwiederholbare, ewige Zeit der Kunst zu verwandeln.

C. Ch.: Diese Ansichten hat auch schon Tarkowskij vertreten.

C. G. G.: In der Tat, Tarkowskij hat die genaue Erklärung dafür gefunden, wenn er sagt, die Arbeit des Filmregisseurs bestehe darin, ein Bildhauer der Zeit zu sein. Was bedeuten diese Worte? Daß unser Schicksal, mit allem, was es ausmacht, aus nichts anderem besteht als aus Zeit, aber aus einer unbehauenen, ungebändigten Zeit, um es irgendwie zu benennen. Das ist die Zeit des Alltags, die nur zu ihrer wahren Bedeutung gelangt, wenn die Kunst – in diesem Fall der Film – sie berührt und verwandelt, wenn sie die flüchtigen Momente wegschlägt, als würde sie an einer Skulptur arbeiten, und sich ganz auf die Linien konzentriert, die den Körper der Plastik bilden sollen.

C. Ch.: Wollen Sie damit sagen, daß die absurde Zeit, in der wir leben, allein durch den Film Erlösung finden kann?

C. G. G.: Nur die Ästhetik erlaubt es dem Menschen, ein paar wenige, winzige, seltene Augenblicke seiner Existenz dem Vergessen und der Bedeutungslosigkeit zu entreißen. Letzten Endes, Sie können es selbst feststellen, besteht das Leben allein aus diesen kurzen Erinnerungen: Das ist der Stoff, aus dem wir geschaffen sind. Wer bin ich? Die Summe der Augenblicke, die unser Geist abgesondert hat und für die wir eine besondere Zärtlichkeit empfinden. Ganz unwillkürlich nehmen wir diese Bilder von uns an und setzen sie mit unserer Persönlichkeit gleich, dank eines unbewußten ästhetischen Instinkts. Der Film tut nichts anderes, als diesen Mechanismus zu wiederholen, er macht ihn unvergänglich und öffentlich.

C. CH.: Die Kunst ist Ihrer Ansicht nach also nicht „künstlich", nicht erfunden, sondern mit dem Menschlichen an sich verwachsen …

C. G. G.: Da irren Sie sich. Bei den Menschen ist inzwischen alles künstlich, nichts ist mehr ursprünglich. Im Laufe der Geschichte haben wir uns zusehends selbst erfunden, und nun können wir nicht mehr davon ausgehen, daß all diese geschaffenen Bedürfnisse, Vorlieben oder Sorgen nichts als Beiwerk sind. So geht es auch mit der Kunst. Wenn Shakespeare schreibt, wir seien aus demselben Stoff wie die Träume gemacht, bringt er genau diese Überlegung zum Ausdruck, und das Kino hat dies nur noch anschaulicher gemacht: Die Kunst ist einer unserer liebsten Träume, und wir sind aus ihrem Stoff gemacht oder besser gesagt, wir sind hoffnungslos davon besessen, uns in diesen Stoff zu verwandeln.

C. CH.: Und doch bleibt für mich eine Frage offen: Führt uns die Kunst zum Glück? Wenn das Glück das höchste Ziel des Menschen ist, hilft dann die Kunst tatsächlich, es zu erreichen?

C. G. G.: Und wer hat Ihnen gesagt, das Glück sei das höchste Ziel des Menschen? Nein, der einzige Zweck des Lebens besteht darin, es zu leben. Messen wir dem Glück eine zu wichtige Rolle bei, würde das doch bedeuten, daß nur die Momente der Freude für uns zählen, aber eine schnelle Bestandsaufnahme unseres Gedächtnisses würde uns zeigen, daß wir dort ebenso viele schmerzhafte oder traurige Szenen vorfinden. Weshalb ist das so, wenn wir doch nichts als das Gegenteil wollen? Nein, in Wirklichkeit behalten wir gute wie schlechte Bilder, abstoßende wie fröhliche, nicht aus einem ethischen und schon gar nicht aus einem eudämonistischen Grund, sondern, wie ich Ihnen eben schon sagte, aus einem rein ästhetischen.

C. CH.: Für Sie hat die Ethik, die Moral keinerlei Gültigkeit, wenn sie im Widerspruch zu Ihrem ästhetischen Empfinden steht?

C. G. G.: Vermutlich wird Sie diese Schlußfolgerung erschrecken, aber genauso ist es. Meine Liebe zum Film ist stärker als jede Moral.

C. CH.: Und für Ihr Privatleben gilt das gleiche?

C. G. G.: Selbstverständlich.

C. CH.: Geben Sie mir ein Beispiel.

C. G. G.: In meinem Privatleben versuche ich stets, wenn auch behutsam, ästhetische Momente hervorzubringen, das heißt, bleibende Augenblicke. Für mich ist es weit wichtiger, ein Bild in meinem Kopf festhalten zu können, als die Befriedigung, eine gute Tat vollbracht zu haben. Schönheit vor Güte. Sonst wäre ich Pfarrer geworden und nicht Filmregisseur.

C. CH.: Aber führt so etwas nicht zu einer Konfrontation mit den anderen, zu Reue und Schuldgefühlen?

C. G. G.: Ich weiß schon, worauf Sie hinauswollen, reden wir also nicht um den heißen Brei herum. Nein, ich bereue nie etwas, habe nie etwas bereut. Vielleicht war das Eheleben mit meiner Frau nicht vorbildlich, aber es war schön. So habe ich es in Erinnerung. Das ist meine beste Hommage an sie.

C. CH.: Ich wollte Ihnen nicht zu nahe treten …

C. G. G.: Das sind Sie auch nicht. Ihre Rücksicht verbietet es Ihnen, mich direkt danach zu fragen, und ich danke Ihnen dafür, aber sie ist gar nicht nötig. Ich habe Sophie von ganzem Herzen geliebt, und ihr Tod ist noch immer sehr schmerzlich für mich. Doch ich werde nicht zulassen, daß er mich überwältigt und ich deswegen alles widerrufe, was ich gesagt habe, und mein Credo ändere. Es wäre eine geradezu gewaltige Inkonsequenz. Das würde ich mir nie verzeihen. Auch wenn es mir wehtut, so etwas zu sagen, muß ich doch zugeben, daß sogar ihr Tod Schönheit besaß, es war ein Augenblick, den ich niemals vergessen werde.

C. CH.: Sprechen wir ein wenig über Sie und Ihr Werk vor Ihrem letzten Film *Die Orchidee*, wenn Sie einverstanden sind.

C. G. G.: Nur zu.

C. CH.: Wenn wir Ihr Leben Revue passieren lassen, könnten

wir dabei sogar die Methode anwenden, die Sie in unserem vorigen Gespräch erwähnten. Was für Bilder haben Sie aus Ihrer Kindheit im Kopf behalten?

C. G. G.: Ich möchte hier nicht die Sache mit dem Nazi-Regime aufrollen, wie es gang und gäbe ist. Ich habe all die Geschichten vom Elend satt, die Scham der Deutschen, wenn sie über diese Jahre sprechen, ihre Rechtfertigungen, daß sie damals nicht das ganze Ausmaß von Hitlers schrecklichen Verbrechen erkannt hatten, usw. usf. Für uns Deutsche, die wir in dieser Zeit geboren wurden und die wir für nichts verantwortlich sind, ist es sehr schwierig, ohne Vorurteile von unseren Eltern zu sprechen; wenn wir versuchen, sie zu verstehen, stempelt man uns als Neofaschisten ab, aber wenn wir sie verdammen, verdammen wir letztendlich auch uns selbst. Mein Vater war Nazioffizier, wie Sie wissen, und mit so einem Stigma muß man nun mal leben. Zu seinem Glück und zum Unglück meiner Mutter und mir ließ man ihm nicht einmal die Gelegenheit, zu bereuen oder, wenn er denn tatsächlich nichts davon gewußt haben sollte, von den Verbrechen an den Juden zu erfahren: Er starb 1944 bei einem Unfall. Ein Gastank explodierte wegen einer undichten Stelle, so daß er es nicht einmal zum Kriegshelden gebracht hat. Alles, was ich über ihn erzählen oder, besser gesagt, nicht habe erzählen wollen, ist in meinem Film *Leben und Tod meines Vaters, Oberst Friedrich Johann Gruber, von Hand der Erinnerung* enthalten. Die Worte sind überflüssig, wenn es die Bilder gibt. Ich habe versucht, so nah wie möglich an die Tatsachen heranzukommen, wie ich sie als Kind erlebte, das heißt, so weit weg wie möglich von der Objektivität der Erwachsenen. Deshalb ist es kein Werk, das die Wahrheit zu erhellen versucht, sondern die Augenblicke erfassen will, die ein Mann seinem Sohn hinterläßt, durch seine Taten und durch das, was ihm die anderen nach seinem Tod über ihn erzählen.

C. CH.: Deshalb Leben und Tod *von Hand der Erinnerung.*

C. G. G.: Wie Sie sehen, interessieren dabei nicht das wirkliche Leben und der Tod meines Vaters. Sein wahres Leben, sein wahrer Tod sind die, welche ihm die Erinnerung an ihn auferlegt, das, was andere von ihm behalten haben und was sein eigener Sohn von ihm weiß.

C. CH.: Es gibt eine Szene in dem Film, die mich sehr beeindruckt hat. Die Kommunisten haben die Herrschaft im Land übernommen, immer noch sind allerorten die Narben der Niederlage zu sehen, und die Figur mit Namen Carl – Sie selbst – lebt mit der Mutter im absoluten Elend, sowohl wirtschaftlich als auch moralisch. Die Mutter wird unablässig beschimpft und muß doch, auch wenn sie selbst ganz anderer Ansicht ist, die Verbrechen bedauern, die ihr toter Mann begangen hat. Doch dann erträgt sie es nicht länger, sie schließt sich in ihr Zimmer ein und küßt und streichelt die Naziuniform ihres Mannes. Sie weint nicht, es scheint sogar, als würde sie sich mit der Uniform lieben und fände in diesem Augenblick ein wenig Ruhe. All das sehen wir durch die Augen des Kleinen, der sich hinter der Tür versteckt hat. Das ist eine überaus schonungslose, überaus schöne Szene.

C. G. G.: Die die Kritiker allerdings stark angegriffen haben. Im heuchlerischen Westdeutschland kann man nicht mal mehr die Uniform eines Nazis anschauen, weil man sofort als ein solcher beschimpft wird.

C. CH.: Ich weiß, daß Sie Probleme mit dem Filmverleih hatten, obwohl der Film in anderen Ländern ein großer Erfolg war. Ist dieser Bilderreigen genau das, was Ihnen aus jener Zeit im Gedächtnis geblieben ist?

C. G. G.: Ich erinnere mich noch an eine andere Szene, die ich beim Drehen nicht berücksichtigen konnte. Der Junge weiß, daß seine Mutter am Nachmittag außer Haus sein wird, und lädt sich ein Mädchen ein, das ihm gefällt. Für beide ist es das erste Mal. Da ihm sein eigenes Zimmer zu klein und schäbig für so eine Gelegenheit vorkommt, führt er sie ins Schlafzimmer der Mutter. Sie beginnen sich zu küssen und auszuziehen. Der Junge liegt bereits auf ihr und ist im Begriff in sie einzudringen, als er sich unwillkürlich zum Nachttisch neben dem Bett dreht und sein Blick auf die Photographie seines

Vaters fällt. Als würde er ihn vom Grab aus überwachen. Ich brauche Ihnen nicht zu erzählen, wie die Szene endet.

C. CH.: Die allgegenwärtige Vaterfigur, auch wenn Sie Ihren Vater kaum gekannt haben.

C. G. G.: Ich war acht Jahre alt, als er starb, und auch vorher hatte ich ihn selten zu Gesicht bekommen. Gerade deshalb ist er für mich sehr viel präsenter, als wenn er noch am Leben wäre.

C. CH.: Und Ihre Mutter?

C. G. G.: Mit ihr verhält es sich genau umgekehrt, zumindest für mich. Ich erinnere mich kaum an sie in jungen Jahren, in meinen Augen ist meine Mutter überstürzt gealtert, je weiter der Krieg fortschritt. Ich sehe sie in ihrer verwüsteten Schönheit, immer in Angst um meinen Vater. Dann, nach seinem Unfall und der Kapitulation, wurde sie praktisch verrückt. Oder besser gesagt, sie flüchtete sich in wehmütige Erinnerungen, die sie vor der Gegenwart schützen sollten. Und ich hatte darin keinen Platz. Von da an sprach sie so gut wie gar nicht mehr – nur, was unerläßlich war, um zu überleben –, gedemütigt von der Niederlage, aber im Grunde überzeugt, daß die Vergangenheit besser gewesen war. Sie hat auch nie mehr geweint. Dieses gewollte Ausbleiben der Tränen erscheint mir das Schmerzlichste, Bedeutsamste von allem, wie eine Metapher für die deutsche Nation.

C. CH.: Erinnern Sie sich an eine glückliche Zeit in ihrer Kindheit oder Jugend?

C. G. G.: Es bereitet mir Mühe. Nicht etwa, weil es sie nicht gegeben hätte, sondern weil die wirklich bedeutenden Ereignisse jener Jahre gerade die schmerzhaftesten waren. Ich verdanke mich selbst dem Unglück, nicht der Ruhe.

C. CH.: Wann haben Sie beschlossen, Film zu studieren?

C. G. G.: In Wirklichkeit war es keine bewußte Entscheidung. Zunächst wollte ich Malerei studieren, dann Photographie, und auf einmal schien mir der Film das Einleuchtendste zu sein. Ich hatte die Schule in Berlin abgeschlossen – nachdem ich sowohl in finanzieller wie in moralischer Hinsicht ungeheure Anstrengungen unternommen hatte, aus Leipzig und von meiner Mutter wegzukommen –, mit recht anständigen Noten, und meine Lehrer hatten es sich in den Kopf gesetzt, einen Arzt aus mir zu machen. Doch neben den Vorlesungen begann ich, außerplanmäßige Kurse über den Film zu besuchen, die damals angeboten wurden, und da haben Sie mich nun. Hätte ich es mir extra vorgenommen, es hätte niemals geklappt, und ich würde nun als Landarzt irgendwo im tiefsten Ostdeutschland Patienten betreuen. Meine Besessenheit nach Bildern und Farben – die ich immer noch mit mir herumschleppe, wie Sie merken werden – hat mich also vor dem Blut gerettet, auch wenn ich ihm letzten Endes nicht entkommen konnte.

C. Ch.: Malen Sie immer noch?

C. G. G.: Als junger Mann habe ich zwei, drei Porträts gemalt und auch einige Gedichte geschrieben. Das Beste, was ich mit ihnen machen konnte, war, sie zu verbrennen.

C. Ch.: 1958 läßt man Sie Ihr erstes Werk drehen.

C. G. G.: Über dieses Armutszeugnis wollen wir lieber schweigen. Es war ein typischer kommunistischer Propagandafilm, in dem sich nach dem Krieg die Arbeiter zusammenschließen und einen Unternehmer von seinem Thron stoßen. Damals wurden Tausende von diesen Machwerken gedreht. Allerdings gab es darin eine Nebenhandlung – ein junges Mädchen, das die Arbeiter verrät und schließlich verlassen wird –, die ich gar nicht schlecht fand (wenn auch ganz und gar nicht im Sinne der Parteiführer). Ich bin einzig und allein für den Regisseur, der ihn ursprünglich drehen sollte, eingesprungen, weil ich unbedingt hinter der Kamera stehen wollte. Eine erste, hervorragende Lehrzeit, trotz des konventionellen Resultats …

C. Ch.: Damals waren Sie bereits seit vier Jahren verheiratet …

C. G. G.: Ja, das war unsere beste Zeit.

C. Ch.: Ich glaube, Sophie taucht in dem Film sogar als Statistin auf, und ihr Name erscheint beim Abspann unter den Drehbuchautoren.

C. G. G.: Sie half mir beim Verfassen einiger Dialoge.

C. CH.: Der relative Erfolg öffnete Ihnen die Türen, so daß Sie, wenn auch unter strenger Kontrolle, *Die Begegnung* drehen konnten. Ich halte das für einen wunderschönen Film, sehr ausdrucksstark, auch wenn er nicht der offiziellen Ästhetik des Realismus entkommt und sein Geist, trotz der Kritik und seines verheerenden Pessimismus, die sozialistische Propaganda nicht ganz abgeschüttelt hat. Was halten Sie heute von ihm?

C. G. G.: Für gewöhnlich hüte ich mich davor, meine Filme ein zweites Mal zu sehen. Doch zufällig hatte ich die Gelegenheit, bei einer Aufführung von *Die Begegnung* in einer neuen Kopie, die man mir vor ein paar Jahren schenkte, zugegen zu sein. Es ist ein recht zwiespältiges Werk mit großen Mängeln, das nicht an einem Übermaß an Pessimismus leidet, wie Sie es sehen, sondern an einem jugendlichen Überschwang, der mich stört. Andererseits hat er einige Sequenzen, die mir gefallen: der Tod des Großvaters und der Streit zwischen Mutter und Tochter.

C. CH.: Das führt mich zu ein paar weiteren Fragen, die ich Ihnen gerne stellen möchte. Inwieweit ist dieser Film autobiographisch?

C. G. G.: Wer behauptet, jedes Kunstwerk sei zwangsläufig autobiographisch, schwätzt nur ins Leere oder hat keinerlei Vorstellung davon, was Kunst ist. Was soll das heißen, Kunst sei autobiographisch? Es liegt auf der Hand, daß man nur davon reden – malen, schreiben, filmen – kann, was man kennt, was man selbst erfahren oder gehört hat. Der Standpunkt des Künstlers ist streng individuell, egal mit wieviel Talent er Figuren erfindet. Meinen Sie das mit „autobiographisch"? Darüber hatten wir schon gesprochen. Leben und Kunst stellen keine getrennten Welten dar, keine unterschiedlichen Sphären, sie sind unauflösbar miteinander verbundene Größen. Meine Filme sind in dem Maße Autobiographie, in dem mein Leben ein Roman oder ein Film ist.

C. CH.: Auf *Die Begegnung* folgen 1960 *Der Bahnhof* und

1961 *Die Freundschaften von Loulou* und *Der Abgrund*. Damit
schließt der Zyklus von Filmen, die Sie in der DDR gedreht
haben. Diese Werke haben Ihnen, vielleicht ohne daß Sie es
selbst erwartet hätten, ungewohnt großen Ruhm eingebracht,
zuerst aufgrund der Unterstützung durch das sozialistische
Regime und dann aufgrund der Zensur. So war es Ihnen möglich, sich dank Ihrer Mißliebigkeit und dank der Aufmerksamkeit, die Ihnen in der westlichen Presse zuteil wurde, jenseits
des eisernen Vorhangs niederzulassen. Läßt man den politischen Kontext einmal außer Acht, was für eine Bewertung
verdienen diese Werke? Und was ist die politische Bedeutung,
die Sie ihnen beimessen, wenn sie denn überhaupt eine für
Sie haben?

C. G. G.: Wie Sie wissen, hatte ich mit *Der Bahnhof* nicht
nur keinerlei Probleme, sondern die Regierung hielt den Film
ganz unerwartet trotz seines kritischen Untertons für ein Werk,
das sich gut als Alibi für die Meinungsfreiheit im Kommu-
nismus ausschlachten ließ (so sehr meine Kollegen auch weiterhin unter Verfolgung zu leiden hatten). Da es sich um
ein intimes Kammerstück mit kaum mehr als drei Figuren
und minimalem Budget handelt, dachten die Behörden wohl,
kaum jemand würde sich dafür interessieren. Mit *Die Freundschaften* war es genau umgekehrt. Ich bekam ein größeres
Budget, drehte einen Historienfilm, und sofort kam es zu einer
polemischen Auseinandersetzung zwischen Publikum und
Regierung. Wie Sie wissen, handelt der Film von den letzten
Tagen der Lou Andreas-Salomé, erzählt aus einer ganz und gar
nicht realistischen Perspektive, eine Art Traumbilanz ihrer
Beziehungen zu Freud, Rilke, Nietzsche und Marx. Ganz abseits von der Wirklichkeit, abseits von der Politik, und doch
war das zuviel für die Zensoren …

C. CH.: Aber im Westen war der Film ein Erfolg, im Gegensatz
zu Ihrem nächsten, *Der Abgrund*. Ich erzähle Ihnen bestimmt
nichts Neues, wenn ich sage, daß der Film allgemein als eine
Art Kurskorrektur angesehen wurde, als ein Versuch, wieder
die Gunst Ihrer Arbeitgeber zu erlangen …

C. G. G.: In der Tat, diese Ansicht habe ich schon oft gehört und ihr ebensooft widersprochen. Es stimmt, mit *Der Abgrund* bin ich zum Realismus meiner ersten Filme zurückgekehrt, und vielleicht hat er deshalb wieder das offizielle Plazet erhalten, aber ich habe ihn in einem kritischeren Geist entworfen als *Die Freundschaften*. Es ist keine Kurskorrektur, sondern eine Karikatur der gängigen Klischees im Kino dieser Zeit. Schade, daß kaum jemand in der Lage war, das zu erkennen.

C. CH.: Und doch kommt in diesem Film, was immer man von ihm halten mag, Ihr charakteristischer Stil sehr viel deutlicher zum Ausdruck als beim vorhergehenden. Dazu trägt auch bei, daß nun Thomas Braunstein als Kameramann zu Ihnen stößt …

C. G. G.: Ein an sich schon ungewöhnliches Ereignis. Man wirft mir vor, mich den Konventionen der Partei gebeugt zu haben, und dabei vergessen alle, daß es mir zum erstenmal in einem kommunistischen Land erlaubt wurde, mit einem westlichen Kameramann zusammenzuarbeiten … Auch er hat dem Film seinen Stempel aufgeprägt, und ich versichere Ihnen, der hatte nichts mit den östlichen Bürokraten zu tun.

C. CH.: Hätten Sie sich außerdem einschmeicheln wollen, wäre Ihnen das gewaltig mißlungen … Aber lassen Sie mich andersherum fragen: Waren Sie Kommunist?

C. G. G.: Selbstverständlich, wenn auch aus Gründen, die Sie nicht im Traum vermutet hätten. In Wirklichkeit habe ich niemals mit einer Ideologie sympathisiert, die das Kollektiv über das Individuum stellt, meine Beweggründe waren sehr viel persönlicherer Natur. Vorhin haben wir doch über meine Mutter gesprochen und festgestellt, daß sie im Grunde immer Nazi geblieben ist. Nun, um mich gegen sie aufzulehnen und mit dem Gespenst meines Vaters in Wettstreit zu treten, bin ich Parteimitglied geworden. Das war der einzige Grund. Ich habe niemals an ihre Doktrin geglaubt, nicht an ihre Projekte und nicht an den Klassenkampf oder die Diktatur des Proletariats. Nichts als leeres Geschwätz.

C. Cн.: Aber an Parteiveranstaltungen haben Sie doch teilge-
nommen und haben für sie gearbeitet …

C. G. G.: Die Art, in der Sie das sagen, verletzt mich. Ich bin es
leid, daß man mich dazu bringen will, etwas zu widerrufen.
Immer wenn man mich darauf anspricht, dann in diesem
anklagenden Ton, als müßte ich mich über meine Antworten
schämen. Mich hat nur die Kunst interessiert, und um in der
DDR Kunst machen zu können, mußte man Kommunist sein.

C. Cн.: Vielleicht wechseln wir besser das Thema. Was herrschte in der Bundesrepublik für eine Atmosphäre, als Sie über-
siedelten? Wie wurden Sie empfangen?

C. G. G.: Es war eine Zeit der Tumulte, und so konnten wir uns
kein klares Bild von dem machen, was vor sich ging. Wir wurden zu Repräsentanten einer politischen Krise. Auf der einen
Seite spürten wir eine etwas übertriebene Herzlichkeit, auf der
anderen ließen Argwohn und Mißtrauen nicht auf sich warten.
Ich glaube, Sophie hat sich nie richtig an die westdeutsche
Lebensweise gewöhnen können, und tatsächlich fühle auch
ich mich noch heute beengt auf diesem Terrain. Ich habe
oft mit dem Gedanken gespielt, fortzugehen und einen weniger geschlossenen Raum zu suchen. Sieben Jahre lang bin ich
dort schon zu Hause, aber nun ist der Moment gekommen,
andere Luft zu atmen.

C. Cн.: Jedenfalls haben Sie sehr schnell alles in Bewegung gesetzt, um wieder drehen zu können. Kaum ein paar Monate
nach Ihrer Ankunft ist bereits 1963 *Die Strafe* fertig.

C. G. G.: Zu Anfang war man sehr großzügig zu mir. Ich war
es nicht gewohnt, mit nicht staatlichen Mitteln und unter den
Bedingungen des freien Marktes zu arbeiten, und doch konnte ich dank der Unterstützung guter Freunde, von Thomas
Braunstein in erster Linie, meine fixen Ideen verwirklichen.
Ich genoß viele Vorteile, die westdeutsche Filmemacher meines Alters nicht hatten, und das hat mir Feindschaften und
unmotivierte Konflikte eingebracht.

C. Cн.: Dann beginnt eine Ihrer schöpferischsten Perioden, was
manche die Kernphase Ihrer Produktion nennen.

C. G. G.: Solche Begriffe sind nichtssagend, auch wenn es stimmt, daß es der Lebensabschnitt gewesen ist, in dem ich am meisten Ruhe empfunden habe.

C. CH.: *Dein Blut ist mein Blut* wird allgemein für Ihr Meisterwerk gehalten …

C. G. G.: Ich will Ihnen nicht in allem widersprechen, aber auch der Begriff des Meisterwerks ist mir gleichgültig. Mir gefällt der Film noch immer, und ich habe es sogar gewagt, ihn zwei- oder dreimal wiederzusehen.

C. CH.: Und doch halte ich ihn, auch wenn das widersinnig klingen mag, für Ihren pessimistischsten Film. Darin ist kein einziger Funken Hoffnung zu entdecken, er verneint die Möglichkeit jeglicher Erlösung und lehnt den Gedanken ab, zwei Menschen könnten miteinander leben. Die Liebe endet unweigerlich in Haß und Wahnsinn. Das gemeinsam vergossene Blut von Rupert und Hanna – sie bringt sich um, und er folgt ihr – ist ihre einzige mögliche Verbindung. Im Leben hatten sich die beiden als unvereinbar erwiesen …

C. G. G.: Mein negativer Standpunkt hat sich nicht geändert.

C. CH.: Nur hat er dort einen extremen Punkt erreicht. Spiegelt sich darin Ihr Leben in jener Zeit wider?

C. G. G.: Es war eine Zeit des ewigen Streits mit Sophie, wir konnten uns nicht an unsere neue Umgebung anpassen … Ich glaube, der Film spricht für sich selbst und sagt weit mehr, als ich hinzufügen könnte.

C. CH.: Ich hoffe, ich dringe nicht zu sehr in Sie, aber einige wollen in Hannas Tod ein Vorzeichen für den Selbstmord Ihrer Frau erkannt haben.

C. G. G.: Das behaupten sie, weil sie gerne hätten, daß ich in Ruperts Fußstapfen trete.

C. CH.: 1965 ist ein Jahr voll fieberhafter Tätigkeit, vergleichbar mit der späteren Produktivität von Fassbinder, obwohl weder er noch Sie diesen Vergleich schmeichelhaft gefunden haben. Es folgt zunächst Ihre Hommage an Fritz Lang, *Mabuse* – mit der er selbst ganz und gar nicht einverstanden war und sie nicht als Hommage, sondern als Schmähung empfunden hat –, und danach eines Ihrer anderen großen Werke, *Die schleichende, schweigende Macht des Vergessens*, nach einem Roman von Georg Wolpert.

C. G. G.: Das sind zwei höchst unterschiedliche Werke, auch wenn ich sie beide als Kammerstücke bezeichnen will. Der erste Film ist ein Lieblingsthema von mir, das ich schon immer hatte verwirklichen wollen, weshalb ich die Gelegenheit beim Schopf ergriffen habe. Es ist, wie Lang verstanden hat, zugleich Darstellung und Karikatur seiner deutschen Schaffensperiode: des Kinos, das mir Vorbild gewesen ist und von dem sich meine Stoffe nähren. Ich bedaure, daß er so verärgert reagiert hat. Der andere Film hat dagegen eine meiner fixen Ideen zum Thema: das Vergessen. Wie es alles zerfrißt, wie es die Liebe, die Eltern- oder Nächstenliebe und jegliche menschliche Beziehung überhaupt zersetzt. Wir sind äußerst zerbrechliche Wesen, und die Bande, die wir untereinander knüpfen, sind es noch viel mehr: das Vergessen, das stets auf der Lauer liegt, kann uns im Handumdrehen den Garaus machen. Wenn wir aus Erinnerung bestehen, dann repräsentiert sein Gegenpart die Macht des Todes.

C. CH.: 1966 drehen Sie den Film über Ihren Vater, über den wir bereits gesprochen haben, doch zur gleichen Zeit nehmen Ihre familiären Probleme zu. Wollen Sie darüber sprechen?

C. G. G.: Sophie war äußerst nervös, im Grunde wußte ich immer, daß so etwas mit ihr geschehen konnte. Ich habe nicht gut genug auf sie aufgepaßt. Meine Arbeit hinderte mich daran, mich so wie früher um sie zu kümmern.

C. CH.: Was ist mit Ihrer Beziehung zu Birgitta Peretz?

C. G. G.: Ich bin ein Jahr lang mit ihr ins Bett gegangen, warum?

C. CH.: Wußte Ihre Frau davon?

C. G. G.: Wie nicht, wenn Sie schon davon wissen?

C. CH.: Ich meine, war das nicht ein zusätzlicher Grund …

C. G. G.: Für den Selbstmord? Nein. Ich kannte Sophie sehr gut, ich habe dreizehn Jahre lang mit ihr zusammengelebt. In manchen Situationen konnte sie äußerst stark sein, während sie andere, die uns lachhaft erscheinen mögen, an den Rand der

Verzweiflung brachten. Sie hat immer von meiner Beziehung zu Birgitta gewußt und mir niemals einen Vorwurf gemacht. Zwischen uns herrschte Freiheit. Nein, ihre wahre Konkurrentin war nicht diese Frau, sondern die Kunst.

C. CH.: Was wollen Sie damit sagen?

C. G. G.: Vergessen Sie es bitte … Fest steht nur, daß Birgitta ihr egal war.

C. CH.: Und doch haben Sie Birgitta nach Sophies Tod verlassen.

C. G. G.: Aus anderen Gründen.

C. CH.: 1968 folgt auf die Tragödie wieder ein besonders produktives Jahr. In Deutschland drehen Sie den Film – und allein sein Titel läßt schon auf Ihren Seelenzustand schließen – *Die Hunde werden meine Knochen begraben.* Zugleich machen Sie einen Sprung in die Vereinigten Staaten nach Hollywood und in seine Filmindustrie mit Ihrer Verfilmung von Faulkners *Als ich im Sterben lag.*

C. G. G.: *Die Hunde* ist meine Reaktion auf die Mairevolte von achtundsechzig und den Tod meiner Frau. Noch immer bin ich wie elektrisiert, wenn ich an die Dreharbeiten denke, an die Wut, die Ohnmacht, die wir alle auf dem Set spürten. Unsere Gemeinschaft von Schauspielern und Technikern war ein großes Erlebnis, wir waren ein geeintes, zusammengeschweißtes Team, alle hatten absolutes Vertrauen zu mir und lieferten sich mit Leib und Seele der Kunst aus. Als würden meine Gedanken in ihren Körpern auferstehen, ja, als gehörten sie mir. Nie habe ich etwas Vergleichbares erlebt. Ihre Hingabe war vollkommen. Es ist ein tiefschwarzer, ein erschreckender Film, der mir von allen meinen Werken der liebste ist. Genau das Gegenteil des parodistischen *Als ich im Sterben lag.* Ich hatte mich zu dem Projekt bereit erklärt, weil Faulkners Roman zu meinen Lieblingsbüchern zählt, und die Möglichkeit, in Hollywood zu arbeiten, hatte mich schon immer gereizt. Ich kann nicht abstreiten, daß der amerikanische Film Bewunderung und Neid in mir erweckt hat, die mir im übrigen recht gesund für einen Europäer scheinen. Kaum irgendwo sonst hat sich der Film so sehr mit seinem Publikum identifiziert wie in den Vereinigten Staaten. Es ist eine echte Industrie, und ich sage das nicht etwa abschätzig. Nun gut, ich war also schwach und konnte nicht widerstehen, auch wenn mir von Anfang an klar war, daß es ein Fehlschlag werden würde. Hanna Schygulla war für die Rolle nicht geeignet, und die anderen amerikanischen Schauspieler konnten sich nicht an meinen Arbeitsstil gewöhnen. Schnell verlor ich die Begeisterung, der Film steuerte auf den Abgrund zu, und ich überließ ihm seinem Schicksal. Ich ging nicht einmal zur Premiere, was den Vorstand der *Warner* ungemein empörte.

C. Ch.: Trotzdem verdanken Sie gerade diesem Film Ihr internationales Ansehen.

C. G. G.: Dessen bin ich mir bewußt, und es bekümmert mich. Nach Ende der Dreharbeiten war ich zutiefst frustriert, ich wollte Urlaub nehmen, mich vom Kino abwenden, aber ich konnte es nicht. Für mich ist es ein Laster, was kann ich nur tun, um mich davon zu heilen?

C. Ch.: Damit sind wir wieder zum Anfang unserer Unterhaltung zurückgekehrt, zur französischen Premiere von *Die Orchidee*. Ein Film, dem wir noch ganz nah sind, und deshalb würde ich gern wissen, welchen Stellenwert er für Sie in Ihrem Gesamtwerk hat. Für mich ist es ein schwieriges, hartes Werk, und alle Charakteristika Ihres Stils scheinen sich darin in konzentrierter Form zu vereinen.

C. G. G.: Ich will Ihnen nur eines sagen: Nie zuvor ist es mir gelungen, daß die Kunst so tief in das Leben meiner Schauspieler eindringt. Der Film ist im gleichen Maße reine Kunst, wie er reines, wildes, ungebändigtes Leben ist. Er ist in gewissem Sinn eine Art Fortsetzung von *Dein Blut ist mein Blut*, obwohl die Charaktere mit größerer Reife dargestellt sind, mit mehr Eigenständigkeit. In diesem Werk steckt mehr von meinem Leben als in jedem anderen, und Sie wissen, daß ich nichts „Autobiographisches" damit meine. Ganz wie bei Flaubert: *Die Orchidee* bin ich.

C. Ch.: Zum Schluß bleiben mir nur noch die obligatorischen

Fragen eines jeden Interviewers. Was kommt jetzt? Was erwarten Sie von der Zukunft? Wie sehen Ihre Projekte aus?

C. G. G.: Die Zukunft ist nur dazu gut, die Gegenwart zu ertragen, und sie beunruhigt mich nicht im geringsten. Ich hoffe, weiter Filme zu drehen, was soviel heißt, daß ich hoffe, weiterzuleben. Nach meinen bisherigen Plänen beginne ich im Oktober mit neuen Dreharbeiten. Mehr verlange ich nicht.

Entgegen seinen Erwartungen hat Gruber, zumindest bis zum heutigen Tag, die Pläne, von denen er mir 1969 erzählte, nicht verwirklicht. Das Filmprojekt vom Oktober '69 wurde nie fertiggestellt, der Regisseur ließ die Produzenten im Stich und setzte sich angesichts drohender juristischer Schritte in die Schweiz ab. Dort ließ er sich zusammen mit Magda von Totten nieder, die er kurz darauf heiratete, und verschwand endgültig aus dem öffentlichen Leben. Warum? Was war der Grund für sein Schweigen, wenn doch damals nichts darauf hinzudeuten schien? Gruber hat diese Frage niemals beantworten wollen. Doch was uns von ihm bleibt, seine zwölf Spielfilme, macht ihn zu einer der bahnbrechenden Gestalten der Filmkunst dieses Jahrhunderts. Seine Filme sind ein beredtes Zeugnis eines Lebens, das sich nicht nur der Kunst widmet, sondern sich unauflöslich mit ihr verbunden hat. Und sein Rückzug gibt uns Stoff zur Reflexion über die Grenzen der schöpferischen Arbeit und der menschlichen Fehlbarkeit.

(Cahiers du cinéma, Januar 1984)

DRITTES BUCH

DRAMATIS PERSONAE

In dem Bus, der uns nach *Los Colorines* brachte, herrschte aufgeregte Stimmung, ein Kontrast zur erschreckenden Ruhe der Landschaft. Eufemio, Grubers Sekretär, beantwortete unsere zaghaften Fragen mit gedämpfter Stimme, fast flüsternd. Er konzentrierte sich vielmehr darauf, uns auf Sehenswürdigkeiten hinzuweisen oder von der außerordentlichen Schönheit von Grubers Hazienda zu schwärmen. Niemand wagte es, Antworten auf die Fragen einzufordern, die die Reise aufwarf.

Nach und nach machte sich unsere Reisegesellschaft miteinander bekannt; die treibende Kraft dabei war Zacarías Vera, der sich rasch zu einer Art arrogantem Wortführer unserer Gruppe aufschwang. Er war der erfahrenste und aufdringlichste von uns Schauspielern; unbekümmert hob er die Stimme und wurde ärgerlich, wenn er Eufemios Getuschel nicht verstand, mit dem dieser auf sein Gebrüll antwortete. Von Anfang an versuchte er, uns mit seiner obszönen Vertraulichkeit einzuschüchtern. Weder Javier noch mir war er sympathisch, aber zwei unserer Begleiterinnen, Ana und Luisa – junge, hübsche Mädchen, noch unter dreißig, die sich sofort zusammentaten –, brachte er unablässig zum Lächeln.

Die eine von ihnen, Ana, kam mir bekannt vor, auch wenn mir nicht einfallen wollte, woher. Sie hatte hellbraunes Haar, das ihr in großen Locken auf Schultern und Rücken fiel. Sie war groß und schlank und ging ganz in Schwarz gekleidet; sie hatte schlecht geschnittene Fingernägel, und ihre Stimme war hoch und frisch. Die andere, Luisa, war genau das Gegenteil und schien fast einen beabsichtigten Kontrast zu der anderen zu bilden: kleine Augen, ein strahlend weißes Lächeln, ihr schwarzes Haar zu einem Pferdeschwanz zusammengebunden. Ohne provozierend zu wirken, trug sie eine geblümte Bluse und einen leuchtend grünen Minirock. Die anderen beiden Frauen waren sehr viel älter als wir; Ruth war um die fünfzig, sie war unauffällig gekleidet und besaß feine Gesichtszüge, die jedem Scherz abgeneigt schienen, und Sibila, um die fünfundvierzig, war kokett und vulgär und zog an einer ewigen Zigarette, die ihr die Finger gelb färbte; sie ließ sich von Zacarías nicht nur schlüpfrige Schmeicheleien sagen, sondern forderte sie sogar heraus.

Außer Javier reisten zwei weitere junge Männer mit uns, Arturo und Gamaliel. Sah man sie sich genauer an, wurde sofort deutlich, daß auch sie nicht nur unterschiedlich, sondern gegensätzlich waren. Beide wirkten aggressiv und ließen sich von Zacarías nicht einschüchtern, aber ihr Verhalten hatte entgegengesetzte Ursprünge: Arturos Unsicherheit entsprach Gamaliels Selbstbewußtsein. Der erste reagierte aus einer Abwehrhaltung heraus so heftig auf das Geschimpfe, während es für den anderen nicht mehr als ein Spiel unter Erwachsenen war, belanglos und töricht, auf das er sich mehr aus intellektueller Arroganz, denn auf Grund eines finsteren Charakters einließ.

Der letzte in der Gruppe war ein älterer Mann, ungemein dick, der im hinteren Teil des Wagens saß und hinausschaute, als ginge ihn der Radau im Bus nichts an. Er richtete kaum das Wort an uns, und erst viel später erfuhr ich, daß er Gonzalo hieß.

„Wann sind wir endlich da?" schrie Zacarías Eufemio an.

„Schon bald, es ist nicht mehr weit."

„Nicht mehr weit! So ein Trottel!"

„Nun laß ihn doch in Ruhe", schaltete sich Ruth ein. „Es ist nicht seine Schuld. Warum setzt du dich nicht, damit wir friedlich den Rest der Reise hinter uns bringen?"

„Sehr wohl, *Madame*", spottete Zacarías.

Ich erzählte Javier, wie unwohl ich mich fühlte. Wir fuhren nicht nur ins Ungewisse, sondern würden auch noch diesen Kerl erdulden müssen.

„Weißt du, wer das ist?" fragte mich Javier. „Zacarías Vera. Er ist fast sechzig und hat noch nie eine tragende Rolle gespielt. Am Anfang seiner Laufbahn soll er eines der vielversprechenden Talente des mexikanischen Theaters gewesen sein. Dann wurde er Alkoholiker und ging mehrmals völlig besoffen von der Bühne ab. Er änderte die Dialoge, machte die Stücke kaputt und ließ sich nicht durch seine zweite Besetzung vertreten …"

Ich stand auf, noch immer mit diesem unbehaglichen Gefühl, und setzte mich neben Ruth, die mir von Anfang an durch ihre Eleganz aufgefallen war und mich nun überrascht hatte, weil sie Zacarías so energisch entgegengetreten war. Aus der Nähe sah sie älter aus, vielleicht übertrieb sie es etwas mit der Schminke, doch das machte sie nicht weniger attraktiv. Sie hatte schwarzgefärbtes Haar, graue Augen und eine spitze Nase, ein untrügliches Zeichen von Eitelkeit.

„Hallo", sprach ich sie an. Sie rückte zum Fenster, um mir neben sich Platz zu machen.

„Ich bin Ruth Heredia." Sie reichte mir eine gepflegte, kalte Hand.

„Renata Guillén", gab ich zurück.

„Ich freue mich, daß Sie mir Gesellschaft leisten."

„Wenn es Sie nicht stört, wäre es mir lieber, wenn Sie du zu mir sagen."

„Nur, wenn du mich auch duzt." Sie lächelte.

In ihrem Gesicht lag eine undefinierbare Traurigkeit.

„Wie alt bist du?"

„Fünfundzwanzig."

„Ich hätte mir in diesem Alter nicht träumen lassen, mit einem so berühmten Regisseur zusammenzuarbeiten … All das scheint kaum faßbar, nicht wahr?"

Trotz ihrer Zurückhaltung war sie liebenswürdig, herzlich sogar. Doch sie besaß auch ein angeborenes Mißtrauen, einen gewissen Stolz, den sie zu überspielen versuchte, aber nicht ablegen konnte.

Währenddessen plauderte Javier am anderen Ende des Busses mit Arturo und Gamaliel. Zacarías hatte sich endlich hingesetzt und beschränkte sich auf ironische Kommentare zu Sibila.

„Jetzt ist es nur noch eine Stunde", gab uns Eufemio Bescheid.

In diesem Augenblick verließen wir die Asphaltstraße und bogen in einen Feldweg ein.

„Das hat gerade noch gefehlt", schnaubte Zacarías.

Mein Kopf begann zu schmerzen. So sehr ich mich auch anstrengte, es gelang mir nicht, mit Ruth wirklich ins Gespräch zu kommen. Auch sie wußte nicht, was für eine Rolle sie spielen sollte – inzwischen wunderte uns das schon gar nicht mehr –, und schien nicht einmal vertraut mit Grubers Arbeit. Ich war erleichtert, daß ich nicht die einzige Ratlose war. Wie in Buñuels Film *Der Würgeengel* waren wir Teil einer Herde ohne eigenen Willen.

Zweieinhalb Stunden nach Eufemios Ankündigung, es bliebe noch eine Stunde Fahrt, trafen wir in *Los Colorines* ein. Wir waren zerschlagen, müde und benommen. Ein leichter Regen ging auf uns nieder. Dienstboten kamen und halfen uns mit dem Gepäck, und schließlich erschien Braunstein zu unserem Empfang. Er trug einen Cowboyhut und eine Sportjacke und wirkte sehr viel jünger und kräftiger als beim letzten Mal.

„*Bienvenidos! Willkommen! Bienvenus! Welcome!*" rief er mit einem unpassenden Überschwang und half uns aus dem Bus.

„Es war eine entsetzliche Fahrt, Braunstein", stöhnte Sibila, fiel ihm um den Hals und küßte ihn auf die Wange. „Sieh einer an, was für ein Aufzug …"

„Immer mußt du dich beklagen, *Muca*." Er gab ihr einen Klaps auf den Po, den sie mit Freuden entgegennahm.

Mit den anderen ging er weniger ungezwungen um, war bisweilen sogar ungewohnt ernst. Zacarías umarmte er zur Begrüßung, siezte ihn jedoch (später sollten wir verwundert und beleidigt feststellen, daß er außerdem das beste Zimmer in *Los Colorines* für ihn reserviert hatte). In Begleitung seines Dienstbotengefolges legten wir noch ein gutes Stück Weg zu Fuß bis zu unseren Zimmern zurück.

„Da sind wir jetzt also in *Los Colorines*", rief Luisa begeistert.

„Das gesamte Landgut trägt den Namen *Los Colorines*", erklärte Braunstein, „aber es ist in mehrere Gebäude unterteilt. Das Haupthaus befindet sich einen Kilometer von hier entfernt."

„Und dort lebt Gruber?" schaltete sich Ana ein.

„Ja. Aber das Haus, in dem ihr untergebracht seid, ist bequemer und geräumiger. Der Großteil aller Szenen wird dort gefilmt werden", schloß der Kameramann.

Braunsteins Geschick beim Verteilen der Zimmer war bewundernswert, und erst jetzt wird mir bewußt, daß er einem ausgeklügelten Plan folgte. Alle unsere Schlafzimmer waren über die zwei Stockwerke des Gebäudes verteilt und gingen jeweils auf einen großen Innenhof hinaus. Damals beschwerte sich niemand. Wir hatten gerade erst ein unbekanntes Territorium betreten, eine unbekannte Zeit, und mußten uns anpassen.

„Erholt euch ein wenig und packt aus. Am Ende des Gangs findet ihr Küche und Eßzimmer, falls ihr Appetit bekommt", fuhr Braunstein im Ton eines Fremdenführers fort. „Wir sehen uns um neun zum Abendessen, da werdet ihr offiziell begrüßt, und es werden einige Aspekte unserer Arbeit erläutert, in Ordnung?"

Es gab keine Einwände. Ich verabschiedete mich von Javier, der so liebenswürdig gewesen war, mein Gepäck zu tragen, und ging, um eine Dusche zu nehmen. Erst da entdeckte ich – oder entdeckten Ana und ich zur gleichen Zeit –, daß wir beide zwar Einzelzimmer hatten, aber dasselbe Bad teilten: Ana und ich traten gleichzeitig ein, ich in ein Handtuch gewickelt, sie nackt, weshalb mir nach der ersten Überraschung nichts anderes übrigblieb, als ihr den Vortritt zu lassen.

BALDERAS, ANA. Es tut mir leid, Herrschaften, aber ich finde es ziemlich geschmacklos, daß Sie mich hier über mich selbst schreiben lassen, ohne mich überhaupt zu kennen. Wo bin ich hier? Bei einer Schauspielprobe und nicht bei der Psychotherapie, denn die habe ich immer abgelehnt. Oder wollen Sie etwa meine Fähigkeit prüfen, Gedanken zu formulieren, eine Geschichte zu erzählen? Das scheint mir absurd, aber wenn Sie es so haben wollen, bitte schön. Ich bin dreißig Jahre alt, an einem 3. Oktober geboren … Das habe ich schon auf den Antrag geschrieben, ich weiß, aber was kann ich sonst über mich erzählen? Noch einmal: Ich bin dreißig und komme mir dumm vor, lächerlich einsam und völlig verrückt. Sie glauben mir nicht? Hätte ich auf meine Eltern gehört, hätte ich in diesem Alter bereits meine eigene Kanzlei und würde nun eigenhändig ihre Scheidung abwickeln. Aber es ist anders gekommen, immer mußte ich ihnen in allem widersprechen. Zieh dir den Mantel an, und ich tat es nicht, komm nicht so spät nach Hause, und ich kam nicht mal zum Schlafen zurück, geh nicht mit diesem Jungen, und ich stieg mit ihm ins Bett. Weshalb? Das habe ich mich oft gefragt, und noch öfter haben sie mich das gefragt. Es stimmt nicht, daß ich sie nicht geliebt hätte, daß sie nicht wichtig für mich gewesen wären oder daß ich ganz einfach überzeugt gewesen wäre, sie hätten niemals recht. Im Gegenteil, manchmal war ich mir völlig sicher, daß ich ihnen hätte folgen müssen, aber allein der Gedanke daran löste Nesselfieber bei mir aus. Es war eine allergischer Reaktion auf den Gehorsam. Sie waren gute Eltern, mein Vater trank weder, noch schlug er mich, und meine Mutter ging nicht mit dem Nachbarn ins Bett. Also? Es ging über meinen Verstand.

Mit circa fünfzehn Jahren wurde mir, wenn auch noch nicht mit aller Deutlichkeit, die traurige Wahrheit bewußt: Nie würde ich besser als sie sein können, nicht mal annähernd so gut (jetzt widert mich im nachhinein die Lüge an, in der sie so lange lebten, nur um ihren Kinderchen nicht zu schaden). Kann man nichts machen, was soll man tun, wenn Gott einen nicht mit außergewöhnlichen Talenten gesegnet hat … Wenigstens hatte ich etwas, worin es keiner mit mir aufnehmen konnte: meinen Willen. Den Willen, zu tun und zu erreichen, was mir gerade in den Sinn kam. Ich war das süße kleine Mädchen im Haus (ich habe drei ältere Brüder), und das genügte, damit sie mich die ganze Kindheit über nach Strich und Faden verwöhnten, was sich später ins Gegenteil verkehrte, als sie mich in allem einschränkten, um mich – wie sie meinten – vor der gefährlichen Welt draußen zu beschützen. Die Armen, sie haben zu spät gemerkt, daß sie selbst meine Rebellion zu verantworten hatten. Ich war so daran gewöhnt, stets zu erreichen, was ich mir in den Kopf gesetzt hatte (weinend oder bettelnd, kokettierend oder schimpfend, die Mittel waren gleichgültig), daß ich allen anderen meinen Willen aufzwang. Ein schöner Reinfall, als ich mich allmählich auch ihnen selbst gegenüber so benahm.

Mit sechzehn lief ich von zu Hause fort, zusammen mit einem Kerl von zwanzig, den ich davon überzeugt hatte, daß wir durchbrennen mußten, um die Kraft unserer Liebe zu beweisen. Der Schwachkopf glaubte das (ebenso wie er glaubte, ich sei noch Jungfrau) und nahm mich mit nach Acapulco: für mich nichts weiter als eine herrliche Urlaubsreise (er bezahlte das Hotel und mußte nachher noch das Donnerwetter meiner und seiner Eltern über sich ergehen lassen). Von da an wurde mein Elternhaus eine Art Hotel für mich. Tagelang kam ich nicht nach Hause (zu Anfang machten sie sich Sorgen und ließen mich sogar über das Rote Kreuz suchen, aber schließlich wurden sie es müde, mir Vorwürfe zu machen, wagten es jedoch auch nicht, mich vor die Tür zu setzen). Wenn ich dann unverhofft wieder auftauchte, schlug mir immer mehr Gleichgültigkeit entgegen (nur einer meiner Brüder versteifte sich darauf, mich anzubrül- len und mir Standpauken zu halten, und verprügelte mich sogar, weil er sich um die Gesundheit meiner Mutter sorgte).

Mal beschloß ich, Musik zu studieren (ein Kerl, der mir gefiel, war Schlagzeuger), ein andermal Tanz (ich weiß nicht, warum), und landete schließlich beim Schauspiel, aus dem einzigen Grund, meinen Freund, der Arzt war, zu ärgern. Aber es gefiel mir, und die Lehrer waren trotz all der Beschwerden und Strei- tigkeiten der Ansicht, daß es mir nicht an Talent mangelte. Ich entschloß mich also ernsthaft dazu (und immer wenn ich mich ernsthaft für etwas oder jemanden entscheide, versuche ich selbst das Unmögliche, bis ich es bekomme, auch wenn ich danach meist das Interesse daran verliere und es wegwerfe), und ich beendete die Ausbildung mit recht ordentlichen Noten (was sogar mich überraschte). Schade nur, daß ich mich vor der Abschlußaufführung mit dem Regisseur überworfen hatte (mit dem ich eine Zeitlang gegangen war). Denn sonst hätte ich, da bin ich sicher, die Hauptrolle bekommen.

Aber so lief mein ganzes Leben bisher ab: Streit, Diskussionen, Konflikte. Nicht, daß ich sie bewußt suchen würde, ich habe

vielmehr das Gefühl, daß mir so etwas wie Feindseligkeit ent-
gegengebracht wird, vor allem von seiten der Frauen (ich bin
nicht paranoid, das schwöre ich, untersuchen Sie lieber die
Traumata meiner Feindinnen), jedenfalls gerate ich unweigerlich mit ihnen zusammen und habe bis zum heutigen Tag noch
keine einzige richtige Freundin gehabt. Außerdem habe ich ein
anderes Problem: Ich langweile mich sehr schnell. Um ehrlich
zu sein, ich glaube, ich habe das Zeug zu einer großartigen
Schauspielerin und würde meinen Beruf gegen nichts auf der
Welt eintauschen, aber ich kann auch nicht die ganze Zeit im
Theater verbringen, bei Proben und Vorstellungen. Das ist nichts
für mich, was will man da machen. Ich werde es schnell leid
(mit den Menschen geht es mir ebenso) und kann dann nicht
mehr im gleichen Rhythmus weitermachen (ich weiß nicht,
warum zum Teufel ich Ihnen das erzähle, das wird ein Minus-
punkt für mich sein, nicht wahr?).

Und wenn ich nicht schauspielere, womit beschäftige ich
mich dann? Ich habe keine genaue Vorstellung. Müßte ich eine
Antwort darauf geben, könnte ich nur folgendes sagen: Männer.
Ich muß einfach immer mit jemandem zusammensein (oder auf
jemanden warten), sonst werde ich nervös. Aber auch feste Bin-
dungen passen mir nicht. Das klingt konfus, nicht wahr? Ich
will versuchen, es zu erklären. Ich werde wahnsinnig, wenn
ich niemanden habe, an den ich denken kann (oder wenn es
niemanden gibt, der vermutlich an mich denkt), und ich kann
keinen Monat verstreichen lassen, ohne mit jemandem ins Bett
zu gehen. Aber das will nicht heißen, daß ich unbedingt mein
Leben mit dieser Person teilen muß. Mein Leben gehört mir
allein (trotz allem bin ich sehr rücksichtsvoll und lege mich mit
niemandem an), und die Momente, die ich mit jemandem ver-
bringe, müssen genau das bleiben: Momente. Ich hasse Beziehungen, in denen ein Partner meint, er habe das Recht, Forderungen an dich zu stellen, nur weil du mit ihm ins Bett steigst,
weil er dich nackt gesehen hat oder weil du dich von ihm anfas-
sen läßt. Sie sind solche Machos und so unsicher, die Männer …
Was kann ich dafür? Zieht einer solche Saiten auf: zum Teufel

mit ihm. Und da landen sie bei mir schließlich alle. Kann man denn nicht ein wenig Sex und Zärtlichkeit haben ohne den ganzen Schmus?

Aber letzten Endes, wie ich zu Anfang gesagt habe, fühle ich mich lächerlich einsam und möchte manchmal allem abschwören, heiraten und meine Kinderchen bekommen wie so viele in meinem Bekanntenkreis, die glücklich zu sein scheinen (auch wenn sie es in Wirklichkeit nicht sind), möchte zurück zu dem normalen Leben, das ich aus reinem Widerspruchsgeist verworfen habe. Könnte ich das? Ich möchte glauben, ja, daß ich mich nur dazu entschließen muß (obwohl ich hoffe, niemals diesen Grad der Verzweiflung zu erreichen) und als verlorene Tochter zurückkehren kann. Ich gebe zu, es wird nicht einfach sein. Wenn man so lange allen Konventionen entflohen ist, dann bemächtigt sich eine Art Virus unseres Körpers, und eine Heilung scheint fast unmöglich …

Das reicht. Sind Sie nun wirklich überzeugt (und bin ich selbst so überzeugt davon), daß ich bin, wie ich Ihnen erzähle? Was für ein großes Vertrauen Sie haben (oder was bin ich für eine gute Lügnerin). Fragen Sie mich doch: Schwörst du, nie verliebt gewesen zu sein? Hast du dich nie in normale Gefühle fallenlassen, warst du nie besitzergreifend und eifersüchtig und all das, was du angeblich verabscheust? Was meinen Sie? Man kann nur hassen, was man selbst ist oder gewesen ist und nicht mehr zu sein versucht. Wenn Sie mir bis jetzt zugehört und gesehen haben, wie ich ständig gegen alle Konventionen Sturm laufe, wie ich mit meinen Ideen zur Partnerbeziehung kämpfe, verzweifle und verrückt darüber werde, dann nur, weil (ta-tam) sie mir tief im Fleisch stecken. Notieren Sie sich diesen kleinen Satz: Man flieht nur vor dem, was einem auf den Fersen ist, man kämpft nur gegen das, was man an sich selbst nicht mag.

Es hat, wie Sie erraten werden, einen Kerl gegeben, in den ich schwachsinnig verliebt gewesen bin. Da habe ich (ein einziges Mal, wie gesagt) all die Emotionen ausgelebt, die ich jetzt so hasse … Wieder einmal bestätigt sich Murphys Gesetz: Über zwanzig Jahre habe ich mich geweigert, mich zu öffnen (was für ein Wort!), nicht ein einziges Mal bin ich in Sentimentalitäten verfallen, habe mich standhaft geweigert, mich zu verlieben und normal zu sein. Und als ich mich endlich ein wenig gehenließ, als ich mich hingab (fällt ihnen das Machohafte auf, das all diesen Begriffen anhaftet, mit denen man über die Liebe spricht?), als ich schwach wurde, weil ich glaubte, ihn zu lieben wie niemanden zuvor, da war er es, der mich meinen Vorurteilen zurückgab. Seelenruhig erklärte er mir, ich würde ihm nichts bedeuten, er wolle mich nicht mehr sehen, zwischen uns sei nichts weiter passiert … Also kommen Sie mir nicht damit, ich sei schuld gewesen. Wäre ja noch schöner; also überzeugte ich mich schnell davon, daß die Liebe nur dazu gut ist, den anderen zu beherrschen. Ich beschloß meiner eigenen Sicherheit und meinem Stolz zuliebe, daß mir das nicht wieder passieren würde. So etwas konnte ich mir nicht erlauben.

Hier bin ich also und versuche nach Kräften, mein Leben nicht weiter zu vergeuden. Ich bin eine gute Schauspielerin, eine sehr gute, und ich möchte in diesem Film arbeiten.

DIE KAPELLE

Anstatt wie alle anderen auszuruhen, wie uns Braunstein empfohlen hatte, zog ich es vor, nach dem Duschen einen Spaziergang zu machen. Ich ging hinunter und erkundete unsere Umgebung. Von außen machte das Gebäude einen imposanten Eindruck, es stammte vom Ende des letzten Jahrhunderts, aus der Zeit von Don Porfirio. Das Haus besaß einen zentralen Innenhof, der von zweistöckigen Arkaden umgeben war, im unteren Stock befanden sich mehrere Zimmer, die Küche und das große Speisezimmer, das der Kameramann erwähnt hatte; im hinteren Teil schlossen sich die Dienstbotenräume an, umgeben von mehreren Pferdeställen, die inzwischen als Lagerräume dienten.

Beim Haupteingang traf ich auf Gamaliel. Wir redeten ein wenig und machten uns dann auf, das Umfeld des Hauses zu erforschen, wie Kinder auf Entdeckungsreise in einem Garten.

„Es ist ein merkwürdiger Ort", sagte ich zu ihm, „als wäre er ausgestorben, und man hätte uns allein hier zurückgelassen."

„Von wegen, Renata", lachte Gamaliel, „sie versuchen nur, alles geheimnisvoll aussehen zu lassen. Braunstein hat einen Faible für Thriller."

„Man engagiert uns für einen Film von Gruber, den wir noch nicht einmal zu Gesicht bekommen haben, und zu allem Überfluß entführt man uns auch noch an diesem Ort, wo es nicht mal Telephon gibt …"

„Im Haupthaus gibt es eins, ich habe mich bereits erkundigt", erwiderte er. „Sag mal, du hast doch die Sandra in Héctor Riveras *Die Schildfische* gespielt, nicht wahr? Du warst glänzend, eigentlich das einzige, was an dieser Inszenierung der Rede wert war …"

Seine Komplimente waren allzu dick aufgetragen. Ich hatte in dem Stück eine Rolle von zehn Zeilen gehabt, und die Aufführung war ein gewaltiger Reinfall gewesen. Es war also doch eine gewisse Leistung, sich daran zu erinnern … Gleich kamen wir im Gespräch auf gemeinsame Freunde und Feinde, während wir, ohne es uns vorgenommen zu haben, auf eine Kapelle zugingen, die in der Ferne zu sehen war. Seine Konversation war spontan und amüsant, vielleicht ein wenig überladen mit Pausen und Witzen, als müsse er Geist und Hände ständig in Bewegung halten – er gestikulierte wild herum –, aus Angst vor jeder Untätigkeit. Dann erkundigte er sich ungeniert nach mir und wartete nicht einmal die Antworten ab, um mir sogleich aus seinem eigenen Leben zu erzählen. Er hatte sich gerade von seiner letzten Freundin getrennt und hoffte nun, mir und sich selbst gegenüber sein Verhalten zu rechtfertigen. Er erzählte mir in allen Einzelheiten von ihren sexuellen Beziehungen – glaubst du, das hat etwas mit unserem Bruch zu tun gehabt? –, als würde er einen lang eingeübten inneren Monolog aufsagen, und ich sei nur ein Katalysator, damit er ihn endlich laut werden lassen konnte. Sein Narzißmus hatte etwas Anziehendes, oder vielleicht kam es mir damals nur so vor, weil mir seine Erscheinung gut gefiel. Er war weder groß noch kräftig, aber seine feingeschnittenen Gesichtszüge und sein perfekt gestutzter Bart gaben ihm das Aussehen eines Missionars oder eines Dandys. Er hatte schöne graue Augen, eine makellose, fast feminine Nase und athletische Arme. Seine Ungezwungenheit und seine endlosen Exkurse über den Sex gefielen mir, trotz seiner Nervosität und seines fast neurotischen Bewegungszwangs.

Wir durchstreiften die angrenzenden Felder, umrundeten einen ausgetrockneten Brunnen und schlüpften schließlich durch die schmale Kirchentür. Die Mauern waren aus Fels und moosbewachsen – aus dem 17. Jahrhundert, wie Gamaliel behauptete – und fast ohne Ornamente, während das Innere erst kürzlich restauriert worden war. Es gab keinerlei religiöse Bilder; Altar und Bänke waren weggeschafft worden, als hätte der Eigentümer sie für einen anderen Zweck als den religiösen bestimmt. Sie besaß eine kleine Kuppel von blendendem Weiß, fast unerträglich hell im Sonnenlicht, das durch die kleinen Fenster fiel.

Ich weiß nicht, wie ich erklären soll, was dann geschah. Für lange Zeit wollte ich nur Gamaliel die Schuld daran geben und haßte ihn zutiefst dafür, aber jetzt erkenne ich auch meine eigene Verantwortung, obwohl es mir das Vergessen nicht einfacher macht. Ich schaute hinauf, und auf einmal wurde mir schwindlig; ich schloß die Augen wegen des blendenden Lichts, trat einen Schritt zurück und stieß unverhofft auf Gamaliels Arme und lehnte mich zitternd gegen seine Brust. Ich kam gerade wieder zu mir, als ich merkte, daß seine Hände mich nicht nur festhielten, sondern meine nackten Arme zu streicheln begonnen hatten. Ich wußte nicht, wie ich reagieren sollte, und machte mich nicht einmal los, als seine Lippen über meinen Nacken unter den Haaren streiften. Eine ganze Weile dachte ich, daß nichts weiter passieren würde; er küßte mir die Schultern und die Ohren und drückte mich an sich, aber dann fuhren seine Hände von meiner Hüfte an aufwärts, um mich über dem T-Shirt zu streicheln; dann schob er sie unter den Stoff und langsam hinauf bis zu meinen Brüsten; er öffnete meinen BH und packte mich auf einmal fest. Ich rührte mich nicht, konnte nichts sagen, konnte mich nicht losmachen. Die Zeit stand für mich still, oder ich war vielmehr in einem Raum ohne Zeit gefangen, an einem Ort, der mir fremd war und meinen Befehlen nicht gehorchte. Ich bemerkte die Erregung in meinem Körper, die Feuchtigkeit zwischen meinen Beinen, als geschähe all das einer anderen. Ich hatte mich nicht in der Gewalt. Ich dachte an nichts, hatte keine Kraft zum Denken. Und er übernahm den Rest, ich gab mich ganz und gar seinem Begehren hin. Er drehte mich um und begann, in meine Lippen zu beißen, bis schließlich meine Zunge – ohne mein Einverständnis – antwortete; auch mein Bauch und meine Arme kündigten mir den Gehorsam auf und drückten sich wie von selbst an ihn. Ich merkte nicht einmal, als er sich die Hosen herunterzog und mich entkleidete. Ich sah, hörte und begriff nichts, zumindest nicht bewußt. Ich war nicht ich selbst. Ohne mir darüber klar zu werden, erfüllte mich eine tiefe Traurigkeit, ein Schmerz, den ich ihm nicht mitteilen konnte und deren Grund nicht nur Gamaliel war; die Tränen wollten nicht aus meinen Augen dringen, die Worte nicht aus meinem Mund. Er tat mit mir, was er wollte. Ich merkte, daß er in mich eindrang, doch ich hatte keinerlei Gefühl mehr; gelähmt versuchte ich, ihm so schnell wie möglich sein Vergnügen zu verschaffen, obwohl er sich darum bemühte, es in die Länge zu ziehen. Vielleicht ärgerten ihn schließlich mein Mangel an Initiative und meine Lustlosigkeit, denn er hörte auf, mich zu küssen und zu streicheln, und konzentrierte sich ganz auf seine Bewegungen, obwohl ich doch in Wirklichkeit gerade seine gespielte Zärtlichkeit gebraucht hätte. Er war weder grob noch brutal, aber am Ende widerte er mich an.

In mir kämpften Ohnmacht und Haß, während er sich den Gürtel zuschnallte und mich zu fragen wagte, ob ich mich gut fühlte. Ja, erwiderte ich, geh schon voraus, ich möchte nicht, daß man uns gemeinsam herausgehen sieht. Er war einverstanden, verantwortungslos wie immer, ohne die Konsequenzen seiner Taten zu bedenken, ohne daß es ihm etwas bedeutete und ohne überhaupt eine Anstrengung zu unternehmen, es vorzutäuschen. Er ließ mich allein zurück, halbnackt; erst dann konnte ich endlich losweinen. In meinem Geist hatten nur noch Beschimpfungen für ihn und Carlos Platz, für alle Männer, für mich selbst, für Braunstein und natürlich für Gruber, den unbekannten Eigentümer dieser Kapelle.

URIBE, GAMALIEL. Es gibt nur zwei Dinge, die sich im Leben lohnen, in meinem Leben zumindest: das Theater und die Frauen. Auch wenn ich mir über die Reihenfolge nicht sicher bin. So weit ich zurückdenken kann, haben diese beiden Kräfte mein Handeln bestimmt. Ich sage das ohne jede Selbstgefälligkeit, es bedrückt mich fast, und ich bin wahrhaftig überzeugt, daß ich meinem Schicksal einfach nicht entkommen kann. Meine Freunde und Feinde behaupten, ich würde lügen und wäre allein an Ruhm und Sex interessiert, und ganz unrecht haben sie damit auch nicht. Aber daran ist nichts Schlechtes, die Essenz des Theaters ist nun mal der Ruhm, die Essenz der Frauen ist nun mal der Sex.

Aber der Reihe nach: Die Essenz des Theaters, wie die aller Kunst, ist meiner Ansicht nach der Ruhm, weil er das Bindeglied ist, das den Dialog des Künstlers mit dem Publikum ermöglicht, mit Zuschauern, Lesern oder Hörern. Er ist keine bloße Begleiterscheinung – und schon gar nicht verachtenswert –, sondern ein notwendiges Medium, um eine Beziehung zu der größtmöglichen Zahl von Leuten herzustellen. Dabei möchte ich den Unterschied zwischen Ruhm und Bedeutung betonen. Die Bedeutsamkeit hilft einem nur, seine Arbeit zu machen, in Hoffnung auf zukünftige Belohnung, *post mortem*. Der Ruhm dagegen ist Bedeutung zu Lebzeiten: die einzige, die Künstler anstreben sollten. Wer kein Talent hat, kann natürlich nicht einmal diese Stufe erreichen. Die Kunst um der Kunst oder um des Künstlers willen ist nichts als ein hehres Ziel, das man nicht verwirklichen kann: die Kunst existiert nicht im leeren Raum.

Wer kreativ tätig ist, muß nicht nur seine Personen, Bilder, Lieder oder Filme in die Welt setzen, sondern hat ebenso die

Verpflichtung, seine Werke unter die Leute zu bringen. Jedes Medium besitzt seine eigene Dynamik, und man darf nicht erwarten, daß ein Gemälde von der gleichen Anzahl von Leuten gesehen wird wie eine Fernsehsendung oder daß ein Stück von O'Neill ebenso viele Zuschauer findet wie eine Komödie. Deshalb bin ich immer zweigleisig gefahren. Ich habe an meiner schauspielerischen Perfektion gearbeitet und mir gleichzeitig Beziehungen geschaffen, damit meine Auftritte auch bekannt werden.

Mit den Frauen verhält es sich nicht anders. Wie Durrell geschrieben hat, gefallen den Frauen nicht die schönen Männer, sondern die, welche zuvor schöne Frauen besessen haben. Ruhm vor Schönheit. So beherrschen die Frauen die Welt. Ihre gewaltige Macht brodelt unter der Oberfläche, verborgen hinter der augenscheinlichen Macht der Männer. Doch gerade die Frauen sind für unsere Erziehung verantwortlich. Schon da beginnt ihr Einfluß auf unser Leben, der uns bis zum Tod nicht losläßt. Sie säugen uns, und gemeinsam mit der Milch, die ins Blut übergeht, flößen sie uns den Gehorsam ein, den wir ihnen schuldig sind. Sie lassen uns im Glauben, sie seien die Unterdrückten, und das Schlimmste ist, daß wir es ihnen abgenommen haben. Ich bin kein Macho, im Gegenteil, ich erkenne in der Frau einen Gegner ersten Ranges an, mit identischen Chancen auf den Sieg. Man kann sie nur mit der eigenen Waffe schlagen: dem Sex.

Jemand hat einmal behauptet, die Männer hätten einen Penis, während die Vagina eine Frau habe. Das Geschlechtsleben ist das natürliche Feld, auf dem die einzigartige Schlacht zwischen Männern und Frauen ausgetragen wird. Von Natur aus flieht der Mann vor dem Beständigen. Seine Sexualität ist spontaner und hört mit der Ejakulation auf; danach will er nur noch fort. Die Frau dagegen neigt zum Bewahren, sie will sich des Mannes bemächtigen und seine Flucht vereiteln. So entsteht die Familie, und die Art wird erhalten. Das Ritual der Gottesanbeterin veranschaulicht diesen Krieg besonders deutlich. Das Männchen weiß, wenn es sich dem Weibchen nähert und mit ihm kopuliert, wird es verschlungen werden, und doch kann es nicht widerstehen. Genau darin besteht das Spiel. Das Schlimme jedoch ist, daß am Ende niemand mit heiler Haut davonkommt: die Gefühle – nichts anderes als natürliche Konservierungsstoffe – verwandeln Sex in Liebe, ins größtmögliche Unglück. Wir sind zu zerbrechliche, zu dumme Geschöpfe, um uns von den Emotionen zu befreien. Wir stecken bis zum Hals in der Jauchegrube der Liebe und der Mittelmäßigkeit. Es bleibt uns nichts anderes übrig, als um unser Leben zu schwimmen und uns dabei immer weiter zu besudeln.

ES IST ANGERICHTET

Ich vermochte einfach nicht zu begreifen, warum ich keinen Widerstand geleistet hatte, warum ich mich von Gamaliel und meinem Groll hatte hinreißen lassen. Ich war kalt geblieben, hatte von mir aus nichts beigetragen, hatte mich aber auch nicht gewehrt. Vielleicht hatte ich mich an Carlos rächen wollen, indem ich zuließ, daß mich ein anderer wie eine Hure behandelte, vielleicht hatte ich auch den physischen Kontakt gebraucht, um Trost zu finden und mich von seinem Bild zu befreien, oder hatte mich selbst nach dieser Demütigung gesehnt, nach dieser Strafe, die er mir als Ehemann nun nicht mehr auferlegen konnte. Ich kam mir schmutzig vor. Meine Sexualität verdammte mich nun, als würde sich mein Geist, mein Körper, mein Gefühlsleben auf diesen physischen Kontakt reduzieren, auf die mit Gamaliel ausgetauschten Flüssigkeiten.

Ich kehrte in mein Zimmer zurück, duschte erneut und zog mich angewidert um, als wäre der Schweiß ein Indiz dafür, daß das Geschehene real und nicht Teil eines Traums gewesen war. Es erschreckte mich nicht, daß ich Geschlechtsverkehr mit einem Mann gehabt hatte, den ich kaum kannte – es war nicht das erste Mal –, und auch nicht, wie er sich mir gegenüber verhalten hatte. Traurig machte mich dagegen meine eigene Reaktion, die Einsamkeit, der ich mich freiwillig ausgeliefert hatte. Aber ich konnte nichts mehr tun, es war unmöglich, die Uhr zurückzudrehen oder die Vergangenheit ungeschehen zu machen. Aber mich ärgerte der Gedanke, daß ich dauernd Gamaliel wiedersehen, mit ihm am Film würde arbeiten müssen, als sei nichts geschehen. Die Vorstellung war mir verhaßt, ihn beim Abendessen zu treffen, ihn anzulächeln, ihn zu grüßen und so zu tun, als hätte er nie eine Rolle in meinem Leben gespielt.

Ich machte mich fertig, schminkte mich und ging zum gemeinsamen Treffen. Ich bemühte mich, alle Spuren der Tränen aus meinem Gesicht zu löschen – Gamaliel sollte mich keinesfalls am Boden sehen –, entschlossen, ihn zu ignorieren. Besser er hielt mich für eine Hure als für ein Opfer.

Als ich die Treppe hinunterging, traf ich auf Luisa und Arturo. Sie trug eine weiße Bluse und einen schwarzen Minirock, der die Formen ihres schönen kleinen Körpers betonte; Arturo trug dagegen dieselben Hosen und dasselbe grüne T-Shirt wie zuvor. Er war groß und hatte langes blondes Haar, das ihm wirr auf die Schultern fiel. Ich hatte keine Lust zu einer Unterhaltung und wollte vorausgehen und sie alleinlassen, aber sofort wandte Arturo sich an mich – ohne dabei sein Gespräch mit Luisa zu unterbrechen – und legte auf dem Weg zum Eßzimmer freundschaftlich die Arme um uns beide.

Als wir ankamen, trennte ich mich von ihnen, um mich zu Javier zu gesellen. Er war der einzige, dem ich erzählen konnte, was geschehen war, die einzige Festung des Vertrauens inmitten einer feindlichen Umgebung.

Auch die anderen stellten sich nach und nach ein, während Eufemio unauffällig hin und her huschte, um den Dienstboten Anweisungen zu geben, damit man uns schnell bediente. Der Tisch war bereits hergerichtet, mit Kristallgläsern und Zierobst sowie zwölf Silbergedecken: für uns zehn plus Braunstein und Gruber.

„Ist etwas mit dir?" fragte mich Javier, während er mir ein Glas Weißwein in die Hand drückte.

„Ich bin etwas müde", erwiderte ich.

Ruth trat in einem langen dunkelroten Kleid zu uns, um uns zu begrüßen. Gamaliel kam vorbei, zögerte einen Moment und gab uns allen dann – unverhohlen zynisch – die Hand.

„Ein paar Schönheiten haben wir hier, nicht wahr, Javier?" sagte er seltsam vertraulich und ging weiter, ohne eine Antwort abzuwarten, um sich einer anderen Gruppe anzuschließen.

Auf einmal trat ein unheilverkündendes Schweigen ein, und alle drehten sich zur Tür um. Es war nicht Gruber, sondern Braunstein, der in einem blendend weißen Anzug hereinkam.

„Gruber wird auch heute nicht erscheinen", flüsterte ich Javier zu.

In der Tat, Braunstein bat uns im Namen des Regisseurs hochtrabend um Entschuldigung, leider fühle er sich unpäßlich. Doch er würde uns einen herzlichen Willkommensgruß schicken.

BAUTISTA, ARTURO. Ich möchte Ihnen gerne erzählen, weshalb ich hier bin und diesen Antrag ausfülle. Mein Vater starb, als ich noch ganz klein war, ich hatte ihn nicht einmal richtig kennenlernen können. Ich habe keinerlei Erinnerung an ihn, und wenn meine Mutter mir Photos von ihm zeigte, regten sich keine Gefühle in mir. Es war das Bild eines Unbekannten oder eines entfernten Bekannten, oder als würde man das Photo des Präsidenten anschauen. Seit ich zurückdenken kann, hat meine Mutter mich dazu gedrängt, Ergriffenheit zu zeigen, gemeinsam mit ihr angesichts des Verlusts Tränen zu vergießen und Schmerz zu empfinden. Und vorgetäuschter Schmerz wird schon bald authentisch, auch wenn seine Ursache falsch, irreal oder nichtig sein mag. Aber wie konnte ich es meiner Mutter zum Vorwurf machen, daß sie mir einen unnötigen Schmerz aufzwang, ein überflüssiges Leid? Der Fehler mußte bei mir liegen, und mein Schmerz wuchs angesichts meiner Unfähigkeit, ihn wirklich zu empfinden.

Meine Schwestern, die meinen Vater zumindest ein wenig hatten kennenlernen können, warfen mir ebenfalls Gefühllosigkeit vor. Mein Vater war wie ein Gespenst, dessen Bann man sich unmöglich entziehen konnte: Das ist dein Vater in jungen Jahren, das ist unsere Hochzeit, dein Vater liebte Bandnudeln, seine Anzüge waren immer marineblau, denk daran, daß du den Namen deines Vaters trägst … Nachts hörte ich, wie meine Mutter vor einem seiner Photos betete. Und wer war mein Vater? Ich wußte es nicht, und es war schwer für mich, danach zu fragen. Er war Musiker gewesen – er hatte in einem Salonorchester Trompete gespielt –, und eines Tages war er spurlos verschwunden, bis sein Körper in einem Krankenhaus von Balbuena auftauchte, wo er eine Woche später verstarb.

Niemand erzählte mir, daß zwei andere Frauen außer meiner Mutter seinen Tod beweint und die Ärzte bei der Untersuchung des Leichnams einen hohen Alkoholgehalt im Blut festgestellt hatten. Als ich diesen Teil der Geschichte erfuhr – immer gibt es indiskrete Freunde –, konnte ich die Tränen nicht zurückhalten, aber es waren Tränen der Wut, nicht des Kummers. Es war abscheulich: Der Mann, den meine Mutter so anbetete, hatte sie verraten. Wußte sie es? Hatte ihr niemand davon erzählt? Oder tat sie lieber so, als wisse sie es nicht? Damals begriff ich, daß die Welt nur Schein ist. Wir kennen niemals die Menschen, sondern nur die Rollen, die sie spielen. Ich, der ich keinerlei Beziehung zu meinem Vater gehabt hatte, mußte seinen Tod beweinen, obwohl ich wußte, daß dieser Tod so verächtlich gewesen war wie sein Leben. Ich mußte es dem einzigen Menschen zuliebe tun, der mir auf der Welt etwas bedeutete, der zuliebe, die er hintergangen hatte: meiner Mutter. Das machte meinen Schmerz zu einer absurden Realität. Dieser Widerspruch führte mir vor Augen, daß nur der, der eine Rolle spielt, unter den Menschen bestehen kann. Wer versucht, er selbst zu sein, wird ausgestoßen. Es bleibt einem nichts anderes übrig, als etwas vorzuspielen, die Wut zu simulieren, die wir in Wirklichkeit empfinden.

Meine Mutter fand es hervorragend, daß ich Schauspieler werden wollte, als würde ich damit in die Fußstapfen ihres Künstlergatten treten. Vom ersten Tag an unterstützte sie mich, ließ alte Freundschaften in der Welt des Theaters aufleben, die mir ihrer Ansicht nach behilflich sein konnten, und sie meldete mich außerdem – ich war 14 Jahre alt – zum Tanzunterricht an. Seit damals ist mein Leben der Kunst gewidmet, seit damals täusche ich vor, eine Laufbahn eingeschlagen zu haben, um ihr zu gefallen. Aber der Haß auf meinen Vater ist nicht geschwunden.

Nach und nach änderte sich jedoch das Leben bei uns zu Hause. Meine Schwestern heirateten, und ich blieb allein mit meiner Mutter. Die Einsamkeit machte sie noch mißtrauischer, noch härter. Sie hatte das Gefühl, ihre Mission auf Erden mit der Hochzeit ihrer Töchter erfüllt zu haben. Ihre physische Kraft ließ nach, und sie brauchte mich mit jedem Tag mehr bei den täglichen Aufgaben, als wollte sie unbedingt sterben und ich es unbedingt verhindern.

Ich gab die Schauspielerei und den Tanz auf, um ihr zu helfen und mich um sie zu kümmern. Die meiste Zeit über war sie mißgelaunt, regte sich über jede Kleinigkeit auf, hatte meine Gegenwart satt. Ich tat mein Möglichstes, damit sie zufrieden war und ihr nicht langweilig wurde, vergebens. Unsere Beziehung verschlechterte sich so rapide wie ihre Gesundheit. Sie begann zu phantasieren und verwechselte mich bald mit meinem Vater, mit ihrem toten Mann, ihrem Geliebten. Nie zuvor hatte ich sie so reden hören. Erst da erfuhr ich, daß sie die ganze Zeit über Bescheid gewußt hatte, daß sie beim Begräbnis auf die Geliebten meines Vaters gestoßen war und sogar ihre Beleidigungen hatte über sich ergehen lassen müssen. Nun rächte sie sich an mir, als wäre ich er, und warf mir seine Untreue vor, seine Gemeinheit, seinen Tod. Ihr angestauter Zorn entlud sich in einem Schwall von Beschimpfungen, so daß ich zum erstenmal ihr wahres Gesicht sah. In einem Strom echter Tränen lernte ich, daß man am Ende, erst am Ende oder im Wahnsinn, zu dem zurückkehrt, was man ist, und aufhört, eine Rolle zu spielen. Aber wie kann man auf seinen Beruf verzichten, den man so lange geliebt hat? Meine Mutter starb, ohne mich wiederzuerkennen, und nun bin ich hier und fülle diesen Antrag aus, in der Hoffnung, daß das Schauspielen irgendwo nicht gleichbedeutend mit der Lüge ist.

GALÁN, LUISA. Mir kommt das Ganze äußerst merkwürdig vor. Ein Freund hat mich angerufen und mir gesagt, das sei meine große Chance, sie würden eine junge Schauspielerin für eine Rolle suchen, die mir wie auf den Leib geschneidert sei. Ich verstehe nicht, weshalb er das gesagt hat, ich weiß ja nicht einmal, um was für eine Rolle ich mich hier bewerbe, und er vermutlich ebensowenig. Ich bin noch nicht mit der Ausbildung fertig, und einer der Gründe, weshalb ich mich für die Schauspielerei entschieden habe, war meine Annahme, daß ich da niemals etwas zu Papier würde bringen müssen. Und das erste, was man von mir verlangt, ist genau das.

Wenn ich ehrlich sein soll, ich glaube nicht, daß Sie mich nehmen, aber versuchen wollte ich es doch. Meine Eltern wissen nicht mal davon, denn sie hätten es mir bestimmt verboten. Aber sie werden es nicht erfahren. Ich möchte endgültig von zu Hause fort, ohne ihnen etwas zu sagen. Ich bin volljährig und kann tun und lassen, was ich will, ohne sie um Erlaubnis zu fragen. Basta. Aber das sind nichts als Wünsche …

Paco dagegen, mein Freund oder eher Exfreund, wird glücklich sein, wenn ich beschäftigt bin und ihm nicht mehr auf die Nerven falle. Endlich wird er mich los sein. Es ist eine doppelte Flucht, vor meiner Familie und vor meinen Phantasmen, aber vor allem eine Flucht vor mir selbst. Ich habe festgestellt, daß vielleicht ich selbst verantwortlich für meine Angst bin und nicht sie. Deshalb muß ich ganz allein eine kategorische Entscheidung treffen, um mein Problem zu lösen. Die anderen lassen mich leiden, weil ich es erlaube oder sogar herausfordere, also bin ich die Hauptverantwortliche für meinen Schmerz. Oftmals bin ich voller Furcht zu der Überzeugung gelangt, ich sei masochistisch veranlagt. Ich leide nicht etwa gerne, bestimmt nicht, auch wenn es den Anschein hat, daß ich alles Erdenkliche unternehme, um an Leute zu geraten, die mir wehtun. Vielleicht gebe ich selbst von Anfang an zu viel, vielleicht liefere ich mich gleich jedem Beliebigen aus, jedenfalls bin bei all meinen Beziehungen immer ich schließlich die Verlassene, Eifersüchtige oder Hintergangene. Weshalb? Weshalb bin ich unfähig, mich wie die anderen zu betragen, für mich selbst zu kämpfen? Ist meine Unsicherheit, meine Furcht so groß? Bin ich wirklich so allein? Ich möchte fort, fort von den Menschen, die ich kenne. Beschämt stelle ich fest, daß ich in meinem Leben nichts anderes getan habe, als darauf zu warten, daß die anderen mich lieben – seien es meine Eltern, Freunde, Lehrer oder Liebhaber. Ich wollte immer einen guten Eindruck machen, nur um geliebt zu werden. Das will ich ändern, Schluß damit, es ist entwürdigend. Die Suche nach der Liebe allein um der Liebe willen ist so nichtig wie der Egoismus.

Ich habe die anderen satt und mich selbst auch. Ich wünsche mir nur, schauspielern zu dürfen, mich meinem Beruf widmen und beweisen zu können, daß ich erreiche, was ich mir vornehme, ohne das Urteil anderer zu fürchten, ohne auf Gefälligkeiten oder die Hilfe von Fremden zu warten. Über meine panische Angst triumphieren, so schwierig es auch sein mag und so einsam ich mir dabei auch vorkomme.

DAS ERSTE ABENDMAHL

Zacarías platzte der Kragen.

„Wir befinden uns fünfhundert Kilometer von jeglicher Zivilisation entfernt und haben Gruber noch nicht mal zu Gesicht bekommen", schrie er Braunstein an. Er führte sich auf, als wäre er unser offizieller Sprecher.

„Ich sagte Ihnen bereits, daß es ihm unmöglich ist, uns heute nacht Gesellschaft zu leisten", antwortete der Kameramann, ebenfalls in energischem Ton.

„Er soll uns sagen, was wir hier zu tun haben." Ana schloß sich Zacarías' Beschwerden an und sanktionierte somit sein Verhalten.

Alle stellten wir uns die gleichen Fragen, Zacarías mochte uns unsympathisch sein, aber schweigen wollten wir auch nicht. Doch er interpretierte unsere Verzweiflung als Unterstützung.

„Ihr seid im Begriff, mit einem der großen Regisseure dieses Jahrhunderts zusammenzuarbeiten", gab Braunstein in einem Ton zurück, der ganz und gar nicht zum Lachen einlud. „Wenn ihr aber eine konkrete Frage an mich habt, will ich sie mit Freuden beantworten."

Wir setzten uns an den Tisch, und die Dienstboten teilten die Teller aus. Braunstein fuhr mit seinen Erklärungen fort.

„Ich will versuchen, euch eine Vorstellung von unserer Arbeitsweise zu geben, einverstanden?" sagte er. „Gruber will vor Drehbeginn mit jedem einzelnen von euch intensiv arbeiten."

„Dann brauchen wir zumindest ein Exemplar des Drehbuchs", unterbrach ihn Ruth.

„Nach Grubers Ansicht führt die vorherige Kenntnis der Handlung nur zu Fehlern und Irrtümern", gab Braunstein zurück. „Er hält es für besser, die Nuancen einer jeden Rolle erst nach und nach mit Hilfe des Regisseurs zu entdecken, damit authentische Gefühle entstehen können. Grubers Filme sind wie das Leben. Da bekommt man auch nicht alles auf einmal vorgesetzt, sondern es entwickelt sich von Augenblick zu Augenblick …"

Ein tiefes Schweigen trat ein, das nur vom Klirren des Bestecks und der Teller unterbrochen wurde, die vor unserer Nase auftauchten.

„Und wann werden wir ihn sehen?" bohrte Ruth weiter.

„Sehr bald."

„Himmel noch mal, weshalb all die Geheimnistuerei?" empörte sich nun Gamaliel.

„Nichts wird verheimlicht. Jeder Befehl, jede Anweisung hat präzise Beweggründe. Alles geschieht um des Projekts willen." Braunstein war wie eine Mauer. „Habt Vertrauen zu uns, bitte. Ich gebe euch mein Wort, ihr werdet nicht enttäuscht sein."

Die Gemüter beruhigten sich allmählich wieder. Keiner von uns (mit Ausnahme von Zacarías) wollte einen Streit heraufbeschwören, der außer Kontrolle geriet. Es war klüger, Braunstein Glauben zu schenken. Wir befanden uns auf fremdem Terrain, ohne jegliche Hilfe und ohne einen Bezugspunkt, wir hatten uns freiwillig in eine Falle begeben, befanden uns weitab, isoliert von der Welt.

„Aber wenigstens wirst du uns doch verraten können, wie der Film heißen soll, oder?" wagte ich zu fragen.

„Aber ja, Renata, ich denke doch", antwortete er mir mit einer ärgerlichen Vertraulichkeit. „Er wird *Das Weltgericht* heißen."

HEREDIA, RUTH. Ich bin in einer sehr konservativen Familie der Oberschicht aufgewachsen. Mein Leben unterschied sich kaum von den Rollen, die ich als junges Mädchen spielte: die reiche Tochter, die in Schande und Elend stürzt. Mein Vater war ein angesehener Arzt und meine Mutter eine treue, häusliche Gattin, die sich bemühte, ihren Kindern ihre festen Prinzipien beizubringen. Wie damals üblich, wurde ich auf eine Klosterschule geschickt, in der Hoffnung, die religiöse Erziehung in der Schule würde die familiäre zu Hause ergänzen. Meine Mutter war wie besessen davon, mich in ein Muster an Tugend zu verwandeln.

Auch wenn ihr Körper erst ein Jahrzehnt später unter die Erde kam, kann ich sagen, daß meine Mutter in dem Augenblick starb, als sie erfuhr, daß ihre siebzehnjährige Tochter – ich – schwanger war. Und wer ist der Vater, fragte sie mich weinend, doch mit gesenkter Stimme, damit mein Vater es nicht hörte. Ich weiß es nicht genau, antwortete ich mit dem Hochmut, den ich von ihr geerbt hatte, und bekam sofort eine Ohrfeige. Das Weinen meiner Mutter war nun im ganzen Haus zu hören. In Wirklichkeit wußte ich es sehr wohl – ich hatte, ängstlich wie ich war, nur mit einem Jungen geschlafen –, aber ich wollte es nicht verraten, ich wollte nicht, daß sie mich zwangen, ihn zu heiraten; mein Sohn – der sich dann als Tochter entpuppte –

gehörte nur mir allein. Nur ich hatte schuld gehabt, und ich zog es vor, sie auf mich zu nehmen, ohne mich zu demütigen. Auch die Schreie und Beschimpfungen meines Vaters brachten mich nicht dazu, seine Identität aufzudecken. Wenn ich etwas von ihren eisernen Prinzipien übernommen hatte, dann die Entschlossenheit, keinem Druck nachzugeben, bis zum letzten stolz zu bleiben. *Dignity, always dignity*, wie er immer sagte. Niemand brachte die Wahrheit aus mir heraus, und der Vater meiner Tochter erfuhr niemals etwas von meinem Zustand. Sie schickten mich nach Puebla zu Onkel und Tante, damit ich dort gebäre und die Familienschande verborgen bliebe. Als mein Mädchen zur Welt kam, wollten meine Eltern es nicht einmal sehen.

Kaum hatte ich mich wieder erholt, war ich mir über eines sicher: Wenn sie sich nicht für uns beide interessierten – und dieses „uns beide" bekam einen heroischen Anklang –, würden wir uns auch nicht für sie interessieren. Meine Tante lieh mir etwas Geld, und ich zog nach Mexiko-Stadt, entschlossen, zu arbeiten und ein Zimmer zu mieten. Meine Eltern waren empört, taten jedoch nichts, um mich davon abzuhalten. Aus Zufall lud man mich ein, für eine Kleiderreklame Modell zu stehen, und mit einemmal kam, ohne daß ich irgendwelche Vorkenntnisse gehabt hätte, der Wunsch in mir auf, Schauspielerin zu werden.

Ich kann nicht sagen, daß es mir schlecht ergangen ist. Im Alter von 18 bis 27 habe ich kleine Rollen in Film und Fernsehen gespielt, bis ich mich schließlich 1967, der diversen Engagements überdrüssig, zur Heirat mit einem äußerst finanzkräftigen Mann entschied, der noch reicher als meine Familie war und vierzig Jahre älter als ich. Ein entsetzlicher Irrtum, den ich erst heute bereue. Ich merkte nicht, was ich da tat: Ich verkaufte mich und meine Zukunft. Ich hatte zwei Kinder mit ihm, die ich innig liebe, aber dennoch waren diese fünfundzwanzig Jahre an seiner Seite ein riesengroßer Fehler. Man lernt erst aus seinen Erfahrungen, bis die unwiderruflichen Konsequenzen der Verantwortungslosigkeit zutage treten. Es ist traurig, das bekennen zu müssen. Trotz all meiner Ratschläge und obwohl ich immer mit ihr gesprochen und ihr das Beste gewünscht habe, hat meine Tochter Carmen nun, ebenso wie ich in ihrem Alter, ein ungewolltes Kind und ist zutiefst unglücklich. Sie lebt allein mit meinem Enkel, ohne daß sie jemand unterstützt, und weiß wirklich nicht einmal, wer der Vater des Babys ist. Diese Niederlage ist bei weitem ein zu hoher Preis für mein relativ ruhiges, finanziell abgesichertes Leben.

Ich merke nun, daß ich meinen Mann niemals geliebt habe, ja, daß ich außer meinen Kindern eigentlich nie jemanden geliebt habe, und ausgerechnet sie habe ich durch meine Entscheidungen und meinen Egoismus ins Unglück gestürzt. Ich habe mich selbst vor lauter Erbärmlichkeit um das einzige gebracht, was wirklich mir gehört hat, das Schauspielern, und alles um einer trügerischen Zukunft willen, deren Trümmer ich nun vor mir sehe. Auf einmal ist mir klar geworden, daß es die Mühe nicht gelohnt hat, daß die letzten fünfundzwanzig Jahre meines Lebens völlig nutzlos waren. Vielleicht ist es zu spät – das haben mir auch meine Kinder vorgehalten –, aber ich bin entschlossen, den richtigen Weg einzuschlagen, es von neuem zu versuchen. Wieder zu spielen ist das einzige, was ich für mich und für sie tun kann.

QUEZADA, JAVIER. Die größte Last, die ich in meinem Leben zu tragen habe, ist die Last meiner Intelligenz. Ich bin immer ein intelligentes Kind gewesen, ein intelligenter Freund, ein intelligenter Liebhaber, ein intelligenter Schauspieler. Das heißt, niemals *normal*. Ich beklage mich nicht, aber ich bin nun einmal so – oder besser gesagt, so ist der Ruf, den ich mir selbst geschaffen habe und den ich nicht mehr loswerde: immer bewundernswert und deshalb anders, unzugänglich und nicht selten verhaßt. Die Schuld, das muß ich zugeben, liegt bei mir, aber später haben die anderen in die gleiche Kerbe gehauen und mich unweigerlich auf ein Adjektiv reduziert – nicht einmal auf eine ganze Rolle –, dem ich nicht mehr entkommen kann.

Immer habe ich das Gefühl gehabt, intelligenter als die anderen zu sein; vielleicht eine Art Abwehrreaktion, um die Furcht zu verringern, die mir Vergleiche einflößen. Die Intelligenz schiebt sich wie eine unüberwindliche Barriere zwischen mich und die anderen, sie läßt mich all die verachten, die mich verachten. Wie ein Schauspieler, den man auf eine einzige Rolle festgelegt hat, nimmt auch mich niemand mehr ernst, wenn ich versuche, ein einfühlsamer Schauspieler, ein trauriger Mensch oder ein verzweifelter Geliebter zu sein. Die Unvernunft, die Zweifel oder der Schmerz wirken bei den Intelligenten unglaubwürdig.

In keinem Fall – ob es sich um Depression oder Panik, Liebe oder Haß handelt – erlaube ich mir, mich gehenzulassen. Ich muß unweigerlich kühl, klug und ausgeglichen bleiben, habe stets in einem Gespräch den richtigen Kommentar zur Hand und gebe, selbst entgegen meinem eigenen Interesse, jedem Ratschläge, der mich darum bittet, seien es nun Kollegen oder Freundinnen. Ich höre ihnen unerschütterlich zu und lasse dann ein Potpourri blendender Ideen los, auch wenn es für mich nur ein geistiges Feuerwerk ist. Intelligenz: brennende Einsamkeit; Intelligenz: Einöde der Spiegel. Die Gemeinplätze entkräften nicht, was dahintersteckt. Da ich mich von klein auf bemüht habe, anders zu wirken, weiß ich inzwischen nicht mehr, inwieweit ich es wirklich bin, ob der Prozeß unumkehrbar ist oder ob ich mich noch von meiner Maske lösen kann.

Meine Karriere leidet unter diesem vorgefertigten Bild. Meine Darstellung auf der Bühne war nie mehr als korrekt, geistreich, makellos, aber niemals, zumindest nach Meinung der Kritiker, habe ich die Zuschauer rühren können. In meinem Privatleben verhält es sich ebenso. Selbst wenn ich kurz vor dem Zusammenbruch stehe, loben die anderen doch stets die herausragende Qualität meines Spiels. Das Schlimmste für einen Künstler ist das Lob, seine Darstellung sei wundervoll gewesen, denn das bedeutet, daß man auf der Bühne nichts Wirkliches getan und gesagt hat. Bei der ewigen Debatte über die Grenzen zwischen Leben und Fiktion stehe ich, im Gegensatz zu den anderen, unwiderruflich auf Seite der letzteren: So sehr ich mich auch bemühen mag, meine wahren Gefühle wirken so aufgesetzt, so gut gespielt wie alles, was ich auf dem Theater darstelle. Der Extremfall tritt ein, wenn nicht einmal ich selbst an die Kraft meiner Gefühle glaube. Manchmal frage ich mich, ob ich wirklich ein so guter Schauspieler bin, daß ich mich selbst davon überzeuge, noch Gefühle zu haben. Ich möchte gerne wissen, ob ich mir etwas vorlüge oder ob noch irgendwo etwas Authentisches in mir steckt.

DIE SIEBEN GEISTER

Wir erhoben uns schon etwas entspannter vom Tisch, als hätte Braunsteins Selbstsicherheit schließlich unsere Zweifel weggewischt. Langsam zogen wir uns in gewohnter Gruppierung auf unsere Zimmer zurück: zum einen Zacarías, gefolgt von Gamaliel, Arturo, Ana und Sibila; zum anderen Ruth, Luisa und Gonzalo, und schließlich Javier und ich. Doch bevor ich das Eßzimmer verließ, wandte sich der Kameramann an mich und bat mich, ihn kurz zu begleiten; Javier blieb nichts anderes übrig, als vorauszugehen und sich zwangsläufig der Gruppe um Ruth anzuschließen.

„Machen wir einen kleinen Spaziergang, es ist noch früh", schlug Braunstein vor.

„Es war eine lange Fahrt, ich muß mich ausruhen."

„Nur einen Augenblick, bitte." Seine Stimme klang ungewohnt liebenswürdig. „Hörst du das?"

„Die Grillen?"

„Nein, hör gut hin, es ist mehr als ein Klang, es ist ein Gefühl …" Er machte eine Pause. „Nimm zum Beispiel diesen Baum hier. Und jetzt versuche, ihn zu hören."

„Den Baum?"

„Ja, aber nicht das Geräusch des Windes, sondern das, was er sagt. Er steht dort seit Urzeiten, ohne daß wir von Bedeutung für ihn wären."

„Ich kann also nicht schlafen gehen, weil wir uns anhören sollen, was die Bäume sagen?"

„Schade, daß du nicht zuhören willst, sie sagen intelligentere Dinge als die Menschen. Also zu einem anderen Thema. Was hältst du von all dem bisher?"

„Was meinst du?"

Der Wind war zwar etwas kühl, aber der Ort wundervoll, der Mond schien über den schwarzen Bäumen, und die Zikaden zirpten durchdringend: unentbehrliche Requisiten für eine Kinoszene unter freiem Himmel.

„Der Ort hier, deine Kollegen …"

„Willst du wissen, ob wir enttäuscht sind, weil wir Gruber noch nicht zu Gesicht bekommen haben?"

„Nein, ich will deine Meinung über das Ambiente hören."

„Die Landschaft ist wundervoll."

„Und die Leute? Wie, glaubst du, wird die Zusammenarbeit laufen? Ich weiß, ihr seid gerade erst eingetroffen, aber so kann man unvoreingenommener urteilen."

„Wie will man das jetzt schon wissen? Es ist noch zu früh, aber wenn dich wirklich meine Meinung interessiert, dann kann ich dir sagen, daß es bestimmt keine himmlische Bruderschaft wird."

„Hat es Streitigkeiten gegeben?"

„Die gibt es doch immer, oder?"

„Ernste?"

„Nein, aber warum spielt es auf einmal so eine große Rolle, was ich denke?"

„Deine Meinung ist wertvoller, als du denkst", rief er aus. „Gruber interessiert sie ganz besonders."

„Er kennt mich doch nicht mal."

„Aber natürlich! Sonst hätte er dich nicht engagiert."

„Und du kennst mich ebensowenig, Thomas."

„Du hast etwas Grundsätzliches nicht verstanden", fuhr er fort, ohne daß seine Entgegnung einschmeichelnd klang. „Auch wenn du es nicht glaubst, aber der Erfolg des Films hängt in großem Maße von dir ab."

„Erzählst du das allen?" lachte ich.

„Ich meine es ernst."

„Nun reicht es mir." Ich hatte es satt. „Mit deinen Spielchen kommst du bei mir nicht an. Ich werde ungern unterschätzt, aber überschätzt ebensowenig. Was willst du in Wirklichkeit?"

Sein Gesicht hatte sich verzerrt. Vielleicht fürchtete er, in seiner Mission gescheitert zu sein und Grubers Anweisungen nicht ausführen zu können.

„Entschuldige, vielleicht habe ich mich nicht klar ausgedrückt", er senkte die Stimme, „ich möchte nur, daß du dich unter Freunden fühlst."

„Ich glaube, für heute war es genug", beendete ich die Unterhaltung und machte mich auf den Rückweg zu meinem Zimmer. „Bis dann."

„Warte, warte." Er hielt mich zurück, wollte mich nicht gehen lassen. „Da ist noch etwas. Gruber will dich sehen."

„Na endlich."

„Dich allein, Renata. Um zwölf", schloß Braunstein verärgert. „Im Haupthaus."

„Ich werde dort sein, keine Sorge."

LEVY, SIBILA. Bei allem Respekt, Braunstein, ich weiß nicht, ob du wirklich an den ganzen Scheiß glaubst – entschuldige das Wort, ich weiß, meine Ausdrucksweise paßt dir nicht – oder ob du mich auf den Arm nimmst. Wir kennen uns schon zu lange, als daß du mich jetzt bittest, dir auf diesen dummen Wisch etwas über mein Leben zu schreiben oder warum ich Schauspielerin geworden bin. Wer wird das lesen, du oder Gruber? Macht sich denn unser übermenschliches Genie die Mühe, auch nur einen Blick auf den Blödsinn zu werfen, den wir Schauspieler dutzendweise für seinen Film zu Papier bringen? Das würde ich gerne wissen, denn es ist ein wichtiger Unterschied. Was passiert, wenn er es liest, und ich etwas über uns beide ausgeplaudert habe, verstehst du, wie du im Bett bist oder etwas in der Art? Nein, keine Sorge, ich bin niemals indiskret gewesen. Gut, was soll ich dir also erzählen?

Ich kam in Mexiko-Stadt zur Welt, im Schoß einer netten jüdischen Familie. Mache ich meine Sache gut? Mein Vater war Rabbi und ich seine verirrte Tochter, verloren in einer Welt des Teufels und der Heiden. Stoff für einen Roman. Oder einen Film. Warum rafft ihr euch nicht auf, mich als Thema zu nehmen, Braunstein? Auch du bist Jude und weißt, wovon ich rede. Nein, ich glaube nicht, daß der große Gruber so was hören will. Was bedeuten ihm schon meine Bewußtseinskrisen, dieses Gefühl der Verlassenheit, das mich befällt, weil ich entschieden gegen meine Religion bin? Ein Freund hat mich einmal gefragt, was ich für ein Verhältnis zu Gott hätte. Was für eine Frage. Weißt du, was ich ihm geantwortet habe, Braunstein? Ich habe ein unzüchtiges Verhältnis zu Gott, genau das habe ich ihm gesagt. Kannst du dir sein Gesicht vorstellen? Er war natürlich Christ, sonst hätte ich mich nicht getraut … Ja, diese Anekdote beweist, daß Gott stets eine Problemfigur in meinem Leben gewesen ist, auch wenn mich alle, denen ich es erzählt habe, für verrückt halten. Der Gott meines Vaters und meiner Vorfahren verfolgt mich, ohne daß ich etwas dagegen tun kann. Wenn ich meine Familie verlassen habe und Atheistin geworden bin, dann haben wir es hier mit der simpelsten, dümmsten Rebellion der Geschichte zu tun. Ich bin ein ungezogenes Mädchen, laß dir das gesagt sein, Braunstein. Und Gott ist immer da, er schaut mich an und hört zu, wie ich ihn verleugne, und lacht mit mir zusammen darüber (das hoffe ich zumindest, vielleicht ist er aber auch wütend, und ich werde schnurstracks in die Hölle wandern). Komisch, nicht? Ich will es so formulieren: Ich spiele nur für Gottes Augen. Du hast richtig gehört. Nicht für die Menschen, sondern für Gott, meinen einzigen Zeugen, den unerbittlichen Kritiker meiner Darbietungen. Lach nicht. Und das ist noch nicht alles: Ich lebe im Bewußtsein, daß Er mich beobachtet. Bist du dir im klaren darüber, wie pervers und zugleich doppelt erregend es ist, mit jemandem zu schlafen und sich gleichzeitig von Gott beobachtet zu fühlen? Werde jetzt nicht rot, aber so war es auch bei dir, mein lieber Braunstein. Und – sei mir nicht böse – bei allen anderen. Sogar wenn ich in seltenen Fällen (glaubst du mir das?)

Ehebruch begangen habe – das heißt, wenn ich mit verheirateten Männern ins Bett gegangen bin –, hatte das den besonderen Reiz, daß Gott mir dabei zuschaute. Kommt dir das wie Wahnsinn vor? Wie Blasphemie? Du ziehst wohl nicht mal die Möglichkeit in Erwägung, daß es ein anderes höchstes Wesen als deinen Freund Gruber geben könnte. Betest du nachts zu ihm? Hast du ein Photo des Regisseurs in deinem Zimmer, zu dem du ab und an Blicke voll Verehrung schickst? Entschuldige den Scherz, ich kann mich nicht beherrschen, du kennst mich ja. Du weißt, daß ich dich gern habe, Braunstein, nicht wahr?

O.k., ich phantasiere wieder mal, verzeih dieser verirrten Seele. Aber es stimmt, was ich dir gesagt habe: Ich bin Schauspielerin geworden, um von der größtmöglichen Anzahl von Leuten gesehen zu werden und auch von Gott. Ich bin eitel, stolz, egozentrisch usw., aber ich bin auch sehr unsicher. Ich muß mich mit den Blicken der anderen tränken, muß meine Handlungen vor jemandem rechtfertigen. Wie soll man von alleine wissen, ob man sich täuscht oder das Richtige trifft? Wie soll man eine gute Schauspielerin sein, ohne von jemandem kontrolliert zu werden? Wie soll man Frau sein, ohne von den anderen gesehen zu werden? Auf der Bühne ist es wie im Leben; deshalb sind die Schauspielerinnen immer besser als die Schauspieler, bei allem Respekt. Das Schauspiel ist ein Maximum an Hemmungslosigkeit in rituellem Rahmen; auf der Bühne werden Dinge vor den Augen der anderen getan, die wir woanders niemals zu tun wagten. Ich brauche die Zügellosigkeit der Maske, um mich von meinen Ketten zu befreien (verstehst du, was ich meine, Braunstein?). Das jüdische Mädchen befreit sich am Ende ... Wie auch nicht!

Braunstein, mein lieber Braunstein, was willst du sonst noch hören? Soll ich lieber weinen und so tun, als wärst du mein Psychoanalytiker, und dir von meinen Kindheitstraumata erzählen, von meinem Elektrakomplex, meinem ersten Mal und all dem Mist? Natürlich nicht, so unterschiedlich sind wir beide schließlich nicht. Ich würde liebend gerne wieder mit dir zusammenarbeiten, dem Gruberschen Parnaß nahe sein und von seinen Kenntnissen profitieren (während ihr von meinem Spiel und meinem Körper profitiert).

DER TRAUM

Ich fuhr heftig zitternd auf. Die Bilder und Empfindungen, die ich gerade hinter mir gelassen hatte, wollten nicht verblassen, als sei ich nicht wirklich aufgewacht: War ich wach oder in eine noch beklemmendere Traumsequenz getreten. Die Gesichter von Zacarías und Gamaliel verschwammen zu einem einzigen und erschienen in allen Ecken des Zimmers. Sie fuhren auf mich zu und forderten mich auf, ihnen zu folgen, ich würde schon sehen, was dann passierte. Und dann sah ich mich spielen, umgeben vom Kamerateam, Grubers vage Gestalt im Hintergrund; er saß auf dem Dolly und gab nach allen Seiten Anweisungen. Ich konnte seine Worte nur mit Mühe verstehen, achtete kaum auf ihn und machte ihn ärgerlich. Die anderen hatten sich um ihn versammelt, Javier eingeschlossen, und schauten mich an, als würden sie nur auf meine Fehler warten. Ich schämte mich und irrte mich prompt. Die Scheinwerfer bohrten sich in meine Augen, ich konnte kaum erkennen, was sich vor mir befand, und mußte doch weiterspielen, ich hatte eine Mission zu erfüllen. Ich mußte unbedingt die Seiten des Textbuchs lesen, aber Gruber erlaubte es mir nicht, ich hatte es mir noch nicht verdient. Dann gingen plötzlich die Lichter aus, ich hielt ein Messer in der Hand, und auf dem Boden lag die Leiche von Carlos, meinem Mann.

Ich schlüpfte in die Schuhe und trat verzweifelt auf den Gang hinaus, entschlossen, bei Javier zu klopfen. Er sah mich erstaunt an und ließ mich unverzüglich herein. Er trug nur Unterhosen, aber es schien ihm nicht peinlich zu sein. Er erkundigte sich aufmerksam, was mit mir los sei, während er sich die Hosen anzog.

„Ich müßte dir jetzt eigentlich einen Kaffee anbieten, aber hier gibt es keinen Zimmerservice", sagte er, setzte sich aufs Bett und ließ mich neben sich Platz nehmen. „Hattest du einen Albtraum?"

„Sehe ich so schrecklich aus?"

„Entsetzlich ... Erzähl schon."

Ich erzählte ihm von dem Traum, soweit ich ihn in Erinnerung hatte, und dann versuchte ich, auf seine Bitten hin, ihn zu deuten. Dabei konnte ich die Tränen nicht zurückhalten. Ich wußte, es war töricht, aber ich konnte mich nicht beherrschen. Javier bemühte sich, mich zu beruhigen, bis ich ihm schließlich von meinem Erlebnis mit Gamaliel erzählte. Von Anfang an war Gamaliel ihm unsympathisch gewesen, und nun hatte er einen Grund, der seine Abneigung rechtfertigte. Ich spürte, daß meine Geschichte Javier verletzte – obwohl ich nicht ahnte, wie sehr –, aber er war unfähig, es zuzugeben, und tat so, als würde es ihn nicht beeindrucken. Er begriff nicht, warum ich es zugelassen hatte – genausowenig wie ich –, und war zugleich empört und liebevoll.

„Gamaliel gehört zu den Menschen, die anderen Schaden zufügen und es nicht mal merken", hielt er mir vor. „Was soll ich dir noch sagen? Es ärgert mich, beim Abendessen hat er so getan, als wäre nichts passiert."

„Das stimmt", sagte ich, nicht sehr überzeugt.

„Und was willst du tun?"

„Ich weiß nicht."

„Aber er gefällt dir doch, oder?" bohrte er nach.

„Nein. Ich weiß nicht, ich bin so verwirrt."

„Wenn hier jemand nichts begreift, dann bin ich es. Du bist doch keine seiner Huren."

„Bin ich eine Hure für dich?"

„Natürlich nicht", er wurde nervös. „Aber es ärgert mich, daß andere das glauben könnten."

„Stört dich das?"

„Selbstverständlich."

Armer Javier. So intelligent und doch unfähig, zu begreifen.

Ich ließ ihn eine ganze Weile weiter mein Haar streicheln, bis ich einschlief. Am Morgen weckte er mich vor sieben, es erschien ihm nicht angebracht, daß die anderen mich aus seinem Zimmer kommen sahen.

MALVIDO, GONZALO. Ich muß gestehen, daß dies eine ganz neue Erfahrung für mich ist. Als Braunstein mich aufgefordert hat, an diesem Projekt mitzuwirken, hat er mir gesagt, ich sei von vornherein engagiert, denn da ich kein professioneller Schauspieler sei, müsse ich mich keiner Auswahl unterziehen, und doch bittet man mich nun, diese Seiten hier zu schreiben. Aber es stört mich nicht, diese Voraussetzung zu erfüllen, ich sehe es als eine Gelegenheit an, Sie meines Interesses zu versichern und Meister Gruber Gelegenheit zu geben, sich ein genaueres Bild von meinen Fähigkeiten zu machen.

Mein Beruf – was meine zukünftigen Kollegen sicher wundern wird – hat wenig mit dem Schauspiel zu tun: ich bin Kunstkritiker. Und was zum Teufel hat ein Kunstkritiker in einem Film verloren? Das war das erste, was ich Braunstein gefragt habe. Na hören Sie, erwiderte dieser, eine der Figuren im Film ist ein Kunstkritiker. Was Sie nicht sagen, gab ich zurück, und wenn eine der Figuren Arzt ist, engagieren Sie dann etwa einen echten Arzt? Und wenn der Protagonist Napoleon wäre? Manchmal geht mein satirisches Temperament mit mir durch. In diesem Fall brauchen wir einen wahren Kunstkritiker. Einen echten Kunstkritiker, gab ich wiederum zurück, entzückt von seinem Angebot. Ich habe niemals auf der Bühne gestanden, nicht einmal in der Grundschule, aber aus der Distanz haben mich die Skandale der Theaterwelt schon immer fasziniert, die so ganz anders ist als die Routine und der monotone Alltag eines gefeierten und verachteten Akademikers.

Und doch sind letzten Endes, *hélas*, die Kritik und das Schauspiel – oder besser gesagt, die Interpretation der Kunst und die Interpretation einer Rolle – nicht ganz so weit voneinander entfernt, wie es auf den ersten Blick scheint. Ebenso wie der Schauspieler muß der Kunstkritiker die Figur, die er studiert, wieder auferstehen lassen, muß versuchen, ihre Beweggründe zu verstehen und sie im Licht dieser Mechanismen zu beurteilen. Er muß sich gewissermaßen in den Charakter eines anderen hineinversetzen oder es zumindest vorgeben, ganz so wie der Schauspieler, und muß die anderen von seinen Studien überzeugen, sie glauben machen, daß aus ihm die Wirklichkeit spricht, als würde er die Absichten des Künstlers kennen, als wäre er selbst ein anderer.

Allerdings habe ich keinerlei Vorstellung, zu was Ihnen ein bescheidener Experte für mittelalterliche Kunst dienen könnte. Denn nach dem, was man mir erzählt hat, engagiert man mich als Schauspieler, damit ich mich selbst spiele, und nicht als Experte, damit ich Sie in meinem Fachbereich berate. Obwohl ich annehme, daß Sie meine Kenntnisse doch irgendwie werden gebrauchen können, *n'est-ce pas?* An zwölf Jahren Studium von Steinchen und Kathedralen in Frankreich kommt man nicht so leicht vorbei. Im Grunde glaube ich, daß das Experiment gelingen wird (sonst hätte ich nicht angenommen). Oft hat man mir gesagt, *excusez-moi*, ich würde etwas *darstellen*. Wenn das Publikum den Film im Kino sieht, wird sich niemand träumen lassen, daß der dicke Experte für das Jahr 1000 wahrhaftig existiert.

Was wird meine Frau sagen, wenn sie sich mit ihren Freundinnen Meister Grubers Film anschaut und darin ihren Gatten entdeckt? Ein toller Coup, das gibt Pluspunkte für mich. Gar nicht komisch wird sie finden, da kenne ich sie zu gut, daß ich es ihr nicht vorher erzähle, *c'est-à-dire*, jetzt sofort. Aber, *ma chérie*, Meister Gruber hat mich gebeten, es niemandem zu sagen, du weißt doch, wie exzentrisch Künstler sein können, es war ein kleines Geheimnis. Ja, unter uns darf es keine Geheimnisse geben, du hast recht, ich verspreche, daß es auch nicht wieder vorkommt. Und der Eindruck, den es auf ihre Freundinnen machen wird, und meine bereitwillige Entschuldigung werden schließlich die Oberhand behalten.

Und mein Chef? Meine Kollegen am Institut für ästhetische Forschungen? Was werden sie davon halten, wenn sich ihr illustrer, affektierter Kollege in einen Schauspieler verwandelt? Ich bezweifle, daß diese *bêtes* überhaupt an einem *salle d'art* vorbeikommen, aber alles ist möglich. Was soll's. Ich bin ein Künstler, egal ob als Kritiker oder als Schauspieler. Sollen die Hunde ruhig bellen, wie Kollege Cervantes sagen würde (um ehrlich zu sein, wiederhole ich dieses Zitat oft und bin bei meiner Lektüre des *Don Quijote* doch nie darauf gestoßen). Vielleicht bekomme ich sogar, was der Gipfel des Zufalls wäre, einen Oscar oder zumindest einen Ariel für die beste Interpretation meiner selbst. Genug des Spotts für heute. In Wirklichkeit danke ich Ihnen für Ihr Angebot – ich war recht beredt, nicht wahr? –, und ich will versuchen, meine Arbeit so gut wie möglich zu machen. *Merci bien!*

VERA, ZACARÍAS. Mein Sternzeichen ist Widder, und das einzige Wort, das nie über meine Lippen kommt, ist *unmöglich*. Ich kam im Bundesstaat Guanajuato zur Welt. Mein Vater starb, als ich dreizehn Jahre alt war. Von da an mußte ich für meine Familie sorgen – für drei kleinere Brüder (einer ist inzwischen gestorben) und meine Mutter –, und seit damals habe ich mich nie geschlagen gegeben, in was für einer Lage ich mich auch befinden mochte. Ich bin halsstarrig, das weiß ich, und es scheint mir eine meiner wenigen Tugenden zu sein. Ich nenne es lieber *Hartnäckigkeit*. Mit achtzehn habe ich als professioneller Schauspieler begonnen, und mit fünfzig habe ich zum Vergnügen mit der Malerei angefangen. Ich kann auf über dreiundvierzig Jahre Laufbahn zurückblicken. Ein guter Name braucht wie der gute Wein viele Jahre, und man verliert ihn in ein paar Sekunden. Vielleicht bin ich nicht besonders intelligent oder gebildet – ich habe kaum Zeit gehabt, etwas über meinen Beruf zu lesen –, aber ich halte mich zumindest für verantwortungsbewußt und ernsthaft. Mehr als die meisten, die sich in diesem Land für Künstler halten. Denn etwas kann mir niemand vorwerfen, niemand auf der Welt: daß ich nicht konsequent gewesen wäre. Ob auf der Bühne oder im Leben, gegenüber Reichen oder Armen, Mächtigen oder Schwachen – und das ist mein einziger, großer

Stolz –, immer bin ich derselbe geblieben. Nicht wie diese Heerscharen von Nachahmern, die man überall findet, die sich für andere ausgeben, die verleugnen, was sie sind, und andere imitieren. Die, hören Sie gut zu, die sollte man in eine Truhe sperren und abschließen, sie nicht umbringen, sondern ignorieren; sollen sie dort ihr Gift ruhig weiter verspritzen, solange sie keinen Schaden mehr zufügen. Das Schlimme ist, daß man in dieser Welt von Heuchlern und Speichelleckern nur selten aufrichtig sein kann, ohne Verdacht zu erregen und sich den Groll der sogenannten „Freunde" zuzuziehen. Nur wer eine solide Erziehung besitzt – die Erziehung ist das einzige, was uns von den Tieren unterscheidet –, ist in der Lage, über seine Instinkte und über die anderen zu triumphieren. Der ist ein wahrer Künstler oder ein wahrer Mensch – von beiden Kategorien gibt es nur sehr wenige –, der sich ganz in der Gewalt hat und seiner Charakterstärke in einem Werk Ausdruck verleiht, sei es durch die dramatische Interpretation einer Rolle oder durch die graphische Darstellung seiner Weltsicht.

Ich bekenne, daß ich mich außerdem meiner vielen Feinde rühme. Sag mir, wie viele Feinde du hast, und ich sage dir, wie stark deine Überzeugungen sind. Ich werde es niemals müde werden, gegen den Strom zu schwimmen oder den zu prügeln, der die Wahrheit verheimlicht, auch wenn mir das von seiten der offiziellen Kritiker, dieser Ratten der mexikanischen Kulturwelt, Nichtachtung und Geringschätzung eingebracht hat. Es ist mir einerlei, wenn ich weiß, daß etwas getan werden muß – auch wenn es mir nicht behagt –, dann ruhe ich nicht, bis ich es erreicht habe, ohne Rücksicht auf die Konsequenzen. So habe ich meine Familie erzogen – meine Frau war leider nicht stark genug dafür und hat mich verlassen –; und wenigstens einer meiner Söhne ist in meine Fußstapfen getreten, was mich sehr viel tiefer bewegt, als mich die Feigheit des anderen beschämt (der mehr seiner Mutter gleicht, und das sage ich ganz ohne Groll). Die Befriedigung, seinen Pflichten nachzukommen, ist bei weitem größer als jeder Lohn. Nur die Ordnung, die Ordnung, die der Vernunft folgt, kann uns am Leben erhalten, kann bewirken, daß die Gesellschaft und die Welt fortdauern, anstatt in Unvernunft und Wahnsinn unterzugehen. Ordnung und Erziehung, um uns zu retten, damit wir mit jedem Tag besser werden, um der Zerstörung zu entkommen. Auf der Bühne wie im Leben, das ist meine einzige Aufgabe.

ICH BIN DER ANFANG UND DAS ENDE

Endlich würde ich also Gruber sehen. Ich erzählte es Javier, und er war noch viel aufgeregter als ich. Mich ärgerte das Bild, das man mir bisher von ihm gezeichnet hatte: Braunsteins Lobeshymnen, die Bewunderung meiner Gefährten und die Ehrerbietung, die sich in *Los Colorines* breitmachte, sobald nur sein Name fiel, all das war für mich offengestanden zuviel des Guten. Einen Egozentriker, der nur von sich selbst spricht, kann man gerade noch ertragen, aber schwerlich hält man mehr als eine Minute mit jemandem aus, der am laufenden Band einen anderen lobt. Ich kam mir vor wie in einem Gruselfilm, in dem die junge Hauptdarstellerin darauf wartet, dem *Seigneur du château* vorgestellt zu werden; die Spannung hat die Zuschauer schon seit über einer halben Stunde im Griff, ohne daß irgend etwas geschehen wäre, ohne daß sie den Fürsten der Finsternis von Angesicht zu Angesicht gesehen hätte. Aber ich habe noch nie etwas für diese Art von Spannung übrig gehabt. Er fühle sich unpäßlich, hatte uns Braunstein zu seiner Entschuldigung gesagt (ich habe nie begriffen, was diese Entschuldigung eigentlich meint, ob Magenbeschwerden oder eine unübersehbare Dauererektion), und dann ruft er mich heimlich zu sich, um mir zu sagen, ich hätte das Privileg, als erste vom großen Schöpfergeist empfangen zu werden. Javier, diese Atmosphäre der gespannten Erwartung ist absurd. Sie ist so künstlich. Als wäre jedes Ding hier heilig, nur weil Gruber sich die Freiheit genommen hat, es zu berühren, und als wäre jeder Augenblick etwas Besonderes, weil er ihn in unserer Nähe erlebt. Es würde mich nicht wundern, wenn man diesen Ort nach seinem Tod in ein Museum *in situ* verwandelte.

„Sag so was nicht", tadelte mich Javier.

„Bitte, komm mir nur nicht mit diesen Respektsbekundungen ..."

„Weißt du es denn nicht?"

„Was?"

„Gruber liegt im Sterben." Javiers Stimme wurde tiefer, rauher. „Vor ein paar Jahren haben sie Krebs bei ihm diagnostiziert."

„Und deshalb hat er beschlossen, erneut zu filmen", folgerte ich.

„Dieser Film ist sein Testament. Er ist im Endstadium. Auf die Chemotherapie hat er verzichtet, er will lieber bei der Arbeit an seinem Film sterben als allein und unter Betäubung in einem Krankenhaus."

„Das habe ich nicht gewußt", erklärte ich.

Eine hervorragende Geschichte, ein wundervoller Vorwand. Die Agonie eines Künstlers, der Tod eines Dichters. Deshalb wird alles, was er berührt, zu Gold, seine Ideen sind heilig, und fast müßte man jedes einzelne Wort aufnehmen, das von seinen göttlichen Lippen kommt. Ein exzellentes Spiel. Applaus bitte. Ein Oscar für den besten sterbenden Regisseur.

Das Schlimmste war, daß es stimmte. Ja, er litt an Krebs im Endstadium, ja, er war einer der größten lebenden Filmregisseure. Und im Bewußtsein dieser beiden Tatsachen hatte er sich vorgenommen, den schöpferischen Prozeß bis an seine Grenzen zu führen. Er hatte nichts zu verlieren. Er spielte nur seine eigene Rolle, erfand sich eine Welt nach seinen Maßen und füllte sie mit sorgfältig ausgesuchten Figuren. Ein so überzeugendes Set, daß wir schließlich an seine Realität glaubten, und so glaubwürdig waren auch er und seine Schauspieler, daß man den Eindruck hatte, sie würden wirklich spielen. Am Anfang und am Ende war Gruber, unser Schöpfer, unser Gott, im Begriff, auf der Erde seiner Kreaturen zu erscheinen.

VIERTES BUCH

Lugano, Schweiz, 12. Juni 1967

Geliebter Carl,

der Entschluß, Dir die folgenden Zeilen zu schreiben, war sehr schwer für mich. Entschuldige, wenn ich es auf diese Weise tue. Was kann ich Dir sagen? Je mehr Tage vergingen, ohne daß Du auf meine Anrufe reagiertest, desto schlechter fühlte ich mich, als könnte ich dem Trägheitsgesetz nicht entkommen, das schließlich unsere Trennung besiegelt hat. Letzten Endes glaube ich, daß es so das Beste ist. Bis zum heutigen Tag fühle ich mich wie eine Gefangene in einem Käfig, in dem man nicht nach draußen schauen kann.

Was ist zwischen uns geschehen? Wann haben wir den falschen Weg eingeschlagen? Ich weiß genau, daß wir während vieler Jahre glücklich gewesen sind, meine Erinnerungen sprechen von Dir mit einem Gefühl der Zärtlichkeit. Was ist bloß geschehen? Die letzten Monate waren für uns beide unerträglich, ich weiß, aber glaubst Du, das könnte alles Vorhergehende auslöschen? Ist eine Versöhnung unmöglich? Vielleicht war es richtig, was Du gesagt hast, und es entspricht nicht meiner Natur, mich an eine andere Umwelt anzupassen. Kennst Du die Pflanzen, die in anderem Erdreich zwar nicht eingehen, aber auch nie mehr blühen?

Sprich mit mir, auch wenn es Dir sinnlos erscheinen mag, auch wenn Du den anderen erzählst, ich hätte vollkommen den Verstand verloren. Ich muß die Gewißheit haben, daß ich existiere, und nur Du, mein Schöpfer, mein Herr, hast die Macht, das zu beweisen.

Verzeih meine Kühnheit, ich möchte Dich nicht verärgern. Sogar während unserer schlimmsten Auseinandersetzungen habe ich Dich nie verletzen oder Dir wehtun wollen. Warum antwortest Du mir nicht? Weshalb weigerst Du Dich, mir zu schreiben oder nach mir zu sehen? Was habe ich Dir getan? Ich bin nicht irgendeine Dahergelaufene, aus deren Leben Du mir nichts, dir nichts verschwinden kannst, als hätte ich niemals an Deiner Seite gelebt. Das kannst Du nicht, Carl, es ist einfach nicht gerecht, daß Du mich vergißt oder auf diese Müllkippe der Alpen wirfst und dabei ein völlig ruhiges Gewissen hast. Was genau habe ich Dir angetan? Mein Fehler, mein Verbrechen bestand darin, Dich mit all meiner Kraft zu lieben. Kannst Du das abstreiten, Carl? Alle meine Opfer, alles, was ich aufgegeben habe, diente einem einzigen Zweck: daß auch Du mich liebst. Ist das so schrecklich? Ja, das ist es, würdest Du mir antworten, wenn Du nicht so ein Feigling wärst, wenn Du ein bißchen Mumm hättest und die paar Kilometer bis Lugano fahren würdest, um mir gegenüberzutreten. Aber dazu bist Du nicht fähig – das ist einer Deiner größten Fehler –, es ist Dir nie gelungen, Deinen Stolz zu besiegen und Deine Fehler einzugestehen. Das entspricht nicht Deiner Natur. Ich kann gar nicht mehr zählen, wie oft Du mir vorgebetet hast: Die Menschen ändern sich nicht, ich bin nun mal so, und auch in tausend Jahren wirst du mich nicht ändern können, ebensowenig wie dich selbst. Eine wahrhaft mutige Ausrede. Man erträgt die Menschen, bis man es eben nicht mehr tut. Wie einfach. Ich werde immer Deine Manien tolerieren, Du hast dagegen beschlossen, daß Du mich nicht mehr bei Dir haben willst. Wie bequem. Aber nein, Carl, so einfach wird es nicht sein. Ich werde Dich verfolgen, bis ich Dich gefunden habe, vor mir wirst Du niemals fliehen können. Mich zu vergessen, Gruber, wird Dir unmöglich sein.

Oder glaubst Du, es sei einfach, mit Dir zusammenzuleben? Es tut mir leid, Deine Bewunderinnen enttäuschen zu müssen, diese Birgitta, die sich jetzt mit meiner Rolle in Deinem Film schmückt, die Rolle, die Du *für mich* geschrieben hattest. Du bist so eingebildet und oberflächlich wie alle anderen, genauso niederträchtig und vulgär, auch wenn Du Dich noch so redlich bemüht hast, Dir die Persönlichkeit eines reinen Künstlers und heimlichen Dichters zurechtzuzimmern. Ich kenne Dich zu gut.

Aber keine Angst, ich werde nicht verraten, was ich über Dich weiß; stell Dir nur vor, was Deine Anhänger denken würden – und Birgitta –, wenn ich ihnen erzählte, was für Schandtaten Du begangen hast, um unsere Heimat zu verlassen. Oder wenn sie etwas von Deinen Aktivitäten in der kommunistischen Partei erfahren, wie oft Du Informationen weitergegeben oder Dutzende Deiner Kollegen verraten hast … Nein, ich wäre nicht fähig, Dir das anzutun, Carl, weil ich Dich liebe, weil ich Dich von ganzem Herzen liebe, mehr als mich selbst. Ich würde Dich nie verkaufen, auch wenn ich weiß, daß Du es ohne weiteres mit mir tun würdest.

Ich habe von Dir nur aus der Zürcher Presse erfahren. Ich wollte nicht glauben, was man mir erzählt hatte, bis ich diese entsetzlichen Photos sah. Weshalb? Du hast versprochen, es niemals öffentlich zu machen. Schließlich konnte ich mir also anschauen, wie Du die inzwischen berühmte Birgitta küßt. Ist sie wirklich eine so gute Schauspielerin? Oder ist sie bloß besser im Bett? Und das Schlimmste ist, daß ich weiß, warum Du es getan hast – Du hast wohlweislich dafür gesorgt, mich in Hunderten von Gesprächen indirekt vorzuwarnen –: Nie werde ich zulassen, daß unser Leben langweilig wird, hast Du gesagt, ich werde *egal was* tun, um uns vor dem Überdruß zu retten. Ist es so, Carl? Leugne es nicht, ich kenne Dich besser als Du selbst. Du hast beschlossen, ein für allemal Schluß mit der Monotonie von fünfundzwanzig Jahren zu machen. Du hast beschlossen, daß Dich das ruhige, glückliche Leben, das wir führten, nicht mehr befriedigt. Du mußtest dafür sorgen, daß Dein Leben dem der grotesken Figuren aus Deinen Filmen gleicht, wir mußten leiden, gewalttätig miteinander werden, uns verletzen, zu dem einzigen Zweck, *ein wenig Kunst in unseren Alltag zu bringen.* Ich höre fast Deine Stimme, wie Du das nachher Deinen Freunden erzählst, Braunstein und den anderen, als sei es ein heroischer Akt.

Warum hast Du Sophie verlassen? werden sie Dich fragen. Und mit Freuden wirst Du selbstgefällig Auskunft geben: Weil sich ein Künstler ohne Emotionen verbraucht und stirbt. Der

Kunst die Schuld an so einer Schurkerei zuzuschieben! Birgitta gegen Sophie, Jugend gegen Reife, Ambition gegen Konformismus, Ungestüm gegen Seelenfrieden: Sogar Deine Gefühle sind zu erbärmlichen Metaphern verkommen. Mistdreck, Gruber! Mehr bist Du nicht. Von wegen Kunst. Es ist wirklich der Gipfel, um mit so einer Tussi zu vögeln und Dich nicht schuldig zu fühlen, mußtest Du Dir diese Geschichte ausdenken, die Musen anrufen und eine komplette Tragödie aufführen. Du hast keinen Schneid. Mein armer kleiner Regisseur, überlaß Deinen Schauspielern die Leidenschaft, Du und Deine Kunst, Ihr seid nichts verglichen mit den Stürmen der Wirklichkeit, denn wenn die Stunde der Wahrheit kommt, traust Du Dich nur, Reißaus zu nehmen. Ich sehe Dich bildlich vor mir, verschreckt in Deine Münchner Wohnung verkrochen, in der Hoffnung, keine Briefe mehr von mir zu bekommen und daß ich ja fein still in meinem Schweizer Sanatorium bleibe. Das Schlimmste wäre für Dich, wenn Du selbst die Entscheidung treffen müßtest. Das könntest Du nicht ertragen, nicht wahr? Deshalb versteckst Du Dich, Du bist nicht in der Lage, den Kräften die Stirn zu bieten, die Du – der Kunst zu Ehren, versteht sich – selbst entfesselt hast. Nun, von mir aus kann Deine Kunst zur Hölle fahren. Bleib bei Deinem dämlichen Nymphchen, mal sehen, ob Du ihre Launen länger als zwei Monate erträgst. Sie gehört ganz Dir. Mir ist es einerlei. Vögel sie bis zur Erschöpfung, mach sie fertig, verbrauche sie wie Teig, bis Du keinen Saft mehr in Dir hast.

Verzeih, ich wollte Dich nicht kränken, wirklich, ich brauche Dich. Das mit Birgitta ist mir egal, ich schwöre es. Ich werde so tun, als sei nichts geschehen, einverstanden? Nimm diese Zeilen als meine bedingungslose Kapitulation. Mein einziger Gedanke ist, Dich zu sehen. Komm her, bei allem, was Dir lieb ist. Ich habe das Gefühl, daß ich hier sterben werde, allein, ohne Dich. Ich kann nicht mehr weiter. *Ich kann nicht mehr weiter.*

Vergiß es, ich will nichts von Dir. Endlich habe ich begriffen, daß wir uns nicht wiedersehen werden. Bemüh Dich nicht, mir Erklärungen zu geben, sie sind nicht mehr nötig. Wir haben endgültig Schluß miteinander gemacht. Auch mir scheint es das

Beste so, es hat keinen Sinn, uns weiter zu quälen, uns gegenseitig mit unseren Manien verrückt zu machen. Was bringt es, zusammenzusein, wenn wir uns doch unaufhörlich wehtun müssen?

Glaub ja nicht, diese Entscheidung sei nicht schwer für mich gewesen, ich habe viel darüber nachgedacht und unendlich bei dem Gedanken gelitten, nicht mehr mit Dir zusammensein zu können. Es war ein entsetzlicher Schmerz, und ich streite nicht ab, daß er mir noch tief im Fleisch steckt. Aber am Ende habe ich mich damit abgefunden. Die Liebe, die gewaltige Liebe, die wir füreinander empfinden – ich bin mir sicher, daß es so ist, auch wenn Du es mir nicht sagst –, reicht nicht aus für ein Zusammenleben. Die Zärtlichkeit, die wir einander bewiesen haben, hilft uns nicht weiter. Die Liebe, die wir zwischen uns haben entstehen lassen, so herzzerreißend und gewaltsam, wird wertlos, wenn sie um jeden Preis aufrechterhalten werden soll. Die Menschen lieben sich und hören deswegen doch nicht auf, sich wehzutun, bis die Wunden zu tief werden und ein Zusammenleben unmöglich machen. Es sind die gleichen Konflikte wie in Deinen Filmen, nur sind sie im wirklichen Leben – verzeih, wenn ich Dir das sage – sehr viel unerfreulicher als auf der Leinwand. So steht es nun einmal, und wir müssen uns ins Unvermeidliche schicken. Ich sehe in mir eine Deiner schwächsten Figuren, unfähig, bis zum Ende für das zu kämpfen, was ich liebe. Ich bedaure meine Niederlage, meine Gleichgültigkeit, aber meine Kraft und Charakterstärke reichen nicht mehr aus, um Dich von neuem herauszufordern.

Gefällt Dir, was ich da sage? Waren das nicht genau die Worte, die Du die ganze Zeit über von mir hören wolltest? Ich spüre Deine Erleichterung. Ich werde Dich nicht weiter verfolgen und Dein Gemüt mit Forderungen strapazieren; Du wirst keine weiteren Briefe oder Telegramme aus der Schweiz erhalten; Du wirst nichts mehr von mir hören. Wie findest Du das? Bist Du glücklich? Wenigstens beruhigt? Beide werden wir Ruhe finden nach all der Qual, nach all den Kämpfen und Auseinandersetzungen, nach all der Liebe. Wir werden ein neues Leben beginnen. Wir werden glücklich sein und uns nur ab und zu daran erinnern, daß wir verheiratet waren und zusammen gearbeitet haben, daß wir Kunst waren und uns bis zur Zerfleischung geliebt haben. Das wird unsere Zukunft sein. Ohne Probleme oder Enttäuschungen. Frei, um zu tun, was uns beliebt.

Ich gewöhne mich bereits an die Schweiz. Sogar das Italienische gefällt mir allmählich. Ich werde Dich vermissen, da kannst Du sicher sein, aber es wird mir gutgehen. Adieu, Gruber. Ich hoffe, Du denkst an mich in jenen Augenblicken, die Du, wie Du sagst, aus Leere und Alltag rettest. Als sei ich eines der seltenen Kunstfragmente, die in Deinem Leben aufgetaucht sind. Ein Augenblick, den Du nicht wirst vergessen können.

Auf immer,

Sophie

FÜNFTES BUCH

SIE SIND ALSO GRUBER

Ich versuchte, jegliche Emotion zurückzudrängen, mich mit keinerlei Vorurteil zu belasten, mich ganz natürlich zu benehmen.
Letzten Endes würde ich bloß unseren Regisseur kennenlernen, einen der größten lebenden Filmemacher Deutschlands,
einen der Gründerväter des Neuen Deutschen Films, wie es
im Lexikon stand. Eufemio holte mich nach dem Frühstück ab;
er war besonders diskret, damit die anderen keinen Verdacht
schöpften, wenigstens kam es mir so vor. Er führte mich aus
dem Speisezimmer und fuhr mit mir zum Haupthaus.

„Arbeitest du schon lange für Gruber?"

„Seit er in Mexiko lebt", erwiderte er. „Carl ist ein großartiger
Mensch, Señorita. Er hat viel für das Dorf und für mich getan."

„Lebt er allein hier?"

„Nein, Señorita. Mit seiner Frau, Señora Magda. Doch sehen
sie sich kaum."

„Sind sie zerstritten?"

„Ganz und gar nicht, nur haben sie einen völlig unterschiedlichen Lebensrhythmus."

„Lebensrhythmus?"

„Die Señora steht gegen zwölf Uhr mittags auf, während Carl
bereits seit sechs Uhr morgens arbeitet. Sie geht früh zu Bett,
und er ruht praktisch nicht."

„Haben sie getrennte Schlafzimmer?"

„Für den ersten Tag stellen Sie zu viele Fragen", schloß er. „Es
ist nicht mehr weit."

Javier hatte mir einige der exzentrischen Angewohnheiten erzählt, die dem Regisseur nachgesagt wurden; ich konnte nicht
anders, ich mußte ihn mir damals als einen finsteren, verbitter-
ten Mann vorstellen, einen Alten voller Groll und Traurigkeit,
einen hoffnungslos Kranken, in dem ich nur mit Mühe Feuer und

Energie seiner Jugend würde wiedererkennen können. Eufemio führte mich zum Wohnzimmer und ließ mich dort allein; ein paar Minuten später kehrte er zurück, um mich zu seinem Schlafzimmer zu bringen.

„Carl fühlt sich immer noch unpäßlich, wenn es Sie nicht stört, würde er Sie lieber dort empfangen."

Mich ärgerte, wie vertraut Eufemio von seinem Chef sprach.

„Wie es ihm lieber ist."

Es war dunkel im Zimmer, und nur hinten neben dem Bett war ein schwacher Lichtschein zu sehen.

„Zieh bitte die Vorhänge auf, Renata." Das war nicht die Stimme von Eufemio, der sich zurückgezogen und die Tür hinter sich geschlossen hatte, sondern die unseres Meisterregisseurs.

Während ich an den Schnüren zog und immer mehr Licht auf die Tapeten fiel, wuchs meine Furcht. Auf einmal machte es mir Angst, unversehens in sein Gesicht zu schauen. Aus dem Augenwinkel warf ich einen Blick auf die schwere Gestalt, die sich in den Decken aufgerichtet hatte.

„Komm herüber", befahl er mir, „ich möchte dich aus der Nähe ansehen."

Er wirkte ganz und gar nicht wie ein Mann, der am Ende stand; im Gegenteil, man merkte ihm nicht einmal an, daß er krank war. Seine Stimme war rauh und duldete keinen Widerspruch.

„Sie sind also Gruber."

„Enttäuscht? Sprich nicht so gespreizt mit mir, um Himmels willen, ich bin nicht dein Großvater. Komm her."

Ich ging zu ihm hinüber; er nahm mein Gesicht in seine dicken, schwieligen Hände und fuhr mit den Fingern über meine Stirn und meine Wangen.

„Makellos", stellte er fest.

„Danke", antwortete ich schroff und trat ein paar Schritte zurück.

„Immer die Mißtrauische. Obwohl mir das eigentlich gefällt."

Aus ihm sprach eine Arroganz, die mich ärgerte, als müsse er sich selbst beweisen, daß er noch immer das alte Genie war und die anderen ganz nach Belieben dirigieren konnte.

„Ich vermute, Braunstein hat dir schon alles Notwendige über unser Projekt erzählt", fuhr er fort, während er sich einen roten Flanellmorgenrock überzog.

„Er hat nichts anderes getan, als von Ihnen zu sprechen …"

„Von dir", unterbrach er mich.

„Von dir", wiederholte ich, „und doch haben wir nicht die geringste Vorstellung, was wir hier machen sollen."

„Und das beschäftigt dich?"

„Nein, aber ich sehe auch keinen Grund für all die Geheimnistuerei. Warum hat man uns nicht unsere Textbücher gegeben? Als wolltet ihr uns zwingen, aufs Geratewohl zu arbeiten."

„Diese Definition trifft es nicht genau." Er trat zu einer Kommode, zog eine Zigarette aus der Schublade und zündete sie an. „Stört es dich?"

„Mir ist es gleich. Es sind *deine* Lungen."

„Obwohl Braunstein es dir hätte erklären müssen, aber manchmal drückt sich mein alter Freund nicht sehr klar aus", fügte er mit einem Lächeln hinzu. „Ich bin der Ansicht, es darf keine Trennung zwischen Kunst und Leben geben. Meine Theorien sind dir doch ein Begriff, oder?"

„Ja …"

„Wenn wir also im Leben kein Drehbuch haben und somit nicht genau wissen können, was als nächstes geschehen wird, muß es im Film ebenso sein."

„Nur Gott kennt die Handlung im voraus."

„Ich möchte nicht arrogant erscheinen, aber so ist es."

„Und was sollen wir also tun."

„Euch ganz normal verhalten." Er zog mehrmals an der Zigarette, und die Luft füllte sich mit Tabakgeruch. „Ich werde nur bestimmte fiktive Elemente zu der Geschichte beisteuern, denn ihr wurdet ausgewählt, um die zu spielen, die ihr in Wirklichkeit seid. Sogar eure Namen im Film werden dieselben bleiben."

Ich setzte mich überrascht auf das Bett.

„Nach und nach wirst du ebenso wie alle erfahren, wie deine

Rolle aussieht und welche Beziehungen du im Film zu den anderen hast. Natürlich darfst du mit ihnen noch nicht darüber sprechen ..."

„Weshalb sagst du es mir dann?"

„Du flößt mir Vertrauen ein." Er strich sich übers Kinn und hörte endlich auf, mich zu mustern. „Sag, sind dir die anderen in der Gruppe sympathisch?"

„Ich kenne sie kaum. Ruth ist sehr liebenswürdig, Javier war sehr aufmerksam, Sibila finde ich nett."

„Was denkst du über Zacarías?"

„Er geht einem ziemlich auf die Nerven, aber ich habe bisher kaum mit ihm geredet."

„Und über Gonzalo?"

„Den Dicken? Entschuldige, ich wußte nicht einmal, wie er heißt."

„Und Gamaliel?"

„Sympathisch", log ich.

„Und weshalb hast du ihn nicht gleich zu Anfang erwähnt?" bohrte Gruber weiter.

„Ich habe ihn vergessen."

„Findest du ihn attraktiv?"

„Häßlich ist er nicht." Ich wurde nervös, und er merkte es.

„Würdest du mit ihm schlafen?" fragte er mich in einem neutralen Tonfall, von dem ich nicht wußte, wie ich ihn interpretieren sollte.

Ich schwieg. Gruber war vor mir stehengeblieben und wandte die Augen nicht von mir. Ich spürte den Zigarettenrauch im Gesicht, der mir den Blick vernebelte.

„Ich frage dich, weil er im Film alles nur mögliche unternehmen wird, um mit dir ins Bett zu gehen. Das wird seine einzige Sorge sein."

„Soll er tun, was ihm paßt", antwortete ich verwirrt und bemühte mich, meinen Worten einen unbekümmerten Ton zu geben.

„Siehst du, wie sich die Handlung des Films von ganz allein entwickelt? Man muß nur hier und da etwas nachhelfen ..."

Seine Worte irritierten mich; ich war mir nicht sicher, ob es nur ein Zufall war, ob er bloß geraten hatte oder ob er wußte, was zwischen mir und Gamaliel in der Kapelle vorgefallen war. Ich versuchte, mich zu beruhigen; niemand hatte uns gesehen, und mit Ausnahme von Javier wußte keiner etwas von dem Vorfall. Aber konnte ich da sicher sein? Oder hatte Gamaliel womöglich jemandem davon erzählt? Gruber vielleicht? Allein der Gedanke brachte mich in Wut. Gruber merkte es.

„Ich erzähle dir einen anderen Teil der Geschichte, Renata. Im Film wird Zacarías dein Vater sein; und Arturo und Javier sind deine Brüder."

„Und Ruth meine Mutter."

„Genau. Ihr bildet den Kern der Handlung. Und noch einmal, die einzelnen Teile des Drehbuchs werden sich nach und nach ergeben … Wichtig ist, daß du beim Spielen davon überzeugt bist, daß sie *tatsächlich* deine Familie bilden, deine *einzige* Familie. Das müssen wir gemeinsam erreichen."

In seinen Sätzen schwang ein übertriebener, wenig überzeugender Enthusiasmus mit, als wäre er es, der nun vor mir einen auswendiggelernten Monolog aufsagte.

„Erzähl mir von deinem Vater", forderte er mich unvermittelt auf.

„Du weißt, daß ich das nicht kann."

„Versuch es."

„Ich erinnere mich kaum an ihn." Ich weigerte mich, hier zum x-ten Mal eine Therapie über mich ergehen zu lassen. „Meine Mutter mußte ihn verlassen, als wir noch sehr klein waren, und seitdem habe ich ihn nicht wiedergesehen."

„Weshalb? Weshalb sagst du, sie *mußte ihn verlassen?*"

„Er wurde verrückt. Ein Fall fürs Irrenhaus. Mir kommen Dutzende von Auseinandersetzungen zwischen den beiden in den Sinn, die ich habe mitanhören können. Sie sperrten meine Schwester und mich ein, damit wir nichts davon mitbekamen, aber das machte die Sache nur noch schlimmer. Wir hörten, wie er sie schlug, und weinten bis zur Verzweiflung. Wenn sie uns dann wieder hinausließen, blutete sie, oder man sah die blauen Flecken an den Armen. Eines Tages hielt meine Mutter es nicht länger aus; sie warf ihm einen Aschenbecher an den Kopf und setzte ihn mit Hilfe ihrer Brüder vor die Tür."

„Seit damals hast du nichts mehr von ihm gehört?"

„Nein. Er hat zu Hause angerufen, manchmal weinend, manchmal fluchend. Meine Großmutter hat uns immer gezwungen, aufzulegen."

„Würdest du ihn gerne wiedersehen?"

„Ich glaube, das wäre zuviel für mich."

„Nun, jetzt wirst du ihm gegenübertreten müssen." Gruber sprach in vollem Ernst.

Ich war zu solchen Späßen nicht aufgelegt, ich hatte schon genug Zugeständnisse gemacht, indem ich ihm von meiner Vergangenheit erzählte, als daß ich mir auch noch seine Kommentare anhören mußte.

„Das finde ich gar nicht komisch."

„Ist es auch nicht. Endlich wirst du nach all den Jahren deinen Vater wiedertreffen: Zacarías."

„Das ist wirklich geschmacklos, es so zu drehen."

„Vergiß deine Empfindlichkeit. Er ist dein Vater, *der einzige Vater, den du jetzt hast.*"

Ich konnte nicht verhindern, daß mir Tränen aus den Augen rannen. Zu viel war in so wenigen Tagen geschehen: mein Bruch mit Carlos, das Erlebnis mit Gamaliel und nun diese aufgezwungene Erinnerung.

„In der Tat", fuhr er unerbittlich fort, „wird dein Vater von jetzt an in deiner Erinnerung nur noch das Gesicht von Zacarías tragen."

Ich fühlte mich wie erschlagen. Ich unternahm eine Anstrengung, um im Geist aus den wenigen Zügen, die mir von meinem wirklichen Vater geblieben waren, ein Gesicht zusammenzusetzen, und gegen meinen Willen verschwammen sie unweigerlich mit denen von Zacarías. War ich nicht einmal mehr in der Lage, ihn wiederzuerkennen? Nach ein paar Sekunden nahm Gruber mich in die Arme, legte seine autoritäre Härte ab und versuchte, mich zu trösten. Ich klammerte mich weinend an ihn; ich wollte ihn umarmen und gleichzeitig auf ihn einschlagen.

„Ist gut", murmelte er.

Ich hatte mich selbst nicht mehr in der Gewalt, als hätte ich ihm meinen Willen überantwortet und ließe mich allein von seinen Wünschen leiten. Ich fühlte nichts als eine riesige Leere, ein Loch, das mich langsam aufsog. Wie sollte ich wieder herauskommen? Wie aus diesem Dickicht entfliehen?

„Geht es dir besser?"

„Ja. Ich habe einen Schreck bekommen, es wird nicht wieder passieren. So arbeitest du also?"

„Im Laufe meines Lebens habe ich gelernt, daß es nur wenig Wahrhaftiges gibt. Hätte ich dich filmen können, wie du eben gerade geweint hast, wäre das ein großer Triumph für mich und für die Kunst gewesen."

„Macht es dir gar nichts aus, mit den Emotionen der anderen zu spielen?"

„Wirf mir das nicht vor", er wurde ärgerlich, „niemand hat das Recht, *mir* etwas vorzuwerfen. Ich habe zwölf Filme gedreht, jeder einzelne wird als Meisterwerk angesehen, und doch weiß ich heute genau, daß sie völlig wertlos sind. Mit den Emotionen anderer spielen? Ich bitte dich, das tun wir doch ständig; immer, wenn wir mit jemandem zusammenleben, geschieht das gleiche, komm *mir* also nicht mit deinen moralischen Vorurteilen …"

„Jetzt begreife ich, warum du all die Jahre nicht gefilmt hast, unklar ist mir jedoch, warum du es von neuem versuchst. Glaubst du, jetzt wird es anders sein?"

„Ich werde nicht mehr lange auf diesem Planeten verweilen." Sein Sarkasmus war eitel und plump. „Aber glaube nur nicht, ich würde hier an meinem filmischen Testament arbeiten. Laß dich vom Schein nicht täuschen. Ich *will* diesen Film drehen, und das *werde* ich auch."

„Einfach so?"

„Ja."

„Und du läßt nicht zu, daß dir jemand widerspricht?"

„*Niemals*. Ich werde ihn drehen, und niemand wird mich daran hindern. Und wenn es mich das Leben kostet."

Die klassische griechische Theorie kennt vier Körpersäfte: das Blut, das Phlegma, oder auch zäher Schleim, die gelbe Galle und die schwarze Galle oder auch *atra bilis*. Das Überwiegen einer dieser Substanzen im menschlichen Körper bezeichnet einen bestimmten Charakter. Ein Übergewicht des Blutes erzeugt das sanguinische Temperament, das sich durch seine Stärke, seine warme, feuchte Beschaffenheit und seine Beziehung zur Luft auszeichnet; seine Jahreszeit ist der Frühling und sein Planet der Jupiter. Der Schleim führt zu einem phlegmatischen Temperament, das sich durch Mäßigung auszeichnet; es ist seinem Wesen nach kalt und feucht; sein Element ist das Wasser, seine Jahreszeit der Winter und sein Planet die Venus. Die gelbe Galle ruft das cholerische Temperament hervor, das für seinen Jähzorn bekannt ist; es ist warm und trocken und wird mit dem Feuer, dem Sommer und dem Planeten Mars in Verbindung gebracht. Die schwarze Galle schließlich führt zu einem melancholischen Temperament – nach dem griechischen Wort μελαγχολία –, es ist kalt und trocken, sein Element ist die Erde, seine Jahreszeit der Herbst und sein Planet der Saturn.

Nach Galen geht diese Aufteilung auf Hippokrates zurück, obwohl der Text, in dem zuerst explizit darauf Bezug genommen wird – *Über die Natur des Menschen* –, dem 4. Jahrhundert entstammt. Doch vor allem die Melancholie hat eine tragende Rolle in der Geschichte gespielt, denn aus vielerlei Gründen wurde angenommen, daß die Künstler und schöpferisch Tätigen – neben den Dieben und Faulenzern – unter diese Kategorie fallen.

Vom 4. Jahrhundert an werden dem Begriff der Melancholie jedoch Bedeutungen beigelegt, die ihr nicht eigentümlich sind; der poetische Wahnsinn der Tragödien und die sogenannte platonische *Mania* haben den Begriff so sehr geprägt, daß die beiden Phänomene ausschließlich mit diesem Temperament in Verbindung gebracht werden. Mit dem Erscheinen der *Problemata physica* fälschlicherweise Aristoteles zugeschrieben, wird die Melancholie unauflöslich mit der Kunst und der Weisheit verknüpft. „Warum sind alle hervorragenden Männer, ob Philosophen, Staatsmänner, Dichter oder Künstler, offenbar Melancholiker gewesen", beginnt das Fragment, „und zwar einige in solchem Maße, daß sie sogar unter den von der schwarzen Galle verursachten Anfällen litten, wie in der Heroensage von Herakles berichtet wird?" Die schwarze Galle wirkt, wie angenommen wurde, als eine Art Alkohol, der schnell vom Körper absorbiert wird und direkt die Gemütsverfassung beeinflußt. Demnach schwanken die Melancholiker zwischen einem breiten Verhaltensspektrum, das von sexueller Maßlosigkeit, Geiz und Übermut bis hin zu Scharfsinn und künstlerischer Kreativität geht. Galen behauptet von den Melancholikern, sie seien unerschütterlich und beständig, Vindician, sie seien hinterlistig, geizig, traurig und schläfrig, Isidor von Sevilla, es seien „Menschen, die sowohl das menschliche Gespräch meiden als auch lieben Freunden mißtrauen", und Beda, sie seien standhaft, charakterfest, wohlgesittet und listig. Sogar ihrer Physiognomie nach werden sie auf Zeichnungen hervorgehoben: Sie sind stets von gelblicher Hautfarbe, haben schwarzes Haar, schwarze Augen und eine schmale Figur.

Erst im Mittelalter und in der Renaissance steigen die Melancholiker von den verzagten, eher verachteten Individuen zu der Kategorie der Künstler und Dichter auf – wie in der *Problemata XXX,1* bereits angedeutet –, indem ihre Verbindung mit dem Saturn hervorgehoben wird. Kronos, wie er in der Antike hieß, war ein zwiespältiger Gott, der zugleich Unglück brachte und ein wohltätiger Schutzherr des Ackerbaus war. Nach Vettius Valens bewirkte Saturns Einfluß, daß die Menschen sich selbst ablehnten, sie entwickelten einen eigentümlichen, bitteren Geschmack, wurden von Wahnvorstellungen befallen, waren traurig und hatten einen heuchlerischen Blick, sie waren schwächlich und von kleiner Gestalt, schwarz gekleidet und hatten eine gelbliche Hautfarbe, all dies Merkmale, die in großem Maße denen der Melancholiker entsprachen. In jener Epoche wurde die Melancholie folglich nicht nur mit den Künstlern gleichgesetzt, sondern diese zögerten nicht, sie zu einem ihrer Leitmotive zu machen, da sie mit dem Saturn in Verbindung stand. Die sogenannte *Dame Mérencolye*, das heißt ihre weibliche Verkörperung als Ratgeberin der Dichter und Maler, fand in Europa allmählich immer mehr Zuspruch und wurde bald zu einem Emblem für die Herausforderung des Schöpfungsaktes. Die wichtigsten Beispiele unter den Tausenden, die sich mit diesem Thema beschäftigen, sind Albrecht Dürers berühmter Stich *Melencolia 1* und die verschollene *Malancolia* von Andrea Mantegna.

Worauf ist die Gleichsetzung von Melancholie und Kunst zurückzuführen? Das scheint keine allzu komplizierte Frage – auch wenn sie ihre unergründlichen Seiten haben mag: Das Spätmittelalter und der Beginn der Moderne waren Zeitalter, in denen die Kunst und das Wissen als grundlegende Bestandteile des menschlichen Lebens angesehen wurden. Nie zuvor waren die künstlerischen Schöpfer so hoch geschätzt worden, und nie zuvor war das Vertrauen in die Kraft der Erfindung und der Phantasie so stark gewesen. Komponisten, Dichter, Maler und Bildhauer zogen von Dorf zu Dorf, wo sie Zeugnisse von ihren Werken hinterließen, die sich alsbald der Wirklichkeit zu bemächtigen begannen. Städte wie Rom oder Florenz sind perfekte Beispiele für die Verdrängung der Natur durch Werke, die dem menschlichen Geist entsprungen waren. Das Individuum verwandelte die Welt und trat zum erstenmal bewußt Gott gegenüber. Die Kunst nahm den Platz der Religion ein und wurde zu einem weltlichen Instrument, um Erlösung und Transzendenz zu erreichen. Aber wenn wir uns die geflügelte Figur auf Dürers *Melencolia 1* anschauen, spüren wir kaum mehr etwas von diesem Vertrauen. Was ist in dieser kurzen Zeit geschehen? Weder Kunst noch Wissen scheinen mehr den Künstler – den im Universum verlassenen Menschen – zu befriedigen, und schnell ergreift der Jammer von ihm Besitz.

Mit dem Blick auf die Nichtigkeit seiner Werke und seines Wissens nimmt der melancholische Künstler einen sinnlosen Wettlauf gegen sein eigenes Schicksal auf. Er schafft etwas, weil er nicht anders kann, überzeugt vom Trügerischen seines Versuchs. Die Kunst – das begreift er nun, erfährt es am eigenen Leib und meditiert darüber – verdirbt die Menschen. Sie ist nichts als ein gemeiner Ersatz, eine eitle Arbeit, ein Käfig voller Lügen. Wie Barting sagt, ist er „ein geflügeltes Genie, das nicht fliegen wird, mit einem Schlüssel, den er nicht benutzen wird, mit Lorbeeren auf der Stirn, aber ohne Siegeslächeln". Oder wie Klibansky, Panofsky und Saxl in der bisher wichtigsten Untersuchung über dieses Thema, *Saturn und Melancholie*, erklären: „Dürers Melencolia sitzt vor ihrem unvollendeten Gebäude, umgeben von den Werkzeugen schaffender Arbeit, aber schwermütig grübelnd in dem Gefühl, nichts zu erreichen." Warum sind alle hervorragenden Männer, ob Philosophen, Staatsmänner, Dichter oder Künstler, offenbar Melancholiker gewesen, wurde im *Problem XXX,I* gefragt. Weil sie alle, Philosophen wie Staatsmänner, Dichter wie Künstler, die niederschmetternde Sinnlosigkeit ihres Tuns erkannt haben.

EHEZWIST

Grubers Lebensgeister schienen nach der Unterhaltung mit mir erwacht zu sein, denn er beschloß, sich anzuziehen und seine Gespräche mit den anderen zu beginnen. Bei meiner Rückkehr fuhren als erstes Ana und Arturo, erneut in Begleitung von Eufemio, zum Haupthaus hinüber. Sie brachen gegen Mittag auf, und wir sahen sie erst um sechs wieder zurückkehren. Wir anderen hatten währenddessen kein Programm, hatten nicht einmal Rollen zum Einstudieren, wie es bei jedem anderen Film der Fall gewesen wäre. Einige blieben in ihren Zimmern, um zu lesen oder sich zu unterhalten – Sibila und Braunstein verschwanden schon früh, und niemand bezweifelte, daß sie gerade die Beziehung wieder aufnahmen, die er, ihren Worten nach, vor fünf

Jahren abgebrochen hatte –, aber die meisten nutzten die Gelegenheit, um mich über meine Unterredung auszufragen. Ich war nicht dazu aufgelegt, auf ihre endlosen Fragen einzugehen, wollte ihnen aber auch nicht ausweichen. Letzten Endes saßen wir alle in einem Boot und hatten das gleiche Recht, zu erfahren, was vor sich ging.

Kurz und bündig erklärte ich also: „Der Film handelt von einer Familie – das sind wir –, die sich auf einem alten Landsitz trifft, um dort ihre Ferien zu verbringen; eine Gelegenheit für Verwandte und Freunde, die sich lange nicht gesehen haben, einander wiederzutreffen. Zacarías ist das Familienoberhaupt, ein Maler im Ruhestand; Ruth ist seine Frau, und Arturo, Javier und ich sind seine drei Kinder. Die Rollen der anderen kenne ich noch nicht. Es ist eine Art Familiensaga oder so ähnlich. Bei einem Aufeinandertreffen so vieler unterschiedlicher Charaktere bleiben natürlich Probleme und explosive Konflikte nicht aus."

„Und das soll der große Jahrhundertfilm sein?" spottete Zacarías. „Wenigstens haben sie mir die Rolle gegeben, die mir zusteht, aber mir leuchtet nicht ein, wie daraus ein Meisterwerk werden soll. Es sieht mir eher nach einer Seifenoper aus."

„Die Geschichte könnte ebensogut von O'Neill stammen, es kommt nur darauf an, wie er sie entwickeln wird", widersprach ihm Ruth.

„Seht ihr?" Gamaliel wollte witzig sein. „Eheleute sind doch nie einer Meinung …"

Wir lachten kaum, als würde uns die Haut im Gesicht schmerzhaft brennen; in Anwesenheit von Zacarías entspannte sich die Stimmung nie.

„Und wie ist er?" wollte Luisa wissen. „Wie sieht er aus, meine ich."

„Genau wie auf den Photos, nur älter."

„Kinder", gebot uns Zacarías, „ich glaube – und da ihr von mir abhängig seid, habt ihr es hinzunehmen –, wir sollten rübergehen und ihm ordentlich eins in die Fresse geben. Ich habe diese Teenagerspiele satt."

„Weshalb so eilig?" gab Javier zurück. „Du kommst schon noch dran, dann kannst du ihm ja sagen, was immer du willst."

„Das ist der Gipfel, wenn die Kinder nicht mal mehr ihre Eltern respektieren", brummte Zacarías. „Dieses Jüngelchen habe ich anscheinend nicht so erziehen können, wie es sich gehört."

„Es tut mir leid, ich gehe jetzt", sagte ich, „ich habe Besseres zu tun ..."

„Noch so eine Aufmüpfige", fuhr Zacarías fort.

Ich drehte mich nicht einmal nach ihm um und ging; Javier kam mir unverzüglich nach.

Ana und Arturo stießen am frühen Abend wieder zu uns, waren aber noch weniger geneigt als ich, Auskunft darüber zu geben, was Gruber mit ihnen angestellt hatte. Sie schwiegen, waren abweisend und sichtlich verärgert. Schroff wichen sie der Reihe von Fragen aus unserer Gruppe und den ironischen Bemerkungen von Zacarías und Gamaliel aus. Sie bestätigten nur, was ich bereits erzählt hatte.

„Und du, Ana?" fragte Luisa.

„Ich bin Arturos Frau", erwiderte sie.

„Als nächstes sind Sibila, Ruth und Zacarías dran", erklärte Arturo. „Eufemio wird euch gleich abholen."

Ein paar Minuten später hörte man den Sekretär nach ihnen rufen, und auch sie wurden von ihm zu dem Treffen begleitet, das inzwischen zu einer Art Initiationsritus geworden war. Wir Übriggebliebenen brachten das Abendessen in düsterer, gedrückter Stimmung hinter uns. Als wir uns wieder zurückgezogen hatten, traf ich im Gemeinschaftsbad mit Ana zusammen, und fast widerwillig setzten wir uns in ihr Zimmer, um uns zu unterhalten. Sie sagte, sie sei nicht nur verärgert, sondern geradezu entsetzlich wütend.

„Nie hätte ich gedacht, daß Schauspielerin zu sein so schwer ist", sagte sie. „Er hat mich gezwungen, so zu spielen, als sei dieser Schwachkopf von Arturo wirklich mein Mann. Kannst du dir das vorstellen?"

„Du bist schließlich daran gewöhnt, etwas vorzutäuschen, das ist doch nicht so schlimm."

„Diesmal war es anders. Als wäre alles Wirklichkeit. Er zwang uns, zu denken, es sei wirklich."

„So weit ging es?"

„Wir hatten keine Wahl. Ich will in dem Film mitspielen. Gruber hat gesagt, Simulationen würde er nicht filmen. Er ließ uns stundenlang über unsere Vergangenheit reden, wie wir uns kennengelernt haben, über unsere Streitigkeiten und unsere Hochzeit ... Er stellte uns Fragen, und wir mußten sie beantworten, sonst wurde er ärgerlich und schrie uns an. Seit langem habe ich nicht mehr unter so großem Druck gestanden." Sie jammerte nicht, sondern schien vielmehr nicht ertragen zu können, grob behandelt oder in ihrem Stolz verletzt zu werden. „Am Ende blieben Arturo und ich allein zurück, und es schien wahrhaftig, als seien wir verheiratet. Er versuchte, mich zu beruhigen, und ich konnte seine Stimme nicht mehr hören."

„Merkst du denn nicht, daß ihr ihm in die Falle gegangen seid? Gruber wollte, daß ihr euch *wirklich* streitet."

„Na, das hat er erreicht! Diesen Schwachkopf möchte ich mein Lebtag nicht mehr sehen."

„Arturo ist also schuld."

„Natürlich ist er das, er hat sich von Gruber einwickeln lassen. Und dann hat er es noch gewagt, mich anzufassen, der Idiot."

„Deine Reaktion kommt mir übertrieben vor."

„Du mußtest das ja auch nicht über dich ergehen lassen. Himmel, ich möchte nicht weiter streiten. Ich gehe schlafen."

Am nächsten Morgen tauchten die drei Nachtausflügler wieder auf: Ruth, Sibila und Zacarías. Wie zu erwarten, hatte sich Ruths Abneigung gegenüber unserem selbsternannten Anführer noch verstärkt. Nach dem, was Sibila mir später erzählte – Ruth wahrte eisernes Schweigen und war noch reservierter als sonst –, war die Taktik nicht viel anders gewesen als bei mir, Ana und Arturo. Gruber hatte sie über ihr Leben ausgefragt und ihnen auf der Grundlage seiner Vorkenntnisse eine gemeinsame Vergangenheit erfunden, voller Auseinandersetzungen und Konflikte, die nun wieder an die Oberfläche kommen sollten. Nach den Vorstellungen des Regisseurs war die Situation folgende: Zacarías, der Maler im Ruhestand, ist seit über dreißig Jahren mit Ruth verheiratet, aber die Beziehung hat sich gänzlich abgekühlt. Sibila, eine Tanzlehrerin, war früher Zacarías' Geliebte und ist während dieser Zeit zu einer unschätzbaren Stütze für den exzentrischen Maler geworden, aber ihre Forderungen, er solle Ruth verlassen und sie heiraten, haben nur dazu geführt, daß er seinerseits die Choreographin verlassen hat.

Den folgenden Besuchern drüben im Haupthaus sollte es ebenso ergehen: Gamaliel, Javier und Luisa, die zusammen hinüberfuhren und zu denen sich etwas später Gonzalo gesellte. Gruber war im Begriff, sein Ziel zu erreichen: Der Unterschied zwischen Wahrheit und Lüge, Tatsache und Erfindung, verschwamm nach und nach.

AUS GRUBERS NOTIZBUCH, HEIMLICH VON RENATA GELESEN (1)

Ich muß diesen Film drehen. Es ist weniger ein Wunsch als Notwendigkeit. *Denn mein Film über das Weltgericht wird mein eigenes Gericht werden. Die Kunst ist der einzige Richter, vor den ich mit dem Funken Hoffnung treten kann, freigesprochen zu werden oder zumindest zu erreichen, daß die Anklage gegen mich fallengelassen wird.*

Ein Film mit nur zwei Themen: Das Weltgericht und die Melancholie.

Erschreckt Sie das Ende der Welt? Fürchten Sie das, was kommen wird, die schrecklichen Konsequenzen, das Jüngste Gericht? Den Zorn des Schöpfers? Es ist und bleibt seltsam, daß wir

Menschen so erbärmliche Feiglinge sind. Man könnte sogar behaupten, daß die Furcht einer unserer wesentlichen Charakterzüge ist. Aber ich will Ihnen folgendes sagen: Das Ende der Welt tritt jeden Tag ein, wenn jemand stirbt. Und das Jüngste Gericht ebenso: Es vollzieht sich mit dem gleichen göttlichen Ingrimm im Geist eines jeden, der seinem Ende entgegensieht. Nur wer das Glück hat, einen plötzlichen Tod zu erleiden, entkommt seinem Prozeß. Nietzsche hat in einem seiner schönsten (und auch trügerischsten) Aphorismen gesagt, das Himmelreich sei nicht etwas, das über der Erde oder nach dem Tode komme, sondern ein Zustand des Herzens. Können Sie sich vorstellen, wie der Verrückte von Sils-Maria mit seinem riesigen Bürstenschnurrbart und seiner Schwester, die ihn rund um die Uhr überwachte, von Zuständen des Herzens spricht? Aber eigentlich will ich sagen, daß es sich mit dem Ende der Zeiten und dem Jüngsten Gericht nicht anders verhält: Es sind Zustände des Herzens (ich hätte mir nie vorgestellt, daß ich einmal solche Worte in den Mund nehmen würde). Sie ergeben sich in jedem Augenblick im Leben der Menschen. Davon wird mein Film handeln. Weltende und Weltgericht, verwandelt in individuelle Tode, individuelle Reue.

Es gibt keine schlimmere Strafe als Schuld und Ungewißheit. Zwangsläufig werden jedoch gerade diese beiden Pole meine Figuren bestimmen.

Man hat Lungenkrebs bei mir diagnostiziert. Wenn die ärztlichen Befunde richtig sind, bleibt mir bestenfalls ein knappes Jahr zu leben. Wenn man dir das mitteilt, hält der Tod in deinem Körper Einzug wie ein Untermieter, der sich weigert, die Miete zu bezahlen, und den man mit keinerlei Mitteln auf die Straße setzen kann. Schließlich gewöhnt man sich an den Gedanken und hört auf, Widerstand zu leisten. Man lernt, damit zu leben. Der Gedanke an den Tod erschreckt mich also nicht. Ich habe mich damit abgefunden, daß man mir eine nicht zu verlängernde Frist gesetzt hat. In Ordnung, ich beklage mich nicht.

Ich will nur nicht, daß dieses eine Jahr – oder mehr noch – wirklich verstreicht, ohne daß ich gestorben bin. Das ist zuviel Zeit zum Nachdenken. Nur wenige werden zu einem so langen Prozeß verurteilt, von dem sie auch noch von vornherein wissen, daß er verloren ist.

Ich komme mir vor wie die Figur in Mailers Gnadenlos – Das Lied vom Henker. *Man hat mich zum Tod verurteilt, aber das Schlimmste ist, daß sich die verfluchten Kerle nicht entscheiden – oder es nicht wagen –, mir die tödliche Spritze zu geben oder den elektrischen Stuhl in Betrieb zu nehmen. Dutzende von Anwälten mit Hunderten von Anträgen und unzähligen Gesuchen treten für mich ein. Aber ich will das gar nicht. Ich möchte nur, daß sie es endlich tun, ohne länger zu zögern. Ich möchte ein für allemal sterben. Und doch weigern sich meine Vertreter – mein eigener Wille, meine Angst vor dem Selbstmord –, die Maschinerie anzuhalten. Bis wann werde ich das ertragen müssen?*

Zehn Personen. Die letzten Menschen. Die einzigen Überlebenden nach der Zerstörung der Erde. Zwangsläufig alle vereint in einem geschlossenen Raum: die Familie. Verwandte und Freunde, sonst niemand, damit sie alle unter noch strengerer Kontrolle stehen. Sie werden für die anderen bezahlen müssen. Alle sind sie Verbrecher, obwohl sie sich dessen nicht bewußt sind. Niemand, niemand entkommt der Verantwortung, der Schuld.

„Es existiert eine Bösartigkeit, die man nicht erklären kann, eine giftige, schreckliche Bösartigkeit, die unter allen Lebewesen nur dem Menschen eigen ist." (Bergman)

Die Menschen – und vor allem die Schauspieler – sind zerbrechliche Kreaturen, die mit Freuden ihren Willen dem Nächstbesten ausliefern. Je weniger Entscheidungen zu treffen sind, desto besser. Nichts ist also einfacher, als sie auf den Weg ihrer eigenen

Instinkte in Richtung Zerstörung zu führen. Man muß nichts weiter tun, als die verborgene, gemeine, finstere Bösartigkeit auszunützen, die uns allen tief in der Seele steckt.

„Die Furcht vor der Freiheit ist die Furcht vor der Einsamkeit, nur wer einsam ist, ist frei, deshalb klammern wir uns an die anderen, als Beweis unserer Schwäche." (R. W. Fassbinder)

Elf isolierte Individuen, die zusammenleben müssen. Das ist kein neuer Einfall, aber er ermöglicht es, die Emotionen zu einer Art Nährboden zu machen. Und zu konzentrieren. Man kann mit diesen Personen experimentieren, sie aufeinanderprallen lassen, sie dazu zwingen, sich zu lieben oder zu hassen, fast ohne daß sie sich dessen bewußt werden oder fliehen könnten. In kleinem Rahmen genau das, was Gott mit uns allen in der Welt anstellt.

Ist es möglich, das Leben dieser Menschen umzugestalten? Neue Elemente einzuschleusen, künstliche Beziehungen zwischen ihnen zu schaffen, bis sie diese als ihre eigenen ansehen? Werden sie nach einer intensiven Therapie noch in der Lage sein, zu unterscheiden, was sie waren und zu was sie geworden sind?

Wie Bergman sagt, ist die Kunst nur eine tote Schlangenhaut voll Ameisen. Sie scheint lebendig, aber in Wirklichkeit ist es nicht mehr als eine Täuschung, ein Trugbild. Aber die Aufgabe des Künstlers, des wahren Künstlers, besteht im Gegensatz dazu nicht darin, auf vielen Umwegen Gefühlsimpulse zu erwecken, die das Publikum als wahr empfindet, sondern in den Schauspielern wahre Gefühle zu erwecken.

Sophie. Im Grunde weiß ich nicht, inwieweit ich all das für Sophie tue.

Ja, das ist es, küß ihr weiter den Hals und fahr ihr dabei mit der Hand unter den Rock. Genau so. Zieh ihn ganz langsam herunter, während du ihr die Pobacken streichelst. Ja, preß sie zusammen und fang an, ihr die Brust zu küssen. Und du, halt ihn weiter umklammert, beuge dich leicht nach hinten und konzentriere dich darauf, seine Zunge und seine Hände auf deiner Haut zu spüren. Perfekt. Nun müßt ihr beide gemeinsam ein paar Schritte machen, so als würdet ihr ganz unbewußt gehen. Führ sie zur Wand hinüber, damit sie sich anlehnen kann. Sehr gut. Fahr mit den Händen von der Taille aufwärts, mit kräftigem Druck, ja, noch weiter hoch, nun kannst du ihr den BH ausziehen, wirf ihn blitzschnell zu Boden, ohne mit dem Küssen aufzuhören. Es darf kein Nachlassen der Spannung geben, keine Atempause. Sie darf keine Zeit haben, darüber nachzudenken, was sie tut. Wenn du das zuläßt, wird es ihr leid tun, allzu schnell stellt sich die Reue ein, und sie wird nicht bis zum Ende gehen wollen. Läßt ihre Erregung aber nicht nach, wird sie keine Gelegenheit zum Nachdenken haben, erregte Frauen denken nicht nach, sie konzentrieren sich allein auf ihre Lust, sind reine Lust. Das macht ihr sehr gut. Du, heb währenddessen den Kopf und schließ die Augen, laß dich ganz von deinen Gefühlen leiten. Und du, halt nicht inne, du darfst nicht ruhen, auch wenn deine Muskeln ermüden. Also gut, fahr nun mit der Zunge über ihre Haut, achte auf die goldenen Sommersprossen an ihrem Hals, drücke dich an sie, damit sie dein Glied in der Hose, an ihrem Geschlecht spürt. Langsam soll sie merken, wie dein Speichel ihre Brustwarzen befeuchtet, entscheide dich für die linke, umfahre sie mit dem Mund, genieße es, wie sie vor deinen Zähnen wächst, und wage es schließlich, sie zu beißen, kräftig, aber ohne ihr wehzutun, und drück währenddessen mit der Hand die andere, als wolltest du damit in ihre Brust eindringen, nimm die Spitze zwischen Zeige- und Mittelfinger und reib kräftig mit dem Daumen darüber. Und du, fang zu stöhnen an, nun ist es an dir, ihm die Hose herunterzuziehen und dich an seine Pobacken zu klammern. Deine Stimme muß erstickt klingen, dein Stöhnen rhythmisch. Sag ihm fast flüsternd ins Ohr, nicht weiter, hör auf. Bitte, nicht weiter, nein. Wiederhol immer wieder und wieder dieses „nein", fast unhörbar. Dir hingegen gefällt es ungemein, daß sie sich wehrt oder zumindest den Versuch unternimmt, und antworte ihr also: Ich steck ihn dir rein, ob du willst oder nicht, denn du bist eine Hure, meine Hure, stimmt's, daß du meine Hure bist? Und sie wird nicht aufhören, „nein" zu sagen, laß mich los, es reicht, heute nicht. Halt nicht inne, streiche weiter mit den Fingerspitzen über ihre Brustwarzen, stoß sie gegen die Wand und fahr mit deinem Gesicht zwischen ihre Brüste und dann über den Bauch. Zieh ihr mit den Zähnen den Slip herunter, nimm danach auch die Hände zur Hilfe, von hinten. Knie vor ihr nieder und beiß ihr in die Scham, spüre den Flaum an deinem Zahnfleisch, und zieh ihr mit den Händen die Pobacken auseinander. Wunderbar, ihr seid beide glänzend. Und du hältst es nicht mehr aus, hältst es fast nicht mehr aus, streck deinen Körper so weit wie möglich, leg die Handflächen an die Wand, als müßtest du dich festhalten, als wäre sie deine einzige Stütze. Und du, laß sie nicht los, laß keine Sekunde nach. Streichle ihr den After und steck deine Zunge in die Vagina, saug ihre Feuchtigkeit auf, ihren Geruch, leck sie überall, während du die Klitoris suchst, genau so, öffne ihre Beine, so weit wie möglich, ohne daß sie das Gleichgewicht verliert. Saug an ihr, mach das gleiche mit der Klitoris, was du vorher mit den Brustwarzen gemacht hast. Dein „nein" muß im ganzen Zimmer zu hören sein, nun in schnellerem Rhythmus, du mußt jetzt stoßweise atmen. Sag nun abwechselnd, nein, so, sehr gut, nein, nein, so, genau, ich kann nicht mehr, bitte, so … Bring sie bis zum Ende, du mußt sie bis zum Ende bringen, sie faßt dich nicht an, und auch du bist kurz davor, zu kommen, aber nein, du nicht, nur sie, das ist deine Aufgabe. Genau so, weiter, nicht nachlassen. Perfekt. Zehn, zwanzig, dreißig, fünfzig … Gleich ist es soweit, da hast du sie, steck ihr einen Finger hinten rein, sie ist kurz davor. Du weißt das auch, oder weißt du inzwischen nichts mehr, begreifst nichts mehr, genauso, fein. Wie fandest du das, Braunstein?

DIE KOMPLIZIN

„Ich verstehe immer noch nicht, warum du nach fast dreißig Jahren wieder drehst", sagte ich zu ihm. „Mit deinem langen Schweigen hast du dein Werk verraten und mit deiner Rückkehr jetzt dein Schweigen."

Er hatte mich in ein anderes Zimmer im Haus geführt, in eine Art Saal mit rustikalen Möbeln und großen Scheinwerfern überall. Das Set für unsere Proben, wie er mir erklärte, obwohl es eher wie die Replik eines echten Zimmers in *Los Colorines* aussah. Er trug Jeans, ein kariertes Hemd und Stiefel, ganz wie ein Cowboy, der sich aus einem anderen Film hierherverirrt hatte. Er hatte mir erklärt, daß wir hart arbeiten würden, widerstand aber nicht der Versuchung, sein Gebot selbst zu umgehen.

„Nur wenn ich mein Projekt verwirkliche, gebe ich sowohl meinem bisherigen Werk als auch meiner langen Schaffenspause einen Sinn. Auch wenn du es nicht glauben willst, es ist ein verzweifelter Versuch der Erlösung."

„Der Erlösung?" wagte ich zu fragen. „Ich hätte dich niemals für gläubig gehalten."

„Bin ich auch nicht. Jedermann ist sich der einzige schäbige Gott. Und ich muß mich nun vor meinem rechtfertigen." Er machte eine Pause. „Jetzt setz dich hin und hilf mir beim Nachdenken. Wäre es möglich, daß Ana, die Arturos Frau ist, wie du weißt, ihn mit Gamaliel hintergeht?"

„Unbedingt", erwiderte ich. „Man braucht die beiden nur anzuschauen, um zu merken, daß sie Gefallen aneinander gefunden haben."

„Ich glaube nicht, daß Gamaliel Gefallen an Ana findet, aber ich bezweifle nicht, daß er mit ihr ins Bett will. Das ist ein Unterschied."

„Nun, ich glaube auch nicht, daß Ana verrückt nach ihm ist. Sie würde es vielmehr tun, weil sie sich damit zweifellos an Arturo rächen würde, ihn bestrafen und sich Genugtuung verschaffen könnte."

„So groß ist ihr Haß, Renata?" rief er aus. „Ich sehe, du verstehst die Mechanismen des Spiels. Und weshalb will sie sich rächen? Was für ein Motiv hast du für sie? Wenn man Figuren erfindet, muß man sich unaufhörlich Fragen über sie stellen. Weshalb liebt sie ihn nicht?"

„Falsch. Gerade weil sie ihn liebt – ich weiß nicht, wie sehr, vielleicht ist sie gar nicht richtig verliebt, aber verlieren möchte sie ihn doch nicht –, muß sie ihn bezahlen lassen. Er ist es, der sie aus irgendeinem Grund nicht zu schätzen weiß. Nicht, daß er sie nicht liebte, nein, sie ist ihm im Laufe der Jahre nur gleichgültig geworden. Und genau deshalb würde sie mit Gamaliel schlafen: um es ihm nachher unter die Nase zu reiben. Anas Stolz ist noch größer als sie selbst."

„Glaubst du, Arturo hat eine homosexuelle Veranlagung?"

„Vielleicht."

Ich bereute es nicht, mit Gruber zusammenzuarbeiten. Im Grunde machte es mir Spaß, wie er all diesen zweitklassigen Schauspielern neue Charaktere erfand. Als würde er ihnen wahre Personen einpflanzen und sie, indem er sie mit unwirklichen Emotionen füllte, erst zu Fleisch und Blut werden lassen. Weniger trivial und dafür interessanter als im wirklichen Leben.

„Mag sein", bemerkte er zerstreut, als hätte er diesen Punkt in seinem ursprünglichen Plan nicht ausreichend berücksichtigt. „Das wird man überprüfen müssen."

„Wie denn?"

„Ich finde schon einen Weg, zerbrich dir nicht den Kopf darüber."

Alles wirkte so irreal. Ich verwandelte mich da gewissermaßen in die Koautorin des Drehbuchs, das wir verfilmen wollten, und es ergab sich ganz selbstverständlich, ohne Gewissenskonflikte.

Zu Anfang hatte ich mich gegen alles gesträubt, was von Gruber kam, und auf einmal war ich ganz plötzlich dabei, gemeinsam mit ihm ins Leben meiner Kollegen einzugreifen. Er hatte etwas, das einen faszinierte und einschüchterte, Erbitterung lag in seinen Augen und eine tiefe Traurigkeit, die er zu verbergen versuchte.

„Wir verfügen hier über die Schicksale der anderen", sagte ich zu ihm, „aber was ist mit dir? Und mit deiner Frau?"

„Magda? Soll ich sie dir vorstellen? Ich glaube nicht, daß es die Mühe lohnt …"

„Weshalb lohnt es sich nicht?"

„Oh, Magda ist eine prächtige Frau", entschuldigte er sich, „obwohl sie kaum etwas zu sagen hat."

„Du liebst sie nicht."

„Nein", erwiderte er entnervt, als hätte er sich dieselbe Frage schon Dutzende von Malen beantwortet. „Aber das spielt keine Rolle. Sie ist meine Frau, sie liebt mich, ich gehe ab und zu mit ihr ins Bett, und sie kümmert sich um meine Gesundheit, ich sehe nicht, wozu ich da Liebe nötig habe."

„Schön zweckmäßig. Wie armselig. Wärst du eine Figur aus einem deiner Filme, niemand fände dich glaubwürdig."

„Was interessiert es mich, ob du mir glaubst", explodierte er. „Was geht dich das an? Leider bist du zu jung und schluckst noch immer das Märchen von der Liebe, und schlimmer noch, es deprimiert dich, wenn du sie nicht findest. In meinem Alter erkennt man, daß es das Natürlichste und Gesündeste ist, sie zu vergessen, ohne darüber zu streiten, ob es sie nun gibt oder nicht. Sie einfach nur vergessen. Ebenso wie Gott." Er atmete tief durch, setzte sich in einen Sessel neben mich. „Schluß damit, machen wir weiter, in Ordnung?"

„Welches sind die nächsten Opfer?"

„Du machst dich über mich lustig, was?" lachte er. „Das ist gut, es stört mich nicht. Also zum nächsten Punkt: Javier liebt dich."

Ich wurde etwas unruhig, für einige Augenblicke war ich mir nicht sicher, ob er die Wirklichkeit meinte oder den Film.

„Aber er ist doch mein Bruder …", wandte ich ein.

„Macht nichts. Im Grunde liebt er seine kleine Freundin Luisa
nicht, mehr noch, er *kann* sie nicht lieben. Sie liebt ihn schon,
aber unerklärlicherweise macht gerade das es Javier unmöglich,
ihr Gefühl zu erwidern."

„Er ist ein schwieriger Charakter. Er will immer das, von dem
er weiß, daß er es nicht bekommen kann."

„Deshalb will er dich. Das hast du bereits gemerkt, nicht wahr?
Vielleicht ist es ihm nicht einmal bewußt, was er für dich empfindet. Obwohl es doch kleine Gesten gibt, Nuancen in seinem
Verhalten dir gegenüber, über die er keine Gewalt hat ... Glaubst
du, daß du ihm irgendwann einmal entsprechen könntest?"

„Entschieden nein."

„Warum nicht?"

„Auch ich liebe ihn", rief ich aus, nun ganz in meine Figur,
meine neue Persönlichkeit geschlüpft. „Ich liebe ihn sehr und
mache mir Sorgen. Ich möchte, daß es ihm gutgeht. Ich will ihm
keinerlei Schaden zufügen."

„Wieso Schaden?"

„Ich könnte ihn küssen oder sogar mit ihm schlafen, aber das
wäre für mich so, als würde ich ihm einen Gefallen tun, ich wäre
nicht mit ganzer Seele dabei, er hingegen ..."

„Bist du dir da sicher?" lachte er wieder. „Ich glaube, du überschätzt dich. Womöglich verliebt nicht er sich, nachdem ihr miteinander geschlafen habt, sondern es ist genau umgekehrt. Hast
du keine Angst, daß am Ende du dich verlieben könntest?"

„Nein."

„Ich wäre nicht so überzeugt davon. Es erscheint mir viel
logischer, daß du ihn zurückweist, aus Angst, ihn endgültig zu
verlieren. Nun gut, letzten Endes erkunden wir hier nur Möglichkeiten."

Er stand auf und zündete sich wie üblich eine Zigarette an.
Zum erstenmal musterte ich ihn eingehend, ohne all die Vorurteile, die mich stets belastet hatten, wenn ich mit ihm zu-
sammengetroffen war. Er wirkte nicht wie ein kranker Mann, ich
wäre nie darauf gekommen, wenn man es mir nicht erzählt
hätte. Im Gegenteil, er schien sich einer übermäßigen Vitalität

zu erfreuen, als würde sein Geist nicht einen Augenblick ruhen, als würden ihn gleichzeitig Hunderte von Ideen bestürmen, die sich in seiner Gestik und Mimik spiegelten und die er nur mühsam in seinem Geist zu ordnen vermochte. In seinen blauen Augen wohnte ein Blick, der die Menschen durchdrang, ein Präzisionsinstrument, mit dem er sie bis ins letzte Detail zerlegte. Ich kam mir ihm gegenüber schutzlos vor und war überzeugt, daß ich nichts vor ihm verbergen konnte, daß er mich nur anzuschauen brauchte, um meine Gegenwart und meine Vergangenheit zu sehen, meine Ängste und Enttäuschungen, meine Stärken und Fehler. Fasziniert und entsetzt, mit einer Mischung aus Bezauberung und Abscheu, wurde mir bewußt, daß ich in seiner Gegenwart ganz ihm gehörte. Ob ich wollte oder nicht.

„Analysieren wir einen letzten Fall", sagte er und biß auf seiner Zigarette herum.

„Ich helfe dir nur, wenn du sie ausmachst", wagte ich mich vor.

„Nicht mal meine Frau würde es wagen, mich darum zu bitten."

„Ich *bitte* dich nicht darum."

„Was man nicht alles für seine Arbeit tun muß!"

„Für seine Arbeit?"

„Einverstanden, was man nicht alles *für dich* tun muß." Er drückte die Zigarette im Aschenbecher aus. „Aber das wird dich teuer zu stehen kommen. Eine noch vertracktere Hypothese. Ich will dir die Geschichte deiner Eltern erzählen. Eine Last, die sie mit sich herumschleppen und nicht haben loswerden, nicht haben vergessen können. Soll ich fortfahren?"

„Ja."

„Zacarías und Ruth sind fünf Jahre verheiratet. Arturo, dein älterer Bruder, ist vier Jahre alt und Javier zwei. Doch zwischen den beiden läuft es nicht besonders gut. Ruth ist sich sicher, daß Zacarías sie unentwegt mit anderen Frauen hintergeht, womit sie vollkommen richtig liegt. Das stürzt sie in Verzweiflung. Sie ist äußerst stolz und kann es nicht ertragen, daß jemand ihre Eitelkeit verletzt. Schließlich überwindet sie sich und tritt ihrem

Mann gegenüber. Sie sagt ihm – obwohl er nicht daran glaubt und sie ebensowenig –, daß sie seine Geliebte kennenlernen möchte. Sie möchte ihm dabei zusehen, wie er mit ihr schläft. Sie möchte, daß sie alle drei zusammen sind. Zacarías bekommt einen Schreck, so einen Vorschlag hätte er niemals von seiner Frau erwartet, aber allein der Gedanke daran erregt ihn ungemein. Seine Frau und seine Geliebte zur gleichen Zeit. Zunächst weigert er sich, aber nach einigen Wortwechseln und angesichts von Ruths Hartnäckigkeit gibt er schließlich nach."

„Dann erscheint Sibila auf der Bildfläche …"

„Genau. Die beiden Frauen lernen sich in dieser Ausnahmesituation kennen, als sie Zacarías miteinander teilen."

„Nie werde ich begreifen, wie man sich um so einen Kerl streiten kann."

„Er ist dein Vater."

„Eben deshalb."

„Da mußt du die beiden fragen. Sie kommen nur ein einziges Mal zu dieser ganz speziellen *ménage à trois* zusammen, aber das genügt, um sie alle aus der Bahn zu werfen. Schließlich verläßt Zacarías Sibila, die gar nicht begreift, was vorgeht. Aber das Schlimmste ist – hör gut zu –, das Schlimmste ist: Ruth stellt nach ein paar Wochen fest, daß sie schwanger ist. Und sie kann den Gedanken nicht aus ihrem Kopf verbannen, daß es in *jener* Nacht geschah."

„Da kann sie sich nicht sicher sein."

„Das spielt keine Rolle. Sie ist sicher, daß *du* das Ergebnis *jener* Nacht bist. Und das kann sie sich nicht verzeihen. Wird sie sich niemals verzeihen können. Verstehst du nun die Ausgangssituation? Die Familie trifft fünfundzwanzig Jahre später in *Los Colorines* zusammen, und auch Sibila kommt hinzu. Damit *du* sie kennenlernst. Kannst du dir vorstellen, was für Zustände deine Mutter bekommt, wenn sie Sibila sieht und dein Vater sie einlädt, zu bleiben?"

Gruber schien wirklich Freude an all dem Trug zu haben, den er sich für uns ausdachte, vielleicht war nicht einmal er sich seiner Lügen mehr bewußt. Auf einmal brach er unser Gespräch ab, als sei nichts von dem, was er gesagt hatte, von Bedeutung. „Na, es ist fast Essenszeit. Ich lasse dich allein, damit du dir Gedanken über das weitere Verhalten deiner *Familie* machen kannst und dich entscheidest, wie du dich ihnen gegenüber verhalten wirst, jetzt, da du einige ihrer Geheimnisse kennst."

ZACARÍAS, MALER

Ein ganzes Leben der Malerei gewidmet. Dem Verschleiß von feinen Pinseln, groben Pinseln, Spachteln auf einer Unzahl von Leinwänden. Dutzende, Hunderte von Farben und Geweben, Formen und Gesichtern, Tausende von Stunden für ein Werk, das ich jetzt als wertlos ansehe. Jedes einzelne meiner Bilder – das erkenne ich nun resigniert und beschämt – sollte man am besten auf dem Marktplatz verbrennen, als Heizstoff für den Ofen benutzen, alle sollen sie von der Erdoberfläche verschwinden, in Rauch aufgehen. Was könnte man Besseres mit ihnen anstellen? Dieses vergeudete Material wieder der Natur überantworten, es dem Raum zurückgeben, an dessen Stelle ich meine absurden Darstellungen hatte setzen wollen. Es tut mir leid, ich habe mein Leben mit der Kunst vergeudet, und mir bleibt nichts anderes übrig, als es zu akzeptieren. Vielleicht ist es zu spät, aber besser, noch vor dem Tod die Wahrheit zu sagen, als in der Lüge zu sterben. Nichts war der Mühe wert, meine Gemälde sind allesamt nur einfältige Versuche, sich der Kunst anzunähern. Ich habe sie niemals auch nur gestreift, habe sie nur als Vorwand benutzt, um mein eigenes Elend ertragen zu können.

Deshalb habe ich nun beschlossen, meine Familie nach einer langen, schmerzhaften Trennung auf meinem Landgut *Los Colorines* wieder um mich zu versammeln; ich habe allen eine Einladung geschickt, Arturo und seiner Frau, Javier, seiner Freundin und seinem Freund, sogar Renata, damit sie ein paar Tage mit ihrer Mutter und mir verbringen, damit sie den Spuren ihrer Kindheit in diesem Haus nachgehen und damit wir gemeinsam die Schuld all dieser Jahre sühnen können. Es wird nicht leicht werden, aber es wird sich lohnen, den Leichnam unserer Gefühle wieder zum Leben zu erwecken. Das ist etwas, das wir tun *müssen*, eine Pflicht, die über uns selbst hinausgeht. Es ist ein Gebot, dem auch ich mich unterwerfe, die Notwendigkeit, uns selbst im Schoß der Institution Familie wiederzufinden, die wir vor Jahren verlassen hatten.

Hier werde ich ihnen eröffnen, daß ich mich für immer von der Malerei zurückziehen will, wenn ich mein jetziges Projekt beendet habe. Es ist nicht etwa mein ehrgeizigstes Werk, vielmehr das einzige, das vielleicht überhaupt einen Sinn hat: es soll der Gipfel der Kunstgeschichte werden. Es wird das Ende meiner Laufbahn sein, das Gericht, das über alles zu befinden hat, was ich und alle Künstler der Geschichte überhaupt bis zum heutigen Tag geschaffen haben. Mein Testament.

Mein guter Freund Gonzalo, einer unserer herausragendsten Kunstkritiker, wird mir dabei mit Rat zur Seite stehen. Niemand außer ihm besitzt die nötigen Kenntnisse, um mir zu helfen. Als einer der großen Experten für das Mittelalter und die Renaissance ist er der einzige, der mich unterstützen kann. Ich wage kaum, es zu offenbaren. Es ist kein Geheimnis, sondern eine wahre Offenbarung, ein Projekt, das viele für Wahnsinn halten werden, für die fixe Idee eines Geistesgestörten. Es wird die Umsetzung all meiner ästhetischen und moralischen Reflexionen sein: mehr ein Gesamtbild meines Lebens denn ein Kunstwerk. Ich will Andrea Mantegnas verschollene *Malancolia* rekonstruieren. Eine Rückeroberung, die nur gemeinsam mit der Rückeroberung meiner Familie gelingen kann.

„Was soll ich dir sagen, Javier? Auch ich hätte mir das nicht träumen lassen. Er ist ein merkwürdiger Typ, aber er weiß, was er tut."

„Und du hilfst ihm dabei ...", gab er zurück.

„Er hat einen ganz eigenen Arbeitsstil, aber er funktioniert. Als müßten wir uns *die ganze Zeit über* in unsere Rollen versenken. Auf diese Weise sind unsere Reaktionen viel spontaner."

„Als ich mit Gamaliel und Luisa bei ihm war, fand ich die Situation alles andere als amüsant. Zuerst hat er mit ihr und mir gearbeitet, während Gamaliel in einem anderen Zimmer auf uns wartete, in dem, wie er uns nachher erzählte, alles zu hören war." Javiers Stimme wurde manchmal brüchig, aber er tat alles, um darüber hinwegzutäuschen. „Gruber hat uns eine Geschichte erfunden. Wir gingen durch, wie wir beide uns kennengelernt hatten, unsere Streitgespräche und Meinungsverschiedenheiten. Und tatsächlich hatte ich den Eindruck, Luisa würde ihm glauben, als bestünde für sie kein Unterschied zwischen den Worten des Regisseurs und ihrer eigenen Vergangenheit."

„Siehst du, was ich meine? Es gelingt ihm, uns davon zu überzeugen, daß wir nicht spielen."

„Es geht noch weiter, Renata. Ich möchte kein Spielverderber sein, aber ich hatte wirklich das Gefühl, daß sie sich in mich verliebte, so wie Gruber es ihr eingab."

„Und stört dich das?" spottete ich.

„Dann zwang er uns, einander zu küssen. Ich spielte weiter, merkte aber bald, daß sie nicht mehr spielte. Sie küßte und berührte mich, als würde sie mich lieben, und erwartete von mir, daß ich es ihr gleichtat. Ich schwöre es dir."

„Ich weiß nicht, worüber du dich beklagst", erwiderte ich. „Immer mußt du widersprechen, das ist dein Problem. Zu Anfang warst du Feuer und Flamme, während ich mißtrauisch war; nun haben wir die Rollen vertauscht. Glaub mir, ich bin sicher, wir können einen großen Film machen."

„Du klingst nicht mal mehr wie du selbst", schimpfte er gekränkt. „Hat er von dir verlangt, daß du mich überzeugst?"

„Nein", gab ich wütend zurück.

„Ich hätte dich nicht für so beeinflußbar gehalten. Dir ist nicht klar, wohin das führen kann. Weshalb bist du so unsicher?"

„Wenn du so über mich denkst, haben wir nichts weiter zu bereden." Ich drehte mich um und ging.

Javier hatte recht, aber ich konnte – wir konnten – damals seine Befürchtungen noch nicht begreifen. Die Proben, Grubers seltsame Proben, überstürzten sich in rasendem Rhythmus. Überzeugt von der Nützlichkeit seiner Methode, begannen wir, uns sogar im Alltag wie die Figuren zu betragen, die er uns erfunden hatte. An den ersten Tagen dem Regisseur zuliebe, danach im Bann eines Trägheitsgesetzes, das stärker war als unser Wille, stellten wir fast ununterbrochen unsere Rollen dar. Ruth und Zacarías setzten sich beim Essen nebeneinander und stritten wie ein Ehepaar, Ana und Arturo sowie Javier und Luisa ebenso (obwohl es bei den beiden Paaren jeweils einen Partner gab, der offenkundige Vorbehalte hatte); außerdem machte mir Gamaliel den Hof (ich hatte mich dafür entschieden, den Vorfall zwischen uns zu vergessen), und so seltsam es erscheinen mag, Ana und Arturo taten beide ein Gleiches mit Gamaliel; nur Gonzalo schien sich nicht in die Handlung einzufügen. Braunstein wich unterdessen keinen Moment Sibila von der Seite.

Der Regisseur hatte das Rad der Handlung ins Rollen gebracht, wir warfen Kohle ins Feuer, und er feilte nur noch bei vereinzelten Proben an unseren Emotionen, an dem Haß und den Konflikten, die er heraufbeschwören wollte. Fast unbewußt ließen wir uns von seinen versteckten Anweisungen leiten, verwandelt – wie es von Anfang an seine Absicht gewesen war – in diffuse Gefühlsbündel, über die er nach Belieben verfügen konnte. Nur Javiers spontane Zweifel oder Anas und Ruths undurchschaubare Distanz trübten ab und zu die Einmütigkeit, aber im großen und ganzen nahmen wir unsere Figuren nicht nur sehr ernst, sondern brachten ihnen wirklichen Enthusiasmus entgegen, als würde unser Leben davon abhängen. Gefügiger als Kinder wurden wir nach und nach zu Grubers Kreaturen, verwandelten uns in die brutalen Delirien, die er in unsere Körper gepflanzt hatte. Als wäre unsere Welt, die Welt, aus der wir kamen, unwiderruflich zerstört, war sein Film zu unserem einzig möglichen Zufluchtsort geworden.

Aus Grubers Notizbuch, heimlich von Renata gelesen (2)

Ich weiß, was ich da schreibe, ist ein Fehler: Ich kann nicht aufhören, an sie zu denken. Nicht an sie als Schauspielerin, auch nicht als Mitarbeiterin. Die Erscheinung, die Lippen, das Profil dieser Frau am Ende aller Zeiten. Ich hasse mich. Ich muß diesen Gedanken aus meinem Kopf verbannen, dem Film zuliebe. Es wäre unerträglich. Meine endgültige Verderbnis. Und auch ihre.

Neulich habe ich sie zu einer Probe gezwungen. Sie mußte sich vor Zacarías ausziehen, ein Gehorsamsbeweis gegenüber ihrem Vater und ein Grund mehr für ihren Haß auf ihn. Sie ist noch viel schöner, als ich es mir hätte träumen lassen. Ein andermal habe ich sie, wohl wissend, daß es gegen ihren Willen geschah und sie ihren Gefühlen Gewalt antun mußte, Gamaliel leidenschaftlich küssen lassen. Sie hat es tadellos hingelegt und nur, weil ich es ihr befohlen hatte. Das kann ich spüren, und es erschreckt mich. Das Schlimmste ist, daß ich damals für einen kleinen Augenblick Eifersucht empfand.

Sie machen sich alle hervorragend. Ich habe mich ihrer Seelen bemächtigt. Sie haben sie mir verkauft, als sei ich eine Art Mephistopheles. Bis wohin werde ich sie führen können? Einerlei, sie und nur sie werden verantwortlich für ihre Strafe sein.

171

Ich kann nicht abstreiten, daß Javier mir Sorgen macht. Er ist der einzige, der sich aus einem bestimmten Grund (der mir nicht unbekannt ist) weigert, sich zu unterwerfen. *Aber vielleicht wird sich sein Widerstand letzten Endes als* zweckmäßig *erweisen.*

Ich glaube, in ein paar Tagen können wir mit dem Drehen beginnen. Es ist mir irgendwie gelungen, die Zeit zum Stillstand zu bringen. Wir befinden uns in einem geschlossenen Kontinuum, *das uns ganz und gar in sich aufgesaugt hat. Die lineare Abfolge der Augenblicke ist aufgehoben. Das ist der Anfang vom Ende der Geschichte.*

Warum die Melancholie? Das dürfte nicht allzu schwer zu erraten sein. Sie beherrscht den gesamten Film. Gibt ihm erst den Sinn, den er für mich hat. Fast möchte ich ihn Das melancholische Temperament *nennen. Es ist so einleuchtend: Dürers Engel kniet vor seiner Schöpfung, meditiert über den Sinn dessen, was er geschaffen hat. Die Melancholie ist das Jüngste Gericht des Künstlers.*

„Meine Filme sind wichtiger als das Leben derer, die gegen sie sind." (W. Herzog)

Ich begreife nicht, warum sie mich so an Sophie erinnert. Sophie vor vierzig Jahren. Sie verdrängt sie allmählich, fast wie in Rebecca, *zumindest in meiner Erinnerung, ganz unmerklich. Aber ich wiederhole: Die Konsequenzen werden für alle schrecklich sein.*

Manchmal kommen mir Zweifel. Hat es wirklich einen Sinn, was ich da tue? Ist diese gewaltige Anstrengung wirklich der Mühe wert? Wozu? Nichts wird meinen Tod aufhalten, am wenigsten die Kunst. Weshalb also weitermachen? Ein Kunstwerk schaffen, das die Nutzlosigkeit aller Kunstwerke beweist? Ist es das, was ich will? Führt mich das nicht eher zu noch größerer Absurdität als zu einem Ausweg, zur Erlösung? Wären meine Melancholie und

*mein Überdruß authentisch, würden sie mir gar nicht erlauben,
mit der Arbeit fortzufahren. Aber da bin ich nun, unterwerfe
mich freiwillig der widersinnigen Idee, Wahrheit zu erreichen.
Wie oft habe ich mich ihr explizit verweigert, wie sehr habe ich
mich stets allen absoluten Größen widersetzt? Die Lüge eliminie-
ren und sie durch authentische Gefühle ersetzen, selbst auf das
Risiko hin, die Schauspieler zu zerstören und in letzter Instanz
auch mich selbst. Wer zum Teufel sagt mir, daß ich das tun muß?*

*„Jede von Menschen gemachte Gottesvorstellung muß ein Mon-
ster sein." (Bergman)*

*Ich kann sie nicht mehr aufhalten. Ich habe beobachtet, wie
sie sich untereinander verhalten. Auch Braunstein hat mir von
seinen Eindrücken berichtet, und sie stimmen mit meinen über-
ein. Ich hätte nie gedacht, daß ich so großen Erfolg haben würde. Sie haben ihre Rollen vollkommen angenommen, sie können
meine Erfindungen kaum mehr von ihren Erinnerungen unterscheiden. Sie bilden nun eine echte Familie, die Familie der letzten Menschen. Jetzt kann ich keinen Rückzieher mehr machen.
Sie sind es, die wie besessen davon sind, ihre Beziehungen bis
zur letzten Konsequenz zu treiben. Auch sie können nicht mehr
anhalten. Liebe und Haß, bis zur letzten Konsequenz.*

*„Und in jenen Tagen werden die Menschen den Tod suchen und
nicht finden, sie werden begehren zu sterben, und der Tod wird
von ihnen fliehen." (Offb 9,6)*

ABER MAGDA, SIE SIND DOCH SEINE FRAU

Während all der Wochen, die wir schon auf *Los Colorines* lebten, war Grubers Frau für uns wie ein Gespenst gewesen, eine
Art Erscheinung – ähnlich wie bei den Technikern –, die wir nur

ab und zu von weitem sahen und die nicht nur uns fern war, sondern der Welt überhaupt. Eine graue Gestalt, die nachmittags in Begleitung eines Dienstmädchens und eines Dackels über das weite Gelände der ehemaligen Hazienda spazierte; niemals kam sie auf uns zu oder versuchte, auf irgendeine Weise in Kontakt mit uns zu treten, als wäre ihr das nicht erlaubt oder als würde sie jegliche zwischenmenschliche Beziehung aus der Bahn werfen. Nach Eufemios Bemerkungen über sie – stets sarkastisch und bösartig – hatte Grubers Frau nur ihre Hündin zur Gesellschaft und lebte in einer völlig abgeschnittenen Welt. Sie wohnte im Westflügel des Haupthauses in einem großen Zimmer, in dem sich bisweilen – mit jedem Tag seltener – der Regisseur einstellte, um mit ihr zu plaudern oder seinen ehelichen Pflichten nachzukommen. In der Tat schienen sowohl sie selbst als auch alle anderen um sie herum so zu tun, als existierte sie nicht, als würde sie an einer ansteckenden Krankheit leiden oder hätte ein peinliches Laster. Und doch blieb sie eine dunkle Präsenz, die uns nicht loslassen wollte und uns unablässig aus der Distanz überwachte.

Die Geschichte kam mir höchst merkwürdig vor; soweit mir Javier erzählt hatte, war Magda von Totten, Grubers gegenwärtige Ehefrau, eine seiner Lieblingsschauspielerinnen gewesen und hatte in vielen seiner Filme mitgespielt. Lange Zeit hatten sie miteinander gearbeitet und erst mehrere Jahre nach Sophies Tod beschlossen, zu heiraten. Ich verstand nicht, wie diese Frau, die ihr ganzes Leben dem Schauspiel und dem Film gewidmet hatte, nun ein so offenkundiges Desinteresse an der Tätigkeit ihres Mannes an den Tag legte, und ebensowenig, weshalb er sie nicht einbezog und von uns fernhielt.

Eines Tages konnte ich der Versuchung nicht widerstehen, ich entfernte mich von unserer Gruppe und rannte ihr bei einem ihrer üblichen Spaziergänge nach. Sobald ich auf sie zukam, um sie zu grüßen, erstarrten ihre Gesichtszüge und wurden bleich. Sie war um die vierzig und immer noch sehr schön in ihrer exzessiven Blässe. Mit blondem, fast weißblondem Haar und blaßgrünen Augen, die Verschlossenheit verrieten. Sie blickte mich kaum an, erwiderte meinen Gruß bloß mit einem Nicken und ging weiter. „Warten Sie", rief ich ihr hinterher, „darf ich Sie ein Stück begleiten?" Die Höflichkeit verbot es ihr, abzulehnen – sie hatte eine hohe, zugleich sanfte Stimme –, und wir machten uns gemeinsam auf den Weg. Das Dienstmädchen und die Hündin folgten einige Schritte hinter uns.

„Verzeihen Sie, wenn ich aufdringlich bin", sagte ich, „es ist nicht meine Absicht, Sie zu stören."

„Das tun Sie nicht", erwiderte sie mit einem markanten deutschen Akzent.

„Es tut mir leid, ich möchte nicht unverschämt sein", wagte ich mich weiter vor, „ich war nur sehr gespannt darauf, Sie kennenzulernen."

„Ich sehe nicht ein, weshalb", unterbrach sie mich ironisch.

„Aber Magda, Sie sind doch Grubers Frau."

„Woher kennen Sie meinen Namen?"

„Alle Welt kennt ihn."

Ich wußte nicht, inwieweit sie meine Fragen tolerieren und mir beantworten würde, was ich so unbedingt über ihr Leben in Erfahrung bringen wollte. Ich versuchte, einen freundschaftlichen Ton anzuschlagen.

„Sie sind mit einem der größten lebenden Filmregisseure verheiratet."

„Und Sie glauben, ich wüßte das nicht?" gab sie verbittert zurück. „Aber weder Sie noch das Rudel seiner Bewunderer noch er selbst merken, daß er im Grunde ein Mensch wie jeder andere ist …"

„Sie halten ihn nicht für einen großen Mann?"

„Ich bitte Sie, meine Liebe, was ich denke, kümmert niemanden. Ich weiß nur, daß ich die einzige bin, die ihn wie einen Menschen behandelt. Die anderen sehen ihn nur als Symbol oder als Galionsfigur, als Berühmtheit oder als Exzentriker. Mir ist das einerlei."

„Darf ich Ihnen eine persönliche Frage stellen?"

„Vorhin haben Sie nicht um Erlaubnis gefragt und es doch getan." Ihr Tonfall war neutral, aggressiv war ihre Einsilbigkeit.

„Sind Sie glücklich? Kann man mit jemandem wie ihm glücklich sein?"

Magda machte eine lange Pause. Dann lächelte sie und lachte mir fast offen ins Gesicht.

„Meine liebe Renata", antwortete sie und bewies damit, daß auch sie wußte, wer ich war, „das werden Sie sehr bald selbst feststellen können."

Sie rief das Dienstmädchen herbei, machte eine wenig höfliche Verbeugung vor mir und nahm ihren Weg wieder auf.

GONZALOS LITANEI

Auch wenn es mir selbst unglaublich scheint, bin ich hier, um einige meiner fixen Ideen zu wiederholen. Gruber hat mich liebenswürdig darum gebeten, *entre nous*, ihn bei bestimmten Punkten seines Films zu beraten. Ich werde also zweimal die gleiche Rolle spielen: Im Film bin ich Zacarías' Freund und berate ihn bei seinem Bildprojekt, während ich im wirklichen Leben Grubers Freund bin und ihn bei seinem Filmprojekt berate, das gerade darin besteht, Freund von Zacarías zu sein und ihn zu beraten, usw. usf. Ganz à la Borges, *n'est-ce pas?* Die Geschichte in der Geschichte. Muß ich da noch erklären, daß Gruber mit Zacarías eine Art Alter ego geschaffen hat und daß das fiktive Kunstwerk des vermeintlichen Malers nichts anderes als das Spiegelbild des Films ist, den wir gerade drehen? Natürlich braucht es nicht mal mein Talent, um das zu entdecken, *ma chère* Renata ist vor ein paar Tagen auch darauf gekommen, aber ihr fehlt eben mein klarer Geist, um es deutlich darzustellen und keinerlei Zweifel oder Mißtrauen aufkommen zu lassen. In der Tat stecken wir hier mitten im doppelten Wahn des deutschen Regisseurs: als wäre Gruber Gott und Zacarías sein Demiurg – und Sie werden verzeihen, wenn ich hier mit meinen Fachwortbrocken um mich werfe. Wir haben es also mit einer dualen Darstellung von Autorität zu tun. Auf der einen Seite der Regisseur, der uns von außen lenkt, und auf der anderen sein Botschafter auf Erden als Stellvertreter seiner Macht. Das überrascht Sie ein wenig, Herrschaften? Oh, es ist nur ein minimaler Beitrag, um Licht auf das Ambiente hier zu werfen. Hören Sie sich also einige der Folgerungen an, die sich aus dem Vorhergehenden ergeben: Unser Eindruck von Gruber wird sich in Zacarías widerspiegeln und vice versa, unsere Reaktionen auf das Verhalten des einen oder anderen werden ineinander übergehen, ihre Handlungen werden für uns den gleichen Stellenwert besitzen …

Ich möchte Ihnen aber auch erzählen, worin meine zweifache Mission besteht. Ich muß sowohl Regisseur als auch Figur (wie schon gesagt) in zwei grundlegenden Bereichen beraten – die ich, wie ich bescheiden anmerke, wie meine Westentasche kenne –: zum einen über das Jahr 1000 mit seiner Kataklysmentheorie und seiner Eschatologie, und zum andern über den ideen- und kunstgeschichtlichen Begriff der Melancholie und ihre ikonographischen Darstellungen in Mittelalter und Renaissance.

Was den ersten Punkt angeht, so werden Sie wissen, daß im Jahr 1000 der christlichen Zeitrechnung das Gefühl um sich gegriffen hatte, die Welt würde untergehen und der Herrgott auf die Erde zurückkehren, um Gerechte wie Sünder zu richten, wie in der Offenbarung prophezeit. Nun gut, wenn auch nicht bewiesen ist, daß die Messiashysterie im letzten Jahr des vergangenen Jahrtausends so geballt auftrat (manche Experten behaupten sogar, die Angst vor dem Jüngsten Gericht sei eine spätere Erfindung), so stimmt es doch, daß sich eine umfangreiche religiöse Kunst mit dieser möglichen Katastrophe auseinandergesetzt hat. Es war eine Zeit der Plagen – allen voran die Beulenpest –, und die frommen Menschen konnten damals darin nur eine Bestätigung ihrer schlimmsten, tiefsten Ängste sehen (eigentlich wurde in jenen Jahrhunderten *alles* als göttliches Zeichen gedeutet). Eine Mode rund um die Jahrhundertwende entstand, die der Welt Dutzende von Schriften und Pamphleten bescherte (echte Bestseller) mit Titeln wie *Über die Zeichen, die vor dem Ende der Zeiten erscheinen werden* und ähnliches, die mit wahrer Leidenschaft verschlungen wurden, um die Vorboten des Schicksalstags zu erkennen. Aber weshalb all die Erklärungen? Nur Geduld, meine aufmerksamen Hörer, es ist ganz einfach. Ablaß für den, der mir sagen kann, in welchem Jahr wir uns befinden! 1998. Hervorragend, Fräulein, Sie haben gerade zehn Jahre weniger im Fegefeuer gewonnen. Genau, es haben bereits neue Spekulationen über ein Weltende im Jahr 2000 begonnen; ihrer Natur nach inzwischen vielleicht etwas wissenschaftlicher oder technischer, aber zweifeln Sie nicht daran, daß die Mode rund um die Jahrhundertwende in den unterschiedlichsten Formen wiederauferstanden ist (ich sehe schon auf der einen Seite vor mir, wie die Adventisten an Ihre Türen klopfen und Sie beschwören, Ihre Sünden noch vor diesem Datum zu bereuen, und auf der anderen die T-Shirts, Anstecker und Mützen mit dem offiziellen Logo des Weltendes, ganz zu schweigen von den Fernsehsendungen, in denen Themen diskutiert werden wie „Was tun, wenn die vier Reiter auftauchen?" oder „Wie begegnet man am zweckmäßigsten dem drohenden Blick des Würgeengels: mit Zügellosigkeit oder Buße?"). Nun gut, um Sie nicht zu langweilen, will ich Ihnen sagen, daß das zentrale Thema unseres Film gerade diese beklemmende, herrliche Mode der Jahrhundertwende ist.

Was den zweiten Punkt angeht, so läßt sich die Situation folgendermaßen beschreiben: Von der Kunst enttäuscht und verbittert hat Zacarías einen letzten Zeitvertreib gefunden – sieht man einmal von dem Vergnügen ab, das es ihm bereitet, alle anderen unglücklich zu machen. Er will ein seit Jahrhunderten verschollenes Bild rekonstruieren, dessen Existenz nur durch indirekte Verweise belegt ist: die *Malancolia* des italienischen Malers Andrea Mantegna. Mantegna – hier eine kleine kostenlose Dosis Kultur, kredenzt von Ihrem Freund Gonzalo – war ein Maler der Renaissance, der in Vicenza geboren wurde, aber den größten Teil seines Lebens im Dienst von Ludovico Gonzaga, dem Herzog von Mantua (wie der aus *Rigoletto*, ja, und unterbrechen Sie mich nicht mehr) verbracht hat. Er wird als einer der größten Künstler des 15. Jahrhunderts angesehen, und sein Werk wurde mit dem von Michelangelo, Leonardo und Raffael verglichen; sein Einfluß auf spätere Maler war ungemein groß. Einem seiner Nachfolger verdanken wir einen der hervorragendsten Stiche der Geschichte und zweifellos die beste Darstellung der Melancholie im bildlichen Bereich: Albrecht Dürer. Soweit man weiß, basiert seine *Melencolia 1* auf einem vorhergehenden Werk von Mantegna, genau das, welches Zacarías rekonstruieren will. Dieses Projekt ist für ihn das Werk seines Lebens, das seine gesamte Familie einschließt, denn gewissermaßen ist die Kunst, ob Mantegnas Gemälde oder der Film, nur eine Metapher für das Leben. Wie Sie sehen, ist das eine mit dem anderen unauflöslich verbunden. Es ist nicht meine Absicht, Sie zu beunruhigen oder Bestürzung auszulösen, aber vielleicht spielen wir hier weit komplexere Rollen, als wir ursprünglich gedacht hatten.

BEGRÜNDETE ZWEIFEL

Wie hatte ich Magdas Worte aufzufassen? Ich war ihr eindeutig nicht sympathisch gewesen und hatte in ihrer Haltung mir gegenüber sogar einen gewissen Groll gespürt; sie kannte mich und wußte vielleicht mehr, als es den Anschein hatte. Ich fühlte mich unwohl dabei; es gab noch so viel, was für mich im dunkeln lag, so sehr mich Gruber im Gegensatz zu allen anderen auch ins Vertrauen ziehen mochte. Zum erstenmal seit mehreren Tagen wurde mir bewußt, daß ich immer noch ein Rädchen in seinem Plan war, daß ich nicht zu seinem engsten Kreis gehörte und immer noch nicht wußte – trotz meines Eingreifens ins Drehbuch –, wohin dieses wirre Beziehungsnetz führte, das der Regisseur da zwischen uns spannte. War es möglich, daß sein vertrauter Umgang mit mir ebenfalls nur eine der Emotionen auslösen sollte, die für sein Werk erforderlich waren? Ich wehrte mich gegen den Gedanken, aber gelegentlich bemerkte ich im Gespräch oder in winzigen, versteckten Gesten als Nachhall eine Art Zurückhaltung, die mich mißtrauisch werden ließ. Javiers Kommentare, die in den letzten Wochen immer schärfer geworden waren, steigerten noch meine beklemmende Unsicherheit. Gruber kannte mich unendlich viel besser als ich ihn, und auch wenn mich dieses ungleiche Verhältnis faszinierte, flößte es mir zugleich Schrecken ein. Er redete mit mir nicht nur über meine Probleme, sondern ebenso ungezwungen über meine Vergangenheit und jüngere Vorfälle, über die ich nicht gesprochen hatte und von denen er nichts hätte wissen können. Immer wieder kam er wie aus Zufall auf Carlos zu sprechen, bemühte sich, mir sein Verhalten zu erklären, und versuchte, einige seiner Reaktionen zu rechtfertigen. Verwirrt fühlte ich mich zugleich geschmeichelt und verärgert angesichts dieser Art von Fürsorge. Sobald er mit seiner Verteidigung von Carlos fertig war, konnte er wieder sehr zärtlich sein, ging aber unweigerlich zu seinem anderen Lieblingsthema über: Gamaliel. Es war unmöglich, daß Gruber Kenntnis von dem hatte, was zwischen dem Schauspieler und mir vorgefallen war, und doch fiel sein Name immer, wenn von Carlos und mir die Rede war. Er machte Anspielungen, die sich angeblich nur auf die Fiktion und seinen Film bezogen, aber die fortwährende Wiederholung der gleichen Fragen und der gleichen Ratschläge schien mir unnatürlich zu sein. Spielte er mit mir genauso wie mit den anderen? Oder gab es einen Unterschied, der mich von ihnen distanzierte und dem Regisseur näherbrachte? Vielleicht schleuste er sich selbst als Figur in seine Fiktion ein, bereit, die Konsequenzen dieser Entscheidung zu tragen.

Nun, da alles zu Ende ist und ich mich lange bemüht habe, zu vergessen, was während der folgenden Wochen nach Beginn der Dreharbeiten geschah, sowie die Gesichter meiner Gefährten und vor allem das von Gruber aus dem Gedächtnis zu streichen, fällt es mir schwer, mich in jene Zeit zurückzuversetzen. Die Unvernunft hatte endgültig Besitz von uns ergriffen. Unser

Handeln folgte keiner normalen Logik mehr, und deshalb vermag ich nicht zu begreifen, was mich an dem Regisseur anzog, warum ich blindlings allen seinen Anweisungen folgte – ebenso wie die anderen – und warum ich sein Vorgehen so bewunderte. Trotz all der Zweifel hatte er mich damals ganz in seiner Gewalt, so sehr ich mich dagegen wehren und auf die Warnungen von Javier und meinem Gewissen hören wollte, ich war unfähig, mich seiner Macht zu entziehen. Während jener Wochen tat Gruber mit mir, was er wollte, und er tat es mit meinem Einverständnis; nach und nach ergab ich mich ihm. Doch versuche ich, alle Vorurteile beiseite zu schieben, die ich nach Ende der Dreharbeiten aufgebaut hatte, so glaube ich, daß auch Gruber im Grunde nicht alle Karten in der Hand gehabt hatte, zumindest was mich betrifft. Ich will ihn nicht etwa entschuldigen oder ihm die Verantwortung für sein Verhalten abnehmen, aber ich bin überzeugt, was unsere Beziehung angeht, hatte er die Kontrolle verloren. Vielleicht war das ein Grund mehr, warum sich die Ereignisse danach so grausam überstürzten.

EINE KLEINE ROLLE

„Dir muß vollkommen klar sein, was du tust, Eufemio, davon hängt dein Mitwirken im Film ab, verstehst du? Sag jetzt nicht, jawohl, Señor, bemühe dich nur, keinen Fehler zu machen, kein Risiko einzugehen und jeglichen Skandal zu vermeiden. Niemand darf erfahren, was geschehen ist. Bist du dir sicher, daß du das kannst? Schließlich wirst du letzten Endes auch dein Vergnügen haben, nicht wahr? Denn er gefällt dir doch, oder? Mein lieber Eufemio, ich kenne dich besser als du selbst, ich habe es schon gemerkt, als du ihn das erste Mal angesehen hast. Du hast einen besonderen Instinkt dafür, die zu erkennen, die dir gefallen und denen auch du gefallen könntest. Nun, in diesem Fall hast du, wie ich glaube, ins Schwarze getroffen. Wenn du meine Anweisungen haargenau befolgst (ja, ich weiß, du hast mich nie enttäuscht), werden wir beide erreichen, was wir wollen. Er muß erst auf die Probe gestellt werden, eine Art Initiation, die meinen Verdacht bestätigen soll, und du bist das ideale Instrument, um das Ergebnis zu erzielen, das mir vorschwebt. Dadurch werde ich seine schauspielerischen Fähigkeiten im Film auf ein Niveau heben, das nicht einmal er sich erträumt hat, so überrascht er auch von unserer Taktik sein mag (von der weder er noch sonst einer seiner Gefährten etwas erfahren darf, ich warne dich).

Du mußt folgendes tun: Heute nacht nach dem Abendessen versicherst du dich erst, daß sich alle auf ihre Zimmer zurückgezogen haben, und dann, ob er auch wirklich allein ist. Warte eine angemessene Zeit lang, ungefähr bis ein Uhr morgens, damit alle schlafen und eine Entdeckung unwahrscheinlich ist. Hier, das ist ein Duplikat seines Zimmerschlüssels. Um diese Uhrzeit vergewissere dich also vom Flur aus, ohne daß dich jemand hört oder sieht, daß sein Licht gelöscht ist; ist dies der Fall, öffne vorsichtig die Tür und schau, ob er im Bett liegt. Falls du sein Gesicht nicht erkennen kannst, überzeuge dich zuerst genau, ob er noch wach ist, aber tu dein möglichstes, damit er dich nicht hört, und zieh dich lieber wieder eine Weile zurück. Wenn du dir sicher bist, daß er endlich schläft, geh in das Zimmer, zieh dich aus und schlüpfe unter seine Decke. Wichtig ist, daß du es – wie soll ich sagen – so diskret wie möglich anstellst. Ohne brüske Bewegungen, ohne ihm die Möglichkeit zu geben, sich zu wehren oder die anderen zu rufen oder ihnen nachher zu erzählen, was vorgefallen ist. Es muß ganz natürlich wirken, im Grunde bin ich mir sicher, daß er keinen Widerstand leisten wird. Berühre ihn behutsam, drücke deinen Körper gegen seinen, bis er aufwacht, dann wird er nicht mehr die Willenskraft haben, sich zu widersetzen. Sprich so wenig wie möglich, sag ihm nur, daß es dich übermannt hat und du es niemandem erzählen wirst, er habe dein Wort darauf. Er wird sich nicht weigern, ich weiß es. Letzten Endes wird er nach anfänglicher Bestürzung seinem Begehren nachgeben, er wird die Gelegenheit ergreifen, auf die er sein ganzes Leben lang gewartet und die er bisher einfach nicht hat akzeptieren oder heraufbeschwören wollen. Mir ist einerlei, wie du es tust, die einzige Bedingung ist, daß du ihn von deiner Aufrichtigkeit überzeugst, ist das klar? Darüber hinaus ist mir gleichgültig, was du bei ihm erreichst. Nun gut, noch etwas ist dir verboten, wie du begreifen wirst: Du darfst dich nicht verlieben. Hast du alles verstanden, Eufemio? Ich werde dich dafür zu entschädigen wissen."

DAS WELTGERICHT (IV)

Was würden wir tun, wenn wir mit vollkommener Sicherheit wüßten, daß morgen die Welt untergehen wird? Oder nächste Woche, um eine etwas längere Frist zu setzen? Wie würden wir auf das Urteil reagieren, daß unser Universum hoffnungslos verloren ist, daß es keine Rettung gibt? Diese Fragen, die uns rhetorisch erscheinen mögen, sind im Laufe der Geschichte wieder und wieder gestellt worden; im persönlichen Bereich haben sie das Leben unzähliger Menschen entschieden. Die Antworten weichen jedoch stark voneinander ab, denn darin kommt, wenn man sich auf einmal mit seinem drohenden Verschwinden konfrontiert sieht, deutlich der Charakter eines jeden zum Vorschein.

Die rationale Antwort: Ich würde weiterleben, als sei nichts geschehen, würde meinen normalen Tätigkeiten nachgehen und versuchen, die Zukunft zu vergessen. So löst sich die – völlig unnötige – Panik auf, und man verhält sich konsequent, seinem bisherigen Verhalten entsprechend. Auf diese Weise rechtfertigen wir unsere Existenz und beweisen, daß wir zufrieden mit dem sind, was uns gewährt wurde. (Antwort von Javier und Renata.)

Die eudämonistische Antwort: Ich würde versuchen, während der verbleibenden Zeit glücklich zu sein, so glücklich wie möglich. Ich würde alles vergessen, was mir unangenehm ist, und mich allein dem widmen, was mir das größte Vergnügen bereitet. Wenn am Ende doch alles vorbei ist, genießt man am besten nach allen Kräften. Sonst würden wir darauf verzichten, vor unserem Tod wenigstens das zu bekommen, was wir uns wünschen. (Antwort von Ana und Gamaliel.)

Die nihilistische Antwort: Da wir nun einmal mit absoluter Sicherheit wissen, daß das Ende nah ist, können wir ebenso sicher sein, daß nichts, was wir tun, der Mühe wert sein wird. Ich sehe einfach nicht ein, was es für einen Sinn haben soll, etwas erreichen zu wollen, wenn man von vornherein um die Nutzlosigkeit der Mühe weiß. Besser, man wartet mit den Händen im Schoß auf das Ende, den sicheren Untergang vor Augen. (Antwort von Arturo.)

Die mystische Antwort: Im Wissen, daß die Welt ihrem Ende zugeht, erhält jede Handlung, die der Zerstörung vorausgeht, eine besondere Bedeutung, die keine unserer Taten, keine unserer Entscheidungen je zuvor gehabt hat. Jeder einzelne Schritt wird bedeutsam, denn er bietet die Chance, uns zu retten oder zu verdammen. In gewisser Weise werden wir selbst ein wenig göttlich oder nähern uns dem Göttlichen an: Unser dergestalt geadeltes Verhalten verleiht uns eine unvorstellbare Kraft. (Antwort von Ruth und Gonzalo.)

Die bußfertige Antwort: Da wir als Geschenk das Wissen über die Zukunft erhalten haben, bleibt uns nichts anderes übrig, als dafür zu danken, denn wir haben so die Möglichkeit, unsere Fehler zu bereuen, wenn wir das wollen, oder im Irrtum zu verharren, wenn wir beschlossen haben, den Schöpfer herauszufordern. (Antwort von Luisa.)

Die agnostische Antwort: Für mich wird es ein Tag wie jeder andere sein. Ich werde ihn weder in vollen Zügen genießen, noch so tun, als würde nichts geschehen. Es gibt einige unter uns, die wir schon immer so gelebt haben, als wären es unsere letzten Stunden. (Antwort von Sibila.)

Die selbstopfernde Antwort: Ich würde die Agonie so vieler Tage oder Stunden vor der Katastrophe nicht aushalten. Ich könnte es schlicht und einfach nicht ertragen. Ich würde es vorziehen, wenn ich denn mit völliger Sicherheit wüßte, daß das Ende nah ist, ein für allemal dem Leid ein Ende zu bereiten. (Antwort von Zacarías.)

Nun, das Weltende nahm seinen Lauf.

SECHSTES BUCH

FRAGMENTE EINER GESCHICHTE, DIE NIE GEFILMT WURDE

1

„Das war so nicht geplant, oder?" sagt die junge Frau fröhlich, wenn auch mit einer gewissen Scheu. Sie lehnt an seiner Brust, die Bettlaken bedecken sie bis zur Taille, so daß ihre kleinen, vollkommenen Mädchenbrüste zu sehen sind. Ihr Haar fällt auf den Körper des Mannes, der Renata mit einer Hand am Unterarm festhält. Sie hat ein wenig Angst, nur gedämpft von dem Vertrauen, das ihr der Regisseur hat vermitteln können. Gruber spricht nicht, aber sein Schweigen ist tröstlich, vielleicht mehr als seine Worte; als hätte die Schauspielerin zum erstenmal das Gefühl, ihn zu kennen, als sei er zum erstenmal vollkommen aufrichtig gewesen. Unter dem Laken drückt sie ihre Knie gegen Grubers Schenkel. Man hört nichts als Renatas behutsames Atmen und das geräuschvolle Schnauben des Regisseurs.

Sie kommt sich immer noch seltsam vor, als wäre nichts um sie herum real. Es stimmt, von jeher hat sie ein Faible für ältere Männer gehabt, sogar Carlos ist um einiges älter, aber Gruber könnte nicht nur ihr Vater, sondern sogar ihr Großvater sein. Der Altersunterschied – fast beschämt führt sie die Subtraktion im Geiste durch, denn er soll ihre Gedanken nicht erraten – beträgt beinahe vierzig Jahre. Kann so etwas funktionieren? Ihr Blick fällt zufällig auf das silberne Brusthaar des Regisseurs, und sie merkt, was für einen großen Fehler sie begeht. Aber sie kann auch nicht zurück, kann nicht mehr nur den alten Mann oder den berühmten Filmregisseur in ihm sehen. Auch nicht den Mythos, vor dem sich alle verbeugen, und nicht die dunkle, verbitterte Person mit der entsetzlichen Intelligenz, als die er ihr immer hingestellt worden war. Nun unterscheidet er sich kaum von den anderen, ist nur ein nackter – schutzloser – Mann neben ihr, der sie zärtlich umarmt, um sie zu beschützen. Endlich hat sie ihn kennengelernt, und er ist ganz anders, als sie gedacht hatte, das genaue Gegenteil der Vorurteile, die sie während dieser Wochen aufgebaut hatte.

„Warum antwortest du nicht?" beharrt sie, begierig darauf, seine Stimme zu hören, auch wenn sie im Grunde die Antwort kennt. Sie geht das Risiko ein, endgültig von ihm ernüchtert zu werden. Sie fragt, weil sie es tun muß, obwohl es ihr lieber wäre, das Schweigen würde ewig dauern. Vorsichtig streichelt sie seine Lederhaut, die Falten, die trotz des Sports und der noch immer straffen Muskeln eindeutig den Verfall seines Körpers anzeigen. „Du weißt es selbst", flüstert er ihr zu, dehnt die Vokale dabei und küßt ihr Haar. Gruber saugt den Duft der jungen Frau ein, ihren jungen Schweiß, ihre Schläfrigkeit. „Das ist die einzige Szene, die ich mir nicht hätte erlauben dürfen", erklärt er zärtlich, als würde er nichts von Bedeutung sagen, als wäre es nichts als eine kleine Aufmunterung, nachdem sie sich geliebt haben.

Renata fordert die Anwort, auch wenn sie sie nicht hören will. Wieder tritt die Angst in Erscheinung, eine absichtlich gesuchte Furcht: Im Laufe weniger Wochen ist sie von Carlos zu Gamaliel und jetzt zu Gruber übergewechselt. Was für ein Wahn ist in sie gefahren? Ist vielleicht sie schuld an solchen Handlungsabläufen, ist verantwortlich für die Taten der anderen? Sie fühlt sich im Besitz einer Macht, mit der sie nicht umzugehen weiß. Ist es wahrhaftig so einfach? Immer hat sie bisher ihre Eitelkeit befriedigen können, aber jetzt wird ihr bewußt, wie schädlich das sein kann – sie geht sorgfältig die Beispiele durch und überzeugt sich immer mehr von diesem Fluch – und inwieweit sie ihr Stolz letzten Endes nur zugrunde gerichtet hat. Sie weigert sich, ihre Gedanken weiterzuverfolgen, sich mit diesem Vorgefühl der Katastrophe zu quälen. Sie dreht sich auf dem Körper des Regisseurs um und küßt ihn auf den Mund, ein endloser Kuß, der nicht aufhören soll, sie weigert sich zu glauben, daß die Zeit das Bild zerstören wird, das sie da vor sich hat.

Gruber empfängt ihre Zunge mit überschwenglicher Begeisterung und beginnt von neuem, sie zu streicheln, er hebt sie hoch, um ihre Lage zu verändern, nun ist er über ihr, ihre Körper vereinen sich, er beginnt, sie überall zu küssen, den Hals, die Brüste, den Bauch, ihre Scham, ihre Beine und Füße, ganz langsam, unermüdlich, wie ein stummer Beweis seiner Zärtlichkeit. Renata überläßt sich voll Vertrauen den Händen des Regisseurs.

2

„Ich muß an den Satz eines Schriftstellers denken, den ich kürzlich gelesen habe", sagt er voll Schmerz und mit trostlosem Ausdruck zu der jungen Frau. „Je mehr sich die Menschen lieben, desto mehr quälen sie sich. Das ist entsetzlich, nicht wahr? Die Liebe bringt uns dazu, alles über den anderen wissen zu wollen, sie zerstört jede Intimität, jedes Geheimnis. Aber wenn sich die Liebenden nicht gegenseitig quälen, wie McCormack meint, stirbt die Liebe."

Sie versteht, weshalb er so zu ihr spricht, im Laufe ihre Beziehung hat sie ihm ständig zugesetzt, ihn ausgefragt, auf dem Filmset und im Bett, bei ihren Spaziergängen und während der Proben, über jeden einzelnen Aspekt seines Lebens. Gruber hingegen hat ihr fast nur Fragen gestellt, die seinen Film betreffen, aber vielleicht kennt er sie ja bereits in- und auswendig, denkt Renata, um sich nicht schuldig zu fühlen. Ja, gewissermaßen hat sie versucht, in seinen Erinnerungen zu stochern, sich seiner zu bemächtigen, als hätte sie ihn schon immer gekannt, als gäbe es diesen Unterschied von vierzig Jahren nicht, der sie trennt. Warum hast du dein Land verlassen? Wie war Sophie? Weshalb hast du Magda geheiratet? Was denkst du über die Kunst? Als Gruber sich darüber beschwert, denkt er ein wenig beschämt, daß sein ganzes Leben ein endloses Verhör gewesen ist, als müsse er der Welt jede einzelne seiner Entscheidungen erklären, jede einzelne seiner Handlungen. Als müsse er sich vor einem nicht existenten Publikum rechtfertigen und dessen Urteil über sich ergehen lassen. So ist es ihm im öffentlichen wie im privaten Leben gegangen. Lenkt er die Blicke vielleicht freiwillig auf sich, will er jeden Augenblick gesehen und beurteilt werden, voll Unsicherheit angesichts jeder fremden Meinung? Einen Moment lang will ihm scheinen, daß er wahrhaftig so ist.

„Wärst du in meinem Alter", sagt er zu Renata, „würdest du verstehen, daß es manchmal besser ist, nichts zu wissen, als zu tief vorzudringen. Würdest du mich so gut wie ich selbst kennen, bliebe dir nichts anderes übrig, als mich zu hassen. Du wärst entsetzt und würdest mich sofort verlassen. Wenn du weiterfragst, riskierst du, daß die Antworten nicht mehr zu ertragen sind. Das Nachforschen ist nicht einfach, du mußt hart genug sein, um die Verantwortung für das zu tragen, was du erfährst. Auch wenn es dir nicht gefällt, auch wenn es dich umbringt."

Renata möchte nur an seiner Seite weinen.

3

Sie nehmen zusammen ein Bad. Im Haus gibt es eine riesige Wanne mit Dusche, Renata zieht sich aus, spielt mit dem Wasser und entkleidet den Alten mit einer Mischung aus Zärtlichkeit und Spaß. Sie spritzt ihm ins Gesicht, legt ihre kalte Hand auf seinen Rücken und sieht amüsiert zu, wie er erschauert. Schließlich nimmt sie ihn bei der Hand und taucht ihn ins Wasser, sie lacht und macht Scherze, nimmt der Situation jeglichen Ernst. Gruber lächelt ebenfalls, zum erstenmal sieht Renata ihn offen lächeln, ohne Sarkasmus, ohne eine ironische Bemerkung zu brummen. Er lächelt wie ein kleiner Junge. Sie seift ihre Hände ein und fährt damit über die nasse Haut des Regisseurs. Sie versetzt ihm schwache Schläge, verstärkt vom Hall ihrer nassen Handflächen, wäscht ihn und reibt ihn mit einem grünen Schwamm ab, wischt ihm damit über Wangen und Schultern, über Beine und Gesäß. Diesmal schämt er sich nicht, daß sie ihn in vollem Licht mustert. Gruber windet sich wie ein kleiner Junge. Wie ein kleiner Junge, wiederholt sich Renata bewegt. Und doch kann sie den Gedanken nicht verscheuchen, daß es der Körper ihres Vaters ist, der da aus ihren Händen gleitet.

4

„Denkst du immer noch, daß die Liebe eine Lüge ist?" fragt sie ihn.

„Und woher weißt du, daß ich so was denke?" Gruber stößt diese Worte mühsam hervor, er versucht Renata ihren Ernst zu nehmen.

„Ich habe es irgendwo gelesen, in einem Interview oder so."

„Glaub niemals einem Interview. Vermutlich habe ich deshalb aufgehört, öffentliche Erklärungen abzugeben. Immer verfälschen sie deine Sätze, und was noch schlimmer ist, sie legen dir Worte und Meinungen in den Mund, die nicht deine sind. Das ist die schlimmste Art, sich zu *diskreditieren*. Sie zwingen dich dazu, es selbst zu tun."

„Gut, sag mir nur, was du von mir willst."

„Alles", erwidert Gruber galant, ohne sich weiter festzulegen.

„In Ordnung", Renata macht bei dem Spiel mit, „aber was ist *alles*?"

„Alles ist alles", brummt der Regisseur, „deinen Körper, deine Seele, deine Gesellschaft, sogar die dummen Fragen, die du mir stellst."

Sie spielt die Wütende und wird wirklich wütend. Fast immer muß er sie wie ein Kind behandeln; vielleicht ist sie selbst daran schuld, manchmal gefällt es ihr auch, aber nicht, wenn sie *ernsthaft* reden.

„Mach dich nicht über mich lustig", schnauzt sie ihn mißmutig an.

„Himmel", lacht Gruber, „Willst du etwa, daß wir *ernsthaft* über die Liebe sprechen?"

„Ja."

„Renata", der Tonfall des Regisseurs wird wieder väterlich, „Wir beide haben nicht die geringste Chance, das weißt du ganz genau. Das hier dürfte gar nicht passieren. Was für einen Sinn hat es, uns zu quälen?"

„Du bist es, der nichts kapiert", Renata wird aggressiv, „ich bin nicht bloß eins von deinen Abenteuern."

„Natürlich nicht, Renata, ich bitte dich." Zum einen amüsiert es Gruber, mit sentimentalen Problemen konfrontiert zu werden, die er bisher immer vermieden hatte, aber zum anderen ist er beunruhigt. Er ist sich nicht sicher, inwieweit er die Kontrolle darüber behalten kann.

„Ich will nur wissen, was ich hier überhaupt tue."

„Du tust, was dir paßt", beklagt er sich, „immer mußt du den anderen deinen Willen aufzwingen, spiel jetzt nicht das Opfer. Dir war von Anfang an klar, was geschehen würde."

„Jetzt fehlt bloß noch, daß du mir sagst, ich hätte dich verführt."

„Genauso war es." Er will sie wütend machen, er sieht sie gerne zornig. „Oder glaubst du wirklich, bei mir wäre immer alles geplant?"

5

„Ich möchte dir etwas zeigen", sagt Gruber zu ihr.

Eufemio war zu ihrem Zimmer gekommen und hatte sie jäh aufgeweckt, um fünf Uhr morgens, dann hatte er sie gedrängt, sich anzukleiden und sie schließlich – unwirsch – zu dem Regisseur gebracht. Sie hatte kaum Zeit gehabt, sich das Gesicht zu waschen und das erstbeste anzuziehen, was ihr in die Hände fiel: eine blaue Cordhose, eine Bluse und einen Pullover mit rundem Ausschnitt und grün-rotem Muster. Noch im Halbschlaf denkt sie, daß es etwas Dringendes sein muß, und wird unruhig. Der Sekretär und Renata sind sich nicht sympathisch, zwischen ihnen herrscht eine nur vorgetäuschte Höflichkeit, die voll gegenseitigem Mißtrauen steckt. Das Auftauchen der jungen Frau hat Eufemio vom Regisseur distanziert, deshalb behandelt er sie mit einer Verachtung und einem Groll, die für die Schauspielerin weit über eine berufliche Beziehung und das Konkurrenzdenken hinauszugehen scheinen.

„Kannst du reiten?" fragt der Regisseur Renata, während er ihr die geschwollenen Lider küßt.

„Ja, warum?" erwidert sie in einem Tonfall, der von Schläfrigkeit in Ärger verfällt.

„Eufemio", fährt Gruber fort und wendet sich an seinen Untergebenen, „sind die Pferde gesattelt?"

„Bereit, sobald du sie nur brauchst", gibt Eufemio zurück, ohne seinen Mißmut zu verbergen. Der Regisseur legt seinen Arm um Renatas Schultern, die nicht begriffen hat, was geschieht, und streichelt ihr mit der anderen Hand das Gesicht. Er flüstert ihr etwas ins Ohr, spielt mit ihrem ungekämmten Haar, und ihre Lippen deuten fast ein Lächeln an. Sie gehen um das Haus herum und zu den Pferdeställen.

„Mußte das unbedingt so früh am Morgen sein?" fragt Renata und unterdrückt ein Gähnen. „Ach was, es ist schon spät!" Der Regisseur nimmt sie bei der Hand und läuft mit ihr zu zwei prächtigen Tieren, einer sandfarbenen Stute und einem gescheckten Hengst. Er sagt ihr, daß sie Caligari und Loulou heißen. Eufemio tut so, als würde er mit den Pferden reden, und macht sie zum Ausreiten fertig.

Gruber hilft Renata in den Sattel und steigt dann selbst auf. Er wirft ihr einen verschwörerischen Blick zu, und nach einem Ruf von ihm setzen sich beide Tiere mit schnellem Schritt in Bewegung. Die junge Frau schwankt etwas im Sattel, er gibt ihr ein paar Anweisungen und erklärt ihr, die Stute habe einen ähnlichen Charakter wie sie, und um sie zu beherrschen, müsse sie einfach nur so tun, als rede sie mit sich selbst. Schließlich verfallen die Tiere, nach einem knappen Befehl ihres Herrn, in gestreckten Galopp. Eufemio und *Los Colorines* bleiben schnell zurück, und vor ihnen dehnt sich, noch verschwommen, die Ebene aus.

„Wohin geht es?" ruft Renata begeistert. „Du folge mir nur

und schau nach vorne", erwidert Gruber und beschleunigt den Galopp.

Sie kann schwerlich etwas anderes tun, als sich am Pferd fest-zuhalten, und doch nimmt sie den gräulichen Himmel und die Baumwipfel in der Ferne wahr, die ganz wie Menschen aussehen. Es ist ein kühler, dunkler Morgen.

„Halten wir einen Augenblick, gleicht bricht der Tag an", bestimmt Gruber und tritt fest in die Steigbügel; Renatas Stute ahmt ihren Gefährten instinktiv nach. „Schau da hinüber, nach Osten."

In der Ferne sind die braunen Silhouetten der Berge zu erkennen, der Himmel um sie herum ist von einem helleren Blau, ein Kontrast zum Halbdunkel der restlichen Landschaft.

„Es gibt einen sehr schönen Kurzfilm von Eric Rohmer, der genau davon handelt, was wir jetzt sehen werden", erklärt der Regisseur. „Zwei Mädchen gehen tagtäglich aufs Land hinaus, in Erwartung der *blauen Stunde*. Damit ist der Moment vor Tagesanbruch gemeint. Hör gut hin: ein vollkommenes Schweigen. Weder Vögel noch Hunde noch sonst etwas. Für eine Sekunde wirst du das Schweigen hören. Bloß ist der Ort hier unendlich viel schöner als das französische Land. Warte nur ab."

Die beiden schweigen, bis allmählich die ersten Sonnenstrahlen die Wolken durchbrechen, als wollten sie dem sumpfigen Schleier entfliehen, der sie zurückhalten will. Nach und nach überlagern einander die Geräusche ferner Traktoren, Vogelgezwitscher, Gebell und der Klang menschlicher Stimmen. Ebenso erscheinen die Umrisse von Büschen und Ästen, die endlose Ausdehnung der Ebene, die das Morgenlicht und der Nebel mit verwischten Tönen färben.

„Hast du das gesehen? Das ist einer der einzigartigen Momente, die wir dem Vergessen entreißen müssen." Grubers Worte kommen verzögert, er holt Luft vor jeder Silbe, das Atmen strengt ihn entsetzlich an.

Renata weiß nicht, ob sie wirklich das Schweigen gehört hat oder nicht, es ging alles so schnell, aber sie lächelt zustimmend, sorgt sich um seine Gesundheit und nicht um seine lyrischen Ergüsse. Mühsam steigt der Regisseur vom Pferd, lehnt sich gegen einen Baumstamm und legt in einem Krampfanfall die Hände an die Brust. Er kann nicht sprechen. Renata steigt sofort ab und geht zu ihm, um ihm zu helfen. Er sagt, es sei nichts weiter, es gehe ihm gut, in einer Sekunde würden die Beschwerden aufhören, er hätte sich vielleicht nicht so überanstrengen sollen. Aber sie sieht nur den Schmerz in seinen Augen. Ein zügelloser Schmerz, der in Grubers Augen steckt. Und dann wird ihr zum erstenmal bewußt, daß er sterben wird.

6

Renata versetzt ihm eine Ohrfeige.

Er will sie ihr schon zurückgeben, wie er es mit jeder anderen Frau getan hätte, aber diesmal hält er sich zurück. Er hatte den ganzen Nachmittag über getrunken, und als sie eintraf, konnte er sich kaum mehr aufrecht halten. Er begann zu phantasieren, verkündete schreiend seinen Tod, schluchzte einen Augenblick, und bevor er wieder in sein verbissenes Schweigen verfiel, beklagte er vor ihr noch Sophies Selbstmord. „Es war meine Schuld", wiederholte er mehrmals, „alles ist meine Schuld gewesen." Bewegt versuchte Renata, ihn zu trösten, ging zu ihm und wollte ihn fest umarmen, aber er riß sich los, stieß sie gewaltsam weg. „Laß mich in Frieden", rief er, „ich bin immer allein gewesen, und du wirst nichts daran ändern können." Sie ließ von ihm ab, obwohl sie ihn immer noch gequält und ängstlich ansah. Ihre Versuche, ihn zu beruhigen, waren ohne Erfolg. Er schien seinen Groll nun vielmehr auf die Schauspielerin zu konzentrieren, als hätte er in diesem Augenblick, allem Willen entbunden, genügend Kraft, um sie zurückzustoßen. In spöttischem, bösem Ton sprach er von Renatas Vorleben, von ihrer Vergangenheit mit Carlos, von ihrer entsetzlichen Unsicherheit, von ihrem Egoismus, ihrem permanenten Wunsch, zu gefallen und ihre Launen zu befriedigen, von ihrer Unreife. Sie beschränkte sich wohl oder übel darauf, ruhig zuzuhören, denn sie wußte, daß der Regisseur betrunken war. Doch angesichts ihrer

Ruhe wurden Grubers Attacken noch wütender; er beschimpfte sie als Heuchlerin und warf ihr vor – wer weiß, ob er die ganze Tragweite seiner Bemerkung erfaßte –, mit Gamaliel geschlafen zu haben, ohne ihn überhaupt zu kennen. „Siehst du?" lachte er sie aus. „Wo ist da deine Integrität, deine Aufrichtigkeit geblieben, von der du so oft sprichst? Du bist auch nicht anders als die anderen. Es ist falsch, daß du hergekommen bist, um über dich hinauszuwachsen, du fliehst bloß ständig vor jedem, nur um nachher zu merken, daß du nicht allein sein kannst: von Carlos zu Gamaliel und von Gamaliel zu mir in bloß einem Monat. Toller Rekord, was?"

In diesem Augenblick versetzt Renata ihm die Ohrfeige. Schließlich ist sie nicht bereit, sich von ihm so behandeln zu lassen, noch schlimmer als die anderen. Am liebsten möchte sie weinen, beherrscht sich aber; sie wird aggressiv, fast noch mehr als er. Ihre Vorwürfe sind nicht weniger grausam als die, die sie sich gerade angehört hat. Auch wenn man es ihr nicht zutraut, sie weiß doch genau, wo man jemanden treffen kann, wo die schwachen Stellen ihres Gegners sind. Grob wirft sie ihm sein Selbstmitleid vor, die traurige Elendsfassade, die er sich zurechtgelegt hat. „Der *große* Gruber existiert nicht", wirft sie ihm an den Kopf, „du bist so schwach wie irgendeiner, aber das Schlimmste an deinem Charakter ist, daß du im Bewußtsein deiner *Größe* unbedingt den am Boden Zerstörten spielen willst. Du leidest unter umgekehrter Egomanie, du bist größenwahnsinnig in deiner Scheißerbärmlichkeit." Nun versucht er, sich zu entschuldigen und sie zu umarmen, er muß ihren Körper spüren, aber Renata wird eine ganze Weile brauchen, bis sie ihm verzeihen kann.

7

Er wartet nicht einmal, bis sie sich ausgezogen hat. Gruber reißt ihr gewaltsam den Rock auf. Es scheint fast, als wollte er sie vergewaltigen, und in gewisser Hinsicht tut er das auch. Grob dreht er sie um und wirft sie bäuchlings auf das Bett, sie weiß nicht, ob sie Widerstand leisten oder es zulassen soll. Er nimmt einen Cremetopf, reibt sie ein. Sie spürt nur eine Art von Gewalt, die sie schwerlich mit Lust in Verbindung bringen kann.

8

„Wenn du sie geliebt hast, weshalb bist du dann nicht zu ihr gefahren?" fragt Renata.

Gruber schweigt, er scheint nicht zu überlegen, sondern sich nicht erinnern zu wollen. Gab es wirklich einen Grund, Sophie in Lugano zu verlassen? Warum hatte er nie auf ihre Anrufe, ihre Briefe, ihre Telegramme reagiert? Warum hatte er sie fallengelassen? Diese Fragen bedrängen ihn bis zum heutigen Tag, auch wenn er ihnen immer ausgewichen ist, und nun hört er sie von ihr, von Renata, die ihn mit seiner Vergangenheit konfrontieren will.

„Als ich von einer Reise nach Italien zurückkehrte, wo zum erstenmal einige meiner Filme gezeigt worden waren, erklärte ich ihr, es sei das Beste, wir würden uns trennen. Ich hatte während der ganzen Fahrt darüber nachgedacht, und es schien mir die einzige Lösung zu sein. Wenn du mich nach dem Warum fragst, fände ich kaum eine Antwort darauf. Aber damals war die Entscheidung für mich eindeutig." Grubers Stimme wird tiefer, als käme sie von weither, aus jener Zeit. „Ich war einfach überzeugt, wir könnten nicht weiter miteinander leben. Es entzog sich meiner Kontrolle."

„Ich verstehe nicht", hakt sie nach, „du hast es kurzerhand so entschieden?"

„In Wirklichkeit gab es mehrere Gründe, so einfach war es nicht. Ich fühlte mich allmählich von ihr bedrängt, hielt ihre tagtäglichen Depressionen und Ängste nicht mehr aus. Sie weinte Stunden über Stunden ohne Grund. In jener Zeit brauchte ich eine Stütze und nicht noch mehr Probleme …"

„Und du hattest jemand anderen gefunden, der dir eine Stütze war …"

„Ich habe immer abgestritten, daß meine Beziehung zu Birgitta mit unserer Trennung zu tun hatte, aber vielleicht war es doch kein bloßes Zusammentreffen von Umständen. Die ganze Geschichte war ein gewaltiger Fehler."

„Welche Geschichte?" läßt Renata nicht locker.

„Das mit Birgitta natürlich." Gruber wird ungeduldig. „Auf einmal brach alles über mich herein, und ich konnte nichts mehr machen. Ich mußte nur Sophies Gesicht sehen, und sofort fühlte ich mich miserabel, ich hielt es nicht mehr aus. Ihr Schmerz verstörte mich zu sehr."

„Und deshalb hast du sie verlassen?"

„Ja."

„Weil du es nicht aushalten konntest, für ihr Leid verantwortlich zu sein."

„Ja", bestätigt der Regisseur, „es war genauso, wie du sagst: Ich wollte nicht länger verantwortlich für sie sein."

„Und mit jedem Tag fiel es dir schwerer, sie wiederzusehen; du hattest Angst, deiner eigenen Schuld gegenüberzutreten."

„Mag sein, ja."

Er lehnt an Renatas Schulter. Sie denkt erstaunt, daß dieser kraftlose Körper und dieser erbärmliche Geist niemand Geringerem als Gruber gehören. Daß dies Carl Gustav Gruber ist.

9

„Hast du nie daran gedacht, Kinder zu haben?" Wieder Renata.

„Nein. Wer weiß, weshalb, aber von klein auf hatte ich eine Heidenangst davor, Vater zu werden." Im Gesicht des Regisseurs zeichnet sich eine Spur Beschämung ab. „Wohl, weil man mit dem Kinderkriegen die Welt, in der wir leben, rechtfertigt oder weil es die schlimmste aller Sünden ist und was weiß ich noch alles. Im Grunde kann man sehr schnell merken, daß es nur ein weiteres Symptom meiner Furcht ist, für jemanden verantwortlich sein zu müssen. Wenn man schon nicht in der Lage ist, für sich selbst verantwortlich zu sein, sollte man es schon gar nicht mit einem unschuldigen Wesen versuchen."

„Ich bin anderer Ansicht, aber es erstaunt mich doch, daß es eine sehr moralische Haltung ist. Letzten Endes bist du viel moralischer, als du zugibst."

„Vielleicht hast du recht, Renata", erwidert er resigniert, „vielleicht habe ich mein ganzes Leben über nichts anderes getan, als mir selbst zu widersprechen."

10

Als er ihre Brüste streichelt, fängt sie zu weinen an. Ganz plötzlich und ohne sich beherrschen zu können, bricht sie in kaltes, hemmungsloses Weinen aus.

„Du sollst mich nur in den Arm nehmen", sagt sie zu ihm, „und mich lange festhalten."

Gruber hingegen wendet sich ab und läßt sie alleine sitzen. Jede Demonstration von Sentimentalität, von Schwäche ist ihm unweigerlich zuwider.

11

Niemals hätte sie gedacht, daß ihr das Geschlecht eines alten Mannes gefallen könnte. Sie nimmt sein Glied in die Hand und schaut es sich genau an, untersucht jede Einzelheit, ohne erotische Absichten, eher wie bei einer anatomischen Untersuchung. Es ist genauso wie die anderen, die sie gesehen hat. Der einzige Unterschied besteht darin, daß es nicht beschnitten ist. Sie haben sich gerade erst geliebt, und ihr eingehendes Betasten vermag keine Erektion hervorzurufen. Die Hoden erscheinen ihr vielleicht ein klein wenig größer, sie spielt mit ihnen, fühlt ihre Konsistenz, als wollte sie auch ihr Inneres erforschen. Es kommt ihr merkwürdig vor, niemals hätte sie gedacht, weiße

Schamhaare bei ihm zu finden. Sie ist begeistert von ihren Entdeckungen, wie ein kleines Mädchen, das sich damit vergnügt, ihren kleinen Bruder auszuziehen.

12

„Aber du manipulierst deine Schauspieler, anstatt sie zu führen", wirft sie ihm vor. „Du läßt keine abweichenden Meinungen gelten, du bist ein Diktator."

„Wohl, weil ich gleich von zwei autoritären Traditionen herkomme", bemerkt er ironisch. „Zuerst die Nazis, dann die Kommunisten, so liberal man auch sein mag und so sehr man sich dem Regime entgegenstellt, es ist schwer, seine Wurzeln abzuschütteln."

Das ist eine der grundlegenden Fragen, auf die der Regisseur immer wieder zurückgekommen ist. Mit dem Tod vor Augen versucht er, sich selbst in objektivem Licht zu betrachten, was ihm vorher stets verwehrt gewesen war. Er fragt sich, ob sein Leben, geprägt vom Widerstand gegen die Vorurteile und Werte, die ihm in seiner Kindheit eingeimpft worden waren, nicht am Ende zu ihnen zurückgekehrt ist. Renata dient ihm bisweilen als eine Art unbefleckter Spiegel: Er kennt sie kaum, sie scheint von seiner Vergangenheit nicht allzu beeindruckt und macht Bemerkungen über ihn, die niemand sonst wagen würde. Sie ist zugleich sein Richter und sein Anwalt, er vertraut ihren Kommentaren blindlings, obwohl er sich unablässig über sie lustig macht. Er sieht in ihr den Würgeengel Abbadon, der ihm eine Maske nach der anderen fortreißt und über sein Gewissen richtet. Ihre Jugend, die tiefe Unschuld, die sich hinter ihren harmlosen Perversionen verbirgt, die Zerbrechlichkeit eines dem Anschein nach unverletzbaren Charakters stellen für ihn eine Herausforderung dar, die seiner letzten Tage würdig ist, Auge in Auge mit der beklemmenden Notwendigkeit, sich im Angesicht des Todes selbst zu erkennen. Die Tochter, die er niemals hatte, die geheime Doppelgängerin von Sophie, Birgittas hemmungslose Dreistigkeit und sogar die besessene Fürsorge seiner Mutter vereinen sich in dem Gesicht von Renata: seiner großen Hure und zugleich seiner Erlöserin, seinem Trost.

Sie dringt weiter in ihn, hinterfragt seine Entscheidungen, mischt sich in seine Lebensweise, in seine Art, mit den Leuten umzugehen, in seine Intimsphäre, sie kritisiert seine Fehler und schaltet sich letzten Endes in alle Bereiche seines Lebens ein. Trotz des Ärgers – denn oft macht sie ihn zornig –, trotz der Wut über ihre Unverschämtheiten akzeptiert Gruber sie als den einzig authentischen Teil seiner letzten Tage, als die Sanduhr, die ihn langsam der endgültigen Niederlage näherbringt. Und er bedauert nur, daß er um der Erfüllung des unerbittlichen Schicksals willen auch sie wird opfern müssen.

13

„Vermutlich wolltest du, daß sich die Geschichte, die du drehen wirst, ganz natürlich zwischen uns entwickelt, oder?" Renata amüsiert sich, ohne zu wissen, daß sie einen zentralen Punkt in ihrem Verhältnis zum Regisseur berührt hat.

„So ist es."

„Du meinst also, du würdest auf diese Weise keine falschen Gefühle filmen, sondern Emotionen darstellen, die der Wirklichkeit näher sind …."

„Exakt."

„… Die ganze Zeit über spielen wir unsere Rollen, die tatsächlich zu einem Teil von uns geworden sind. Erfindung und Wirklichkeit verschwimmen."

„Ja, das weißt du doch schon alles, worauf willst du hinaus?"

„Auf eine einfache Frage." Renata befeuchtet sich die Lippen. „Was bedeutet dann das, was hier zwischen uns beiden geschieht? Es ist nicht ohne Belang für deine Geschichte; auf welcher Ebene kannst du mir also unsere Beziehung erklären?"

Gruber denkt einige Augenblicke nach. Sie ist gerade zu einer der Fragen gelangt, die er zwar erwartet hat, aber lieber vermieden hätte. Wie ihr erklären, daß er sie, auch wenn es nicht von Anfang an so vorgesehen war, inzwischen bereits ebenfalls in das Projekt integriert hat? Wie ihr sagen, ohne sie zu verletzen und alles zu verderben, daß sie beide, Schauspielerin und Regisseur, in sein filmisches Universum eingegangen sind? Daß ihre Liebe zweckmäßig für die Erzählstruktur des Films ist?

„Was zwischen uns geschieht, hat nur dich und mich etwas anzugehen", lügt er. „Es ist ohne Bedeutung für den Film und darf dieses Zimmer nicht verlassen."

Renata glaubt ihm trotz allem. Sie hat den Eindruck, als hätte ein Mensch – sie selbst – eine höhere Ebene erreicht und würde intime Beziehungen zu einem Dämon unterhalten. Zumindest gefällt ihr der Gedanke, das Mythische daran fasziniert sie. Sie, kaum eine richtige Schauspielerin, hat es geschafft, den Regisseur zu erobern. Wie Persephone und Hades.

14

„Meine Liebe zum Film ist stärker als jede Moral", sagt er ihr wütend, als Schlußstrich unter ihre endlosen Diskussionen.

15

„Morgen ist der große Tag." Renata massiert seinen Hals, während sie ihm ins Ohr flüstert.

Gruber nickt, anscheinend befriedigt, in Wirklichkeit jedoch ohne rechte Lust. Nicht, daß ihn der Gedanke, mit dem Drehen zu beginnen, nicht reizen würde, aber das Warten auf etwas Herbeigesehntes befriedigt oft mehr als sein tatsächliches Eintreten. Andererseits hat er immer noch Zweifel hinsichtlich der Folgen, die sein Vorgehen für die Schauspieler haben wird. Endlich wird er die Leidenschaften, die er während dieser zwei Monate zwischen ihnen gesät hat, zu ihrer letzten Konsequenz führen; er wird sie auf eine Weise entfesseln, daß sie nicht mehr kontrollierbar sind und von ganz alleine arbeiten: Emotionen und Gefühle außer Kontrolle, bereit, gefilmt zu werden, als seien sie real. Nein, verbessert sich Gruber im Geist, in der Tat *sind sie bereits real.*

Nun ist Renata dazu übergegangen, ihm den Hals zu küssen, sie zieht ihm das Hemd aus und fährt mit geschlossenen Lippen über die gebräunte Haut des Regisseurs. Er umfaßt sie, hebt sie hoch und legt sie auf den Boden. Gleich darauf lieben sie sich voll Nostalgie, im Wissen, daß vom nächsten Tag an die Dinge nicht mehr die gleichen sein werden. Sie streicheln sich voll Lust, aber zugleich langsam, zögern ihre Bewegungen, das Tasten und Riechen so lang wie möglich hinaus. Es ist eine Art letzte Gelegenheit, es zu genießen, ihren eigenen Gesetzen zu folgen, fern von der Welt: der Alte und die Junge, die sich nicht als solche sehen, nur zwei Körper, zwei Geister, die sich vereinen und bis zur Ermattung aneinander berauschen. Danach kann es nicht mehr so sein, sie sind sich nicht sicher, was geschehen wird, aber sie wissen zumindest, daß es anders sein wird, daß der Rhythmus des Drehs auch sie mitreißen wird, daß sie Tag und Nacht darauf konzentriert sein und ihre Kräfte mehr und mehr schwinden werden. Dieses eine Mal denken sie nun nicht daran, ob sie sich lieben oder ob ihre Liebe wahrhaftig ist, sie wägen nichts ab, urteilen nicht über den anderen, lassen sich einfach von den Empfindungen leiten, verloren, während ihre Willenskraft sich gegenseitig aufhebt und der Leere annähert. Letzten Endes erkennen sie, daß dieser Teil der Geschichte – die Geschichte ihrer Begegnungen – wird verschwinden müssen, als hätte er niemals existiert, als hätte niemand davon Kenntnis, nicht einmal sie selbst. Nach Drehbeginn werden sie wieder einander fremd sein, Regisseur und Schauspielerin, Chef und Untergebene, den unvorhersehbaren Kräften der Fiktion unterworfen; ihr gemeinsames Schicksal wird sich in Luft aufgelöst haben, und es werden nur ein paar Spuren davon bleiben, kleine Anzeichen, die Fragmente einer gefährlichen, unmöglichen Geschichte, die nie gefilmt wurde.

SIEBTES BUCH

Das Weltgericht

Szene 1. „Die sieben Geister und die vier Gestalten"

Gruber verfolgt bis ins kleinste die Vorbereitungen. Während sich sein Technikerteam im Hauptsaal von *Los Colorines* niedergelassen hat, bezieht Braunstein, wie ein Militär in olivgrünen Hosen und Hemd, hinter der Kamera Stellung und macht Beleuchtungsproben. Der Kameraassistent befolgt genau seine Anweisungen und nimmt mit Hilfe eines anderen Assistenten Justierungen vor; Elektriker bringen überall auf dem Set Kabel und Scheinwerfer an, während die Requisiteure Möbel, Dekoration und Versatzstücke präzise anordnen (genau dort, wo sie immer gestanden haben). Der Toningenieur ruft seinem Mikromann und den Assistenten in Erinnerung, wie grundlegend ihre oft unterschätzte Arbeit ist: Eine Tonangel am Rand der Leinwand kann eine gute Sequenz zunichte machen. Der Regisseur erscheint in kariertem Wollhemd, beigefarbener Hose und rotem Halstuch; er ruft nach allen Seiten, weniger um genaue Anweisungen zu geben als um seine Autorität zu unterstreichen.

Im Zimmer befinden sich ein langer wurmstichiger Zederntisch und ein Ensemble rustikaler Stühle, mit winzigem Blumenmuster gepolstert. Ein schwerer verstaubter Kronleuchter hängt von der Decke, und mehrere Stehlampen mit ausladenden, häßlichen Schirmen mit Goldrand voll verlorener Spinnweben stehen nutzlos in den Ecken; ebenso gibt es ein Bücherregal mit nur wenigen Büchern und eine Kommode mit ein paar Aschenbechern, Holzfiguren und leeren Bilderrahmen; der Boden besteht aus ausgetretenen Dielen, die jedoch unter einem halben Dutzend Teppichen unterschiedlicher Größe und Farbe versteckt sind, deren ausgefranste Ränder von den Stuhlbeinen festgehalten werden. Die Decke ist hoch, und an den gräulichen Wänden hängen überall zahllose Bilder, die von Zacarías stammen sollen: nackte Frauen und ausgemergelte Männer, bunte Flecken, geometrische Figuren und Totenköpfe.

Der Film muß präzise wie ein Uhrwerk ablaufen, hat Gruber uns Hunderte von Malen ermahnt; jeder hat eine genaue Funktion zu erfüllen und darf dabei keinen Fehler machen. Ein einziger Irrtum ist ausreichend, um Stunden oder sogar Tage der Arbeit zu zerstören. Jede falsche Bewegung, jeder Ausrutscher genügt, und wir müssen von neuem beginnen; die technische Eigenheit beim Drehen – und das macht die Arbeit noch riskanter und ein Nachbessern sehr schwierig – besteht darin, daß alle Szenen in einer *Plansequenz* gefilmt werden, das heißt, ohne Schnitt (wie bei Hitchcocks *Cocktail für eine Leiche*); nach den Worten des Regisseurs erlaubt ihm diese Methode eine echte Annäherung an die Realität, denn sie ermöglicht den Schauspielern, ihre Rollen ohne Unterbrechung zu entwickeln und somit die Pausen zu vermeiden – die Minuten oder manchmal Stunden des Wartens zwischen einer Aufnahme und der nächsten –, die die schauspielerische Darstellung verderben. Braunstein und seine Jungs, läßt er uns wissen, haben mühsam daran gearbeitet, eine perfekte Synchronisation zu erreichen und keinerlei Raum für Fehler zu lassen, wenn die Kamera der einen oder anderen Figur folgt (als Braunstein das hört, zeichnet sich ein breites Lächeln auf seinem Gesicht ab).

Zacarías kommt als erster aus der Maske auf das Set; er ist wie Gruber gekleidet, mit beigefarbener Hose, kariertem Hemd und dem charakteristischen roten Halstuch. Von ferne könnte man sie wahrhaftig verwechseln. Schatten graben noch gewalttätigere Züge in sein Gesicht, die Augen liegen tiefer, die Nase ist breiter und herausfordernder. Der scharlachrote Mund inmitten der grauen Barthaare bewegt sich wie eine Molluske. Beim Öffnen lassen die Lippen gelbliche Zähne sehen, kalt wie Felsen. Die rissigen Finger seiner Rechten halten eine Zigarre, deren Geruch durch das gesamte Set zieht. Endlich setzt er sich entnervt von Licht und Lärm auf einen der Zweisitzer, schlägt die Beine übereinander, verlangt von einem der Setarbeiter eine Zeitschrift, blättert darin und nebelt sie mit seiner Zigarre ein.

Einige Minuten später erscheint Ruth; ihre an sich schon distinguierte Erscheinung wird durch eine weiße Bluse mit Spitzenbesatz und einem brombeerfarbenen, knöchellangen Rock noch hervorgehoben. Ihr schwarzes Haar glänzt im Licht, das von oben auf sie fällt. Mit bedächtigen Bewegungen geht sie in Richtung Gruber, während sie Zacarías nicht einmal grüßt, als würde sie nur von ihrem wirklichen Chef Anweisungen entgegennehmen, nicht von ihrem Mann. Die gespannte Atmosphäre wird allmählich unerträglich. Der Regisseur hingegen, auch wenn er es mit keinem Zeichen verrät, scheint hochzufrieden.

Der Drehbeginn steht unmittelbar bevor. Jeder der Mitarbeiter begibt sich an seinen Platz, Gruber klettert auf einen hohen Stuhl, von dem aus er das ganze Panorama überblickt, alle warten nervös auf seine Befehle. Die anderen Schauspieler dürfen den Beginn der Dreharbeiten nicht sehen; eine der anfänglichen Vereinbarungen (in Wirklichkeit einer von Grubers ersten Befehlen) bestand darin, daß sie nur in Erscheinung treten, wenn sie tatsächlich an der Entwicklung der Ereignisse teilhaben; ansonsten müssen sie dem Set fernbleiben, bis sie gerufen werden.

Zacarías und Ruth, befangen vor dem prüfenden Blick des Regisseurs, nehmen ihre jeweiligen Plätze ein und erwarten in jedem Moment die Worte, die den Befehl zum Beginn geben. Gruber tritt noch einmal zu ihnen, um kurz mit den beiden Schauspielern zu reden, er gibt ihnen letzte Ratschläge und versichert ihnen, daß alles, was von nun an geschieht, ganz allein von ihnen abhängt, daß außerhalb der geschlossenen Welt dieses Raums nichts mehr existiert; dann entfernt er sich und erklärt ihnen, daß auch er nun nicht mehr für sie existiert; weder Braunstein noch sonst einer der Techniker um sie herum besitzt mehr stoffliche Präsenz, sie haben sich aufgelöst. Ruth und Zacarías hören ihm aufmerksam zu und machen einige Bemerkungen zu ihm, ohne aber miteinander zu sprechen. Zacarías kehrt mit der Zigarre in der Hand zu dem Stuhl zurück, und Ruth geht die Treppen zum zweiten Stock hinauf, in dem sich ihre Zimmer befinden.

Das Weltgericht, Szene 1, Einstellung 1. Klappe, die Erste. Film ab, und *Action!*

Ruth kommt die Treppe herunter, um in die Küche zu gehen. Zacarías hört ihre Schritte und beobachtet sie aus dem Augenwinkel, seine Miene verrät von Anfang an Ungeduld. Er spricht mir ihr, ohne sich umzudrehen, dem Anschein nach in seine Zeitschrift vertieft.

ZACARÍAS *mit rauher Stimme:* Warum zum Teufel ist deine Tochter noch nicht da?

RUTH: Woher soll ich das wissen? Sie ist genauso dickköpfig wie du.

Ruth geht zur Tür und tritt in die Küche. Zacarías widmet sich wieder seiner Lektüre, als würde ihn sonst nichts kümmern. Nach ein paar Augenblicken wirft er die Zeitschrift auf den Tisch und legt seine Zigarre auf einem Aschenbecher ab. Er schaut auf die Uhr und macht eine Geste der Verärgerung.

Schweigen.

Zacarías will sich zurückziehen. Es klingelt. Wütend geht er zur Tür und reißt sie auf. Kurz darauf kommen Arturo und Ana mit zwei Koffern herein. Sie schwitzen und sehen erschöpft aus; er trägt ein rosafarbenes Hemd und Jeans, sie Bermudas, ein orangefarbenes T-Shirt und einen Strohhut. Zacarías gibt ihnen nicht einmal die Hand und wendet ihnen den Rücken zu, um nicht höflicher sein zu müssen, als er scheinen will. Die beiden stellen ihr Gepäck auf den Teppich und wischen sich den Schweiß von der Stirn.

ARTURO *zeigt auf Ana:* Papa, das ist Ana. Ana, mein Vater.

Zacarías bleibt nichts anderes übrig, als zum Gruß den Kopf zu neigen, was Ana wohlerzogen, wenn auch lustlos erwidert.

ARTURO: Wer ist sonst noch gekommen?

ZACARÍAS: Dein Bruder Javier ist in seinem Zimmer. Er hat ein Mädchen und einen Freund mitgebracht.

ARTURO: Und Renata?

ZACARÍAS: Frag mich nicht.

Eufemio tritt von der anderen Seite ins Zimmer und stellt sich den Gästen vor. Er nimmt die Gepäckstücke und geht damit ab, Arturo und Ana folgen ihm zur Treppe und gehen langsam hinauf.

ZACARÍAS *kehrt zu seinem Sessel zurück:* Du weißt ja, daß in diesem Haus Punkt zwei gegessen wird.

Ana mustert die beiden Männer, Vater und Sohn, mit gleicher Verachtung. Die Kamera verläßt Zacarías und folgt den Gästen ins obere Stockwerk, in das Eufemio sie führt; er öffnet eine Kieferntür und stellt das Gepäck auf den Boden.

Ana und Arturo treten in das Zimmer, er legt sich auf die rote Überdecke auf dem Bett und starrt zur Decke; es ist ein geräumiges Zimmer mit einem großen Fenster an der hinteren Wand, vor dem weiße Stores hängen; links steht ein Nachttisch und auf der anderen Seite ein Schreibtisch mit einem Stuhl. Ana untersucht währenddessen jeden Winkel, öffnet den Schrank und die Badezimmertür, nimmt den Hut ab und wirft ihn neben Arturo; sie betrachtet sich im Wandspiegel gegenüber dem Bett.

Dann beginnt sie, ihre Sachen auszupacken und schön ordentlich in die Schubladen der Kommode und in den Kleiderschrank zu ordnen. Arturo bleibt untätig auf dem Bett liegen.

ANA: Das ist also dein Vater.

Arturo nickt. Er löst seine Schnürsenkel und schleudert die Schuhe auf den Boden.

ANA: Er ist anders, als ich gedacht hatte. Du hast so viel von ihm erzählt, daß ich ihn mir noch härter vorgestellt habe. Ich weiß nicht genau, wie, anders eben. *Sie fährt fort, Blusen und Röcke zusammenzufalten und sorgfältig wegzulegen.* Ich verstehe nicht, warum ihr euch so haßt.

ARTURO: Warte ab, bis ein paar Tage vergangen sind.

ANA: Warum wolltest du dann, daß wir herkommen?

ARTURO: Meiner Mutter zuliebe.

Ana beginnt sich auszuziehen, bis sie nur noch mit ihrer Unterwäsche bekleidet ist, sie greift zu einem blauen Handtuch und geht in Richtung Bad; Arturo rührt sich nicht einmal. Man hört das Wasser aus der Dusche, Arturo richtet sich auf, zieht die Schuhe wieder an und tritt auf den Gang hinaus. Die Kamera folgt ihm, bis er vor einer Tür innehält und sie, ohne anzuklopfen, mit einem Ruck aufreißt.

Drinnen sitzen drei junge Leute auf dem Bett und sehen fern. Sofort steht einer von ihnen auf – ein wenig überrumpelt –, um ihm die Hand zu reichen; die anderen mustern ihn aus den Augenwinkeln.

Ein paar Minuten lang herrscht ein peinliches Schweigen. Luisa starrt Javier an.

JAVIER *zu Arturo:* Entschuldige, setz dich, wir schauen uns gerade einen Film an.

ARTURO *spöttisch:* Um ein Uhr mittags, Brüderchen? Du hättest ihnen besser die Gärten zeigen sollen …

JAVIER: Von da kommen wir eben. Es ist gleich Essenszeit, und uns ist nichts Besseres eingefallen.

GAMALIEL: Du bist der ältere Bruder von Javier und Renata?

ARTURO: Dann hast du sie wohl schon kennengelernt?

GAMALIEL *geheimnisvoll:* Ja.

ARTURO: Hör mal, Javier, hast du Mama gesehen?

JAVIER: Wir haben sie bei unserer Ankunft begrüßt, sie ist glücklich, daß wir hier sind. Und deine Frau?

ARTURO *trocken:* Sie duscht.

JAVIER: Wie findest du die Zimmer? Sie sind haargenau so, wie wir sie verlassen haben. Mama hat wohl nichts darin verändern wollen.

ARTURO: Es kommt mir so seltsam vor. Ich kehre nach so langer Zeit zurück, und alles ist wie früher. Irgendwie macht es mich traurig, als hätte ich mir in der Zwischenzeit einreden wollen, daß all das hier nicht mehr existiert … und nun treffe ich es wieder so an, wie ich es verlassen habe, unauslöschlich.

JAVIER: Und sonst, wie geht es dir?

ARTURO: Wie immer, und dir?

JAVIER: Kann nicht klagen.

Während die Brüder sich unterhalten, konzentriert sich die

Kamera auf Luisa und Gamaliel; er achtet nicht auf das Fami-
liengespräch der Brüder und läßt Luisa nicht aus dem Blick. Die
Brüder sind so in Anspruch genommen, daß sie nicht einmal
merken, wie Luisa aufsteht und den Fernseher ausschaltet.

ARTURO: Geht es Mama wirklich besser? Ich habe etwas Angst,
sie zu sehen.

JAVIER: Uns hat sie empfangen, als wäre nichts geschehen ...
Du weißt, wie empfindlich sie ist.

Eufemio ist wieder die Treppe heraufgekommen und geht von
Zimmer zu Zimmer, um anzukündigen, daß das Essen fertig ist;
er steckt seinen Kopf durch die halboffene Tür, um sie an
Zacarías' Anweisung zu erinnern.

JAVIER: Auch Eufemio ist ganz der alte.

ARTURO: Unkraut vergeht nicht ...

JAVIER *entschuldigt sich:* Besser, wir gehen jetzt runter.

ARTURO: Ich hole Ana und komme nach.

Arturo geht hinaus und zurück in sein Zimmer; Gamaliel und
Luisa stehen auf, um Javier zu folgen.

Die drei durchqueren das Wohnzimmer und treten ins Speise-
zimmer: ein Raum mit Mahagonitäfelung, ungefähr so groß wie
das Wohnzimmer; der Tisch ist reich gedeckt, mit Spitzentisch-
decke, Kristallgläsern und Tellern für mehrere Gänge. Am Kopf-
ende steht Zacarías und unterhält sich mit einem dicken Mann.
Ruth läuft zwischen Saal und Küche hin und her und gibt den
Kellnern Anweisungen, sie bleibt kaum irgendwo stehen. Jeder
Platz hat ein Tischkärtchen, Schälchen mit einem Früchtecock-
tail aus Melone, Papaya und Banane stehen neben jedem Ge-
deck.

LUISA *flüstert Javier ins Ohr, während sie umhergehen:* Und wer
ist der da?

JAVIER *leise:* Gonzalo, ein Freund meines Vaters, Kunstkritiker.

Die drei gehen zu dem Gast hinüber, um ihn zu begrüßen, und
Zacarías stellt ihn Luisa und Gamaliel vor. Kurz darauf er-
scheinen Arturo und Ana; sie hat sich umgezogen und trägt jetzt
einen schwarzen Rock und eine glänzende, kragenlose Bluse mit

*einem Muster aus grünen und goldenen Blumen; das nasse
Haar klebt ihr hier und da noch in dicken Strähnen am Gesicht.
Auch sie begrüßen den Gast. Als alle schließlich vollzählig sind,
kommt Ruth herein, Arturo läuft zu ihr, umarmt und küßt sie
lange; schließlich treten auch die anderen respektvoll hinzu.*

GONZALO *macht eine Verbeugung:* Señora, es ist mir ein un-
endliches Vergnügen, Sie heute zu sehen. Sie strahlen eine
überwältigende Schönheit aus.

*Lachen ist zu hören, dann Schweigen. Zacarías gibt ein Zei-
chen, damit sich alle setzen; er läßt sich am Kopfende nieder
und Ruth am anderen Ende; zu seiner Rechten sitzen Gonzalo,
Luisa und Gamaliel; zu seiner Linken befinden sich Arturo,
Javier und der leere Platz von Renata. Sofort kommen die Kellner und schenken Wein ein; nur Zacarías verlangt ein Glas
Whisky.*

JAVIER: Und Renata?

ZACARÍAS: Es ist viertel nach zwei, ihr kennt ja die Regeln, niemand hat das Recht, uns warten zu lassen. Fangt bitte an.

Es klingelt.

JAVIER: Da ist sie schon.

*Ein Dienstbote geht öffnen. Zacarías ist der einzige, der mit dem
Essen begonnen hat. Renata erscheint im Speisezimmer. Ihr
Haar ist wirr, sie trägt hellblaue Jeans und eine rote Bluse, die bis
zur Brust aufgeknöpft ist, eine goldene Kette am Hals und
schwarze Lackohrringe. Gamaliel steht sofort auf, um sie mit
einem Kuß auf die Wange zu begrüßen, Gonzalo und Arturo
nicken ihr nur zu.*

JAVIER: Zu spät, wie üblich.

RENATA: Manches ändert sich nie, Papa.

ZACARÍAS: Mach den Knopf zu, du bist hier nicht bei deinen
Kumpanen.

Sie tut es widerwillig.

ZACARÍAS: Du wirst mir doch nicht erzählen, daß du dich verirrt hast?

RENATA: Nein, Papa, ich konnte einfach nicht früher kommen.

ZACARÍAS: Siehst du, Ruth? *Pause, dann an die anderen gewandt:* Verzeiht, manchmal kann ich meinen Ärger nicht verdrängen. Findet ihr nicht auch, daß das Wichtigste für einen Vater seine Familie ist? Nun, meine drei Kinder, Arturo, Javier und Renata denken nicht so: Immer haben sie Wichtigeres zu tun.

GONZALO *besänftigend:* Himmel, Zacarías, nun sei nicht so dramatisch. Die jungen Leute heutzutage sind doch immer beschäftigt …

ZACARÍAS: Einerlei, ich freue mich sehr, daß wir wieder hier versammelt sind, daß wir wieder eine *Familie* sind, wie es sich gehört. Jetzt ist noch nicht der passende Augenblick, aber heute beim Abendessen werde ich euch sagen, warum ich euch habe kommen lassen; nicht einmal Ruth weiß genau, worum es sich handelt …

RENATA: Weshalb all die Geheimnistuerei, Papa?

ZACARÍAS: Wie immer die Ungeduld in Person. Als kleines Mädchen mußten wir ihr die Weihnachtsgeschenke einen Tag früher geben, weil sie sonst kein Auge zutat und uns nicht schlafen ließ … Nein, Reni, diesmal kann ich dir den Gefallen nicht tun … Es gibt Fristen, die *müssen* respektiert werden.

RENATA: Du weißt, ich hasse es, wenn du mich so nennst.

ZACARÍAS: Verzeihung, das hatte ich *vergessen. Pause.* Aber eßt doch, eßt doch bitte! Ich will schweigen, damit ihr unbekümmert essen könnt. Erzählt mir, wie es euch ergangen ist, seit ihr aus dem Haus geflohen, verzeiht, es verlassen habt …

ARTURO *stotternd:* Uns geht's gut, Papa, Mama; wir freuen uns sehr, euch zu sehen.

Einige Kellner räumen die schmutzigen Teller ab und kommen mit dampfenden Suppenschüsseln herein. Sie servieren eine Selleriesuppe.

ZACARÍAS: Renata laßt ruhig aus, denkt daran, daß sie Sellerie haßt.

GAMALIEL *versucht, die Atmosphäre zu entspannen:* Ich bin dagegen nur hier, weil Javier mir von der wundervollen Suppe erzählt hat, die seine Mutter kocht.

Alle führen die Löffel mit der Selleriesuppe zum Mund, ohne Kommentare abzugeben, sie schauen einander an, Gamaliel starrt Renata an, Luisa Javier und Ana Gamaliel.

RENATA: Mutter, wie geht es dir denn inzwischen?

Arturo und Javier schauen sich erschreckt an.

RUTH *reserviert:* Ganz gut, meine Liebe. Mein Kopf ist wieder einigermaßen zurechtgerückt.

ZACARÍAS: Und was ist mit deinem *Freund* geschehen, Reni? Wie hieß er noch? Carlos, was ist mit Carlos los? Wollte er nicht mitkommen?

Renata wendet sich eine Sekunde wütend zur Kamera um.

RENATA: Wir haben Schluß gemacht, Papa, das habe ich dir schon am Telephon gesagt.

ARTURO: Herzlichen Glückwunsch, Renata.

ZACARÍAS: Und warum habt ihr Schluß gemacht? *Ruth gibt ihrem Mann mit einer Geste zu bedeuten, daß er schweigen soll, aber vergeblich.* Deinem Vater, deiner Familie kannst du es doch sagen, oder?

RENATA: Nein.

Zacarías lacht schallend auf, Ruth fährt sich mit der Hand an die Stirn, und Gonzalo versucht erfolglos, seinen Freund zu unterbrechen.

ZACARÍAS: Hat er dich verlassen oder du ihn? *Pause.* Also hast du dich doch endlich dazu entschlossen? Glückwunsch! Wie dein Bruder sagt, der Schwachkopf war nichts für dich. Das perfekte Paar, von wegen! Ich wette, diesem Musterexemplar ging's immer zu früh ab …

RUTH: Es reicht jetzt, Zacarías. Laß sie in Frieden.

GONZALO: Herrschaften, immer mit der Ruhe, wir feiern hier doch …

ZACARÍAS: So ist es, Gonzalo, jetzt haben wir einen weiteren Grund zum Feiern: Reni hat diesen Schwachkopf verlassen. Das heißt, wenn er nicht doch mit einer anderen auf und davon ist …

Renata steht vom Tisch auf und geht auf ihren Vater zu. Zacarías hält sie grob am Handgelenk fest, Renata zieht heftig, und Zacarías läßt sie los; sie läuft aus dem Zimmer; Javier will ihr folgen, aber Gamaliel kommt ihm zuvor.

ZACARÍAS *wischt sich den Mund mit der Serviette ab:* Macht euch nichts draus, das sind unsere üblichen Auseinandersetzungen, außerdem dürft ihr euch nicht den Braten entgehen lassen, die Ente ist unübertrefflich ...
Schnitt.

SZENE 1A. ERSTE

Gruber schien hocherfreut; Braunstein hatte ihm zu verstehen gegeben, daß er die Einstellung perfekt im Kasten hatte. Keine einzige Schwierigkeit war aufgetreten, kein Detail war vergessen worden, jeder Mitwirkende hatte sich in dieser ersten Einstellung präzise ins Räderwerk des Regisseurs eingefügt. Als er das feststellte – intuitiv allerdings, denn er würde erst noch die entwickelten Streifen aus dem Labor überprüfen müssen –, überhäufte er uns mit lauten Glückwünschen, die uns nur mühsam dem Gemütszustand entrissen, in dem wir uns befanden.

Denn ihm war nicht bewußt, wie schwer es für uns war – für mich ganz besonders –, in die Wirklichkeit zurückzukehren und unsere Emotionen auf dem Set zurückzulassen. Wenn ich jetzt daran denke, kommt es mir grotesk vor, aber damals konnte ich mich tatsächlich nicht von der Rolle der Renata lösen, der Renata, die Gruber zusammen mit mir konstruiert hatte, der Tochter von Ruth und Zacarías, der Schwester von Arturo und Javier. Unser Streit war *real* gewesen, kein professionelles Produkt unserer Schauspielkünste. Ich empfand eine merkwürdig unbestimmte, deshalb aber nicht weniger heftige Wut auf Zacarías. Er hatte mich beleidigt, hatte mich vor den anderen ausgelacht – Regisseur und Techniker inbegriffen –, und meine Empörung darüber ließ sich bei weitem nicht durch das Wort *Schnitt* ausblenden. Die Tränen in meinen Augen waren echt gewesen, ebenso die Ohnmacht, mich nicht auf gleiche Weise revanchieren zu können. Und den anderen erging es ähnlich: Ruth war tatsächlich nervös gewesen, fast am Rand eines Nervenzusammenbruchs, Gonzalo hatte sein charakteristisches Unbehagen an den Tag gelegt, und sogar Zacarías' Darstellung war mehr als eine Parodie seiner selbst gewesen und seine Aggressivität mir gegenüber – und im Grunde auch gegenüber den anderen – kein Ergebnis seiner schauspielerischen Fähigkeiten. Sein Groll war mir bis ins Mark gefahren und hatte meinen Zorn noch gesteigert. Wie Gruber vorhergesagt hatte, *war* er mein Vater, oder glich zumindest so sehr meinem Bild von ihm, daß mir seine Gegenwart zuwider war; ich fühlte eine Leere im Magen, und die Beine zitterten mir. Nur als Javier kam, um mich zu umarmen, konnte ich mich wieder fassen (das Schlimmste war nur, daß er als mein Bruder im Film genau das gleiche getan hätte).

Braunstein kündigte mit einer Flüstertüte an, daß in zwei Stunden weitergedreht werde.

Während sich die anderen zum Ausruhen auf ihre Zimmer zurückzogen, frische Luft schnappten oder sich neu schminkten, rief Gruber mich zu sich, gab mir die Hand und lobte die Kraft meiner Darstellung. Seine Stimme klang jedoch nicht mehr so wie bei den anderen, die er ebenso beglückwünscht hatte, sie war rauher und sinnlicher, als müsse er sich verstellen, um die Angst angesichts meiner möglichen Reaktionen zu verbergen. Ich war so verwirrt, daß ich mich wieder bereitwillig auf ihn einließ, ich wußte nicht, was mit mir geschah, war noch bereit, seinen Worten zu vertrauen, Trost bei seiner Erfahrung zu suchen. Er wartete, bis ich mich beruhigt hatte, und als wir endlich ein paar Augenblicke allein waren, konnte ich ihn umarmen. Auch Gruber sah nicht das Ausmaß der Kräfte vorher, die er entfesseln würde – darin bestanden gerade Neuheit und Brillanz seines Projekts –, auch wenn er bemüht war, den Allwissenden zu spielen. Er küßte mich auf die Wange und schob mich weg; wasch dir das Gesicht, dann sprechen wir, sagte er zu mir, und ging Braunstein suchen, um seine Meinung über den seiner Ansicht nach vielversprechenden Anfang des Films zu hören.

In den Hinterzimmern, die als Ankleidezimmer eingerichtet worden waren, traf ich Ana allein vor einem alten Spiegel an. Sie hatte ihre verschwitzte Bluse ausgezogen und nur ihren BH an, sie kämmte sich und schminkte gerade die Lippen und zog die Augen nach.

„Das war doch nicht echt, oder?" fragte sie mich mit einem Ernst und einer zitternden Stimme, wie ich sie an ihr nicht kannte.

„Nein", erwiderte ich und versuchte, sie zu beruhigen (und auch mich selbst). „Aber es erschreckt mich doch."

Sie drehte sich zu mir um, anstatt mich weiter im Spiegel anzusehen.

„Mich auch", bestätigte sie. „Hör mal, sag mir noch etwas", sie sprach ganz ungeniert, als wollte sie wirklich nicht indiskret sein, „gehst du wirklich mit ihm ins Bett?"

Ich war wie vor den Kopf gestoßen. Wie konnte sie das vermuten? Hatte sie uns zusammen gesehen? Oder wollte sie etwas aus mir herausholen?

„Mit wem?" fragte ich.

„Mit Gruber natürlich."

„Wie kommst du denn auf den Gedanken?" gab ich zurück. „Selbstverständlich nicht."

„Ist schon gut, sei mir nicht böse", entschuldigte sie sich. „Ich war nur neugierig."

Ich nahm eine der Bürsten auf der Kommode und fuhr mir damit durchs Haar, um meine Panik zu verbergen. Meine Hand zitterte, aber sie hatte wohl nichts gemerkt.

„Weshalb fragst du mich das?" Es war ein Fehler, die Sache nicht auf sich beruhen zu lassen.

Sie rieb sich Deodorant unter die schlecht rasierten Achseln und zog sich die Bluse wieder über.

„Weil ich es für mein Leben gern täte."

Nachdem die Mahlzeit und der Streit beendet sind, verlassen die Gäste das Speisezimmer. Arturo und Ana gehen ihre eigenen Wege, nachdem sie Ruth kurz für ihre Liebenswürdigkeit gedankt haben. Luisa und Javier tun ein Gleiches und lehnen es ab, zum Kaffee zu bleiben.

ZACARÍAS: Gonzalo, bleib noch, ich will mit dir reden.

GONZALO: Wenn man mir noch so eine Portion bringt und einen Espresso, bleibe ich hundert Jahre bei dir.

Zacarías weist die Kellner an, ihm einen Nachschlag zu bringen, und gibt dann Ruth zu verstehen, die Kellner sollten sich damit beeilen, die schmutzigen Teller abzutragen. Die Dienstboten kommen und bringen auf großen Holztabletts die Reste der Ente, die Gläser und die Weinflaschen hinaus; mit einer Bürste kehren sie die Brotkrumen von der Tischdecke. Zugleich serviert ein anderer Gonzalo sein Dessert und bringt ihm eine winzige Kaffeetasse. Erleichterung scheint sich breit zu machen; nach dem Fortgang der anderen hat sich die Atmosphäre entspannt, und Zacarías nimmt eine herzlichere, weniger schroffe Haltung ein. Im Hintergrund kann man sehen, wie der Abend langsam in die großen Fenster tritt, unförmige Wolken färben den Himmel und die Baumwipfel grau.

GONZALO *während er seinen Nachtisch löffelt:* Ich finde, du solltest nicht so grob mit dem Mädchen umspringen, schließlich ist sie deine Tochter …

ZACARÍAS: Nicht einmal das kann ich mit Sicherheit wissen.

GONZALO *hält im Essen inne:* Du wirst doch nicht sagen wollen, daß du an Ruth zweifelst.

ZACARÍAS: Ich zweifle an allen.

GONZALO: Aber untreu warst doch du, nicht deine Frau.

ZACARÍAS: Gewissermaßen waren wir es beide, du kennst sie nicht gut genug, sie ist zu allem fähig. Hinter ihrer Eleganz verbirgt sich eine Frau, die daran gewöhnt ist, stets ihren Willen durchzusetzen. So wurde sie erzogen.

GONZALO *nimmt wieder seinen üblichen Tonfall an:* Was für ein Paranoiker du geworden bist. Ruth betet dich an, ich kenne sie. Ihre, wie soll ich es ausdrücken, *maladie* kommt nur von ihrer übermäßigen Liebe zu dir.

ZACARÍAS: Das bezweifle ich nicht, und gerade das macht mir Sorge. Eine erbitterte Frau ist der schrecklichste Feind, den es gibt.

GONZALO: Wirklich, ich verstehe dich nicht. Liebst du sie denn nicht?

ZACARÍAS: Ich würde lügen, wenn ich dir sagte, ja.

GONZALO: Warum hast du dann über dreißig Jahre lang mit ihr zusammengelebt?

ZACARÍAS: Weil es so hat sein müssen.

GONZALO: Und wer behauptet das?

ZACARÍAS: Ich, selbstverständlich.

GONZALO *schlürft seinen Kaffee:* Entschuldige bitte, aber deine Theorien kommen mir nicht nur *démodées*, sondern auch vollkommen absurd vor. Einmal sagst du dies, dann wieder jenes. Willst du nun mit ihr zusammenleben oder nicht?

ZACARÍAS: Es spielt keine Rolle, was ich will, sondern was ich tun *muß*.

GONZALO: Und früher wolltest du sie wohl nicht hintergehen, sondern *mußtest* es tun, oder?

Zacarías' Blick verfinstert sich. Zu Anfang hat er Gonzalos großspuriger Affektiertheit amüsiert zugehört, aber jetzt scheint Haß in seinen Augen aufzuflackern. Der Freund sieht es nicht einmal, so sehr nimmt ihn sein Kaffee und der Rest der Nachspeise in Anspruch. Sein fetter Leib quillt über den Stuhlrand, sein Bauch verbietet es ihm, näher an den Tisch zu rücken, weshalb er sich das Täßchen mit einer komplizierten Bewegung zum Mund führen und vermeiden muß, die heiße Flüssigkeit auf sein Hemd zu schütten.

ZACARÍAS: Komm mit in mein Atelier. Ich will dir etwas zeigen.

Gonzalo nimmt einen letzten Schluck und erhebt sich mühsam. Die beiden verlassen das Speisezimmer, durchqueren das Wohnzimmer und gehen die Treppe hinauf, Zacarías hinter Gonzalo.

Im oberen Stock schließt sich eine weitere Treppe an, diesmal eine Wendeltreppe, der die Kamera folgt, als wollte sie den Zuschauer schwindlig machen. Endlich gelangen sie ins Atelier: eine kleine Mansarde mit zahlreichen Fenstern, die als Maleratelier eingerichtet ist. Gemeinsam mit Gonzalo untersucht die Kamera zunächst den Raum, sie fährt auf die Keilrahmen und die über den Boden verstreuten Pinsel zu und nimmt sich jede Einzelheit der Bilder an der Wand vor. In einem Close-up sieht man Zacarías' Namenszug auf jedem Gemälde, als wollte die Kameralinse in die Bilder eindringen. Die meisten zeigen Familienszenen, deren gemeinsamer Zug die Trostlosigkeit der dargestellten Figuren ist; die Personen sind fast Schatten, immer grau und schwarz, während im Hintergrund mit deutlicher Aggressivität grell leuchtende Farben vorherrschen, vor allem Rot und Orange. Auch lachende Münder sind zu erkennen, lauernde Augen, beschnittene Glieder, als seien es allgegenwärtige Beobachter, als dürften die Figuren – Männer wie Frauen – niemals alleine sein. Die Kamera fährt von einem Bild zum anderen, betrachtet sie von allen Perspektiven, erkundet sorgfältig die Pinselstriche, während Zacarías und Gonzalo sich unterhalten.

GONZALO: Erstaunlich. Das sind Meisterwerke. Warum hast du sie mir bisher nicht zeigen wollen? Weshalb versteckst du sie hier, anstatt sie auszustellen?

Gonzalo schaut sich gemeinsam mit der Kamera eingehend die Bilder an, eins nach dem anderen. Zuerst geht er nah heran, um die Einzelheiten zu studieren, dann tritt er zurück, ganz wie ein echter Kenner.

GONZALO: Das hier zum Beispiel ist ein wahres *capolavoro*.

ZACARÍAS: Du täuschst dich.

Zacarías holt aus einem Intarsienkästchen zwei Zigarren und reicht eine Gonzalo, der noch verwunderter schaut als zuvor.

ZACARÍAS: Mach nicht so ein Gesicht, Gonzalo. Sie sind ein Dreck.

Zacarías zieht ein Feuerzeug aus der Tasche, um die Zigarren anzuzünden, aber statt dessen führt er die Flamme zu dem

Gemälde, das Gonzalo am meisten gefallen hat. In der Ecke des Bildes wächst ein schwärzlicher Fleck mit gelblichem Rand bis zu einigen Zentimetern an. Er wird fast zur Flamme, als Gonzalo die Hand des Freundes zurückreißt. Etwas Rauch hängt im Zimmer.

ZACARÍAS: Ich bin nicht verrückt, wenn es das ist, was du denkst. Mir ist nur bewußt geworden, daß es solche Schinken zu Tausenden und Abertausenden gibt. Schlecht sind sie vielleicht nicht, aber keine echte *Kunst*. Auge in Auge mit der Geschichte wäre es einerlei, ob du sie alle verbrennst oder nur ein einziges. Es wäre auch egal, wie viele davon erfahren – ob Kollegen oder Galeriebesitzer –, letzten Endes würden sie es mir danken.

GONZALO: Woher willst du das wissen? Wenn Leonardo oder Rembrandt so wie du gedacht hätten …

ZACARÍAS: Wem bedeutet es schon etwas, daß sie existieren? Niemandem, Gonzalo, absolut niemandem. Und weißt du, warum? Ich schätze meine Arbeit nicht etwa gering ein, ich erkenne nur, daß diese Bilder nichts weiter als das sind: *Bilder*. Sie haben nichts mit dem Leben der Menschen zu tun. Früher, zu Zeiten von Leonardo und Rembrandt, wie du sagst, waren Kunst und Leben eins, sie haben keine Bilder gemalt, sondern sie waren *grundlegender Bestandteil ihres Lebens*.

Während Zacarías spricht, befeuchtet Gonzalo einen seiner Finger und versucht, das angekohlte Fleckchen Leinwand zu reparieren.

ZACARÍAS: Damit ein Werk wirklich etwas *wert* ist, muß es ganz von deinem eigenen Leben getränkt sein, von deiner Geschichte. Dagegen gibt es Bilder – ebenso wie Bücher oder Kompositionen –, deren Verlust wir auch Jahrhunderte später noch beklagen. Sollte man sich nicht besser darum bemühen, diese wieder lebendig werden zu lassen?

GONZALO: Deshalb hast du mich also gerufen. Deshalb hast du mich gebeten, alles Material über Mantegna zusammenzusuchen.

ZACARÍAS: Ich will eines seiner verschollenen Werke erneut malen, *La Malancolia.*

GONZALO: Warum gerade das?

ZACARÍAS: Weil es ein Abriß meines Lebens sein wird. Eine Darstellung von mir und meiner Familie, meiner fixen Ideen, meines Kunstverständnisses. Das muß ich noch tun vor dem Ende. Und ich will, daß du mir dabei hilfst.

Zacarías geht im Atelier auf und ab; er hat inzwischen seine Zigarre angezündet und zieht in tiefen Zügen daran. Gonzalo sieht ihn erwartungsvoll an.

ZACARÍAS: Wie du weißt, hat Mantegna die Melancholie, im Gegensatz zu Dürer, inmitten von Putten gezeigt, die die Künste repräsentieren …

GONZALO: Ja, auf der Darstellung von Lucas Cranach wird sie ebenfalls so gezeigt, und vermutlich hatte er sich von Mantegnas Bild anregen lassen.

ZACARÍAS *nimmt einige Notizzettel von einem der Keilrahmen:* Schau, die einzige Beschreibung des Bildes stammt von Campori. *Er liest:* „Un quadro su l'ascia di mano del Mantegna con 10 fanciulli che suonano e ballano, sopra scrittovi Malancolia, con cornice dorata, alta on. 14, larga on. 20½." Augenscheinlich, und genau das versuche ich zu beweisen, stellen diese Kinder, diese Putten, die Kunst dar.

GONZALO: Damals war die Vorstellung von Ficino populär, die Kunst sei eines der wenigen Heilmittel gegen die Krankheit der Melancholie … Womöglich wollte Mantegna das veranschaulichen.

ZACARÍAS: Das glaube ich nicht. Mantegna ist ein direkter Vorgänger von Dürer, sowohl hinsichtlich der Figuren als auch der Ideen, die sie versinnbildlichen. Denk einmal nach: Die zehn Kinder spielen ihre Instrumente, hüpfen und tanzen rund um eine Dame Mérencolye herum, die ihnen keinerlei Aufmerksamkeit schenkt. Das ist die Haltung des Künstlers angesichts der Kunst und auch des Schöpfers angesichts der Welt.

GONZALO: Und des Malers angesichts seiner Familie …

ZACARÍAS: Mit der Kunst als Medium.

Die Kamera konzentriert sich auf Zacarías' aufgewühlte Miene.

ZACARÍAS: Und sicher ahnst du schon, welches meine Modelle
sein werden …

Schnitt.

SZENE 2. ERSTE „DIE VIER REITER"

*Erneut das Wohnzimmer. In zwei Sesseln sitzen Ruth und Ana,
reden über Arturo und stellen sich belanglose Fragen. Währenddessen gießen Kellner Tee in die Tassen auf dem Mitteltisch.*

RUTH: Dann habt ihr euch also durch Zufall kennengelernt?

ANA: So ist es, Señora. Hätte es der Junge, mit dem ich damals
ging, nicht besonders schick gefunden, mich ins Theater ein-
zuladen, hätte ich Arturo nie getroffen. Ich hatte keinerlei
Interesse am Theater. Inzwischen gefällt es mir sehr, Arturo
muß mich nicht hinschleppen. Er ist ein hervorragender
Schauspieler.

*Die beiden nehmen vorsichtig ihre Teetassen auf – Ruth spreizt
dabei fein den kleinen Finger ab –, führen sie zum Mund und
nippen daran. Ana fühlt sich unbehaglich, sie verbirgt kaum
ihren Verdruß angesichts der Steifheit der Frau ihr gegenüber.*

RUTH: Ich danke dir, daß du bei mir geblieben bist, anstatt die
jungen Leute zu begleiten.

ANA: Aber nein, es ist mir ein Vergnügen.

Eine unheilvolle Pause entsteht, während sie beide nur trinken.

RUTH: Erzähl mir, was du so tust, Ana.

ANA: Ich arbeite in einer Marketingfirma.

RUTH: Einer was?

*Es klingelt. Eufemio geht aufmachen. Kurz darauf kommt er
zurück.*

EUFEMIO: Da ist eine Dame, die behauptet, mit Ihnen befreun-
det zu sein. Sie wollte mir ihren Namen nicht nennen.

RUTH: Laß sie herein.

Sie steht auf und wartet. Die Kamera konzentriert sich auf ihren Gesichtsausdruck. Darin liegt eine Art unterdrücktes Entsetzen, als wolle sie schreien und könne es nicht. Schließlich ist eine Frauenstimme zu hören, und dann sieht man die ausgestreckte Hand und das zynische Lächeln von Sibila.

SIBILA: Hallo, Ruth. Dir ist wohl ein Gespenst begegnet.

Ruth kann ihr nicht einmal antworten.

SIBILA: Willst du mich nicht hereinbitten?

RUTH *wütend, mit leiser Stimme:* Wie konntest du es wagen?

SIBILA: Ich bitte dich, Ruth, mach bloß keine Szene. Laß uns wie die beiden guten alten Freundinnen plaudern, die wir immer gewesen sind.

Sibila trägt einen grauen Koffer, den sie gleich mit ins Haus genommen hat. Sie ist eine Frau, die in ihrer Jugend sehr schön gewesen sein muß, mit blond gefärbtem Haar, knallroten Lippen und einer schneeweißen Haut mit Sommersprossen. Sie trägt eine weiße Bluse mit dunkelroten Blumen, einen weiten Rock, schwarze Stiefeletten und ein pistaziengrünes Tuch um den Hals, das ihr über die linke Schulter hängt. Ruth tritt zur Seite und läßt sie herein.

SIBILA *zu Ana:* Hallo, ich bin Sibila, eine alte Freundin von Ruth.

RUTH *nachdem sie die Tür geschlossen hat, ohne sich beherrschen zu können:* Was willst du hier?

SIBILA: So behandelst du also eine Freundin, die du eine Ewigkeit nicht gesehen hast?

RUTH: Du weißt, daß du hier nicht willkommen bist.

SIBILA *ohne auf sie zu achten:* Ich vermute, mein Zimmer steht schon bereit, nicht wahr? Das gleiche *wie immer.*

Sie nimmt ihren Koffer und geht zur Treppe.

RUTH: Wohin glaubst du, daß du gehst?

SIBILA *ironisch:* Mach dir nicht die Mühe, mich zu begleiten, ich kenne den Weg. *Zu Ana:* Entschuldige mich bitte.

Ruth versucht, sie zurückzuhalten, überlegt es sich aber. Ein tiefer Jammer liegt in ihren Augen. Sibila verschwindet.

Ana geht auf Ruth zu, der fast die Tränen kommen, um sie zu trösten.

ANA *umarmt sie:* Was ist los mit Ihnen, Señora? Wer ist die Frau?

Ruth schluchzt. Sie kann nicht sprechen. Ana führt sie zum Ohrensessel und setzt sie hinein.

ANA: Geht es Ihnen gut?

Ruth nickt nur. Ana holt ein Glas Wasser aus der Küche und gibt ihr zu trinken.

RUTH *mühsam:* Danke. Ich wäre jetzt gern allein.

Ana hilft ihr wieder hoch und geht mit ihr zur Treppe. Dort löst sich Ruth von ihr und setzt ihren Weg schwankend alleine fort, fest ans Geländer geklammert.

Schnitt.

SZENE 2A. ERSTE „DER TAG DES ZORNS"

Wieder das Atelier von Zacarías. Die Kamera zeigt die Gesichter der Protagonisten aus unterschiedlicher Perspektive. Als wäre der umgebende Raum verschwunden. Nur Licht und Schatten akzentuieren die gespannten Gesichtszüge von Vater und Sohn.

ZACARÍAS: Und, wie fühlst du dich so? Wie findest du es, deine Familie wiederzusehen?

ARTURO: Alles ist genau wie früher. Aber Papa, bei allem Respekt, warum immer diese Gewaltausbrüche? Kannst du nicht verstehen, daß wir nicht so sind wie du, es nicht sein können?

ZACARÍAS: Man kann sagen, was man will, aber eins ist sicher: Nie, niemals habe ich aufgehört, für meine Familie zu sorgen. Sag, wann hat es euch an irgendwas gefehlt? Wann habe ich mich geweigert, euch etwas zu geben, was ihr verlangt habt?

ARTURO: Wirklich, Papa, ich will dir keine Vorwürfe machen.

ZACARÍAS *unterbricht ihn:* Selbst wenn es gegen meine eigenen Ansichten, gegen meine Bedürfnisse war … Natürlich machst du mir keine Vorwürfe, weil es nichts vorzuwerfen gibt. Ich verstehe nur nicht, warum ihr, du, deine Mutter und deine Geschwister, niemals fähig gewesen seid, euch für *andere* zu opfern. Ihr interessiert euch nur für euch selbst …

ARTURO: Du läßt doch gar keine andere Meinung gelten. Du willst, daß wir tun, was *du* für richtig hältst, nichts weiter. Nie hast du uns Gelegenheit gegeben, selbst zu entscheiden.

ZACARÍAS: Und immer habe ich das *Beste* für euch gewollt.

ARTURO: Was du für das Beste hältst …

ZACARÍAS: Ihr denkt nur an euch selbst und vergeßt dabei, daß wir eine *Familie* sind.

ARTURO: Eine Familie? Jedenfalls hast du uns auch gegen deinen Willen allesamt unglücklich gemacht …

ZACARÍAS *verliert die Beherrschung:* Du hast immer bloß deine Instinkte befriedigt …

ARTURO: Nun geht es schon wieder los.

ZACARÍAS: Es ist mein Leben, ich muß keine Rücksicht auf euch nehmen. Das hast du damals zu uns gesagt.

ARTURO: Es gibt Dinge, in die du dich nicht einmischen kannst.

ZACARÍAS: Denk dran, in was für einem Zustand du damals warst, wie du dich gefühlt hast. Du warst im Begriff, dich zu zerstören. Wären wir nicht gewesen, ich wüßte nicht, was aus dir geworden wäre.

ARTURO: Das ist lange her, Papa. Und ich bin euch dankbar dafür. Aber das hat dir nicht das Recht gegeben, wie du immer geglaubt hast, mein Leben in die Hand zu nehmen.

ZACARÍAS: Aber um Hilfe kannst du uns bitten, wann immer es dir in den Sinn kommt, oder?

ARTURO: Papa, ich bitte dich. Du wirst mich doch nicht erpressen wollen.

ZACARÍAS: Mit dir ist nicht zu reden.

ARTURO: Ich will dir etwas sagen. Ana und ich werden uns scheiden lassen.

ZACARÍAS: Scheiden lassen?

ARTURO: Seit über einem Jahr schlafen wir nicht mehr miteinander. Unser Leben ist eine Farce.

ZACARÍAS: Liebst du sie nicht? Weshalb hast du sie dann hergebracht?

ARTURO: Ich liebe sie, Papa. Aber ich kann nicht mit ihr weiterleben. Ich ertrage sie nicht mehr.

ZACARÍAS: Was willst du damit sagen?

ARTURO: Ich weiß nicht, Papa, ich weiß es wirklich nicht.

Endlich entfernt die Kamera sich ein wenig von den Gesichtern und gestattet den Blick auf Zacarías' Körper. Sie konzentriert sich auf eine seiner fest geballten Fäuste.

Arturo tritt zu ihm und berührt ihn am Arm, um ihn zu beruhigen. Die Kamera verfolgt genau die schroffe Bewegung, mit der Zacarías ihn wegstößt.

ZACARÍAS: Hätte ich gewußt, daß eins meiner Kinder ... Aber es spielt keine Rolle, es ist zu spät, um sich darüber zu grämen. Wir sind dem Ende so nah, daß nichts mehr von Bedeutung ist. Letztlich wird alles der Zerstörung anheimfallen ...

ARTURO: Wovon sprichst du?

Die Kamera verläßt die beiden und richtet sich auf die Tür. Sie geht auf, und zuerst erscheint eine Frauenhand, dann ein Arm, und schließlich – bevor man sie noch sieht – hört man ihre Stimme: es ist Sibila.

SIBILA: Platze ich da in ein familiäres Gespräch?

ZACARÍAS: Sibila!

SIBILA: Überrascht?

ZACARÍAS: Ich habe dich nicht so schnell erwartet. *Nervös.* Du erinnerst dich wohl nicht an meinen Sohn Arturo, oder?

SIBILA *begrüßt ihn:* Als ich dich das letzte Mal gesehen habe, warst du noch ein kleiner Junge. Ich habe viel von dir gehört. Dein Vater ist mächtig stolz auf seine Kinder.

Arturo lächelt ironisch.

ARTURO: Ich habe auch eine Menge von Ihnen gehört ...

Arturo geht hinaus.

Sibila trägt noch dieselbe Kleidung wie bei ihrer Ankunft, hat sich nur das Haar etwas zurechtgemacht und ihr Make-up auf-

gefrischt. Ihre Augen haben einen intensiveren, tieferen Ton; ihre Lippen, die direkt von der Kamera anvisiert werden, sind von glänzendem Hellrot. Die Kamera tastet sie von Kopf bis Fuß ab, um ihren schlanken Körper und ihre Haut voll kleiner Sommersprossen zur Geltung zu bringen. Der weiße Blusenstoff läßt die Form ihrer üppigen Brüste erkennen.

Zacarías hat wieder zu seiner Selbstsicherheit gefunden und geht zu ihr, um ihr einen langen Kuß auf die Wange zu geben; sie umarmt ihn einen Augenblick.

ZACARÍAS: Ich hatte große Lust, dich zu sehen.

SIBILA: Natürlich.

ZACARÍAS: Du hast mich tatsächlich überrumpelt ... *Scheinheilig:* Das letzte Mal warst du vor gut zwanzig Jahren hier, was?

SIBILA: Fünfundzwanzig.

Zacarías' Miene verfinstert sich. Die Kamera zeigt die Gesichter wie bei einem chinesischen Schattenspiel.

Zacarías legt Sibila versöhnlich den Arm um die Schulter, um sie zu überzeugen, daß keinerlei Gefahr besteht, will sie aber eher beschwichtigen. Er schaut ihr fest in die Augen und kommt näher, als wolle er sie auf den Mund küssen, aber sie wendet den Kopf ab, und er begnügt sich damit, ihr mit der Zunge über Hals und Ohrläppchen zu fahren.

SIBILA: Warum wolltest du, daß ich komme?

ZACARÍAS: Es war an der Zeit, daß wir uns wiedersehen, Sibila.

SIBILA: Aber weshalb in deinem Haus, mit deiner Familie?

ZACARÍAS: Ich habe alle Menschen kommen lassen, die eine wichtige Rolle in meinem Leben gespielt haben, und vom ersten Augenblick an wußte ich, daß du dabei sein *mußtest.*

SIBILA: Wozu?

ZACARÍAS: Das werde ich euch heute abend sagen, beim Abendessen.

In Sibilas Gesicht zeichnet sich kein Ärger, sondern eine Art bittere Ironie ab, als würde sie Zacarías haargenau kennen, was ihr einen beträchtlichen Vorteil vor ihm verschafft.

SIBILA: Ich möchte nicht noch mehr Streit.

ZACARÍAS: Darum geht es nicht. Nimm es als eine Art Schlußab-
rechnung. Als letzte Gelegenheit, die uns zugestanden wird,
über unser Leben nachzudenken, bevor die Welt untergeht.
SIBILA: Immer mußt du alles symbolisch sehen.
ZACARÍAS: Du weißt gar nicht, wie dankbar ich dir für dein
Kommen bin. Hätte nur einer gefehlt, das ganze Treffen wäre
sinnlos gewesen. Ich existiere nur, weil ihr existiert, ihr seid
ein Teil von mir, mehr noch, ohne euch gäbe es mich nicht.
Schnitt.

SZENE 3. „DIE GERECHTEN"

*Abenddämmerung. Man sieht vier Gestalten im Gegenlicht, wes-
halb nur ihre schwarzen Silhouetten zu erkennen sind, die sich
vor einem Himmel abheben, der von Enzianblau ins Rötliche
übergeht. Sie sind hinausgegangen, um die Sonne untergehen
zu sehen, die im Augenblick der Einstellung bereits hinter den
Bergen verschwunden ist. Draußen stehen Gartenmöbel, zwei
schwere weiße Drahtohrensessel und eine kleinere Sitzbank mit
zwei Plätzen. Im Zentrum außerdem ein kleiner rechteckiger
Tisch mit Glasplatte, die die Farbtöne der Wolken und die letzten
Sonnenstrahlen reflektiert.*

*Javier steht und sieht zum Himmel auf, während die anderen
sitzen und ebenfalls hinaufschauen. Luisa erhebt sich plötzlich
und geht zu Javier, um ihn zu umarmen. Sie legt ihm eine Hand
auf den Rücken, und er umfaßt etwas zögernd die Taille der
jungen Frau. So bleiben sie einige Sekunden stehen. Gamaliel
und Renata sitzen auf der kleinen Bank. Ihre Körper berühren
sich fast, allerdings blicken sie einander nicht an, sondern
schauen geradeaus. Gamaliel legt langsam seinen Arm auf die
Lehne, seine Hand befindet sich nun genau hinter Renatas
Nacken. Niemand sagt etwas. Die Sonne ist untergegangen, und
im Dunkeln spürt man jetzt den Wind. Luisa zittert sichtlich und*

schmiegt sich an Javier, aber der macht keinerlei Anstalten, sie
fester an sich zu drücken. Im Gegenteil, sofort wendet er sich zu
Renata und Gamaliel um.

LUISA: Wunderbar, nicht wahr?

Die anderen schweigen. Gamaliel fährt – zuerst wie unbeab-
sichtigt, dann bewußt – mit den Fingern durch Renatas offenes
Haar. Ohne daß die anderen es merken, dringt er dann strei-
chelnd mit Daumen und Zeigefinger durchs Haar zur Haut
am Nackenansatz vor. Er streift sie nur leicht, damit sie denkt,
es sei ein Versehen gewesen, aber doch fest genug, damit sie es
merkt. Renata rührt sich nicht, ignoriert es sogar und beginnt
zu reden. Die Kamera folgt jeder einzelnen Bewegung von Ga-
maliel.

RENATA: Bist du schlecht aufgelegt, Javier?

Auch der Gedanke, daß eine Geste von Renata ihn in jedem
Augenblick vor seinem Freund bloßstellen könnte, hindert
Gamaliel nicht daran, weiterzumachen.

JAVIER: Ich möchte nicht darüber sprechen.

RENATA: Schau dir Luisa an, sie kommt um vor Kälte und wartet nur darauf, daß du sie umarmst.

LUISA *zu Javier:* Leih mir einfach einen Pulli …

GAMALIEL *flüsternd zu Renata:* Und darf ich dich umarmen?

Renata steht auf und geht ins Haus.

RENATA *zu Luisa:* Ich leih dir einen, bin gleich wieder da …

Javier schaut mißtrauisch zu seinem Freund hinüber; er ahnt,
was er im Schilde führen kann. Gamaliel wirkt dagegen see-
lenruhig und schaut sich unerschütterlich weiter den Horizont
an.

JAVIER: *zu Gamaliel:* Hör mal, du hast uns noch gar nicht
erzählt, was mit Amanda passiert ist.

GAMALIEL: Mit wem?

JAVIER: Hieß so nicht deine letzte *Freundin?*

GAMALIEL: Adriana.

JAVIER *zu Luisa:* Du weißt ja, wie Gamaliel ist. Ihn interessieren nicht die Frauen, sondern nur die Eroberung. So wie andere dem Beruf des Rechtsanwalts oder des Arztes nachgehen,

so geht Gamaliel dem Anmachen nach. Der Donjuanismus in Reinkultur. Hat er den Willen seines Opfers einmal gebeugt, interessiert ihn der Rest nicht mehr.

GAMALIEL *zu Luisa:* Er überschätzt mich …

Renata kommt mit einem blauen Wollpulli mit himbeerfarbenen Streifen zurück und gibt ihn Luisa, die ihr dankt und ihn gleich anzieht.

JAVIER *zu Renata:* Gamaliel wollte uns gerade sein letztes Abenteuer mit einer Dame seiner Bekanntschaft erzählen, sie heißt Adela.

GAMALIEL: Egal … Es gibt nicht viel zu erzählen, das kannst du mir glauben. Verheiratet.

JAVIER: Und dazu noch reich, was? Hast du keine Angst vor ihrem Mann? Was, wenn er einen Privatdetektiv auf dich ansetzt oder dir ein paar Schläger auf den Hals hetzt, die dich verprügeln?

GAMALIEL: Auf den Gedanken bin ich gar nicht gekommen.

JAVIER *zu den beiden Frauen:* Seht ihr? Unverantwortlich wie eh und je.

GAMALIEL: Nur kein Neid, Javier. Für dein Leben gern würdest du auch so was erleben, nur würdest du im entscheidenden Moment kneifen.

JAVIER: Gut, was ist also mit ihr passiert?

GAMALIEL: Es ist mir langweilig geworden … Auch wenn ihr es nicht glaubt, aber inzwischen reizt sie mich nicht mehr, ich würde sie lieber nicht mehr sehen. Ganz nach Lust und Laune platzt sie unangemeldet bei mir rein, während ich eigentlich lieber lesen würde …

JAVIER: Nehmt ihr ihm das ab?

RENATA: Ich schon. Ich finde es normal, daß man sich nach einer gewissen Zeit langweilt, so verliebt man auch sein mag. Dergleichen geschieht doch Tag für Tag.

LUISA: Nun, ich bin der Meinung, sie langweilt dich nur, weil du sie in Wirklichkeit niemals geliebt hast oder zumindest nicht besonders …

GAMALIEL: Liebe oder Zärtlichkeit haben nichts damit zu tun.

Das hört sich verdreht an, ist es aber nicht. Man kann sich nur schwer begreiflich machen, daß man auf der einen Seite mit jemandem, den man liebt, nicht notwendigerweise dauernd zusammen sein muß – was häufig vorkommt – und daß man auf der anderen Seite ständig mit jemandem zusammen sein will, den man nicht liebt – was dauernd vorkommt.

LUISA *schaut Javier an:* Wenn ich jemanden *liebe,* will ich die ganze Zeit mit ihm zusammen sein. Wenn nicht, dann *liebe* ich ihn nicht.

GAMALIEL *zu Luisa:* Für mich ist das sehr viel komplizierter, aber vielleicht hast du ja recht.

RENATA *als würde sie eine prinzipielle Erklärung abgeben:* Mir ist genau das passiert, was du sagst. Ich habe … habe jemanden mit aller Kraft geliebt, und doch ist der Moment gekommen, an dem ich nicht mehr mit ihm zusammenleben konnte. Dagegen geschieht es oft, daß ich ständig an jemanden denken muß, den ich kaum kenne … All das ist ein wenig absurd, die Gefühle entziehen sich unserer Kontrolle …

JAVIER *zu Renata:* Willst du damit sagen, daß du X liebst, aber womöglich doch lieber mit Y zusammen bist?

RENATA: Ja …

LUISA: Für mich wäre das unmöglich …

GAMALIEL: Ich kann nur sagen, daß das zwei Paar Schuhe sind, auf der einen Seite unsere Ideen und das, was wir über hypothetische Situationen denken, und auf der anderen unsere wirklichen Taten und das, was wir wahrhaftig in jeder Situation tun würden.

LUISA: Nein, es gibt Haltungen, von denen ich von vornherein weiß, daß sie niemals für mich in Frage kommen …

GAMALIEL: Zum Beispiel?

LUISA: Wenn ich in X verliebt wäre oder das zumindest glauben würde, und auf einmal würde Y auftauchen, der mich ganz verrückt macht, dann würde ich es X sagen …

GAMALIEL: Bei allem Respekt, würde dir so etwas passieren, bezweifle ich, daß du das tun würdest. Womöglich liebst du X wirklich, liebst ihn aufrichtig, während du für Y nur einen augenblickliches Faible hast. Aber du weißt, wenn du es X erzählst, könntest du ihn für immer verlieren, für etwas, das nicht mehr als eine Laune ist … Würdest du es ihm auch dann sagen?

LUISA: Ja.

GAMALIEL: In Ordnung, deine Aufrichtigkeit erscheint mir bewundernswert, aber ich glaube, sie hat mehr Nach- als Vorteile …

JAVIER *zu Gamaliel:* Was du dabei überhaupt nicht berücksichtigst, sind die Gefühle von X.

RENATA *zu Gamaliel:* Man hat seine Leidenschaften nie vollkommen im Griff …

Gamaliel schaut sie fest an.

JAVIER: Natürlich hat man das. Lassen wir uns von ihnen leiten, dann nur, weil wir uns von ihnen *leiten lassen wollen.*

RENATA *lachend:* Javier, das darf doch nicht wahr sein, du sprichst ja wie Papa …

Javier schweigt. Er schaut die anderen drei mit Verachtung an. Das Bild wird ausgeblendet. Schnitt.

SZENE 4. „DIE STILLE"

Das Zimmer liegt im Dunkeln. Durch die offenen Fenster kommt ein leichter Wind, der die Vorhänge wiegt, sowie ein schwacher Lichtschein, vielleicht von einer der Laternen vor dem Portal. Ruth sitzt auf dem Bett, den Blick starr auf den Boden gerichtet. Auf der Kommode steht ein Fernseher, der voll aufgedreht ist und das Zimmer abwechselnd in blaues und grünes Licht taucht.

Plötzlich tritt Zacarías ein und macht das Licht an.

ZACARÍAS: Was zum Teufel ist hier los?

Er geht zum Fernseher und dreht ihn leiser, ohne ihn auszu-

schalten. Er schaut Ruth an, die sich bei seinem Eintreten nicht
gerührt hat. Während er spricht, geht er zu ihr hinüber.

ZACARÍAS: Und was ist nun mir dir? Komm mir nicht wieder mit
der alten Leier, bitte.

Ruth hebt nicht einmal den Kopf, um ihn anzuschauen. Er rüt-
telt sie ein wenig, aber sie schenkt ihm keinerlei Aufmerksamkeit.
Dann klatscht er laut vor ihrem Gesicht in die Hände, was sie ein
wenig aufweckt.

ZACARÍAS: Ruth! Wach auf … Was ist los mit dir?

Ruth macht eine Anstrengung, um zu reden. Sie umschlingt
den Körper des Mannes vor ihr und läßt nur ein paar Sekun-
den später wieder von ihm ab, als wäre er ihr zuwider. Sie
schluchzt in sich hinein, ohne daß ein Laut aus ihrem Mund
dringt. Die Kamera zeigt ihre gelblichen Zähne und die geöff-
neten Lippen, aus denen keine Worte dringen. Zacarías setzt
sich neben sie.

ZACARÍAS: Ist ja gut, meine Kleine, was hast du denn?

RUTH *kaum hörbar:* Warum? Warum hast du sie wieder hergeholt …?

ZACARÍAS: Ich habe sie nicht hergeholt, Ruth, das schwöre ich.
Sie ist hier auf einmal reingeplatzt. Ich habe ihr bereits gesagt,
daß sie fortgehen soll.

RUTH: Weshalb tust du mir das an? Du hattest versprochen, daß
es nie wieder vorkommen würde. Du hast es versprochen!

ZACARÍAS: Ich habe dir doch gesagt, daß es nicht meine Schuld
ist. Sie hat es sich nun mal in den Kopf gesetzt, und nun ist sie
hier.

RUTH *klammert sich an Zacarías' Arm:* Du lügst genauso wie
damals. Das ist nicht gerecht, Zacarías … Ist dir bewußt, was
sie für uns bedeutet?

ZACARÍAS *entnervt:* Ich habe sie schon aufgefordert, wieder zu
gehen, was kann ich sonst noch tun?

RUTH: Es ist nicht wichtig, ob sie geht, wichtig ist, daß sie es
gewagt hat, noch einmal *hierher* zu kommen.

ZACARÍAS: Ich bitte dich, Ruth, bald ist sie wieder fort, und es
wird so sein, als wäre sie nie hier gewesen …

RUTH: Genau das hast du mir schon *damals* gesagt, und sieh nur, was dann passiert ist. Es ist ein Zeichen, eine Warnung, Zacarías. Begreif das doch.

Zacarías umarmt sie und versucht, sie zu beruhigen.

ZACARÍAS: Nichts wird passieren.

RUTH *weinend:* Mach mir nichts vor. Weshalb ist sie hier?

ZACARÍAS: Ich weiß auch nicht mehr als du. Wenn es dich so interessiert, weshalb fragst du sie dann nicht selbst?

RUTH: Ich will sie nicht bei mir im Haus.

ZACARÍAS: Es wird nur für kurze Zeit sein, Ruth. Ich verspreche es dir.

RUTH: Dann weißt du also doch, weshalb sie hier ist?

ZACARÍAS: In Ordnung, ich werde es dir sagen.

Die Kamera konzentriert sich auf Zacarías' Lippen und Zähne, die sich bewegen. Mit einem Zoom fährt sie bis in den Gaumen hinab, und man sieht seine flatternde Zunge. Doch es ist kein einziges Wort zu hören.

Schnitt.

SZENE 5. „POSAUNENMUSIK"

Im Gegensatz zu den vorhergehenden Szenen ist jetzt zum erstenmal Hintergrundmusik zu hören; sie übernimmt sogar die Hauptrolle in der Sequenz. Es sind Einblendungen aus dem Quatuor pour la fin des temps *von Olivier Messiaën. Das Trompetenthema ist jedesmal zu hören, wenn eine der Personen etwas Wichtiges sagt. Die Musik ist ein parodistischer Kommentar zu den Worten der Protagonisten.*

Um den Tisch sind alle Personen versammelt, zum erstenmal vollzählig vereint. Am Kopfende sitzt Zacarías, in grauem Anzug und roter Krawatte. Zu seiner Rechten Gonzalo, ebenfalls förmlich gekleidet; und zu seiner Linken Ruth, in einem sichtlich verknitterten Abendkleid. Auf der rechten Tischseite sit-

zen Gamaliel und Renata; auf der linken Arturo, Ana, Javier und Luisa. Ans andere Ende hat Zacarías überraschenderweise Sibila gesetzt, die ein phantastisches rotes Kleid zur Schau stellt.

Während die Kellner die Speisen auftragen – zuerst eine Sherry-Consommé in dampfenden Suppentassen und dann einen riesigen Truthahn, den Gonzalo zuvorkommend tranchiert –, zeigt die Kamera die kauenden Kiefer, zeichnet genau alle Reaktionen eines jeden auf und die Blicke, die sie sich gegenseitig zuwerfen. Zacarías ist düsterer Stimmung und sehr viel zurückhaltender als üblich; Ruth hat dagegen Tränen in den Augen, ihr Teint ist sichtlich derangiert, trotz ihres überreichlichen Make-ups. Gonzalo konzentriert sich ganz auf den Truthahn, gleichgültig gegenüber den Emotionen der anderen. Gamaliel flüstert unablässig Renata etwas ins Ohr, während die nur auf die Rede ihres Vaters und den Zustand ihrer Mutter achtet. Ana und Arturo wechseln kaum ein Wort miteinander, sie fixiert ihrerseits Gamaliel. Luisa redet angeregt auf Javier ein, während der zu hören versucht, was Gamaliel zu seiner Schwester sagt. Sibila hält sich abseits, weicht den verweinten Blicken von Ruth aus, versucht nicht aufzufallen und macht nur ab und zu ein paar Bemerkungen zu Renata und Luisa, die ihr am nächsten sitzen, jedoch zu sehr in ihre jeweiligen Gespräche vertieft sind und sie meiden.

Die Kamera gleitet dicht über die Tischdecke, zwischen den Speisen hindurch; sie folgt mit Schuß und Gegenschuß den Blicken zwischen den Personen, tanzt um Gläser, Brotstückchen, Buttertellerchen, Bestecke und Hände der Essenden. Ab und zu ist deutlich die Stimme von jemandem zu hören, und sogleich versucht die Kamera, ihn ins Bild zu bekommen, während die Musik ihre Suche noch unterstreicht. Schließlich überdeckt Zacarías' Stimme die der anderen, und alle schweigen, um ihn anzuhören.

ZACARÍAS: Endlich ist der Augenblick gekommen, euch meine so lange erwartete Ankündigung zu machen.

Er läßt seinen Blick ironisch auf Sibila ruhen.

ZACARÍAS: Nun gut, in Wirklichkeit handelt es sich um zwei Nachrichten, um eine gute und eine schlechte. Welche wollt ihr zuerst hören?

RUTH: Zacarías, bitte …

ZACARÍAS *ohne auf sie zu achten:* Na, Arturo, welche willst du zuerst erfahren?

Arturo antwortet nicht.

ZACARÍAS: Also gut, wollen wir demokratisch abstimmen. Wer ist für die gute Nachricht? *Pause.* Sehe ich da eine erhobene Hand? Zwei? Sehr gut. Auch ich bin für die gute. Nun zur schlechten. Wer ist dafür? Niemand? Niemand spielt? Die Bank gewinnt.

RENATA: Papa, sag schon, was du zu sagen hast, und Schluß.

ZACARÍAS: Habt ihr in der Zwischenzeit euren Sinn für Humor verloren? Na, ich werde jedenfalls keine Rücksicht auf euch nehmen.

JAVIER: Hast du doch nie getan …

ZACARÍAS: Wenigstens etwas, Javier: Zum erstenmal bist du mit mir einer Meinung. Nun, da ihr vor Spannung bestimmt umkommt, werde ich mit der schlechten beginnen. Ich habe beschlossen, die Malerei für immer aufzugeben. Nun gut, nicht nur die Malerei, aber der Teil kommt später. Nach fast vierzig Jahren künstlerischer Arbeit bin ich mir klar darüber geworden, daß alle meine Bilder keinen Pfifferling wert sind. Ich weiß, daß einige unter euch schon früher diesen Verdacht hatten, aber wichtig ist, daß ich nun selbst darauf gekommen bin. Also, liebe Familie, ich müßt in Zukunft nicht mehr eure Heuchlermienen aufsetzen, wenn ich euch eins zeige … Selbstverständlich gibt es eine kleine Ausnahme, so schnell wollte ich nun doch nicht kapitulieren. Ich werde ein letztes Projekt verwirklichen, mein einziges Meisterwerk. Unter uns ist mein guter Freund Gonzalo Malvido, einer unserer herausragendsten Kunstkritiker, den ich eingeladen habe, damit er mich berät. Bescheidenheit beiseite, es handelt sich um ein äußerst ehrgeiziges Werk: die Rekonstruktion eines Bildes von Andrea Mantegna, das vor über vierhundert Jahren verschollen ist, es trägt den Titel *Malancolia*. Ich weiß, es wird euch absurd vorkommen, aber nach und nach werdet ihr verstehen, daß es gar nicht so absurd ist, ihr werdet sogar begreifen, daß die Arbeit so bedeutungsvoll ist, daß ich ihr den Rest meines Lebens widme …

Ruth kann sich nicht mehr beherrschen und bricht in Tränen aus. Die anderen begreifen nicht, was vor sich geht. Die Posaunen erklingen.

JAVIER: Im Gegenteil, Papa, wir finden es *äußerst* interessant … Aber kommen wir zum anderen Thema, in Ordnung?

ZACARÍAS: So ungeduldig wie deine Schwester. Laß mich ausreden. Hört euch also aufmerksam die gute Nachricht an. Gut für euch, meine ich. Und noch besser für mich. Die *Malancolia* wird mein letztes Bild sein, weil ich es, wenn wir den Doktoren Glauben schenken, nach ärztlicher Verordnung binnen sechs Monaten fertigstellen muß.

RENATA: Wovon sprichst du?

ZACARÍAS *nimmt sein Weinglas und trinkt:* Eine eindeutige Aussage. Ich möchte es innerhalb von sechs Monaten beenden, weil mein Rückzug von der Malerei – und allem anderen – danach unvermeidlich sein wird.

JAVIER: Sprich Klartext mit uns, Papa …

ZACARÍAS Ich will es folgendermaßen ausdrücken: Nach Ansicht von Doktor Morales wird das Weltende binnen sechs Monaten eintreten. Ich habe Krebs …

Wieder sind die Posaunen zu hören. Die Kamera schweift über alle Gesichter der Tischgäste.

ZACARÍAS: Aber ich habe euch nicht etwa kommen lassen, um euch das mitzuteilen, ich würde es nie wagen, euch mit etwas so Belanglosem aufzuhalten. Ich möchte euch vielmehr *auffordern*, mich bei meiner Arbeit zu unterstützen. Ich möchte, daß ihr mir bei der Fertigstellung meines letzten Werkes helft. Natürlich sollt ihr mir nicht die Pinsel halten oder mir sagen, ob ich eine Farbe richtig wähle. Ich *brauche* euch, weil ich mit euch zusammensein muß, während ich das Bild male, bevor das Universum zerstört wird.

ARTURO *überrascht:* Willst du etwa, daß wir dir hier Gesellschaft leisten, bis du stirbst?

ZACARÍAS: So deutlich hättest du nicht zu werden brauchen.

ARTURO: Sechs Monate?

ZACARÍAS: Wenn ihr Glück habt, kann es viel früher zu Ende
sein ...

ARTURO: Aber wir haben anderes zu tun. Wir könnten dich oft
besuchen kommen ...

ZACARÍAS: Da hast du ihren Egoismus, Ruth. Ich sterbe, und
meine Kinder haben *anderes zu tun.*

JAVIER *fällt ihm ins Wort:* Selbstmitleid hat dir noch nie gut
gestanden, Papa. Begreif doch, daß es nicht in unserer Hand
liegt.

ZACARÍAS *wütend:* Ach nein? In wessen sonst?

ARTURO: Es ist absurd, was du von uns verlangst. Wir haben alle
einen Beruf, unsere eigenen Familien ...

ZACARÍAS: Mach dir keine Sorgen ums Geld, Arturito. Während
ihr hier seid, werdet ihr bekommen, was ihr braucht. Reist ihr
ab, werdet ihr leer ausgehen.

*Renata bricht ebenfalls in Tränen aus. Gamaliel versucht, sie zu
trösten.*

JAVIER: So was kannst du doch nicht tun, Papa. Du drohst uns
ja.

ZACARÍAS: Findest du es nicht schrecklich, daß ich euch drohen
muß, damit ihr bei mir bleibt?

JAVIER: Was sollen wir also tun?

ZACARÍAS: Ich brauche euch, um mein Bild zu vollenden, die
Malancolia. Ihr müßt mir Modell stehen ...

JAVIER: Modell? *Er lacht nervös.* Willst du uns porträtieren?

ZACARÍAS: Genau. Aber nicht eure Körper, sondern eure Seelen. Malen, was ihr in meinem Leben dargestellt habt. So
absurd euch das auch erscheinen mag: *euren Geist malen.*

ARTURO: Du hast den Verstand verloren. *Zu den anderen.*
Merkt ihr? Er ist verrückt geworden ... *Zu Zacarías.* Es reicht
dir wohl nicht, dich daran zu erinnern, wie wir sind? Unglaublich!

241

RENATA *unter Tränen:* Bitte, Papa … Arturo … Nur dieses eine
Mal …

ARTURO: Jetzt fehlt nur noch, daß *du* dich auf seine Seite stellst.

RUTH: Das ertrage ich nicht länger, nicht noch einmal …

Sie steht auf und läuft aus dem Speisezimmer.

ZACARÍAS *zu Arturo:* Da siehst du, was du angerichtet hast, du
Schwachkopf! Wahnsinn war, daß ich dich nicht windelweich
geprügelt habe, als ich es hätte tun sollen. *Zu Renata.* Und du
geh deiner Mutter nach. *Abwechselnd zu Gonzalo, Luisa und
Gamaliel.* Entschuldigt uns, vielleicht hättet ihr diese wenig
erfreulichen Bekenntnisse nicht anhören sollen, aber da ihr
einigen Familienmitgliedern nahesteht, wird es besser sein,
wenn ihr uns so kennenlernt, wie wir sind.

*Die drei geben Zacarías durch Gesten zu verstehen, daß es
ihnen nicht unangenehm ist, obwohl sie das nur schwer verbergen können.*

ZACARÍAS: Nun gut, besser, wir machen Schluß für heute. Gonzalo, warum erklärst du ihnen nicht, worin die spezifischen
Merkmale von Mantegnas *Malancolia* bestehen?

Die letzte Einblendung der Posaunenmusik.

Schnitt.

SZENE 6. ERSTE „DER ENGEL DES ABGRUNDS"

*Die Kamera zeigt wieder das Speisezimmer, in dem nur noch
Zacarías, Gonzalo, Arturo und Ana zurückgeblieben sind. Sie
gleitet schnell über den Tisch, um zu zeigen, wieviel Zeit inzwischen vergangen ist: Man sieht nur noch ein paar schmutzige Teller, fleckige Servietten, Gläser, Kaffeetassen und eine
Whiskyflasche. Zacarías ist der einzige, der ein ums andere Mal
sein Glas füllt, die anderen schauen zu und tun angesichts der
Flüche des Vaters nur so, als würden sie auch trinken. Ana ist
etwas beschwipst, ihre Augen glänzen, sie kann die Situation*

kaum mehr ertragen. Sie spielt mit einem Stückchen Brot, das sie über die Tischdecke rollt.

ZACARÍAS *im Rausch:* Ihr könnt gehen, wann immer es euch paßt … Laßt mich allein … Mein Freund Gonzalo wird mir Gesellschaft leisten … Ich brauche euch nicht … Ich will nicht länger eure Gesichter sehen müssen, mit Ausnahme von Ana, versteht sich … *Zu Arturo.* Gut, obwohl ich in Wirklichkeit gern sehr viel mehr als ihr Gesicht sähe …

Ana wirft ihre Serviette auf den Tisch und steht auf. Arturo folgt ihr.

ZACARÍAS: Trottel! Die Welt geht unter, und ihr merkt es nicht mal, sondern plärrt nur los wie die Kleinkinder … Hört mir gut zu, ihr Schwachköpfe, das Ende aller Zeiten naht! Mein Zorn wird über euch entbrennen, glaubt mir! Ihr werdet den Tod suchen, und der Tod wird von euch fliehen …

GONZALO *ebenfalls halb angetrunken:* Stoßen wir lieber an … Nur nicht traurig werden …

Die Kamera verläßt den Speisesaal, um Arturo, der hinter Ana herläuft, durch das Wohnzimmer und die Treppe hinauf zu folgen. Dort kommt ihnen Renata entgegen. Arturo muß vor seiner Schwester stehenbleiben und seine Frau vorgehen lassen.

ARTURO *zu Renata:* Wie geht es Mama?

RENATA: Besser. Javier und Luisa sind bei ihr.

Arturo zögert einen Augenblick, dann senkt er den Kopf und setzt seinen Weg fort, während Renata sichtlich aufgewühlt die Treppe hinunterstürzt. Sie läuft durchs Wohnzimmer, reißt die Haustür auf und tritt hinaus. Die Nacht ist vollkommen finster, ohne Sterne. Das einzige Licht kommt aus dem Hausinnern und von den Laternen am Wegrand. Renata setzt sich auf die niedrige Veranda, umklammert ihre angezogenen Beine mit beiden Armen und legt den Kopf auf die Knie. Ab und zu sind Zacarías' unverständliche Schreie aus dem Speisezimmer zu hören.

Bald darauf öffnet sich die Haustür. Renata schaut sich nicht einmal um. Gamaliel setzt sich wortlos neben sie, in der gleichen Position.

GAMALIEL: Ist er immer so gewesen?

RENATA *ohne ihn anzublicken:* Seit ich zurückdenken kann.

GAMALIEL: Aber du kommst immer noch nicht damit zurecht …

Renata gibt einen Laut von sich, der nicht klar zu deuten ist, zwischen einem Seufzer und einem unterdrückten Lachen.

RENATA *nach einigen Sekunden Schweigen:* Gehen wir ein Stück?

GAMALIEL: Aber gern.

Gamaliel steht als erster auf und hilft Renata hoch. Sie gehen unter den Laternen den Hauptweg hinauf.

GAMALIEL: Was ist das da drüben?

RENATA: Was?

GAMALIEL *deutet in die Richtung:* Dieses Gebäude da.

RENATA: Die alte Kapelle. Warst du noch nicht drinnen?

GAMALIEL: Nein.

RENATA: Gehen wir hin.

Sie nimmt ihn bei der Hand und führt ihn zur Kapelle. Sie zittert. Die beiden entfernen sich vom beleuchteten Weg und tauchen in die Schatten zwischen Ästen und Büschen. Nach einigen Augenblicken stehen sie vor dem kleinen Bau. Die Umrisse der zerstörten Fassade sind kaum zu erkennen.

RENATA: Warte, mal sehen, ob die kleine Lampe noch geht, die Papa drinnen angebracht hat.

Sie tastet sich die Wände entlang und schlüpft in die Kapelle. Gamaliel wartet einen Moment, dann folgt er ihr.

GAMALIEL: Ich helfe dir …

Die Dunkelheit ist vollkommen. Man hört ein Geräusch, als wäre einer der beiden gestolpert, und dann Gamaliels Lachen. Schließlich geht eine kleine Glühbirne an, in deren Licht man kaum mehr als die Silhouetten der beiden ausmachen kann.

Renata geht ein paar Schritte rückwärts, bis sie an Gamaliels Brust stößt. Der hält sie fest und zieht sie zu sich heran; dann beginnt er, ihr die nackten Arme zu streicheln. Er hebt ihr Haar an und küßt ihr Hals und Nacken. Renata macht einen Versuch, sich loszureißen, ohne daß es ihr gelingt. Er umfaßt nun ihre

Taille und fährt ihr mit der Zunge über Schultern und Ohren und mit den Händen ihr T-Shirt hinauf, bis er zu den Brüsten gelangt ist. Sofort senkt er sie wieder und führt sie nun unter den Stoff, um ihr den BH aufzuhaken. Renata leistet keinen Widerstand mehr, ganz im Bann des anderen, der ihre Brustwarzen mit den Fingern umkreist. Renata bricht kalter Schweiß aus. Sie wirkt erregt, aber zugleich wutentbrannt. Gamaliel dreht sie herum und knöpft ihr die Jeans auf, während sie das gleiche mit seinen Hosen tut. Sie scheint sich ergeben zu haben. Sie fährt mit den Händen über Gamaliels Gesäß und zieht ihm schnell die Unterhosen herunter, bevor er mit ihr ein Gleiches tun kann. Sie streichelt sanft sein steifes Glied, als würde sie es vorbereiten, um es sich dann selbst einzuführen. Sie kneift es ein wenig, nimmt es in beide Hände und führt sie von der Spitze bis zum Ansatz, wo es sich mit dem Schambein vereint. Schon sind ihre Hände dabei, seine Hoden zu streicheln, während er tatenlos Renatas Bewegungen verfolgt.

Auf einmal fährt die Kamera nach oben und konzentriert sich nun nicht mehr auf den Körper, sondern auf Gamaliels beschattetes Gesicht, das sich in einem Schmerz verzerrt, der in einem Schrei gipfelt. Gamaliel krümmt sich, fällt zu Boden und faßt sich instinktiv zwischen die Beine. Renata schaut einen Augenblick auf ihn hinab und rennt dann aus der Kapelle.

Schnitt.

SZENE 6. ZWEITE

Waren das die Reaktionen, die Gruber von uns erwartet hatte? Hatte er gerade damit gerechnet, daß ich mein möglichstes tat, meine erste Begegnung mit Gamaliel im Film nicht zu wiederholen, sondern statt dessen meine Wut an ihm auszulassen? Hatte er den ersten Vorfall zu dem einzigen Zweck eingefädelt, damit ich die Beherrschung verliere und mich zu dieser extremen Gewalt hinreißen lassen würde? Es konnte kein Zufall sein, wie nichts von dem zufällig war, was uns bis zu diesem Punkt gebracht hatte. Als ich nach der Szene auf Gamaliel hinabschaute, der am Boden lag und sich mit einer Geste unbändigen Schmerzes die Hoden hielt, wurde mir nicht einmal bewußt, daß ich selbst daran schuld war. Schnell kam man ihm zu Hilfe, aber nicht einmal die Techniker oder Gruber schienen besonders besorgt über den Zwischenfall: als würde er genau in ihre Pläne passen. Meine Gefühle waren hingegen zwiespältig; zum einen fühlte ich mich für mein Vorgehen nicht verantwortlich – hier verschwamm mein tatsächlicher Zorn mit meiner Aufgabe als Schauspielerin –, während es mir zum anderen schien – ganz und gar mit meiner Rolle verschmolzen –, daß die Schmerzen, die er jetzt litt, eine gerechte Strafe für sein früheres Verhalten waren. Aber wie hatte ich es gewagt, ihm derartig wehzutun? Ich brach in Tränen aus, verzweifelt, da ich wußte, daß ich meine Gefühle nicht mehr in der Gewalt hatte, daß Gruber und die anderen Personen im Film mich zu Reaktionen treiben konnten, derer ich mich niemals für fähig gehalten hätte. Braunstein und eine Gruppe von Kameramännern hoben Gamaliel auf und trugen ihn in sein Zimmer.

„Er wird nur ein wenig Ruhe brauchen", sagte mir Gruber, damit ich mir keine Gewissensbisse machte. „Ansonsten war es eine glänzende Darstellung ..."

Bei seinen Bemerkungen sauste mir das Blut in den Ohren, mein Kopf drehte sich und gehorchte nicht mehr meinem Willen. Meine Tat erschien mir unmöglich oder vielmehr unwirklich, wie Teil eines Traums. Ich hatte ihn wahrhaftig verletzt, ohne Rücksicht auf die Konsequenzen, die mein Verhalten für mich und die anderen haben würde. Bald schon machte die Geschichte die Runde, und die Meinungen meiner Gefährten variierten, je nachdem, ob sie Sympathien für mich oder für Gamaliel entwickelt hatten. Zacarías, Ruth und Arturo waren zum Beispiel auf meiner Seite, wenn sie dadurch auch eher ihre Abneigung gegen ihn zum Ausdruck brachten, als daß sie es um meinetwillen taten, während Luisa und Ana mir vorwarfen, eine Wahnsinnstat begangen zu haben. Nur Javier, immer Javier, versuchte mich vor den realen Gefahren solcher Unbeherrschtheit zu warnen, vor dem möglichen zukünftigen Schaden, denn ich hatte keine Rücksicht darauf genommen, was für Kräfte und was für Groll ich damit bei Gamaliel und seinen Verbündeten auslösen würde. Wie gewöhnlich wollte ich nicht auf ihn hören. Ich brauchte keinen Tadel, sondern einfach jemanden, der mich umarmte, meine Motive verstand, mir von vornherein vergab. Ich wollte weder einen Richter noch einen Verteidiger, sondern einen Komplizen, jemanden, mit dem ich die Schuld teilen konnte, um mich besser zu fühlen, weniger unglücklich.

Als ich später für einen Augenblick mit Gruber allein sein konnte, versuchte ich, bei ihm eine Antwort und Trost zu finden. „Was stellst du mit mir an?" fragte ich ihn. „Was stellst du mit uns allen hier an?"

Aber zu diesem Zeitpunkt war Gruber schon nicht mehr mein Freund, mein Liebhaber, sondern nahm seine Rolle als Regisseur allzu ernst, als Herr und einziger Schöpfer seines Films, seiner Welt.

„Nur das, was du willst, daß ich mit dir anstelle", antwortete er mir trocken, um sich sofort wieder seinen eigenen Angelegenheiten zuzuwenden. „Was ihr alle im Grunde wollt, das ich mit eurem Leben anstelle."

Von diesem Augenblick an schienen wir jede Kontrolle über uns verloren zu haben, jeden Anhaltspunkt, jedes Zentrum, auf das wir unsere Taten hätten beziehen können. Nachdem Gruber das Gerüst unserer Beziehungen errichtet hatte, kappte er die Leinen und ließ uns treiben, damit wir selbst entschieden – als hätten wir damals noch Entscheidungskriterien besessen –, was mit unserem Schicksal geschehen sollte. Wir waren ganz und gar in unserem Familienleben aufgegangen, in den Leidenschaften, die uns verbanden und trennten, so daß wir nicht mehr davon ausgehen konnten, daß unsere Verbindung nach Abschluß der erschöpfenden Dreharbeiten ebenfalls beendet sein würde. Der Regisseur hatte eine verborgene Energie in uns entfesselt, deren Ausmaß wir noch kaum erahnten: das Böse, den Zerstörungswillen, der in jedem Herzen wohnt, aber nur selten ans Licht kommt. In Wirklichkeit waren wir weiterhin wir selbst, umgeben von unserer wahren Persönlichkeit, allerdings ohne alle Schranken, ganz in der Gewalt unserer schlimmsten Facetten, als wären im Filmnegativ wir selbst zu sehen, gefangen im Gefängnis unseres eigenen, ganz persönlichen Elends.

Szene 7. „Das Büchlein"

Das Zimmer von Ruth. Nur eine kleine Nachttischlampe gibt Licht. Die Kamera macht einen Rundgang durch das Zimmer und fährt dann langsam auf ihr Gesicht zu. Man hört ihren schnellen Atem, die Augen unter den Lidern zucken hin und her, ihre Hände bewegen sich krampfartig. Auf dem Boden sitzen Javier und Luisa, sie im Lotussitz, er an die Wand gelehnt.

Luisa rutscht zu ihm und legt ihren Kopf auf seine Beine. Er streicht abwesend über ihr Haar, ohne weiter auf sie zu achten. Die Kamera konzentriert sich auf seinen Blick.

LUISA: Was ist los mit dir?

JAVIER: Ich habe schreckliche Kopfschmerzen.

Javier steht auf, um Aspirin zu holen. Er öffnet eine Schublade in der Kommode seiner Mutter und kramt darin herum. Die Kamera holt ein kleines Buch mit Goldrand heran. Javier blättert darin, geht damit zum Licht.

LUISA *schläfrig:* Was hast du da?

JAVIER: Sieht wie ein Tagebuch aus.

LUISA: Von deiner Mutter?

JAVIER: Ja. *Er liest.* „1967".

Javier überfliegt die Seiten, und sein Gesichtsausdruck verändert sich schlagartig. Luisa hat das Interesse verloren und sich wieder auf einem Kissen auf dem Boden ausgestreckt. Die Kamera glei-

*tet schnell über die Seiten des Tagebuchs und hält nur inne, um
das Wort „Sibila" hervorzuheben.*

LUISA: Was hast du gefunden?

JAVIER: Ich wußte nicht mal, daß meine Mutter so ein Tagebuch
führt. *Er blättert weiter darin.* Offensichtlich kennen meine
Eltern diese Frau schon seit langem.

LUISA: Sibila?

JAVIER: Ich kann mich nicht erinnern, sie je zuvor gesehen zu
haben.

*Er hält bei einer Seite inne und liest sie aufmerksam. Er wird
immer unruhiger.*

JAVIER *murmelt vor sich hin:* Renata … Das kann nicht sein …
Wie konnte sie das die ganze Zeit über geheimhalten? Und
wenn sie es erfährt …?

LUISA: Wovon sprichst du?

JAVIER *aufgewühlt:* Nichts weiter. Manchmal ist es besser, bestimmte Dinge nicht zu wissen.

LUISA: Ich verstehe dich nicht.

JAVIER: Auch ich würde es lieber nicht verstehen.

*Javier wirft das Buch in einen Papierkorb neben Ruths Bett.
Dann nimmt er ihn und geht damit aus dem Zimmer. Luisa folgt
ihm ins Badezimmer. Dort sieht sie, wie er gerade den Papierkorb in die Wanne stellt; er zündet ein Streichholz an und wirft
es in den Korb.*

LUISA: Javier, was tust du da?

JAVIER: Das habe ich dir doch gesagt. Es gibt manche Dinge,
die man besser nicht weiß. Die am besten niemand je erfährt.

*Die Kamera holt die Seiten heran, die verbrennen, die kleinen
Flammen und den wachsenden schwarzen Fleck, bis nur noch
Asche übrig ist.*

JAVIER *packt Luisa schroff bei den Handgelenken:* Du hast
nichts gesehen! Verstehst du?

LUISA: Laß mich los …

*Die Kamera zeigt wieder die Asche, die sich über die Wanne ver-
streut hat.*

> *Schnitt.*

Alle Lichter im Zimmer sind an. Arturo liegt in himmelblauem Pyjama auf der Bettdecke. Ana steht vor ihm, wie gewöhnlich trägt sie nur Unterwäsche. Sie schaut in den Spiegel gegenüber dem Bett, neben dem ausgeschalteten Fernseher. Sie hat Wattebäusche in der Hand, mit denen sie sich sorgfältig abschminkt. Unter dem Spiegel ist ein Bord, auf das sie Nagellack und Nagellackentferner gestellt hat, dort befinden sich auch mehrere Bürsten, ein Topf weißer Creme, ihre Schildpattohrringe und ihre Ringe. Die Kamera zeigt sie aus einer Perspektive, die sie wie eine Figur von Modigliani aussehen läßt, weiß und langgezogen, die vollkommen runden Brüste ragen kaum hervor. Arturo schaut sie nicht einmal an, sondern starrt zur Decke hinauf.

ARTURO *abwesend:* Weißt du was? Früher, als das hier mein Schlafzimmer gewesen ist, war es eine meiner Lieblingsbeschäftigungen, zu lauschen, was nebenan im Gästezimmer geschah.

ANA: An welcher Wand hast du gelauscht?

ARTURO: An der da. *Er zeigt nach links.*

Als Ana mit dem Abschminken fertig ist, läßt sie die schmutzige Watte auf dem Bord zurück und geht zur Wand, auf die Arturo gezeigt hat.

ANA: Mal sehen, ob es noch immer funktioniert.

Sie legt ihr Ohr an die Wand, und aus dem Off sind streitende Stimmen zu hören, wenn auch nicht sehr deutlich.

ANA: Komm her.

Arturo erhebt sich vom Bett und stellt sich neben Ana. Nun hört man die Stimmen deutlicher. Es sind Zacarías und Sibila.

ZACARÍAS *aus dem Off, man merkt, daß er noch immer betrunken ist:* Ich will dein Mitleid nicht, Sibila …

ANA *zu Arturo:* Das ist dein Vater.

ARTURO: Schtt.

SIBILA: Du konntest noch nie zugeben, daß auch dir ein wenig Zärtlichkeit fehlt. Nein, du genügst dir selbst, du brauchst niemanden auf der Welt … Himmel, Zacarías, begreif doch endlich, daß du ein Mensch wie jeder andere bist.

ZACARÍAS: So wolltest du mich haben, weil schon immer alles nach deiner Pfeife tanzen mußte. Nur hat das bei mir nicht funktioniert …

SIBILA: Dein großes Problem ist, daß du dich nicht akzeptieren kannst, wie du bist.

ANA *leise:* War Sibila die Geliebte deines Vaters?

ARTURO: Schtt.

Man hört einen dumpfen Schlag. Als hätte Zacarías Sibila eine Ohrfeige gegeben. Dann hört man noch einen. Sie hat sie ihm zurückgegeben.

SIBILA *fast schreiend:* Wag das ja nicht, Zacarías!

Einen Augenblick lang herrscht Schweigen. Arturo und Ana drücken sich dichter an die Wand, aber die Geräusche sind leiser geworden. Es vergehen einige spannungsgeladene Sekunden. Dann hört man nach und nach das lauter werdende Stöhnen von Sibila.

SIBILA *keuchend:* Nein, hör auf, bitte …

ZACARÍAS: Deshalb bist du doch gekommen, du Nutte … Du bist eine Nutte, das warst du schon immer und wirst es immer sein … Nutte, meine Nutte …

Man hört Sibila stoßweise keuchen. Dann mischt sich auch Zacarías' Keuchen darunter. Nach einigen Minuten tritt Stille ein. Ana und Arturo drücken sich noch immer gegen die Wand. Arturo ist den Tränen nahe. Am Ende hört man den dumpfen Ton einer Tür, die sich schließt.

   Schnitt.

SZENE 9. „DER TEMPEL"

Die Kamera schaut durch ein Fenster von Zacarías' Atelier auf die Sonne, die gerade hinter den Bergen hervorkommt. Der weiße Himmel überzieht sich nach und nach mit gelblichen

und orangefarbenen Tönen. Man hört die Vögel zwitschern,
und in der Ferne auf dem Feld sieht man die kleinen Gestalten
der Bauern und der Tiere, die ihr Tagewerk beginnen. Die
Kamera macht eine Drehung, um zu zeigen, daß wir uns im
Atelier des Malers befinden; der sitzt hinter einem riesigen
Keilrahmen, ein Stück Zeichenkohle in der Hand, und versucht
verschiedene Striche, ungeachtet des anbrechenden Tages. Um
ihn herum liegen auf Möbeln und Boden zahllose Skizzen,
daneben Lithographien und Stiche aus Büchern. Die Kamera
holt einige davon heran, zeigt Engel und Putten in verschiede-
nen Haltungen sowie Zeichnungen von Händen, Köpfen und
Büsten derselben Frau in unterschiedlichen Stellungen und
Dutzende von Illustrationen mit dem Bild der Dame Méren-
colye.

Zacarías geht im Zimmer auf und ab, als würde er über jeden
Strich lange meditieren, mal schaut er aus den großen Fenstern,
mal wühlt er in den Papieren, um dann wieder zurückzukehren
und eine Linie zu zeichnen, die wir niemals frontal zu sehen
bekommen.

Nach ein paar Minuten erscheint Gonzalo in einem Rollkra-
genpulli, dicke Augenringe verfinstern seinen Blick, sein Haar
ist wirr. Eufemio begleitet ihn bis zur Ateliertür und zieht sich
dann zurück, um ihn allein mit Zacarías zu lassen, nachdem er
diesem einen vorwurfsvollen Blick zugeworfen hat.

ZACARÍAS: Ich möchte deine Meinung hören …
Gonzalo stellt sich neben Zacarías und schaut auf die Lein-
wand.

GONZALO: Erstaunlich! Du hast es tatsächlich geschafft, Perspektive und Bildaufbau der Renaissance nachzuempfinden … Wie
lange studierst du das schon?

ZACARÍAS: Zwei Jahre. Aber diese Leinwand hier ist endlich für
das vollendete Werk bestimmt.

Zacarías greift wieder zur Zeichenkohle und beginnt mit Hilfe
von Winkelmaß und Zirkel Messungen anzustellen, um Gonza-
lo die Proportionen und Maße vorzuführen, die er für sein Bild
gewählt hat.

GONZALO: Der goldene Schnitt?

ZACARÍAS: Genau. Hier auf der rechten Seite wird das Bild der Melancholie erscheinen, die Putten dort stellen die Künste und die verschiedenen menschlichen Charaktere dar.

GONZALO: Deine Familie?

ZACARÍAS: Genau. Die 10 Putten von Mantegnas Gemälde verwandeln sich in uns zehn, die wir uns in diesem Haus befinden. Sogar du wirst darauf erscheinen.

Gonzalo beginnt, im Atelier auf und ab zu gehen, wirft flüchtige Seitenblicke auf die Entwürfe, konzentriert sich aber auf die Landschaft draußen, die immer leuchtender durch die großen Fenster zu sehen ist.

GONZALO: Zacarías, lassen wir einmal die Malerei beiseite. Darf ich dich fragen, weshalb du das hier tust? Was ist los?

ZACARÍAS: Was meinst du?

GONZALO: Weshalb hast du uns hier versammelt? Weshalb die Melancholie? Bei allem Respekt, ich glaube nicht, daß es nur darum ging, uns von deiner Krankheit in Kenntnis zu setzen …

ZACARÍAS: Ich bin nicht krank, ich bin *tot*, begreifst du das nicht? Die Welt ist im Begriff, unterzugehen. Die Welt, die *meine* Welt ist. Ihr alle eingeschlossen. Als befände ich mich in einem Count-down, der mich mit jeder Sekunde dem Ende näherbringt. Du kennst mich, der Tod selbst schreckt mich nicht, ich habe Angst vor dieser monatelangen Agonie, diesen Wochen, die zu einer Art Gericht geworden sind, dem ich mich zwangsläufig stellen muß, bis ich endlich im Grab ausruhen kann. Tatsächlich seid ihr alle die *Zeugen* meines Gerichtsprozesses. Und mein Werk, dieses dämliche Gemälde, das ich mir da in den Kopf gesetzt habe, ist mein einziges Plädoyer, meine einzige Verteidigung … Das einzige, was von uns bleiben wird … Meine Rettung.

GONZALO: Rettung wovor?

ZACARÍAS: Vor meiner eigenen Hölle.

GONZALO: Dafür benutzt du uns also?

ZACARÍAS: Dafür *brauche* ich euch, meine Schuld und Verdammung sind auch eure.

GONZALO: Willst du … dich versöhnen?

ZACARÍAS *ohne mit dem Zeichnen aufzuhören:* Ich sagte doch, ich will mich *retten.*

GONZALO: Gleichgültig, ob auf unsere Kosten.

ZACARÍAS: Nimm es doch nicht gleich so ernst. Ich will bloß mit meiner Familie und meinen Freunden zusammensein, bevor ich sterbe. Findest du, daß ich zuviel verlange?

GONZALO: Im Grunde verlangst du mehr als das: unsere vollkommene Unterwerfung. Mir ist es egal, ich bin dein Freund, aber deine eigene Familie, die du deinen Worten nach so sehr brauchst, wird dich letzten Endes dafür hassen. Hör zu, was ich dir sage, Zacarías. Du spielst mit ihnen, und das ist äußerst gefährlich. Auch wenn du es jetzt nicht glaubst, wirst du am Ende vielleicht bereuen, was du da tust. Und was dann? Wenn es wirklich ein Gericht wäre, was hättest du dann zu deinen Gunsten vorzubringen?

ZACARÍAS *finster:* Mach dir keine Sorgen, Gonzalo, ich habe nicht vor, es zu bereuen. Niemand von uns wird Zeit dazu haben.

Die Kamera richtet sich wieder auf die Skizzen und versenkt sich schließlich in ein Bild, auf dem die Melancholie als Saturn dargestellt ist. Es ist ein stehender nackter Greis, der eine Sichel hält. Er ist im Begriff, einen seine Söhne aufzufressen. Um ihn herum verstecken sich die anderen Kinder oder fliehen, während eines von ihnen, Jupiter, sich an ihn heranschleicht, bereit, ihn mit dem Messer zu kastrieren.

Schnitt.

SZENE 9A. „DIE FRAU UND DER DRACHE"

Es klopft laut an der Tür. Renata macht Licht in ihrem Zimmer und steht auf, um zu öffnen. Als Schlafanzug benutzt sie ein weißes T-Shirt mit dem Bild eines bunten Pfeils auf der Brust und grüngelbe Bermudas. Durch die Tür ist Eufemios Stimme zu hören.

EUFEMIO: Dein Vater will, daß du sofort ist Atelier kommst.

RENATA *reibt sich verärgert die Augen:* Sag ihm, ich bin gerade erst aufgewacht, Eufemio. Ich werde mich waschen und zurechtmachen, dann komme ich.

EUFEMIO: Er hat gesagt, *sofort.*

RENATA: Nun, dann wird er sich etwas gedulden müssen.

Sie wirft ihm die Tür vor der Nase zu. Dann geht sie im Zimmer hin und her, um schließlich ins Bad zu treten. Sie dreht nicht die Dusche auf, sondern nur den Hahn im Waschbecken, während sie ihr Gesicht im Spiegel betrachtet. Sie vollführt eine Geste des Widerwillens. Sie sieht bleich aus, mit Augenringen und wirrem Haar. Sie zieht sich das Hemd aus, spritzt sich etwas Wasser ins Gesicht und an den Hals. Mehrere Minuten lang bürstet sie ihr Haar, das nicht in der gewünschten Form bleiben will. Dann kehrt sie ins Zimmer zurück und sucht im Koffer etwas zum Anziehen: eine gelbe Bluse und ausgewaschene Jeans. Sie setzt sich aufs Bett, zieht sich einen weißen BH an und darüber das Hemd; dann schlüpft sie aus den Bermudas und in die Hosen. Sie holt ein Paar weißer Strümpfe hervor und zieht sie sich mühsam über, dann ein Paar graue Turnschuhe. Zum Schluß kehrt sie ins Bad zurück, nimmt einen Deostift und reibt sich die Achseln unter der Bluse ein; schließlich tupft sie sich Parfum in den Nacken. Am Ende blickt sie noch einmal in den Spiegel und fährt sich erneut mit der Bürste durchs Haar.

Die Kamera folgt ihr von ihrem Zimmer bis zu Zacarías' Atelier. Sie wirkt äußerst mißgelaunt. Im Atelier erwarten sie Zacarías und Gonzalo.

RENATA *ungehalten:* Was willst du?

ZACARÍAS: Als erstes, daß du dich auf den Schemel dort setzt. *Er zeigt ihn ihr.* Und dann, daß du dich ausziehst. Du wirst mein Modell sein.

RENATA: Dein was?

ZACARÍAS: Mein Modell für die Melancholie, für das Gemälde.

RENATA: Bist du verrückt geworden?

ZACARÍAS: Stell keine Fragen, Renata. Setz dich und zieh dich aus.

Gonzalo scheint sich nicht wohl in seiner Haut zu fühlen, er tut so, als sehe er Renata nicht, aber zugleich merkt man, daß ihm der Gedanke nicht mißfällt, Renata nackt zu sehen.

RENATA: Ich gehe.

Zacarías wirft die Tür zu.

ZACARÍAS: Glaubst du, das hier sei ein Spiel? Wir sind Künstler, und ich bitte dich einzig und allein um deine Hilfe.

RENATA: Bittest? Du *befiehlst* es mir.

ZACARÍAS: Jetzt ist es genug! Tu, was ich dir sage, Renata, es wird das letzte Mal sein, daß ich dich um etwas bitte …

GONZALO *erschreckt:* Zacarías, um Himmels willen …

ZACARÍAS: Ich verspreche, wenn du mir jetzt hilfst, werde ich dich nie wieder belästigen. *Pause. Dann in einschmeichelndem Ton:* Bitte …

Renata rührt sich nicht. Sie unterdrückt die Tränen, die ihr allmählich die Wangen hinunterlaufen.

Gonzalo zieht sich in den Hintergrund zurück. Die Augen ins Leere gerichtet, hebt sie ihre Bluse an. Man sieht die weiße, straffe Haut ihres Bauches, ihre schmale Taille, ihren vollkommen runden Nabel. Dann zeigt die Kamera Gonzalos Blick, der zuerst entsetzt ist und dann, fast ohne Übergang, voll Lüsternheit auf den Körper der jungen Frau schaut. Renata, nun im BH, beugt sich, um ihre Turnschuhe aufzubinden, zieht sich die weißen Socken aus und legt sie auf den Boden. Dann knöpft sie ihre Jeans auf. Die Kamera kehrt zu Gonzalos schweißnassem Gesicht zurück. Zacarías stellt sich währenddessen hinter der Staffelei auf. Gonzalo steckt sich eine Hand in die Hosentasche und bewegt sie dort hin und her. Von diesem Augenblick an zeigt die Kamera nicht mehr Renata, sondern nur noch die anderen beiden.

ZACARÍAS *zu Renata:* Jetzt setz dich mit angewinkelten Knien auf den Hocker, so … Gonzalo, hilf uns bitte … Folge einfach nur meinen Anweisungen.

Gonzalo geht auf Renatas nackten Körper zu. Die Kamera kon-
zentriert sich nur auf ihn. Beide folgen den Anweisungen des
Malers.

ZACARÍAS *zu Renata:* Beuge den linken Arm und stütze ihn auf
das Knie. Sehr gut, nun schau nach vorn, als würdest du einen
Punkt in der Ferne suchen. Leg die linke Hand an deine Wange,
fast zu einer Faust geballt, und stütze den Kopf darauf ... Genau,
jetzt den anderen Arm über den Bauch und das linke Bein ein
wenig höher ... Perfekt.

Zacarías greift zur Zeichenkohle und beginnt mit großen Be-
wegungen zu zeichnen. Gonzalos Gesicht verzerrt sich. Er tritt
ein paar Schritte zurück. Die Kamera konzentriert sich allein
auf Zacarías' Oberkörper hinter dem Rahmen, auf seine Miene,
seine Armbewegungen und Hände, auf den traurigen Ausdruck
in seinen Augen.

Schnitt.

SZENE 10. „DER MENSCHENSOHN"

ARTURO: Ich habe es dir ja gesagt, der Mistkerl ist verrückt
geworden. Hast du nicht gehört? Er will unsere Seelen malen,
bevor die Welt untergeht ...

ANA: Aber empfindest du denn keine Spur Mitleid?

Sie steht in der Dusche, hat aber die Tür offengelassen, um
mit Arturo reden zu können. Der steckt sich eine Zigarette an,
legt sich aufs Bett und will ein Buch lesen, das er aus seinem Kof-
fer gezogen hat. Statt dessen redet er weiter mit seiner Frau. Man
hört das Rauschen der Dusche. Das Zimmerfenster steht offen,
und das helle Sonnenlicht überflutet Arturos Körper.

ARTURO: Mitleid? Man sieht, daß du ihn nicht kennst. Er weiß
gar nicht, was das ist.

ANA: Merkst du nicht, daß du ihn nachahmst, anstatt ihn zu vergessen?

ARTURO: Was erwartest du? Daß ich ihn liebe, weil er mich nie geliebt hat?

ANA: Vielleicht …

ARTURO: Ich erinnere mich nur, wie sehr er sich für mich geschämt hat, und an die Schläge, die er mir gab. Und du verlangst, daß ich ihn liebe …

ANA: Wenigstens, daß du ihn verstehst. Nur zu deinem Besten.

ARTURO: Jetzt interessierst du dich also auf einmal für mich.

ANA: Er stirbt, Arturo. Er hat euch hergeholt, um sich mit euch zu versöhnen.

ARTURO *erhebt sich vom Bett:* Von mir aus soll er doch in der Hölle verfaulen. Erst jetzt, da er uns braucht, können wir kommen, und nie all die Jahre, in denen wir ihn gebraucht haben.

ANA: Aber du wolltest doch kommen.

ARTURO: Meine Mutter hat mich darum gebeten, sonst wäre ich nicht hier. Ich begreife nicht, warum du ihn so hartnäckig verteidigst.

ANA: Ich verteidige ihn nicht, ich sage einfach nur, was ich denke.

ARTURO: Das war einer unserer Hauptstreitpunkte.

Er geht durchs Zimmer, schließlich lehnt er sich ans Fenster und schaut hinaus. Es hat den Anschein, als würden die Sonnenstrahlen ihm folgen und ihn ständig beleuchten.

ANA: Stimmt, letzten Endes brauche ich mich nicht mehr in dein Leben zu mischen.

ARTURO: Du läßt keine Gelegenheit aus, um mir das unter die Nase zu reiben.

ANA: Siehst du? Es hat keinen Sinn, mit dir zu reden.

Nun ist kein Wasser mehr zu hören, nur ein paar Tropfen fallen noch. Ana kommt heraus, in ein senffarbenes Handtuch gehüllt. Arturo sagt nichts und geht ebenfalls ins Bad. Die Kamera folgt nur ihm, ohne Ana zu zeigen. Arturo entkleidet sich, dreht wieder die Dusche auf, reguliert die Temperatur, steigt in die Wanne und läßt den Strahl auf seinen Kopf prasseln, fast ohne sich zu rühren, die Augen geschlossen, das Gesicht leicht nach oben gewandt. Das Wasser strömt über seinen Kopf und läuft an seinem Körper hinunter.

Die Kamera zeigt die Badewanne, den Duschvorhang. Das orangefarbene Plastik läßt einen kleinen Spalt frei, durch den man Ana sehen kann, die ins Bad zurückkommt, inzwischen in schwarzen Leggins und einer Bluse mit dunkelvioletten Blumen, das nasse Haar klebt ihr fast am Gesicht. Sie schaut einen Augenblick in den beschlagenen Spiegel.

ANA: Ich gehe schon vor. Ich warte unten auf dich.

Arturo antwortet nicht. Ana stürzt hinaus.

Die Kamera richtet sich wieder auf Arturos Körper, folgt dem Wasser auf seiner Haut. Er scheint sich in dem warmen Dampf wie in Trance zu befinden. Man hört Schritte; die Einstellungen ahmen eindeutig die berühmte Sequenz in der Dusche aus - Hitchcocks Psycho *nach. Der Rhythmus wird schneller, die Kamera wechselt zwischen Arturo, der weiterhin wie erstarrt ist, als würde er nichts um sich herum wahrnehmen, und der orangefarbenen Fläche des Vorhangs.*

Plötzlich zuckt Arturo zusammen und schreit, als eine Gestalt zu ihm in die Dusche schlüpft. Die Kamera zeigt zuerst Arturos Augen und dann sein ganzes Gesicht, entfernt sich schließlich und bringt einen nackten Mann mit dunkler Haut ins Bild, der ihn umarmt. Arturo kann ihn nicht abschütteln. Es ist Eufemio, der Arturos Körper unter dem Wasserstrahl streichelt. Arturo leistet zuerst ein wenig Widerstand, geht dann jedoch dazu über, ihn ebenfalls zu küssen. Die Kamera zeigt sie nicht ganz, nicht einmal in amerikanischer Einstellung, sondern in einer schwindelerregenden Abfolge von Detailausschnitten: ein rasender Wechsel von Armen zu Beinen, von Oberkörpern zu Gesäßen, ohne jedoch ein Gesamtbild zu zeigen. Die Kamera verweilt plötzlich auf Arturos Gesicht, das er in den Nacken geworfen hat; er schaut nach oben, und sein Ausdruck wechselt nach und nach, bis man an seinen Zügen ablesen kann, wie sich seine ganze Lust entlädt.

Schnitt.

Wie war es möglich, daß wir damals noch nicht gemerkt hatten, was vor sich ging, was geschehen würde? Wie kam es, daß wir nichts dagegen unternahmen, sondern wie betäubt im Strudel dieses Films schwammen, dem wir unablässig ausgesetzt waren? Nichts schien mehr von unserer wahren Persönlichkeit, unserem früheren Befinden, unserem Willen übrig zu sein, endgültig hatten wir uns in unsere Rollen verwandelt, spielten sie nicht mehr, sondern lebten sie. War das wirklich der Gipfel der Filmkunst? Die vollkommene Eliminierung der Lüge, die unweigerlich jedem ästhetischen Zeugnis anhaftet? Vielleicht war es im Grunde eine einzigartige, unwiederholbare Erfahrung, und allmählich begriffen wir, wenn auch vage, weshalb wir vor dem Ende der Filmgeschichte standen, an dem die schauspielerische Darstellung zu ihrer letzten Konsequenz geführt wurde: Die Kunst hatte die Wirklichkeit ersetzt. Das Leben, die normale Welt existierte nicht länger; das einzig mögliche Universum, unser einziges Universum war der Film *Das Weltgericht*, in dem wir vollkommen versunken waren, im Begriff, uns von ihm vernichten zu lassen.

Das Schlimmste war, daß wir es nicht einmal mehr merkten, daß wir unmöglich miteinander darüber reden konnten. Es war keinerlei Kommunikation mehr zwischen uns vorhanden, es gab nur noch den Dialog unserer Figuren. In unserem Geist blieben kaum mehr als stumme Rückstände unserer Privatsphäre, unserer Erinnerungen, unserer ursprünglichen Emotionen und früheren Neigungen; nach außen hin waren sie jedoch vollends verschwunden, als müsse man sich ihrer schämen und sie verstecken, solange wir zusammen waren. Die verheerenden Folgen ließen nicht auf sich warten: Nachdem unser Widerstand gebrochen worden war, hatten wir uns in die jämmerlichen Wesen verwandelt, die wir nachahmten, besessen von ihrer Angst, Gemeinheit und Hemmungslosigkeit. Wir waren nicht mehr im Besitz unserer eigenen Fehler, sondern derer, die uns gewaltsam aufgezwungen worden waren.

Die ersten, bei denen es offensichtlich wurde – obwohl es uns allen gleich erging, wenn wir es auch noch nicht begreifen wollten –, waren Ruth und Arturo. Aus unerfindlichem Grund tobte sich Gruber gerade an diesen beiden Charakteren und ihren Möglichkeiten aus. Als wir Ruth kennengelernt hatten, schien sie eine in sich gefestigte, zurückhaltende Frau zu sein, mit einem ganzen Repertoire von Prinzipien, die sie stets Ruhe bewahren ließen, aber nachdem sie Gruber und Braunstein in die Hände gefallen war, brach ihre Persönlichkeit allmählich in sich zusammen, als hätten die beiden irgendwo einen Riß entdeckt, an dem man ansetzen und ihr ganzes System aus dem Gleichgewicht bringen konnte, einen tragenden Stein, den sie wegzogen, um ihre Existenz in Trümmer zu legen. Seit Beginn der Dreharbeiten hatte Ruth vollends ihre Rolle der unausgeglichenen, nervösen Ehefrau angenommen, stets kurz vor einem Nervenzusammenbruch. Tränen, Frustration und Verletzungen potenzierten sich und machten aus ihr ein zerbrechliches, trauriges Wesen, unfähig, einen Tag ohne das Gefühl der Depression, der Niederlage und der Nutzlosigkeit zu erleben.

Bei Arturo lag der Fall fast noch deutlicher. Als ich ihn zum erstenmal gesehen hatte, wäre mir nie in den Sinn gekommen, er könne homosexuell sein, trotz seiner etwas femininen Bewegungen, aber sobald die Dreharbeiten begannen – und dank einiger Bemerkungen, die Gruber mir gegenüber gemacht hatte –, wurden seine geschlechtlichen Neigungen immer offenkundiger, während seine Überzeugungen in sich zusammenstürzten und er selbst ein ausgeprägtes Schuldgefühl entwickelte, von dem er ohne Unterlaß sprach. Die Duschszene mit Eufemio war zu viel für ihn gewesen – und eine schreckliche Warnung für uns alle. Danach versank er förmlich in Tränen, eine Szene des Zusammenbruchs, die nicht einmal Gruber zu filmen wagte. Von da an wurde Arturo verschlossen, war stets schlecht gelaunt, düster und feindselig gegenüber den anderen, trotz der zweideutigen Anspielungen, die er – ich weiß nicht, ob im Spaß – Javier und Gamaliel gegenüber machte.

Obwohl das die deutlichsten Fälle waren, ging jedoch in uns allen eine Verwandlung vor, so minimal sie auch sein mochte, die uns auf unsere niedrigsten Instinkte zurückwarf. Wir badeten auf die eine oder andere Art die Konsequenzen von Grubers verzweifeltem Schöpfergeist aus. Ana wurde mir gegenüber immer undurchschaubarer und mißtrauischer, Gonzalo bekam allmählich Angst vor Zacarías, ebenso wie Luisa; Javier regte sich über jede Kleinigkeit auf und redete praktisch kaum mehr mit mir, und Sibila, die sich auffälliger denn je gab, hatte aufgehört, Braunstein zu besuchen. Was mich anging, so wurde meine Beziehung zu Gamaliel mit jedem Augenblick heikler. Auf der einen Seite fühlte ich mich schuldig wegen meiner Tat, zum andern haßte ich ihn immer noch von ganzer Seele; ich spürte sogar noch seine Haut zwischen meinen Fingern, und allein der Gedanke, daß ich es gewagt hatte, ihn zu berühren und zu verletzen, widerte mich an. Er seinerseits schien ebenfalls verwirrt. Er fühlte sich gleichzeitig von mir angezogen und abgestoßen und konnte auf die unterschiedlichste Weise auf mich reagieren: vom Flirt, ähnlich wie am Anfang unserer Bekanntschaft, bis hin zu vollkommenem Schweigen oder bissigen Anspielungen vor anderen.

Aber ohne daß wir es merkten, vielleicht weil sich in ihm der Wechsel weniger offensichtlich vollzog, machte Zacarías eine noch gewaltigere Wandlung durch. Als wir ihn kennengelernt hatten, war er unerträglich, unsympathisch, grob und manchmal auch brutal gewesen, aber mehr nicht. Doch je weiter die Dreharbeiten fortschritten, löste sich sein Charakter fast unmerklich auf, wie von einem Virus befallen, der ihm ganz allmählich die Vernunft und den Sinn für die Wirklichkeit raubte. Die etwas naive Gewalttätigkeit, die ihn zu Anfang ausgezeichnet hatte, steigerte sich zu einer dreisten Grausamkeit, deren ihn niemand für fähig gehalten hatte. Als eine Art Alter ego von Gruber, gepeinigt von seiner angeblichen unheilbaren Krankheit und seiner Gier nach künstlerischer Unsterblichkeit, hatte der Regisseur ihn mit den notwendigen Komponenten versehen, um seinen Wahnsinn zu entfesseln. Sein Zorn war nicht nur maßlos, sondern absurd und brutal, und hatte nichts mehr mit seinem psychologischen Profil des unverstandenen Künstlers zu tun. Deshalb schien er kein Abbild von Gruber zu sein, sondern ein Ungeheuer, das sich nur aus den wahnsinnigsten Zügen des Regisseurs zusammensetzte, ein Konzentrat seiner schlimmsten Eigenschaften – fast schon eine Karikatur –, seiner unerfreulichsten, wirrsten Merkmale. Der Haß auf uns Kollegen, auf seine neue Familie, war so groß wie der, den wir nun ihm entgegenbrachten, unserem erfahrensten Kollegen, unserem Vater.

„Bis zu welchem Punkt hast du vorausgesehen, was jetzt passiert?" konnte ich Gruber bei einer Gelegenheit fragen.

„Man kann niemals *alles* planen, das wäre auch uninteressant. Interessant ist, mit Wahrscheinlichkeiten zu spielen", erwiderte er. „Du gehst von bestimmten Grundelementen aus und kombinierst sie, in der Hoffnung, bestimmte Reaktionen hervorzurufen. Nicht immer kommt dabei das heraus, was du willst, aber ich bemühe mich stets, die Fehlerspanne minimal zu halten. Obwohl ich gestehen muß, daß es viele Überraschungen gegeben hat …"

Die Arroganz seines Tonfalls war mir unerträglich. Als würde er ein chemisches Experiment im Gymnasium durchführen, und wir wären für ihn nicht mehr als Elemente und Reagenzien, mehr oder weniger meßbare Mischungen, die er für seine Katalyse brauchte. Aber es gab keine andere Möglichkeit, als die Handlung fortzuführen, uns weiterhin Zacarías' lautstarke Flüche und sein Loblied auf die Vernichtung anzuhören, zuzulassen, daß unsere Seelen ihre Freiheit verloren, unsere Körper von der Versuchung gedemütigt wurden. Alles für die Kunst. Alles für Gruber. Alles für die Anziehungskraft des Abgrunds. Bis in den Tod.

SZENE 12. „DIE ANKÜNDIGUNG"

Zacarías ist wieder in seinem Atelier und malt, Gonzalo sieht ihm zu. Die Kamera konzentriert sich auf seine Striche und Handbewegungen, auf die Farben, die er mit Spachtel und Pinsel aufträgt, doch ohne daß man einen Eindruck von dem gesamten Gemälde bekäme. Mehrere Minuten sind nur von Schweigen beherrscht, von den sich überdeckenden Farben auf der Leinwand, den entstehenden Strukturen und einigen selten aufblitzenden Details. Gonzalo steht hinter dem Maler, eine Zigarre in der Hand, um das Werk seines Freundes zu begutachten, wobei er immer wieder zustimmend nickt.

ZACARÍAS *ohne mit dem Malen aufzuhören:* Früher, als du glaubst, wird nichts mehr bleiben außer diesem Bild, dem Porträt unserer Seelen.

GONZALO: Denk nicht an so was, Zacarías, Krankheiten kann man nie genau vorhersehen …

Zacarías lächelt ironisch.

ZACARÍAS: Aber es gibt Dinge, die lassen sich weder aufhalten noch hinausschieben, Gonzalo. Ist das Gericht einmal angekündigt, kann man nichts tun, um es zu verhindern. Ihr alle solltet euch das klarmachen, aber ihr steht blind vor der Katastrophe.

GONZALO: Verliere den Glauben nicht.

ZACARÍAS *lacht erneut:* Glauben? Das hat mir gerade noch gefehlt. Glauben! Man glaubt an das, worüber man sich nicht sicher ist, nicht an das, von dem man mit Sicherheit weiß, daß es eintreffen wird … Nicht, wenn man selbst am Plan der Vernichtung teilhat.

GONZALO: Was für einen Plan?

Zacarías läßt von der Leinwand und seinen Farben ab. Sein Gesicht erscheint verzerrt, als würde er sich plötzlich fürchten, als sei ihm eingefallen, daß eine schreckliche Gefahr über ihm hängt.

ZACARÍAS: Hast du es denn nicht begriffen? Es gibt einen Plan, der uns vernichten soll. Er hat uns hergerufen, damit wir uns selbst gegenseitig vernichten. Nur die Stärksten werden überleben. Denk doch nach, Gonzalo, ich bitte dich. Seit wir in *Los Colorines* sind, geschieht genau das. Alles ist bereit …

GONZALO *zweifelnd:* Du übertreibst …

ZACARÍAS: Von mir aus denke, was du willst. Ich bin der einzige, der es gemerkt hat, und ich werde nicht zulassen, daß Er mich vernichtet. Gegen mich wird Er nicht ankommen, das versichere ich dir … Ich werde nicht alleine sterben …

GONZALO *aufgewühlt:* Was willst du damit sagen …? Du bist dabei, den Verstand zu verlieren, Zacarías, beruhige dich. Du bist doch der einzige, der hier über unser Leben verfügt, schiebe die Schuld auf niemand anderen …

Gonzalo will gehen, er zittert, Stirn und Wangen sind schweißgebadet.

ZACARÍAS: Von Anfang an hat Er mit unserem Schicksal gespielt. Aber mich wird Er nicht besiegen. Im Gegenteil, ich werde der einzige Sieger sein. Ich werde alles tun, was notwendig ist, um über Ihn und euch alle zu triumphieren, du wirst schon sehen …

Gonzalo hat das Atelier verlassen, und die Worte des Malers hallen durch das Zimmer wie ein Echo. Die Szene bricht ab.
Schnitt.

SZENE 13. „ERNTE UND WEINLESE"

Auf der Veranda treffen sich Arturo, Ana, Javier, Luisa, Renata und Gamaliel. Auf dem Mitteltisch stehen Limonadegläser und leere Kaffeetassen. Die drei Frauen sitzen, während die drei Männer stehen. Arturo geht aufgebracht hin und her.

ARTURO: Ich denke gar nicht dran, auch nur einen Tag länger zu bleiben. Wir sollten alle abhauen.

JAVIER: Ich sehe auch nicht ein, weshalb wir so lange hierbleiben sollen, obwohl es mir leid tut, ihn zu verlassen …

ARTURO: Glaubst du etwa, wir haben ihm auch nur ein einziges Mal leid getan? Ich bedaure, daß er sterben muß, aber letzten Endes wird es für alle so am besten sein …

RENATA: Als würde er selbst aus dir sprechen, Arturo. Wir wollen doch sein Vorbild gerade hinter uns lassen, und es geschieht genau das Gegenteil. Wenn wir uns ein Beispiel an seinem Zorn nehmen, geben wir ihm doch irgendwie recht, und er hätte von vornherein gewonnen.

ARTURO: Und was schlägst du vor?

RENATA: Ich weiß nicht …

ARTURO: Seit unserer Geburt hat er sich bemüht, unser Leben zu zerstören. Immer wenn ich mich an *Los Colorines* erinnere, muß ich wie an eine Hölle denken. Hast du denn die Schläge vergessen, die *Erziehung*, die *Disziplin*, die er uns hat angedeihen lassen und auf die er auch noch stolz war? Die Tortur, neben ihm groß zu werden?

RENATA: Und das sagst du ausgerechnet mir? Euch hat er wenigstens geliebt, weil ihr Männer seid, mich hat er noch schlimmer behandelt …

ARTURO: Siehst du? *Zu den anderen:* Habt ihr das gehört? Willst du noch einen Grund, um ihn alleinzulassen?

ANA: Ich fahre, Arturo. Wenn dich deine Schwester überredet, zu bleiben, dann zähle nicht auf mich. Von Anfang an wußte ich, daß ich hier nichts zu suchen hatte.

RENATA: Das ist eine Familienangelegenheit, niemand hat dich um deine Meinung gefragt.

ANA: Ich sage sie dir trotzdem. Er hat euch noch immer alle fest an der Leine.

RENATA: Was weißt du schon.

ANA: Besser, nicht mehr zu wissen. Macht's gut.

Ana geht, und Arturo unternimmt nicht einmal den Versuch, ihr zu folgen.

LUISA: Willst du sie fahren lassen?

ARTURO: Es ist mir egal.

GAMALIEL *fixiert Renata:* Verzeiht, wenn ich mich einmische. Zacarías läßt euch herkommen, um euch zu sagen, daß er hoffnungslos krank ist, und um euch zu bitten, daß ihr bis zum Ende bei ihm bleibt, damit er euch porträtieren kann. *Eure Seelen porträtieren.* Entschuldigt, wenn ich euch das sage, aber ich nehme ihm das nicht ab. Ich kenne weder ihn sehr gut noch die meisten von euch, aber offen gestanden glaube ich ihm kein Wort. Seht euch den Fall mal genau an, ihr müßt doch erkennen, daß seine Forderung absurd ist. Es liegt auf der Hand, daß Zacarías etwas anderes will, das er noch nicht offenbart hat.

JAVIER: Was?

GAMALIEL: Keine Ahnung, ich spüre nur, daß wir hier nicht darauf warten, daß er sein Bild vollendet.

RENATA: Sondern?

GAMALIEL: Ihr habt bestimmt mehr Anhaltspunkte als ich, um euch einen Reim darauf zu machen. Es kommt mir so vor, als wären wir Gefangene in diesem Haus und würden auf unser Urteil warten …

LUISA *zu Javier:* Auch ich fände es besser, wenn wir abreisen …

JAVIER: Ich glaube, Gamaliel liegt richtig. Jetzt können wir erst recht nicht fort, nicht, bevor wir wissen, was er im Schilde führt.

LUISA: Javier …

JAVIER: Es tut mir leid, aber du mußt das nicht über dich ergehen lassen. Wenn du lieber fährst, verstehe ich es, du kannst Ana begleiten.

LUISA: Ich will *mit dir* fahren …

JAVIER: Ich muß bleiben. Entscheide du.

Luisa schweigt mit bitterer Miene.

ARTURO: Und ich sage euch, wir sollten alle endlich gehen.

RENATA: Stimmen wir ab. Ich bin dafür, daß wir bleiben.

ARTURO: Luisa ist auf meiner Seite, Gamaliel auf deiner.

GAMALIEL: Dann entscheidest offensichtlich du, Javier.

Javier wirft prüfende Blicke auf Gamaliel, Renata und Arturo.

JAVIER *wobei er Gamaliel ansieht und Renata ausweicht:* Eigentlich glaube ich nicht, daß wir hier noch irgendwas zu suchen haben … *Er zweifelt.* Es gibt kein schlagendes Argument, das beweist, was er sagt, und doch bleibe ich bei meiner Ansicht. Besser, wir kriegen raus, was genau Papa von uns will …

ARTURO: Einverstanden, wie ihr also wollt. Aber sagt später nicht, ich hätte euch nicht gewarnt.

Schnitt.

SZENE 14. „DAS LIED DES MOSE"

Die Kamera zeigt Renatas Zimmer. Sie sitzt auf dem Fußboden und beschreibt Zettel. Man hört Stimmen nebenan. Renata steht auf und lauscht an der Tapetenwand mit den goldenen Mäandern. Sofort wechselt die Kamera in Ruths Zimmer. Wie gewöhnlich liegt sie auf dem Bett, unter der Decke. Es klopft an der Tür. Sibila tritt ins Zimmer. Ruth schlägt die Augen auf und mustert sie lange, bevor sie ein Wort hervorbringt.

SIBILA *flüsternd:* Ich muß mit dir reden.

Ruth dreht bloß den Kopf weg, um sie nicht mehr anschauen zu müssen.

RUTH: Laß mich in Frieden.

Sie wickelt sich in die Bettdecke.

SIBILA: Ruth, bitte. Es sind fast fünfundzwanzig Jahre vergangen.

RUTH: Ich habe nichts mit dir zu bereden.

SIBILA: Aber ich mit dir.

Sie zieht den Hocker vor dem Toilettentisch ans Bett und setzt sich. Ein großer Schrankspiegel an der Seite zeigt das farblose Spiegelbild der beiden Gestalten.

SIBILA: Wir haben alle drei einen Fehler gemacht, ich verstehe nicht, warum du unbedingt mir die ganze Schuld zuschieben willst.

RUTH: Du irrst dich, die Schuld lag nur bei mir. Ich glaube, ich werde sie niemals ganz büßen können.

SIBILA: Du nimmst das zu wichtig. Wir waren jung und wollten neue Erfahrungen machen …

RUTH: Du bist es, die nicht begreift. Was wir getan haben, spielt keine Rolle, wir waren erwachsen und wußten, was wir taten, worauf wir uns einließen. Vor allem ich. Letzten Endes war ich es, die Zacarías darum gebeten hatte. Ich habe ihm gesagt, ich wolle dich kennenlernen, wir sollten uns zu dritt treffen …

Sie bricht in Tränen aus.

SIBILA: Denk nicht mehr dran.

RUTH: Das habe ich versucht, aber es ist unmöglich … Was wir an jenem Tag getan haben, war unverzeihlich, nicht unseretwegen, sondern wegen der Konsequenzen. Frag lieber nicht weiter, Sibila.

SIBILA: Was kann so schwerwiegend sein?

RUTH: Ist dir nie in den Sinn gekommen, nachzurechnen?

SIBILA: Nachzurechnen?

RUTH: Meine Tochter Renata kam vor fünfundzwanzig Jahren zur Welt …

SIBILA: Na und?

RUTH: Begreifst du immer noch nicht? In dieser Nacht, als du mich geküßt hast, zeugten Zacarías und ich Renata …

Die Kamera zeigt erneut Ruths verweinte Augen und heftet sich dann auf die gelben Blumen an der Wand, die das Zimmer vom Nachbarraum trennt.

Schnitt.

SZENE 15. „DIE PLAGEN"

Nun sitzt Javier für Zacarías Modell. Sein Oberkörper ist nackt, und er ist barfuß. Zacarías scheint noch schlechter gelaunt als üblich, er malt entnervt Striche auf die Leinwand, wischt sie wieder weg, erreicht nicht, was er sich vorgenommen hat. Verärgert wirft er einen Pinsel voll Sienabraun auf die Palette.

ZACARÍAS: Ich weiß nicht, warum ich bei dir solche Schwierig-keiten habe. Vielleicht weil ich dich von meinen Kindern am wenigsten kenne. Du warst immer schweigsamer, introver-tierter als die anderen, und doch habe ich von dir am meisten Verständnis erhalten.

JAVIER: Verwechsle Schweigen nicht mit Verständnis.

ZACARÍAS: Du bist also auch nicht auf meiner Seite.

JAVIER: Es kann nicht alle Welt mit dir einverstanden sein. Im Grunde bist du dir vollkommen sicher, daß du das Richti-ge tust, und genau deshalb tust du es und läßt keinerlei ab-weichende Meinung gelten. Nach deinem Schema verhältst du dich richtig, aber dir ist völlig gleichgültig, was die anderen denken.

ZACARÍAS: Muß ich das, wenn ich doch weiß, daß sie im Irrtum sind?

Der Maler konzentriert sich wieder auf die Leinwand, nimmt ein Stück Zeichenkohle, bricht es und beginnt von neuem.

JAVIER: Unglaublich, wie sicher du dir bist. Hast du nie ge-zweifelt? Ist dir nie der Gedanke gekommen, daß du im Irrtum sein könntest?

ZACARÍAS: Niemals.

JAVIER: Wie kannst du nur so intolerant sein?

ZACARÍAS: Weil ich recht habe. Ihr dagegen habt mir nicht ein Mal recht gegeben. Nicht ein einziges Mal! Und da sagst du, ich sei intolerant? Vor zehn Jahren habt ihr dieses Haus ver-lassen, ohne daß ihr euch überhaupt Gedanken um mich oder eure Mutter gemacht hättet.

JAVIER: Hier sind wir nun.

ZACARÍAS: Zu spät, Javier. Die Welt ist im Begriff, unterzugehen. Es bleibt kaum mehr Zeit, und ihr habt nicht einmal den Ver-such gemacht, zu bereuen.

JAVIER: Und du schon?

ZACARÍAS: Deshalb bin ich hier und will dieses verdammte Bild noch vor dem Ende fertigstellen. Es wird das einzige Zeugnis davon sein, daß ihr meine Welt wart, die Welt, die untergehen wird ... Ihr müßt nun für das zahlen, was ihr heraufbeschworen habt. Und ich werde nichts mehr tun können, um euch zu schützen.

JAVIER: Vor was?

ZACARÍAS: Vor euch selbst. Vor der Vernichtung eurer Seelen. Vor den Gewissensbissen …

Schnitt.

SZENE 16. „DER GRIMMIGE ZORN"

Ana hat ihre Sachen in zwei Koffer gepackt und zieht sie mühsam zum Haupteingang von Los Colorines. *Sie stolpert über eine Teppichwelle und fällt beinahe hin. Sie wirft ihr Gepäck zu Boden und gibt ihm einen Fußtritt. Die Koffer gehen auf, und ihr Inhalt verteilt sich über den Teppich. Wütend beginnt sie, die Wäsche einzusammeln. Da kommt Zacarías die Treppe zum Wohnzimmer herunter. Er sieht sie und hält inne, um ihr zu helfen, die Sachen wieder einzupacken.*

ZACARÍAS: Du fährst schon? Ich verstehe dich, ich habe gesehen, wie Arturo dich behandelt. Manchmal habe ich meine Zweifel, daß er mein Sohn ist.

Ana steht auf und streckt Zacarías die Hand hin, um sich zu verabschieden.

ZACARÍAS: Laß mich dich wenigstens begleiten.

ANA: Ich schaffe es schon alleine, danke.

Zacarías nimmt die Koffer und folgt Ana vors Haus.

ZACARÍAS: Nimmst du das Auto?

ANA: Ja, Arturo kann mit einem seiner Geschwister fahren.

Die beiden laufen über die Wiese, die das Haus umgibt. Es wird Nacht, die Bäume ragen starr in die stille Luft. Nur wenige schwarze Wolken breiten sich am tiefblauen Himmel aus.

ZACARÍAS: Sag, hat er dich *schlecht* behandelt?

ANA: Was meinen Sie?

ZACARÍAS: War er zärtlich mit dir?

ANA: Anfangs schon …

ZACARÍAS: Ich meine sein Intimleben … Alles lief gut?

ANA: Das geht Sie doch nichts an.

ZACARÍAS: Natürlich geht mich das was an! Er ist mein Sohn, und ich muß ihm helfen.

ANA: Er war hervorragend im Bett. Wollten Sie das hören?

ZACARÍAS: Das stimmt nicht.

ANA: Weshalb fragen Sie dann?

ZACARÍAS: Weil du seine Frau bist.

ANA: Vielmehr war ich das.

ZACARÍAS: Willst du ihn verlassen?

ANA: Wir haben beschlossen, daß es so am besten ist.

ZACARÍAS: Ihr beide?

ANA: Wir beide.

Sie gehen auf eine Art großen Kornspeicher zu, der jetzt als Garage benutzt wird. Es ist ein riesiger Aluminiumkasten mit einem Giebeldach aus Wellblech, ein bizarrer Fremdkörper in der Landschaft. Das Mondlicht fällt darauf, und für einen Augenblick konzentriert sich die Kamera nur auf die Lichtreflexe und verliert die Bilder aus dem Blick.

Zacarías führt Ana ins Innere, ohne die Koffer loszulassen. Drinnen herrscht absolute Dunkelheit. Nebeneinander stehen in zwei Reihen Autos, weiter hinten ein Kombi und daneben ein halbes Dutzend kaum sichtbarer Wagen.

ZACARÍAS: Welcher ist eurer?

ANA: Ein roter Sedan.

ZACARÍAS *zeigt nach hinten:* Da steht er.

Die beiden gehen darauf zu und halten vor der linken Wagentür inne. Ana wühlt in ihrer Tasche.

ANA *nervös:* Die Schlüssel, ich weiß nie, wo ich sie hingesteckt habe.

Sie kramt weiter in ihren Sachen. Zacarías stellt die Koffer auf den Boden und geht auf sie zu, als wolle er ihr helfen. Er stellt sich dicht hinter sie, um in ihre Tasche zu schauen, aber auf einmal fängt er an, ihr Haar zu streicheln.

ZACARÍAS: Du hast wunderschönes Haar.

ANA *weicht ihm aus:* Wo zum Teufel habe ich sie hingetan?
Zacarías rückt nach und streichelt ihr nun den Hals. Er versucht, sie zu küssen, aber sie reißt sich los.
ANA: Lassen Sie mich in Frieden.
ZACARÍAS: Ich möchte dir nur beweisen, daß nicht alle Männer in der Familie gleich sind.
Ana will weglaufen, Zacarías packt sie an den Handgelenken und hält sie zurück. Er stößt sie gegen die geschlossene Autotür. Sie leistet Widerstand, wirft ihren Kopf hin und her, aber er versucht hartnäckig, sie zu küssen. Ana tritt mit den Füßen, vergebens. Schließlich gelingt es ihr, Zacarías zu schlagen. Der wird nur wütend, läßt Anas Handgelenke los und packt ihren Kopf gewaltsam auf Höhe der Ohren. Mit einem dumpfen Schlag schmettert Zacarías Anas Schädel gegen das linke Wagenfenster; dann läßt er sie fallen. Die Kamera holt das gesplitterte Glas mit den Blutspuren heran.

Mühsam hievt er den leblosen Körper der jungen Frau auf den Rücksitz des Wagens. Dann hebt er Tasche und Schlüssel vom Boden auf und setzt sich auf den Fahrersitz. Er läßt den Motor an und rollt im Schrittempo fast geräuschlos und mit ausgeschalteten Scheinwerfern aus dem Schuppen. Die Kamera folgt dem Auto, das sich von Los Colorines *entfernt. Nach ein paar Minuten hält Zacarías an einer kleinen Böschung; er springt schnell aus dem Wagen und läßt ihn nach unten rollen, wo er gegen einen Baum stößt und liegenbleibt. Während er zuschaut, klopft er seine Hosen aus und reibt sich die Hände sauber, um schließlich den Rückweg anzutreten.*
Schnitt.

SZENE 17. ERSTE „DER KAMPF AM GROSSEN TAG"

Wieder der Speisesaal von Los Colorines. *Das Abendessen ist angerichtet, genau wie in Szene 5. Nach und nach kommen die Gäste; zuerst bilden sie kleine Gruppen, dann stellen sie*

sich hinter die Stuhllehnen, um sich hinzusetzen. Zacarías
kommt diesmal als letzter. Ein Platz bleibt leer: Anas. Zacarías
setzt sich und gibt den anderen ein Zeichen, es ihm gleich-
zutun.

ZACARÍAS *höhnisch:* Ich sehe, daß Ana mich nicht länger ertragen konnte. Das war ganz offensichtlich keine Frau für
dich, Arturo. Oder vielleicht warst du nichts für sie …

ARTURO: Was hast du mit Eufemio gemacht?

Zacarías trinkt etwas Wein und zögert mit der Antwort. Die
Kamera konzentriert sich auf Renatas erschrecktes Gesicht.

ZACARÍAS: Ich habe beschlossen, ihm Urlaub zu geben.

ARTURO: Lüg doch nicht, Papa. Ich weiß, daß etwas geschehen
ist.

ZACARÍAS: Ich dulde keine solchen Frechheiten an meinem
Tisch.

RUTH: Himmel, was geht nun wieder vor? Was ist mit diesem
Jungen passiert, Zacarías?

ZACARÍAS: Du solltest als letzte danach fragen.

RUTH: Weshalb?

ZACARÍAS: Arturo, antworte du deiner Mutter.

Arturo senkt den Kopf, um Ruth nicht anschauen zu müssen.

RUTH: Was ist los, Arturo?

ARTURO: Nichts, Mama, entschuldige. Mir kam es nur komisch
vor, daß ich Eufemio nicht mehr gesehen habe …

RENATA: Wann wird er zurückkommen?

ZACARÍAS: Ich weiß es nicht.

RENATA: Du hast ihm Urlaub gegeben und weißt nicht, wann
er zurückkommen wird?

ZACARÍAS: Diese Leute sind wirklich zu unzuverlässig.

RUTH: Eufemio hat dir fünfzehn Jahre lang treu gedient und ist
noch nie einfach so verschwunden …

ZACARÍAS: Also gut, ich mußte ihn entlassen.

RUTH: Weshalb?

Die Suppenteller stehen noch unangerührt auf dem Tisch. Nur
Gonzalo, der zu nervös ist, um aufzuschauen, löffelt verzwei-
felt.

ZACARÍAS *schlürft von seinem Löffel:* Sagen wir, ich habe das Vertrauen zu ihm verloren.

RUTH: Ist das die ganze Erklärung?

ZACARÍAS: Wenn du kein Vertrauen mehr zu jemandem hast *er fixiert Arturo*, ist nichts mehr zu machen. Das zerstört alles ...

Die Kellner tragen inzwischen die vollen Suppenteller ab und stellen statt dessen die gegrillte Lammkeule auf den Tisch.

ZACARÍAS: Wollt ihr nichts essen? Es ist vorzüglich, wirklich. Daß ich einen Dienstboten entlassen habe, wird euch doch nicht den Appetit verderben, oder?

JAVIER: Das ist es nicht, Papa. Es ist die ganze Situation. Du läßt uns herkommen, erzählst uns von deiner Krankheit und dem Weltende, bittest uns um Hilfe, wir posieren für dein Bild, und du führst dich haargenau so wie immer auf. Mit deiner Ironie und deiner Willkür. Können wir uns nicht bemühen, die Zeit, die wir hier gemeinsam verbringen, etwas angenehmer zu gestalten?

ZACARÍAS: Ich habe vergessen, daß du meine *Ironie* nicht erträgst. Entschuldige bitte. Entschuldigt mich alle ... Es war nicht meine Absicht, euch die Stimmung zu verderben.

JAVIER: Deshalb sollten die Dinge anders laufen ...

ZACARÍAS: Du hast recht. Bald wird alles zu Ende sein, also mildern wir lieber das rauhe Klima ein wenig. Wollen wir die Familie sein, die wir nie gewesen sind. Wenn auch nur für ein paar Tage ...

GONZALO *kaut an einem großen Stück Fleisch:* Ich bin stolz, daß man mich in den Schoß der Familie aufgenommen hat ... Und das Essen ist vorzüglich ...

ZACARÍAS: Ich werde diesen Augenblick herzlichen Einvernehmens nutzen, um euch mitzuteilen, daß meine Arbeit sehr weit fortgeschritten ist. Ich glaube, ich werde das Bild vollenden können, bevor Er seinen Zorn über uns ausgießt. *Er lacht.* Ich besiege Ihn, ihr werdet schon sehen. Ich lasse nicht zu, daß Er mich holt, bevor ich mein Werk vollende.

Die anderen murmeln untereinander.

ARTURO: Nun reicht es. Respekt hin, Respekt her, das müssen wir uns nicht weiter anhören. Merkt ihr nicht, daß er uns auf den Arm nimmt? Alles, was er tut, ist doch völliger Unsinn.

RENATA: Arturo!

ARTURO: Ich habe dieses Spielchen vom Weltende satt. Das war jetzt genug.

Zacarías richtet sich wutentbrannt etwas in seinem Stuhl auf.

ARTURO: Schluß mit den Lügen. Ich weiß sehr gut, daß du nicht verrückt bist und verstehst, was ich sage.

Mit einem Handschlag fegt Zacarías die Gläser vor sich um und schmettert sie gegen die Teller. Der Rotwein rinnt wie Blut über die weiße Tischdecke. Ruth versucht, ihn wegzuwischen, während die anderen nur auf seine Reaktionen achten.

ZACARÍAS: Sprich nicht so mit mir, du Schwachkopf! Niemand nennt mich ungestraft einen Lügner! Hast du mich gehört, du Schwuchtel? Schau mich an, wenn ich mit dir rede!

Er ohrfeigt Arturo. Der Schlag hat seine Wirkung, Arturo zögert einen Augenblick und stößt seinen Vater schließlich heftig nach hinten.

ARTURO: Wenn du es noch einmal wagst, mich anzurühren …

Javier und Gamaliel stehen sofort auf und halten Arturo fest, während Gonzalo und Ruth ein Gleiches mit Zacarías tun. Renata läuft zu ihrer Mutter.

ZACARÍAS: Du bist mein Sohn, ich kann dich schlagen, wann immer ich will.

ARTURO: Versuch es nur, und ich schwöre dir …

ZACARÍAS: Was? Was willst du dann tun? Mich umbringen?

RUTH: Um Gottes willen!

ARTURO *seine Miene erhellt sich:* Ja, Papa. Wage es, mich zu schlagen, und ich schwöre dir, ich bringe dich um …

RENATA: Halt den Mund, Arturo.

ZACARÍAS: Fein, wie ihr wollt.

Er reißt sich von denen los, die ihn festhalten, kehrt zu seinem Platz zurück und wischt sich mit der Serviette über das Gesicht. Arturo und die anderen bleiben stehen.

ARTURO: Am besten, du stirbst endlich und läßt uns in Frieden …

ZACARÍAS: Darauf wirst du nicht mehr lange warten müssen, das versichere ich dir.

Die Kamera holt wieder den verschütteten Wein auf dem Tischtuch heran.

ZACARÍAS *ohne aufzublicken, fast murmelnd:* Das alles wird früher zu Ende sein, als du denkst, ... Früher, als ihr alle denkt ...

Schnitt.

SZENE 17. ZWEITE

Ein weiterer Streit, eine weitere Konfrontation von dramatischer Absurdität, die jedoch ihr Hauptziel erreichte: uns keinen einzigen Augenblick ohne Gewalt zu gönnen. Ana und Eufemio hatten uns alleingelassen, vielleicht waren sie bei sich zu Hause, ruhten aus von den Schrecken der Dreharbeiten oder hatten sich in irgendeinem Winkel von *Los Colorines* verirrt. Wir übrigen dagegen, wir Überlebenden, waren weiterhin dem Trägheitsgesetz der Zerstörung unterworfen, das der Regisseur uns auferlegt hatte. Als wären die Scheinwerfer und Kameras, die Techniker und sogar Gruber selbst hinter einem Vorhang verschwunden, als gäbe es nur noch uns, gefangen in dieser Welt, die mit jedem Mal mehr vom Zorn vergiftet wurde. Wir ruhten praktisch keinen Augenblick mehr, die künstlich aufrechterhaltene Spannung riß nicht mehr ab, griff auf unsere Träume und unsere Vergangenheit über, trieb uns unablässig in die Enge. Gruber wusch seine Hände in Unschuld und überließ uns ganz uns selbst, und so waren wir fest in den Fängen eines Wahnsinns, eines Grolls, eines gestörten Geistes, der uns alle nicht mehr losließ.

Doch das Schlimmste war vielleicht etwas, woran keiner von uns damals dachte: die Verfassung des Regisseurs, der Geisteszustand von Gruber selbst. So tief waren wir in das fiktive Universum jener Familie versunken, daß wir uns weigerten, das wahre Übel zu erkennen, das von außen kam, nämlich von dem, der uns dort hineingetaucht hatte. Denn der Kranke, der bald sterben mußte und hier sein künstlerisches Testament verwirklichte, das war in Wahrheit nicht Zacarías, wie wir damals glaubten, sondern Gruber. Er war der Urheber der Konflikte zwischen uns, dem Unglück und den Kämpfen, sein monströser Geist war es, der uns dort schmoren ließ. Der ganze Zwang, all die Gewalt und Bitternis kamen ursprünglich von ihm. Nur er war schuldig an dem, was geschah. Wir wollten es nicht verstehen, vor allem ich nicht. Vielleicht stand er mir zu nah, ich ging mit ihm ins Bett und spürte seinen Körper, aber seine Seele war weit weg, unerreichbar und finster. Ich konnte nur eine flüchtige Verzweiflung in seinem Innersten erahnen, eine Einsamkeit und Leere, die ihn nach und nach vernichtete. Trotz seines Ruhms, seines Talents und seiner Intelligenz schien seine schöpferische Kraft mit jedem Augenblick mehr zu schwinden. Es lag auf der Hand, wie ausgebrannt er war. Und wir erkannten es nicht. Der Film, in dem wir gefangen waren, der Gipfelpunkt der Filmgeschichte, war einfältig und nichtig, der bloße Abklatsch eines Kunstwerks. Gruber hatte einen Mechanismus ersonnen, der es der Welt gestattete, in seine Fiktion einzudringen und sie zu besetzen, so daß unsere eigenen Leidenschaften und Ängste in seine Arbeit eingingen; das war sicher etwas Neues, aber letzten Endes blieb es belanglos. Er war damals kein Schöpfergott mehr, sondern ein simpler Demiurg, ein Dämon, der nichts weiter tat, als unsere Schicksale zu manipulieren, ohne die mühsame Aufgabe, sie erfinden zu müssen. In der Tat schien sich Grubers Universum zu erschöpfen, seine Welt schien am Rand des Zusammenbruchs, seine Geschichte stürzte tragisch dem Chaos entgegen. Ich weiß nicht, bis zu welchem Punkt er es selbst vorhersah, aber es bestand kein Zweifel, daß das Ende unmittelbar bevorstand, daß der Film, dieser traurige Tarkowskij-Abklatsch – auch wenn sich damals keiner von uns dessen bewußt war –, nichts als ein Beweis für seinen Verfall war, für die Agonie seines Genies.

Aber wir harrten weiter aus, ganz und gar gefangengenommen, ignorierten den traurigen Trug, der uns verschlingen sollte.

SZENE 18. „DIE GROSSE HURE"

Renata ist allein mit Zacarías im Speisezimmer zurückgeblieben. Sie versucht ihn zu beruhigen und hält ihm zugleich seine Ausbrüche vor. Die Kamera zeigt das verzerrte Gesicht des Vaters, in dem sich Verzweiflung mit Ironie mischt, sowie die Schweißtropfen, die ihm die Stirn hinunterlaufen.

RENATA: Versuch doch, zu verstehen …

ZACARÍAS: Ach was! *Er senkt seine Stimme.* Ihr versteht nicht, was passieren wird …

RENATA: Vergiß das alles doch, Papa; versuchen wir lieber, besser miteinander auszukommen.

ZACARÍAS: Ich bin nicht verrückt, Renata. Was ich dir sage, ist die Wahrheit. Ich wünschte, es wäre nicht so, aber es gibt keinen Ausweg. Und ich werde nichts für dich tun können.

RENATA: Für mich?

ZACARÍAS *seine Stimme wird brüchig:* Wenn deine Stunde gekommen ist, werde ich nichts tun können. Ich werde es nicht aufhalten können. *Er schluchzt.* Aber du wirst mir vergeben, nicht wahr?

Renata geht zu ihm, sichtlich betroffen über den Zustand ihres Vaters. Zacarías' Schweißtropfen werden zu Tränen.

ZACARÍAS: Ich wollte es verhindern, wirklich, aber es ist unmöglich … Für keinen von uns gibt es Rettung.

RENATA *energisch:* Es ist an der Zeit, daß wir ein ernstes Wort miteinander reden.

ZACARÍAS: Zweifelst du daran? Ich war noch nie so ernst wie jetzt. Wie gerne würde ich dir raten, zu fliehen, fortzugehen, aber ich weiß, auch das ist unmöglich. Er kontrolliert alle unsere Gefühle, Er beherrscht uns vollkommen und wird nicht zulassen, daß wir Ihn herausfordern. Er ist der Urheber der Vernichtung.

RENATA *zweifelnd:* Von wem sprichst du?

ZACARÍAS: Du weißt das besser als sonst jemand, tu nicht so. Er kontrolliert uns. Er zwingt mich zu diesem Verhalten. Versuch nicht, Ihn zu verteidigen. Er führt uns in unser Verderben.

RENATA *erschreckt:* Wer?

ZACARÍAS: Er, der Schöpfer von all dem hier … Spiel nicht die Unschuldige, Renata. Der uns hierhergebracht hat, und du bist seine Hure, die Hure des Herrn …

Renata schaut ihn erschreckt an und beginnt zu weinen.

ZACARÍAS: Du wirst die Tatsachen nicht ändern können. Am Ende wirst du erkennen, daß ich recht hatte, aber es wird zu spät sein, um es zu verhindern.

Renata weint noch immer, sie schlägt die Hände vors Gesicht.

ZACARÍAS: Das Schlimmste ist, daß ich keine andere Wahl habe, als Ihm zu gehorchen.

Sie schaut ihn ungläubig an.

ZACARÍAS: Renata, glaub mir, trotz allem liebe ich dich.

Schnitt.

SZENE 18A. „DIE FRAU UND DAS TIER"

Gonzalo und Sibila trinken Kaffee auf der Terrasse. Sie sind alleingeblieben und kommen nicht umhin, sich zu unterhalten. Gonzalo ist zuvorkommend und von übertriebener Höflichkeit – fast ein Kontrast zu seinem Leibesumfang –, und doch ergänzt er hervorragend das Forsche von Sibilas spontanem Charakter.

GONZALO: Ich verstehe noch immer nicht, was wir hier zu suchen haben.

SIBILA: Vielleicht sind wir alle noch verrückter als er.

Die beiden lachen.

SIBILA: Bist du wirklich Kunstkritiker?

GONZALO: Sehe ich nicht wie einer aus?

SIBILA: Du siehst wie ein Versicherungsvertreter aus.

GONZALO: Ich vermute, ich habe das als ein Kompliment aufzufassen. Und du, womit beschäftigst du dich?

SIBILA: Ich bin Tanzlehrerin.

GONZALO: Tänzerin?

SIBILA: Das war ich. Modern Dance.

GONZALO: Nun, du siehst schon wie eine Tänzerin aus.

SIBILA: Das macht vor allem der Körper.

GONZALO: Wie hast du Zacarías kennengelernt?

SIBILA: In prähistorischen Zeiten. Ich war noch ein kleines Mädchen. Nun gut, beinahe … *Sie lacht.* Er war zehn Jahre älter, und damals bewunderte ich ihn. Er hatte bereits ein paar erfolgreiche Ausstellungen hinter sich und galt als das vielversprechende Talent seiner Generation.

GONZALO: Und was geschah dann?

SIBILA: Damals war er bereits verheiratet. Eines Nachts bat er mich, mit ihm zu seinem Haus zu fahren. Dort wartete Ruth auf uns, vor fünfundzwanzig Jahren … Ich weiß nicht, warum ich dir das erzähle … Natürlich ließen die Probleme nicht auf sich warten. Und zur gleichen Zeit interessierte er sich immer weniger für die Malerei, oder das behauptete er zumindest, um sich zu rechtfertigen … Der typische Fall des verhinderten Genies, das unter der Kunst leidet, bis es sie aufgeben muß, und dann leidet es noch mehr. Hilfst du ihm wirklich, dieses Gemälde fertigzustellen?

GONZALO: Ja und nein. Ich habe sehr wenig dazu beigetragen. Als er mich eingeladen hat, war alles bereits so gut wie fertig. Er brauchte mich bloß als Garanten …

SIBILA: Und wie geht es voran?

GONZALO: Gut, sehr gut.

SIBILA: Das klingt nicht sehr überzeugt.

GONZALO: Es ist ein *perfektes* Werk. Aber darin ist keine Spur Leben. Er hat uns alle porträtiert, aber er hat uns wie Tote gemalt. Das ist es! Seine Malerei wirkt tot.

SIBILA: Weil er bereits selbst tot ist. Ist dir das aufgefallen? Dieses Bild soll nicht sein Testament, sondern sein Grabstein sein. *Schnitt.*

SZENE 19. ERSTE

Zuerst Eufemios und Anas Verschwinden, und dann Zacarías' Ausbruch: Mit jedem Augenblick näherten wir uns dem Ende der Geschichte und der Welt, unserer Geschichte und unserer Welt. Hinter seiner Kamera verschanzt, zog Gruber an den Fäden, um den Film abzuschließen, als wäre alles andere nicht von Bedeutung für ihn. Er hatte uns in simple Objekte seiner Kunst verwandelt, in fiktive Gestalten, die er von seinem Geist auf die Wirklichkeit übertragen hatte; nichts Menschliches war mehr in uns, und dieses Paradoxon kehrte sich allmählich gegen ihn: In seinem Bestreben, das Falsche wahrscheinlich zu machen, hatte er schließlich das Wirkliche falsch gemacht. Er hatte nur eine noch raffiniertere Verdrängung des Lebens durch die Kunst erreicht; die Kunst hatte unsere Körper und Seelen aufgefressen, bis sie leer und hohl waren. Sein Satz, den er sich von Bergman geborgt hatte, die Kunst sei eine tote Schlangenhaut voll Ameisen, wurde nun zum Musterbeispiel für unsere Situation. Wir waren nichts als tote Haut, angefüllt mit Begehren und Leidenschaften, die uns nicht gehörten und uns gewaltsam eingeimpft worden waren: die schrecklichste aller Fälschungen. Die Melancholie, die Gruber so sehr umtrieb, trat hier auf andere Weise in Erscheinung, als er angenommen hatte. Sie wurde vom Absurden symbolisiert, von der Leere des ganzen Unternehmens, vom tiefen Überdruß, der immer mehr Besitz von ihm ergriff, je weiter die Dreharbeiten fortschritten. So sehr er sich auch einredete, daß er gerade sein großes Meisterwerk vollendete, so sehr er auch an das Großartige seines Projekts glaubte und so sehr er sich die erzielten Erfolge vor Augen hielt, Carl

Gustav Gruber blieb derselbe schweigsame, verbitterte Mann, den ich von Anfang an gekannt hatte, derselbe düstere Schatten, dasselbe düstere Schweigen. Weder unser Schmerz noch unsere Tränen oder unser Blut konnten ihn bewegen; alles war Teil seines Films, der gemeinen, erbärmlichen Kunst, für die er uns benutzte. Sein Enthusiasmus schwand so schnell, wie der Film seinem Ende entgegenstürzte: Was hatte es unmittelbar vor dem Ende, vor dem Abgrund, noch für einen Sinn, etwas zu erschaffen und unermüdlich zu diskutieren? Wozu würde ihm sein Film, der Schrecken, das Chaos, das er gesät hatte, nutzen? Würden sie ihn vielleicht rechtfertigen? Würden sie ihn vielleicht retten, wie sein Spiegelbild Zacarías um sich brüllte? Aber ebenso wie er war auch Gruber dem Trägheitsgesetz unterworfen, Kräften, die er entfesselt hatte und die zu beherrschen er weder fähig noch willens war. Die Gewalt, die er ausgelöst hatte, ging über ihn hinaus, und er tat nun nichts anderes mehr, als ihr hinter seiner Kamera zuzuschauen, sich dieses selbstgeschaffene Universum der Kunst und der Zerstörung anzusehen, als wäre es ihm einerlei; er saß dort auf seinem Regiestuhl, der Blick und die Gedanken in der Ferne verloren, ganz so wie Dürers Engel und vermutlich auch ganz so wie auf Mantegnas Bild. Ein gelangweilter, träger Gott, der gleichgültig auf seine Schöpfung und den Untergang seiner Kreaturen und des Universums schaut, das Er erfunden hat. Er war auf ganzer Linie gescheitert. Er hatte seinen Prozeß vor dem Gericht verloren. Seine Argumente, seine Kunst konnten ihn nicht retten, konnten niemals seinen Richter, seine Geschworenen überzeugen. Er war verloren. Und er wußte es. Deshalb beschränkte er sich darauf, seine Strafe zu erwarten und zu versuchen, den Prozeß zu beschleunigen, der ihn seinem Urteil und der Vollstreckung entgegenführte. Er sehnte sich jetzt nur noch nach dem Tod.

Ich mußte ihm einfach sagen, was ich dachte, mußte ihm vor Augen führen – oder ihm zumindest zeigen, daß ich es wußte –, daß seine Welt in sich zusammenstürzte und er kein Interesse mehr daran hatte, sie zu bewahren oder zu retten.

„Weshalb läßt du das zu?" warf ich ihm aufgewühlt vor. „Als

würde es dir inzwischen egal sein, was mit dem Film und mit uns geschieht."

„Ich kann es nicht mehr aufhalten", gab er gleichgültig zurück. „Du hast es ja selbst gesehen."

„Du schaust der Zerstörung zu, als wärst du nicht selbst ihr Urheber …"

„Mir bleibt nichts anderes übrig", seufzte Gruber. „Letzten Endes entdeckt man, daß ein Künstler nicht mehr als das tut: Er erschafft etwas und betrachtet dann die langsame Zerstörung seines Werks."

„Ich verstehe es nicht", rief ich verzweifelt, „nicht bei dir. *Du* hast doch all das hervorgerufen."

„Aber jetzt liegt es nicht mehr in meiner Hand." Der leidenschaftliche Kraftmensch Gruber verblaßte von Augenblick zu Augenblick immer mehr. „Wie gerne würde ich dir raten, fortzugehen, zu fliehen, bevor es zu spät ist, aber nicht einmal das ist mehr möglich. Das hast du bereits von anderen Lippen gehört: Wir stehen unmittelbar vor dem Ende, und ich werde es nicht aufhalten können. Für keinen von uns gibt es Rettung."

„Ist das alles, was du sagen kannst?" schrie ich wütend und erschreckt. „Das ist *dein* Werk. *Deine* Verantwortung. Und wir beide, du und ich? Bedeutet dir das etwa auch nichts?" Ich brach wieder in Tränen aus. „Wirst du auch nicht zu retten versuchen, was zwischen uns beiden ist? Wirst du zulassen, daß es einfach so zerstört wird?"

„Es tut mir leid, wirklich, es tut mir leid", er brach vor mir zusammen. „Das hätte nie geschehen dürfen, verzeih mir. Das habe ich nicht vorhergesehen. Und wenn doch, dann habe ich versucht, es zu verdrängen, aber letzten Endes war es stärker als ich …"

„Und du willst nicht dafür kämpfen?"

„Es ist unmöglich. Auch dir war das von Anfang an klar."

Ich wollte ihn anschreien, ihn schlagen, ihn irgendwie zu einer Gefühlsreaktion zwingen, aber er schien den Kampf aufgegeben zu haben. Er hatte sich von seiner eigenen Kunst aufreiben lassen, von dieser Kunst, die den Tod darstellte.

„Weshalb lassen wir nicht alles hier zurück und fahren fort?"
Ich weigerte mich, zu akzeptieren, was er zu etwas Unvermeidlichem machte. „Noch bleibt Zeit, Gruber, ein bißchen Zeit für uns beide ..."

Es war sinnlos. Er war besiegt.

„Bitte ...", drängte ich ihn.

Sein Schweigen war schon nicht mehr von dieser Welt.

„Es tut mir so leid", sagte er etwas beschämt, um dem Gespräch ein Ende zu bereiten.

Er wandte sich um und kehrte auf das Set zurück. Seine lautlosen Schritte verrieten das Unausweichliche seines Schicksals. Gewissermaßen war er konsequent, er beschränkte sich darauf, die Folgen seiner Taten zu tragen, und wartete mit den Händen im Schoß auf das vorhergesehene Ende. Bevor er das Zimmer verließ, drehte er sich noch einmal um.

„Renata", sagte er, „glaub mir, trotz allem liebe ich dich."

SZENE 19. ZWEITE „DIE FLUCHT"

Javier und Arturo befinden sich in Ruths Zimmer und sprechen mit ihrer Mutter. Sie hat endlich einen Moment der Ruhe gefunden, und die beiden Söhne wagen es, deutliche Worte mit ihr zu reden. Ruth liegt auf dem Bett, während die beiden jeweils seitlich von ihr sitzen. Arturos Gesicht sieht stark mitgenommen aus, er hat riesige Ringe um die Augen, und seine blasse Hautfarbe läßt ihn wie ein Gespenst erscheinen. Sein langes, ungekämmtes Haar hängt wirr herunter, als hätte er gerade Sport getrieben. Javier täuscht dagegen Gleichmut vor, doch seine Hände bewegen sich zuckend.

JAVIER: Mutter, weißt du, was passieren wird? Sag es uns bitte. *Pause.* Wir sind sicher, daß Papa uns nicht nur hat herkommen lassen, um uns zu sagen, daß die Welt untergehen wird, und um uns als seine spirituellen Modelle zu benutzen.

Ruth antwortet nicht.

ARTURO: Um Gottes willen. Wir sind sicher, daß etwas Schlimmes geschehen wird. Du bist die einzige, die uns helfen und es vermeiden kann.

JAVIER: Wenn du es weißt, sag es uns …

Ruth wälzt sich auf den Decken hin und her. Ihr Blick ist abwesend, als würde sie nichts mehr kümmern, als hätte auch sie sich damit abgefunden, jegliche Katastrophe tatenlos zu erdulden.

RUTH *leise und tonlos:* Ich weiß nichts, wirklich. Ich weiß nie etwas.

JAVIER: Mama!

Sie schaut sie an, als würde sie nicht einmal merken, daß die beiden bei ihr sind.

ARTURO: Was hat er vor? Weshalb der ganze Mist mit dem Bild und seiner Krankheit? Was will er von uns?

RUTH: Ich habe doch schon gesagt, daß ich es nicht weiß.

JAVIER: Steht es wirklich so schlimm um ihn, wie er glaubt?

RUTH: Seit über sechs Monaten geht er nicht mehr zum Arzt. Auf einmal ist er nicht mehr zu seinen Terminen gegangen … Er sagte, es habe keinen Sinn mehr.

ARTURO: Und das Gemälde. Was hat es damit auf sich?

RUTH: Das kann nur er beantworten. Mir erzählt er nichts. *Pause.* Und das Schlimmste ist – und das werde ich ihm nie verzeihen –, daß er diese Frau wieder ins Haus geholt hat. Er will auch mich umbringen, genau das will er.

JAVIER: Wir werden nicht zulassen, daß er dir etwas antut.

RUTH: Ihr werdet es nicht verhindern können. Niemand wird es verhindern können.

JAVIER: Was?

RUTH: Nichts … *Pause.* Wenigstens wird dann auch dieses Weib verschwinden …

ARTURO: Wovon sprichst du?

RUTH: Ich weiß nicht, ob dein Vater recht hat, aber es sollte wirklich so sein. Diese Welt sollte untergehen.

JAVIER: Sag so was nicht, Mama …

RUTH: Ich habe nie gut für euch sorgen können, nie habe ich euch vor ihm beschützen können …

Sie spricht, als würde sie alles aus großer Distanz betrachten, unerschütterlich, ohne zu weinen.

ARTURO: Du warst eine hervorragende Mutter …

RUTH: Erzähl doch keine Lügen, Arturo. Schließlich habe ich mich letztendlich immer auf seine Seite gestellt, nicht auf eure. Ich habe stets zugelassen, daß er seinen Willen durchsetzt. Nicht einmal jetzt kann ich verhindern, daß er euch Schaden zufügt.

Die beiden Söhne greifen nach den kalten, faltigen Händen ihrer Mutter. Man hört den Wind, der gegen die Fenster peitscht, ein Pfeifen, das die Vorhänge wie Gespenster bewegt.

JAVIER: Mach dir keine Sorgen, Mama, wir können schon auf uns aufpassen. Und wir passen auch auf dich auf.

RUTH: Ich wünschte, ich könnte euch glauben. Ihr kennt ihn nicht so gut wie ich. Jetzt ist er nur noch die verkörperte Wut. Deshalb malt er Tag und Nacht. Er erwartet das Ende. Unser aller Ende.

ARTURO: Du redest schon wie er.

JAVIER: Hab keine Angst.

RUTH: Ihr armen Kinder, ihr versteht nicht. Es ist meine Schuld. Es ist meine Schuld, euch auf die Welt gebracht zu haben, schutzlos wie ihr seid … Nie werdet ihr gegen ihn ankommen. Er ist stärker als wir alle zusammen …

ARTURO: Wir versuchen es, das wollen wir für dich tun …

RUTH: Es ist unmöglich.

ARTURO: Wir schaffen es, Mama. Du wirst nicht länger leiden müssen. Du wirst nie mehr Grund zum Weinen haben. Wir waren es, die dich nicht beschützen konnten. Wir hätten dich nicht so lange mit ihm allein lassen sollen. Wir waren Feiglinge. Aber jetzt sind wir hier und beschützen dich.

Schnitt.

Luisa kommt im Halbdunkel die Treppe hinunter. Sie geht durch das Eßzimmer, tritt in die Küche und verläßt von dort das Haus. Sie scheint keine bestimmte Richtung einzuschlagen, als wollte sie nur einen Augenblick entfliehen; sie will die kalte Luft draußen atmen, in die Landschaft aus dunklen Bäumen tauchen und sich die Handvoll Sterne anschauen, die zu sehen sind. Lautlos schlüpft sie ins Freie, hält einen Augenblick inne, aufgeschreckt von dem Benzingeruch, mißt ihm aber keine Bedeutung bei und setzt ihren Weg aufs Geratewohl fort. Graue Gewitterwolken verbergen den Mond hinter ihren launischen Formen; es herrschen fast vollkommene Dunkelheit und Stille. Man sieht die Verzweiflung in ihrem Gesicht. Sie wendet sich erst zur einen Seite, überlegt es sich dann anders, dreht um und läuft ziellos in die Nacht hinaus.

Luisa geht voll Angst durch die Dunkelheit. Ihre schwarzen Augen erhellen sich manchmal im Mondlicht. Sie scheint einen abgelegenen Platz zu suchen, einen Zufluchtsort, wo sie alleine weinen kann. Allmählich verzweifelt sie, sie stößt gegen die Bäume, und Äste halten sie auf ihrer Flucht zurück. Schließlich gelangt sie an den Rand einer kleinen Böschung. Sie hält an und schöpft Atem. Zerstreut schaut sie hinunter und macht dort den zerschellten Wagen von Arturo und Ana aus. Vorsichtig klettert sie nach unten, noch ohne das Geschehene zu begreifen.

Das spärliche Licht läßt sie nicht erkennen, was sie da vor sich hat. Sie blickt zu Boden und entdeckt eine Spur. Sie folgt ihr bis zu der Stelle, wo das zerschmetterte, übel zugerichtete Auto liegt. Erschreckt schaut sie durch das Fenster, aus dem eine Blutspur läuft. Unwillkürlich öffnet sie die Tür, und Anas Kopf fällt ihr entgegen. Ein paar Sekunden vergehen, bevor Luisa schreien kann. Da packen sie zwei Hände von hinten, und ihr Schrei wird noch gellender, bis sie sich umdreht und Javier sieht.

LUISA: Sie ist tot! Sie ist in Wirklichkeit tot!

Javier kniet nieder, um den Leichnam zu untersuchen. Er legt

die Finger an die Halsschlagader, um zu überprüfen, daß es tatsächlich wahr ist. Schweigend umarmt er Luisa.
  Schnitt.

SZENE 20A. ERSTE „DER FALL DES GROSSEN BABYLON"

Zacarías tritt in sein Atelier und schließt lautlos die Tür hinter sich; dann macht er Licht. Er wäscht sich die Hände, bereitet seine Pinsel vor und begibt sich zur Leinwand mit der
Malancolia. Er nimmt das Tuch darüber ab und macht sich an
die Arbeit. Die Kamera zeigt ihn aus allen Perspektiven und
deutet somit an, wie die Zeit vergeht, während der er ununterbrochen malt. Die Kamera gestattet nur den Blick auf wenige
Linien, auf ein paar Pinselzüge und Farben, aber nie auf das
komplette Bild. Zacarías' Anstrengung ist offensichtlich, seine
Arm- und Halsmuskeln spannen sich, und ebenso sieht man die
Farbe, die auf den Boden und auf seine Haut tropft. Sein Atem
wird mit jeder Minute schwerer, seine Augen werden blutunter-
laufen, als würde er sich überanstrengen.
  Endlich scheint er fertig zu sein. Er entfernt sich ein paar
Schritte vom Bild und schaut es sich einige Minuten lang an.
Dann deckt er es wieder mit dem Tuch zu, bemüht, es nicht
zu beschädigen. Er faßt es an den Rändern und hebt es hoch.
Er schaltet das Licht im Atelier aus und trägt das frische Bild
die Treppen hinunter zum Haupteingang. Die anderen Zimmer bleiben dunkel. Zacarías lehnt den Keilrahmen gegen eine
Wand, geht zur Haustür, zieht seine Schlüssel hervor und öffnet
sie; er trägt das Gemälde hinaus und schließt sofort wieder
von außen ab. Die Kamera folgt ihm bis zum Schuppen. Dort
stellt er das Bild auf eine Staffelei und präpariert es sorgfältig,
um es vor Beschädigung zu schützen. Anschließend nimmt er
zwei Benzinkanister aus dem Schuppen mit und geht zum Haus
zurück.

Die Kamera zeigt eine Außenaufnahme von Los Colorines; *am schwarzen Himmel ist ein Lichtkegel zu sehen: der Mond in seinem ersten Viertel. Langsam nähert er sich dem Haus. Im Sturm peitschen Bäume die Dachziegel. Die Kamera konzentriert sich auf die Fassade und fährt dann bis zur Hausecke an ihr entlang; an der Hausseite gleitet sie weiter, bis sie in ein Fenster blickt. Drinnen schüttet Zacarías, kaum erhellt vom Schein des Mondes, das Benzin über Holzmöbel, Tapetenwände und Vorhänge. Über Sessel und Tische hat er seine übrigen Gemälde verteilt. Die Kamera gleitet über sie hinweg und läßt im Halbdunkel ein paar vage Formen hervortreten. Zacarías gießt auch über sie unbarmherzig den Brennstoff. Er läuft wie ein Rasender hin und her, als sei er ein flüchtiger Priester, der Weihwasser um sich spritzt.*

Schnitt.

SZENE 20A. ZWEITE

Wer konnte in diesem Augenblick wissen, was Wirklichkeit war und was Fiktion? Das Entsetzen hatte Luisa und Javier auf einmal zusammengebracht, aber auch dadurch konnten sie mit der Situation nicht besser fertigwerden. In der Tat spielte es keine Rolle für sie, ob Anas Tod wirklich war oder nicht, ihrem Gemütszustand entsprechend *war sie tot.* Sie war brutal ermordet worden, aber nicht einmal das brachte sie dazu, Gruber gegenüberzutreten. Als hätte er wahrhaftig das Set verlassen, und die Verantwortung würde nicht auf ihn zurückfallen, sondern allein auf den wirklichen Verbrecher.

Die Szene wurde nachts gedreht, und wie immer durften wir anderen nicht daran teilhaben. Von da an überstürzten sich die Ereignisse, und ich glaube, keiner von uns hatte eine klare Vorstellung von dem, was da vor sich ging. Auf einmal hatte sich das Filmteam wieder zum Hauptgebäude von *Los Colorines* begeben, und Gruber wollte uns weiter filmen, als wäre nichts Schlimmes geschehen. Dem Trägheitsgesetz folgend fuhr jeder mit seiner Rolle fort, unfähig, zu begreifen, daß die Tatsachen die Lüge weit hinter sich gelassen hatten und Ana *wirklich* tot war. Als würde die Welt draußen, die wir immer Realität genannt hatten, nicht mehr existieren; als wäre die einzige mögliche Wirklichkeit dieser Schreckensfilm; als wären wir unfähig, die Konsequenzen unserer Taten zu verstehen, und als würde uns unser betäubtes Bewußtsein nicht erlauben, an eine andere Umgebung zu denken, als die, in der wir uns befanden. Natürlich war sie tot, aber das trieb uns nicht zur Revolte gegen den Regisseur, sondern gegen die Figur, die angeblich diesen ungerechten Tod bewirkt hatte. Wir waren gefangen im imaginären Weltgebäude des *Weltgerichts*.

Szene 21. „Der Kampf"

Das Haus liegt weiterhin in Schweigen, in ein undeutliches Halbdunkel versunken, es weiß nichts von den Taten seiner Bewohner. Es ist die Ruhe vor dem Sturm, die stehengebliebene Zeit, das Nichts, das uns umgibt. Die Kamera bietet einen Panoramablick auf Los Colorines, *in einen bläulichen Morgennebel getaucht. Die Stille ist vollkommen. Das Schweigen klar.*

Auf einmal scheint sich der Sonnenaufgang vorzeitig eingestellt zu haben. Ein glänzender Strahl vom hinteren Teil des Hauses durchfährt den Himmel. Die Faserwolken leuchten in orangefarbenem und gelbem Widerschein auf; bald gesellen sich am Himmel andere graue Wolken dazu: Schwaden von Rauch, die ins Unendliche hinaufsteigen. Die Flammen breiten sich schnell über das ganze Haus aus, zuerst die Wände hoch und dann übers Dach. Das Feuer ist noch nicht zum Vorderteil gelangt. Luisa und Javier treffen atemlos am Haupteingang ein; vergeblich versuchen sie, hineinzugelangen, sie schreien den anderen drinnen zu, um sie aufzuwecken: „Mama, Arturo, Renata, kommt sofort raus!"

Schließlich gelingt es Javier, die Tür mit einem festen Stoß aufzubrechen. Drinnen scheint sich kaum etwas zu regen, der Feuerschein ist nur ein zaghaftes Leuchten hinten bei der Küche.

JAVIER *zu Luisa:* Du bleibst hier, schrei nur, wenn du ihn siehst.

Javier dringt ins Hausinnere vor und ruft weiter nach den anderen. Arturo erscheint oben an der Treppe, Renata folgt ihm nach einigen Sekunden.

JAVIER *hinaufschreiend:* Wir müssen hier raus, das Haus steht in Flammen. Es steht *wirklich* in Flammen!

RENATA: Ich hole Ruth und Sibila.

Rauchschwaden dringen nun aus den Korridoren. Javier rennt die Treppe hoch und treibt die anderen an. Leckende Flammen entzünden die Vorhänge, und die Tapeten an den Wänden im ganzen Haus blättern ab wie alter dunkelvioletter Stoff. Bald sieht man kaum mehr etwas, und der Rauch schwärzt Möbel, Gemälde und Lampenschirme. Arturo und Javier tragen eiligst ihre Mutter die Treppen hinunter. Sibila, Renata und Gonzalo laufen hinter ihnen her, die Gesichter wie von einer Schlammschicht überzogen, unwirklich. Los Colorines *glüht wie ein Eisen in einem See aus Feuer. Hustend kommt Gamaliel als letzter aus den Flammen …*

EPILOG

I

Eine ewige Schuld, unergründbar, wohlverdient. Was kann ich jetzt sagen, da ich so lange Zeit versucht habe, den Schrecken jener Tage, unseres Elends, zu vergessen? Da ich das Möglichste getan habe, um die Schuld beiseite zu schieben, der Reue auszuweichen, mein Leben neu zu beginnen? *Mein Leben.* Ich weiß gar nicht mehr, was genau das bedeutet, als wären mit dem Namen Renata Guillén mindestens drei verschiedene Personen gemeint: die, die ich vor dem Film war, die Rolle, die ich damals darstellte, und die Renata von heute. Oder sind wir alle ein und dieselbe, und ich weigere mich nur, die Verantwortung dafür zu übernehmen, daß ich mich bis an die Grenzen meines Charakters habe führen lassen? Ich bin mir wirklich nicht sicher. Ich könnte nicht definitiv behaupten, daß ich meine damalige Darstellung hinter mir gelassen habe und mich nicht mehr wie die Kunstfigur verhalte, die mir der Regisseur aufgezwungen hat, ebensowenig wie ich behaupten könnte, es sei eine bloße Rolle gewesen, völlig losgelöst von meiner Persönlichkeit. Ich habe meine ewigen Ängste bestätigen können: Die Schuld ist ein Gefühl, das sich unmöglich fiktiv darstellen läßt, es ist eine Last tief drinnen in jedem Individuum, und trotz der Distanz und der Müdigkeit, trotz Reue und Liebe verzehrt mich ihr Feuer auch noch heute, die Schuld, die dieser Film in unserem Leben zurückgelassen hat, als einzigen Preis der Kunst.

Inzwischen ist Gruber tot. Ana ist tot. Und Zacarías ist tot. Das ist ein ausreichender Beweis dafür, daß wir nicht in einem Albtraum gelebt haben, daß die Fiktion, so erschreckend es auch erscheinen mag, *authentisch* war. Nichts wird uns den Geist und den Körper dieser Toten zurückbringen, nichts wird uns unsere

Unschuld vor dem Weltgericht zurückgeben, nichts wird uns wieder wie früher werden lassen, frei vom Bewußtsein der Sünde. Denn es stimmt: Für sie und in gewisser Weise auch für uns ging die Welt wahrhaftig unter, wie Zacarías in seinem Wahn und Gruber in seiner Niedertracht prophezeit hatten. Es war das Ende der Zeiten und der Geschichte, zumindest das Ende unserer Welt und unserer Geschichte, wie wir sie bisher gekannt hatten. Ihr Verschwinden, die gewaltsamen Todesfälle von Ana und Zacarías, und die lange, stille Agonie von Gruber waren die letzten Opfer, die für den eitlen Wunsch erbracht worden waren, die Kunst an die Stelle des Lebens zu setzen und sich mit dem einzigen Argument, Künstler zu sein, unberechtigt zum *Deus artifex* der Zerstörung anderer aufzuwerfen.

Was geschah in jener letzten Nacht in *Los Colorines*? Vielleicht sollte die Frage eher lauten: Was war geschehen, seit wir zu der unglückseligen Hazienda gelangt waren, was war mit uns passiert, wie kam es, daß wir unser Gewissen und unseren Willen verloren, wie kam es, daß wir lieber miteinander bis zur Erschöpfung stritten, als dem wahren Schuldigen an der Katastrophe entgegenzutreten? Einerlei, das Schlimmste ist, daß alle Spekulationen darüber, was man hätte tun und was man hätte verhindern können, inzwischen belanglos sind. Der Schmerz wird bleiben, die Narbe unserer freiwilligen Unterwerfung unter den Wahnsinn eines einzigen Mannes. Was war damals geschehen? Es gibt wenige Zeugen, und die Bruchstücke in meinem Gedächtnis kann ich selbst kaum für vertrauenswürdig halten. Die Gewalt, die am Ende alles beherrschte, ob es nun die des Feuers und der Natur war oder die, die in unseren Gemütern entfesselt worden war, hatte sich wie ein Schleier über jedes klare Bild gelegt, über jede vernünftige Erinnerung von diesen letzten Stunden der Verzweiflung und Angst.

Luisa und Javier hatten Anas Leichnam in ihrem Wagen gefunden, mit zerschmettertem Schädel und noch frischem Blut; sie rannten zur Hazienda zurück und sahen, wie sich dort die Flammen nach allen Richtungen breit machten. Ich schlief in meinem Zimmer; ihre Schreie und der Rauch weckten mich, und sofort lief ich zu Ruth: Javier und Gamaliel hatten sie bereits geholt und versuchten, sie die Treppe hinunterzutragen. Sie schien sich zu wehren, klammerte sich ans Geländer und schrie, als sei sie nicht in der Lage, zu begreifen, was vor sich ging. Gruber hatte sich währenddessen mit seinem Team vor dem Haus postiert, unmittelbar vor dem Haupteingang, um das Geschehen drinnen filmen zu können. Javier und Luisa stritten mit ihm, erreichten jedoch nicht, daß er seinen Assistenten Einhalt gebot oder sie bei der Rettungsaktion helfen ließ. An ihn geschweißt wie Sklaven, erlebten Braunstein und einige Assistenten den Brand wie einen rituellen Akt, einen Hexensabbat oder ein Fest, gleichgültig gegenüber dem Schicksal derer, die wir uns drinnen befanden. Ich erinnere mich, wie ich die Treppe zum Wohnzimmer an Gamaliels Schulter geklammert hinunterging, aber die genauen Bilder des Geschehens um mich herum sind verblaßt. In meinem Geist bleiben nur erstickte Schreie, Flüche, Schläge und das unaufhörliche Prasseln der Flammen, sonst nichts. Draußen bettete Gamaliel Ruth auf die Erde.

Sobald ich Luft hatte schöpfen können, sah ich vor mir die ungerührte Gestalt von Gruber. Seine Assistenten waren verschwunden. Auch Braunstein war nirgends zu sehen. Nur er stand dort, und ich zu seinen Füßen. Er schien das Weltende, das er feierlich heraufbeschworen hatte, gar nicht wahrzunehmen; er blickte starr auf sein Haus, *Los Colorines*, das da im Feuer in sich zusammenfiel, aber es schien ihn nicht zu berühren. Es *konnte* ihn nicht mehr berühren. Ich klammerte mich weinend an seine Beine, mein Geist und mein Herz umnebelt, aber er reagierte nicht. Er beugte sich nur einen Augenblick hinab, um mich anzusehen, wischte mir den Ruß aus dem Gesicht, ohne ein Wort zu sagen, strich mir übers Haar und ging fort. Nie habe ich ihn wiedergesehen.

Währenddessen halfen Gamaliel und Arturo den anderen hinaus; Javier versorgte Gonzalo mit einer Mund-zu-Mund-Beatmung, und Sibila lief fast nackt wie eine Verrückte im Garten auf und ab, inmitten der Hitze dieses riesigen Scheiterhaufens vor uns. Bald erschienen Grubers Frau Magda und ihre Bediensteten, die sich im anderen Haus befunden hatten, gefolgt von den Nachbarn aus den nahen Dörfern, die Säcke und Wassereimer herbeischleppten, in der vergeblichen Hoffnung, rasch der Flammen Herr zu werden. Nach mehreren Minuten waren fast alle Hausbewohner in Sicherheit, sie waren entweder im Wagenschuppen untergebracht oder hatten sich einfach auf dem Gras ausgestreckt und schauten voll Schrecken auf die verbrannten Balken, die das Dach einstürzen ließen, und auf die Mauern von *Los Colorines*, die nach und nach in sich zusammensanken, als wäre es nichts als ein Pappmodell. Aber Zacarías kam nicht mehr heraus.

Als wir später zusammentrafen, nervös und verängstigt, umgingen wir das Thema; niemand wagte, danach zu fragen, was mit ihm geschehen war, denn jeder fürchtete, die erwartete Antwort zu bekommen. Erst viel später erfuhr ich im Gespräch mit Javier und Luisa (sie sind inzwischen verheiratet) die Wahrheit.

Ein paar Stunden später traf ein Rettungsteam aus Pachuca ein, um die Arbeit abzuschließen und vor allem sicherzustellen, daß der Brand nicht vom Haus auf die benachbarten Wälder übergriff. Uns brachte man in Kleinbussen, die als Ambulanzen ausgestattet worden waren, in die Stadt; niemand war schwer verletzt, am schlimmsten waren vielleicht die nervösen Anfälle von Ruth und Sibila. Doch unsere Verwirrung legte sich erst nach mehreren Wochen. Sibila, Ruth, Gamaliel und ich blieben ein paar Tage im Krankenhaus von Pachuca, wo man unsere mehr oder weniger leichten Verbrennungen versorgte; die anderen, mit Ausnahme von Arturo, der sofort nach Mexiko-Stadt aufbrach, blieben noch in der Hauptstadt von Hidalgo, besuchten uns und warteten, bis man uns entließ, während sie selbst ihre Gedanken zu ordnen versuchten. Die Polizei verhörte uns kurz über das Geschehen. Wir erzählten ihnen von dem Film, von Braunstein und Gruber, aber keiner der beiden war mehr ausfindig zu machen; nachdem sie ihre Aussage zu Protokoll gegeben hatte, verschwand auch Magda von der Bildfläche, später wurde erzählt, sie sei nach Deutschland zurückgekehrt. Eine

weitere Überraschung war, daß man abgesehen von dem verbrannten Leichnam von Zacarías auch den von Eufemio, Grubers Sekretär, gefunden hatte. Nach der offiziellen Version, der
sich Anas Familie, die bald aus der Hauptstadt kam, anschloß,
war Zacarías, der mutmaßliche Mörder, beim Brand ums Leben
gekommen. Es wurden gerichtliche Vorladungen für den deutschen Regisseur ausgestellt, aber der tauchte nie wieder auf; er
hatte sich in Luft aufgelöst: wie die Welt, die er so geschickt
errichtet hatte.

II

Ich dämmerte gerade in meinem Krankenhausbett vor mich
hin, an den Abenden zuvor hatte ich kaum schlafen können,
wie gelähmt in Gedanken an unseren kollektiven Wahnsinn,
als mich eine vertraute Stimme weckte. Ich spürte eine Hand
auf meiner Schulter, einen vertrauten Geruch und Atem. Ein
bleicher Carlos stand vor mir und sprach so leise, daß ich nicht
zu hören vermochte, was er sagte. Auf einmal fühlte ich mich
erleichtert, obwohl mich bald wieder die negativen Gedanken
überfielen. Er erzählte, wie sehr er sich um mich gesorgt hatte,
er hatte mich überall gesucht und versicherte mir, wie sehr er
sich wegen seines Verhaltens schäme. Er bat mich weinend
um Vergebung, während er meine Hände hielt. Damals war
mein Kopf alles andere als klar, und ich mußte ihm einfach für
seinen Besuch, für seine erneute Anwesenheit dankbar sein;
so heikel auch unsere gemeinsamen Erinnerungen sein moch-
ten, er war ein erster Anhaltspunkt, von dem aus ich mein
Leben, meine Vergangenheit neu aufbauen konnte. Er hatte
meine Gefährten im Unglück bereits kennengelernt: Javier,
der sofort erraten hatte, wer er war, und Gamaliel, mit dem
er sich beinahe gestritten hätte, wenn sich der Konflikt auch
nicht hochgeschaukelt hatte. Entgegen allen Vermutungen

wagte es tatsächlich niemand von uns, auch nur zu erwähnen, was wirklich geschehen war, als würde eine Art allgemeine Scham uns daran hindern, unsere Unbeholfenheit und Fahrlässigkeit zu akzeptieren, den Teil der Verantwortung, der uns selbst betraf.

Was den Film anging, so wiesen die Indizien darauf hin, daß auch er zerstört worden war. Anscheinend hatte ein Funken den Lagerraum in Brand gesetzt, in dem sich die Filmrollen befanden, die Gruber unvorsichtigerweise in einem Seitengebäude des Hauses aufbewahrt hatte. Die Experten fanden aberhundert Meter Filmnegative verbrannt neben dem Bild, das Zacarías angeblich gemalt hatte, der neuen *Malancolia* von Mantegna. Wer weiß, was wirklich geschehen war: Vielleicht hatte Gruber die belichteten Rollen auch weggeschafft und war gerade dabei, sie in einem Dorf irgendwo in Deutschland zu schneiden, oder vielleicht hatte auch Absicht in seiner Nachlässigkeit gelegen, und er hatte sich vielmehr seines Kunstwerks entledigen wollen, des Beweismaterials für die Verbrechen, zu denen er angestiftet hatte, der greifbaren Beweise seines Hochmuts und seiner Verzweiflung. Vielleicht war es ein Zeugnis seiner Reue oder seiner Gleichgültigkeit.

Vor meiner Rückkehr nach Mexiko-Stadt bat ich Carlos, mich noch einmal zu der Hazienda zu fahren; ich wollte mir bestätigen, daß meine Erinnerungen auch wahr gewesen waren. *Los Colorines* war bloß noch eine riesige Ruine, ein düsterer Haufen aus Schutt und Asche. Intakt waren nur noch das Haus, in dem Magda gelebt hatte, und die Kapelle, in der ich meine mögliche Beziehung zu Gamaliel begonnen und beendet hatte. Grubers Dienstboten waren in ihre Dörfer zurückgekehrt, und der gesamte abgeriegelte und eingezäunte Besitz stand nun leer, eine Leere, vergleichbar diesem gewaltigen Wahn, der sie unbedingt mit menschlichen Gespenstern hatte füllen wollen, mit dem Schutt von Leidenschaften, die auf gemeine, egoistische Weise ausgenutzt worden waren. Wenig war es, was ich Carlos zu erzählen wagte, er würde niemals die Gründe für die Tragödie begreifen, die sich so gewaltsam um uns herum überstürzt hatte. Ich ließ mich von ihm nach Hause fahren, und er ging fort, ohne daß ich ihn darum hätte bitten müssen. Er hatte sich eine eigene Wohnung gemietet, und ich traf meine genauso an, wie ich sie verlassen hatte.

Was ging damals in mir vor? Ich kann es kaum sagen. Alles hatte sich zu schnell abgespielt, als daß ich es hätte bewerten können; auf einmal befand ich mich in einer Art Niemandsland, unfähig, die Ereignisse und meine spezifischen Emotionen zu verdauen. Ich hatte Gruber geliebt, daran bestand keinerlei Zweifel, aber meine Liebe lag verschüttet unter einer dicken Schicht von Ängsten, so daß ich oftmals sogar an ihrer Existenz zweifelte. Weshalb hatte er so gehandelt? Warum hatte er es gewagt, sein Projekt voranzutreiben, in vollem Bewußtsein der Konsequenzen dieser Katastrophe, die er entfesseln würde? Dieselbe Frage hatte ich ihm dort viele Male gestellt, während unserer flüchtigen, unvergeßlichen Begegnungen, und er hatte mir nie eine überzeugende Antwort geben wollen – oder können. Um der Kunst willen? Um zu beweisen, daß alles, was er in seinem Leben erreicht hatte, Wert besaß und nicht nur bloße Zeitverschwendung gewesen war? Um die Postulate seiner Ästhetik und seiner Moral bis zur letzten Konsequenz zu treiben? Um sich zu verdammen? Um Sophie wiederzufinden? Um sich zu retten? Es war unmöglich, das festzustellen. Wer hätte die Kraft, eine genaue Antwort auf diese Frage zu geben? Letzten Endes war der Film *Das Weltgericht* in Wirklichkeit das private Gericht, das über einen einzigen Mann gehalten worden war, er war sein Prozeß, mit ihm als Angeklagten, Verteidiger und Richter in einer Person: Carl Gustav Gruber. Im Wissen um seinen nahen Tod hatte er es gewagt, sich über jegliche Grenze hinwegzusetzen, um sich seiner Vergangenheit zu stellen. Ohne daß ihm das Schicksal der anderen etwas bedeutet hätte, hatte er sich eine Plattform geschaffen, auf der er bereit war, sich zu opfern, die Bühne, auf der er nicht nur sein Leben, sondern auch das der anderen opfern würde, mit dem einzigen Ziel, dem Absurden zu entkommen und den Tod und seine eigenen Überzeugungen herauszufordern. Der Preis, den er zahlte, war zu hoch.

Ewige Verdammnis im Tausch gegen die Kunst. Nichtig ist das Ziel der Schöpfer und nichtig das Schicksal ihres Gewissens.

Und doch hatte sich sein Opfer auch in unsere Strafe verwandelt. Man kann behaupten, wir seien manipuliert worden, hätten nicht gewußt, was wir taten, aber das ist nicht die Wahrheit. Mit Tücke vielleicht, aber ohne spürbare Gewalt hatte er uns dazu gebracht, uns unsere Rollen aus eigenem Willen anzueignen, und wir selbst hatten sie auf den Gipfel getrieben, im Wissen um die möglichen Folgen unserer grundlosen Gefühle des Hasses und der Liebe. Das war das Testament, das Gruber uns hinterlassen hatte: die Schuld, freiwillig seine Versuchskaninchen gespielt zu haben. Wir waren erbärmliche Kriminelle gewesen, die nicht einmal – im Gegensatz zu Gruber – ein gutes Motiv für ihre Verbrechen hatten. Denn immer haben wir verschwiegen, haben niemals gewagt, zuzugeben – es wurde zu einem Tabu in unseren Gesprächen –, daß wir in Wirklichkeit alle mit Zacarías' Tod zu tun gehabt hatten. Er war nicht mehr aus dem brennenden Haus gekommen, weil jemand, der ihn in seinem Zimmer beim Feuerlegen antraf, nicht nur nicht den Versuch unternommen hatte, ihn zu retten, sondern ihn im Gegenteil auf den Kopf geschlagen hatte, um ihn bewußtlos den Flammen auszuliefern, deren Urheber er selbst gewesen war. Wer konnte das sein? Niemals klärte sich das vollständig auf, oder, um genauer zu sein, niemals wollten wir, daß es an die Öffentlichkeit drang. Was spielte es für eine Rolle, ob es Arturo, Javier oder Gamaliel gewesen war? Oder ich? Gewissermaßen war es nur ein extremes Beispiel dafür, wie sehr uns der Regisseur manipuliert hatte. Jedenfalls waren wir damals nicht bereit, ihm zu verzeihen. Wir wußten, daß es möglich gewesen wäre, ihn rechtzeitig herauszuholen, und doch wollten wir ihn lieber dort vergessen. Unser Haß auf ihn hatte ein solches Ausmaß erreicht, daß wir uns zu seinen Richtern erhoben und befanden, daß er es verdiente, in seiner eigenen Hölle zu schmoren.

Das ist eine Geschichte über die Schuld, denn unsere – meine – Schuld ist die schlimmste von allen: absurd, unnütz, grundlos. Wir haben zu dem Tod eines Schauspielkollegen beigetragen, ohne daß es tatsächlich irgendein Motiv dafür gegeben hätte. Wir ließen ihn verenden, ohne den Finger zu rühren, ohne zu versuchen, ihn seinem Wahn und den Flammen zu entreißen, wir waren Komplizen eines grundlosen Schmerzes, Komplizen beim ungerechten Mord eines ungerechten Totschlägers. Denn das andere Stigma, das uns nie wieder verlassen würde, war der Mord an Ana, der nicht mehr ungeschehen und für den niemand mehr verantwortlich zu machen war. Nicht einmal Gruber konnte die ganze Verantwortung zugeschoben werden, wie er auch nicht allein für alle anderen Geschehnisse verantwortlich war. Man hätte ihn vielleicht der Anstiftung und des Filmens eines Mordes anklagen können, aber ausgeführt hatte er ihn nicht.

Seit damals sind nun mehrere Monate vergangen, und dem Anschein nach bleiben nur noch wenige Spuren von jenen Tagen. Ich bin nie wieder zu Carlos zurückgekehrt, aber zumindest habe ich eine herzliche Beziehung zu ihm und kann nicht behaupten, ich sei nicht zufrieden mit meinem Leben. Ich habe wieder ab und zu Theater gespielt, wenn auch nur, um mir selbst zu beweisen, daß ich nicht besiegt bin, denn das Schauspiel stellt für mich nun kein oberstes Ziel mehr da. In gewisser Weise kann ich sagen, ich bin glücklich. Letzte Woche war ich bei der Hochzeit von Luisa und Javier; auch Gamaliel, Arturo und Gonzalo waren dort. Ich hatte sie seit langem nicht mehr gesehen, hatte zwar mit ihnen telephoniert, aber immer seltener. Gamaliel setzt sein übliches Leben fort, beherrscht vom Theater und den Frauen, Gonzalo hat sich inzwischen auf mittelalterliche Techniken zur Heilung des Wahnsinns spezialisiert, und Arturo widmet sich jetzt nur noch dem Tanz. Es hat mich gefreut, sie alle wiederzusehen. Durch sie erfuhr ich, daß Sibila nach Deutschland gezogen ist (ob sie wohl Braunstein sucht?) und daß sich Ruth – immer ist sie die Schwächste von uns gewesen – seit Ende der Dreharbeiten in einem Erholungsheim in der Schweiz befindet. Die Nachricht von Grubers Tod in einem Bremer Sanatorium ein paar Tage zuvor wurde nur unter der Hand und mit Vorsicht kommentiert, fast wie ein obligatorisches

Thema, das man schnell abhandeln will. Danach drehte sich das Gespräch immer um andere Bereiche, als wären wir alle übereingekommen, jegliche Anspielung auf unsere gemeinsame Vergangenheit zu vermeiden.

Seitdem habe ich keinen mehr wiedergesehen; manchmal rufen Javier und Luisa mich an, und ich freue mich, von ihnen zu hören, habe dabei aber auch das Gefühl, daß uns nur ein geteiltes Leid verbindet, über das wir zu schweigen haben. Vielleicht ist deshalb der Kontakt zu den anderen immer mehr abgebrochen, niemand erinnert sich gern an seine Fehler, so sehr er sie auch bereut.

Und noch etwas: Sieben Monate nach dem Brand kam mein Sohn Gabriel auf die Welt, dessen Vater ich kenne, aber niemals offenbart habe.

Was ist sonst noch übrig von jenen Tagen? Was ist mit den Todesfällen, den Leidenschaften, den entfesselten Furien von damals? Was bedeutete mir Grubers Tod? Sehr wenig, wenn man nur die greifbare Tatsache nimmt. Für mich war er in Wirklichkeit nicht am 28. Juli 1993 gestorben, wie in der Zeitung zu lesen war, sondern in jener finsteren, dunklen Nacht, in der *Los Colorines* in Flammen stand. Ich habe mein letztes Bild von ihm nicht aus dem Gedächtnis streichen können; ich war erschreckt, fast ohnmächtig, mit Tränen in den Augen, die meinen Blick fast völlig verschleierten, und doch erinnere ich mich mit erstaunlicher Klarheit an ihn: zuerst, wie er mir herabgebückt das Gesicht streichelte, als wollte er mich beruhigen, aber ohne ein Wort zu sagen, und dann wieder aufrecht, wie er ungerührt der Zerstörung seines Werkes und seines Lebens zusah. Da stand er, die Flammen spiegelten sich in seinen Augen, und sah zu, wie nicht nur jenes Haus verbrannte, in dem er zehn Jahre lang gewohnt hatte, nicht nur die Möbel und seine persönlichen Erinnerungsstücke, sondern auch die Körper seiner Schauspieler und die Spuren der Unvernunft, die sie miteinander verbunden hatte. Er war sich vollkommen bewußt, daß er, so viel Entschuldigungen er auch haben mochte, der einzig wahre Verantwortliche für jene Verwüstung war, und doch schien es, als würde es ihn nicht mehr kümmern, könnte ihn nicht mehr kümmern, zu weit weg war er von den Flammen, die seine letzten Tage verschlangen. Wahrscheinlich lag sogar ein Anflug von Ruhe auf seinem rußgeschwärzten Gesicht: Endlich hatte er sein Gericht hinter sich, auch er sah sich von da an besiegt. Denn wenn jener Film etwas bewies, unabhängig vom Schrecken, den er für uns Mitwirkende bedeutet hatte, dann, daß er ein reiner innerer Schöpfungs- und Offenbarungsakt für Gruber gewesen war. Nicht allein der Wunsch, das ästhetische und filmische Experiment an seine Grenzen zu führen, zu erreichen, die Wahrheit ganz von der Lüge der Kunst verdrängen zu lassen, sondern auch und vor allem anderen der Wunsch, selbst als Schöpfer dem Schöpfer gegenüberzutreten, der seinen Tod beschlossen hatte. *Das Weltgericht* war eine Herausforderung und eine Blasphemie, eine kalte, feige Form des Selbstmords. Verzweifelt und zornig hatte Gruber der Melancholie die Stirn geboten, die ihn seit den sechziger Jahren gequält hatte. Seit Sophies Tod waren Gruber keinerlei Zweifel mehr über die Nutzlosigkeit seiner Kunst geblieben, über die dunkle Leere, die das *Schaffen* darstellt. Und doch, mehr ein Beweis von Dickköpfigkeit als von Intelligenz, hatte er beschlossen, sich selbst durch mich eine neue Chance zu geben, die ihn erneut zur Niederlage führte. Der anfängliche Enthusiasmus angesichts seines letzten Films war nach und nach verschwunden, und am Ende bedeuteten ihm nicht einmal die Todesfälle mehr etwas. Sein Temperament hatte ihn unweigerlich zur Verzweiflung geführt. Am Ende verkörperte Gruber selbst, besser als jeder andere sonst, das Bild der Melancholie, die ihn so fasziniert oder entsetzt hatte: Er, der gleichgültig auf seine ewige, unergründbare, wohlverdiente Strafe blickt. Seine Schuld.

Mexiko-Stadt, August 1993

Klett-Cotta
Die Originalausgabe erschien unter dem Titel
„El temperamento melancólico"
© 1996, 2002 Jorge Volpi
Für die deutsche Ausgabe
© J. G. Cotta'sche Buchhandlung Nachfolger GmbH, gegr. 1659,
Stuttgart 2002
Fotomechanische Wiedergabe nur mit Genehmigung des Verlags
Printed in Germany
Schutzumschlag: Uli Cluss, Stuttgart
Foto: Nude, London (1952) © Bill Brandt/Bill Bound Archive Ltd
Gesetzt aus der ITC Garamond von
Offizin Wissenbach, Höchberg bei Würzburg
Auf säure- und holzfreiem Werkdruckpapier gedruckt und
gebunden von Clausen & Bosse, Leck
ISBN 3-608-93065-5